CLAUDIA PRAXMAYER

Der Geschmack des Lebens

CLAUDIA PRAXMAYER

Der Geschmack des Lebens

cbj

Bei diesem Buch wurden die durch das verwendete Material und die Produktion entstandenen CO_2-Emissionen ausgeglichen, indem der cbj Verlag ein Projekt zur Aufforstung in Brasilien unterstützt.
Weitere Informationen zu dem Projekt unter:
www.ClimatePartner.com/14044-1912-1001

FSC
www.fsc.org
MIX
Papier aus verantwortungsvollen Quellen
FSC® C014496

Wir produzieren
Klimaneutral
ClimatePartner.com/14044-1912-1001
Druckprodukt

Penguin Random House Verlagsgruppe
FSC® N001967

1. Auflage 2021

Umschlagkonzeption: semper smile, München
unter Verwendung eines Fotos von © Shutterstock
(Oksana Shufrych; 99Art)
MP · Herstellung: UK
Satz: KompetenzCenter, Mönchengladbach
Druck: GGP Media GmbH, Pößneck
ISBN 978-3-570-16579-9
Printed in Germany

www.cbj-verlag.de

Jedes einzelne Samenkorn birgt den Bauplan
eines ganzen Organismus, ob klein wie ein
Gänseblümchen oder gewaltig wie eine Eiche.
Gut verpackt in einer Hülle steckt die ganze
Weisheit, die es braucht, um eine Pflanze
entstehen zu lassen. Es ist eine Art Magie,
die durch Erde, Wasser und Sonne
zum Leben erweckt wird.

Leonore McNamara

Prolog

Ein paar Monate zuvor …

Tilda stürmte los, ihre dottergelbe Mütze tanzte fröhlich durch die Menschenmenge. Nini sah ihrer ungestümen kleinen Schwester lächelnd hinterher.

Obwohl die Herbstsonne die Fassaden der Backsteingebäude und Ladenfronten in der Portobello Road zum Leuchten brachte, war es kühl. Nini steckte ihre Hände in die Taschen des Parkas und schlenderte los. Vorbei an unzähligen Tischen, auf denen Secondhandklamotten drapiert waren, Ständern mit Schals und Mützen, Regalen voller alter Teekannen, liebevoll sanierten Möbelstücken. Wie ein Papierschiffchen in einem gigantischen Strom trieb sie durch diese Welt aus Farben und Gerüchen, ließ sich mal hierhin und mal dorthin ziehen.

Seit Wochen hatten sie sich auf diesen Tag gefreut, seit der Minute, als die Mail mit der Zutrittserlaubnis für den Portobello Road Markt in Ninis Inbox aufgepoppt war. Tilda war ihr mit einem »du bist die beste Schwester der Welt« um den Hals gefallen und hatte sie so fest umarmt, dass Nini kaum noch Luft bekam.

Ein Menschenauflauf stoppte Nini. Sie stellte sich auf die Zehenspitzen und erhaschte einen Blick auf fünf Jungs, die sich mit ihren Instrumenten zwischen den Verkaufsständen aufgebaut hatten. Der Song, den sie jetzt anstimmten, kam ihr entfernt bekannt vor, und als die Drums einsetzten, fing ihr Körper von ganz alleine an, sich im Rhythmus zu bewegen. Dem Typen neben ihr ging es nicht anders. Er riss die Arme in die Höhe und grinste über das ganze Gesicht. Zwei Minuten später klatschte, tanzte und sang so gut wie jeder mit. Nini blinzelte in die Sonne und lächelte. Gerne wäre sie noch eine Weile geblieben, aber Tilda wartete an ihrem Lieblings-Crêpe-Stand auf sie. Der Gedanke an die süße, fettige Leckerei, die sie dort gleich bestellen würden, ließ Nini das Wasser im Mund zusammenlaufen und sie ging schneller.

Schon aus der Ferne leuchtete ihr Tildas gelbe Mütze entgegen. Ihre kleine Schwester stand vor der Tafel und studierte angestrengt die Karte. Nini grinste in sich hinein. Tilda konnte sich nie entscheiden, und am Ende lief es dann doch wieder auf Schoko-Crêpe hinaus. Das hatte beinahe schon Tradition. Leise schlich sie sich von hinten an.

»Na, kannst du die Karte schon auswendig?«

Tilda wirbelte herum, die Wangen von der Kälte rosig, den Mund zu einer niedlichen Schnute verzogen und mit strahlenden Augen.

»Hey, da bist du ja endlich!«

»Ach, schon Sehnsucht nach mir gehabt?« Nini schnippte ihr mit dem Zeigefinger leicht gegen die Nasenspitze.

»Und ich dachte, ich gebe dir lieber ein paar Minuten mehr, damit du dich in aller Ruhe entscheiden kannst.«

»Später. Ich habe eine Überraschung für dich!«, platzte es aus Tilda heraus. »Komm …« Tilda zog sie ein Stück vom Crêpe-Stand weg, an dem sich mittlerweile eine lange Schlange gebildet hatte, und bugsierte sie in eine ruhigere Ecke. »Mach die Augen zu.«

»Was?«

»Komm schon, mach die Augen zu und streck deinen rechten Arm aus!«

Nini zögerte.

»Wehe, du drückst mir wieder irgend so einen ekligen Glibber in die Hand.«

»Hallo? Ich bin nicht mehr sechs!«

»Aber wie fast sechzehn benimmst du dich gerade auch nicht wirklich«, murrte Nini, gab aber schließlich gutmütig nach. Tilda schob den Ärmel ihres Parkas ein Stück nach oben und schlang etwas Kühles, Glattes um Ninis Handgelenk.

»Augen auf!«

Ein Armband. Tilda hatte ein Armband für sie gekauft. Schwarze, sehr ungewöhnliche Beads, die kunstvoll mit winzigen Knoten und Schlingen in schwarzes Garn eingeknüpft waren.

»*Wow!*«

Nini wollte lieber nicht wissen, wie viel von ihrem Taschengeld Tilda dafür geopfert hatte. Ihre kleine Schwester beobachtete Nini aufmerksam.

»Gefällt's dir nicht?«

»Doch! Megaschön! Aber war bestimmt teuer …« Vorsichtig strich sie über die Perlen. Tilda zuckte mit den Schultern.

»Egal. Es ist perfekt für dich. Eigentlich wollte ich es dir zum Geburtstag schenken, aber dann hätte ich noch soooo lange warten müssen …« Sie verdrehte die Augen. Nini lachte laut auf. Typisch Tilda. Ein paar Monate waren für sie eine halbe Ewigkeit.

1

Jetzt …

Niemand, der bei klarem Verstand war, hatte noch einen Schlüssel. Aus Nostalgie vielleicht oder Sammelleidenschaft, aber bestimmt nicht, um damit sein Hab und Gut vor Einbrechern zu schützen. Und trotzdem schwenkte der grauhaarige Notar einen Schlüssel vor Ninis Nase.

»Und, was denken Sie?«

Nini war sich bewusst, dass sie den Mann auf der anderen Seite des Schreibtisches anstarrte und damit gegen eine der wichtigsten Regeln ihrer Eltern verstieß. Aber ein Schlüssel? Im Ernst jetzt?

Sie schluckte und versuchte ihre Aufmerksamkeit auf das zu fokussieren, was der Notar eben mit monotoner Stimme vorgelesen hatte. Sie hatte ein Haus geerbt. Um genauer zu sein, ein Cottage in Cornwall, von ihrer Patentante Leonore. *Foxglove Cottage*. Wieder durchbohrte ein nadelfeiner Stich Ninis Herz. In den letzten Monaten hatte sie kein einziges Mal mit Leonore telefoniert. Und jetzt war ihre resolute Patentante gestorben. Einfach weg. Für immer. Genau wie Tilda.

»Miss Morrison?«

Sie schrak aus ihren Gedanken und versuchte, es sich auf dem klebrigen Kunstlederstuhl ein wenig bequemer zu machen. *Was denken Sie?*, echote seine Frage in ihrem Kopf.

»Das muss alles sehr schwer sein für Sie, das verstehe ich. Aber vielleicht hilft es Ihnen zu wissen, dass Ihre Tante sehr umsichtig war …«

»Patentante.«

»… Ihre Patentante sehr umsichtig war. Sie hat, vermutlich im Wissen um Ihr zartes Alter, einen Fonds für Sie angelegt.«

Nini runzelte die Stirn. Sie war achtzehn und kein kleines Mädchen mehr.

»Dieser Fonds«, fuhr er fort, »deckt alle anfallenden Betriebskosten. Vorausgesetzt natürlich, Sie nehmen das Erbe an.« Er hatte langsam und deutlich gesprochen. Nini sparte sich ihren Laserblick, mit dem sie für gewöhnlich jegliche Fehleinschätzung ihres Intellekts bestrafte.

»Und wenn nicht?«

»Pfffft!« Der Notar machte eine Geste, als schleudere er Konfetti in die Menge. »Wenn Sie sich dagegen entscheiden sollten«, er warf ihr einen Blick zu, als käme schon alleine der Gedanke einer Todsünde gleich, »wird das Haus verkauft und der Erlös geht an eine wohltätige Organisation.«

Sein Gesicht zeigte leichte Ungeduld. Als wäre es so einfach, völlig unvorbereitet eine derart schwerwiegende Entscheidung zu treffen.

»Ach ja, noch etwas: Es ist Ihnen nicht gestattet, das

Haus zu vermieten.« Der Notar legte den Kopf schief und blinzelte wie ein kurzsichtiges Frettchen.

Wie bitte? Wollte Leonore ihr nun etwas vermachen oder einfach nur ihr Leben in eine andere Umlaufbahn katapultieren?

Nini atmete tief ein, hielt die Luft an und zählte langsam bis zehn, um ihre wirren Gedanken in den Griff zu bekommen.

»Also gut, noch mal zum Mitschreiben: Ich erbe ein Haus samt Fonds, aber nur unter der Bedingung, dass ich selbst dort lebe?«

Mr. Moss von Archer, Moss & Spector nickte bedächtig. »Exakt. Es steht Ihnen wie gesagt natürlich frei, das Erbe auszuschlagen.«

Mann, Leonore, was ist dir da nur wieder eingefallen? Andererseits, irgendwie war es Leonore pur. Schwarz oder weiß. Heiß oder kalt. Bei Leonore hatte es nie Zwischentöne gegeben. Schmerzlich durchzogen Nini die Erinnerungen an die vielen wunderbaren Sommertage, die sie als Kind bei ihr im Foxglove Cottage verbracht hatte.

Keine halben Sachen, Miss Morrison, war Leonores Standardspruch gewesen, wenn Nini wieder einmal keine Lust hatte, ihre Spielsachen wegzuräumen oder ihren Teller leer zu essen. Auch später, in Briefen und bei Telefonaten, kam der Spruch noch oft und gerne zum Einsatz. Meist im Zusammenhang mit der Schule. Eher selten, wenn es um Jungs ging.

Der Spiegel, der hinter dem Schreibtisch des Notars hing und seinen kranzförmigen Haarwuchs schonungslos offenbarte, warf Nini ihr eigenes kleines Lächeln zurück. Obwohl Leonore streng mit ihr gewesen war, hatte sie die Ferien in Cornwall immer geliebt. Sehr sogar. Das Cottage mit all seinen geheimnisvollen Ecken und Winkeln, das nahe Meer, das an manchen Tagen so intensiv roch, als stünde man mitten darin, den Dschungel hinterm Haus. Es hatte nur sie und Leonore gegeben. Keine Eltern, keine Tilda. Das hatte sich irgendwie komisch, aber auch aufregend und besonders angefühlt.

»Sollten Sie das Erbe ausschlagen«, grätschte der Notar in ihre Gedanken, »müssten Sie dafür zum Nachlassgericht gehen.«

Das, was Nini in seinem Gesicht zu lesen meinte, klang in ihrem Kopf allerdings eher wie: Das kann nicht Ihr Ernst sein! Und vielleicht hing in seinen Mundwinkeln sogar noch ein giftiges: Undankbare Göre!

Angesichts der Wohnsituation in London konnte Nini es dem Mann nicht einmal verübeln, die Stadt war seit Jahren ein gigantischer Ameisenhaufen, der drohte, unter der Menge seiner Bewohner zu kollabieren.

Sie dachte wieder an die Mitteilung vom Wohnraumamt, die seit ein paar Tagen ausgedruckt an der Pinnwand in der Küche hing. Der rote Kringel mit dem Datum in der Mitte hatte die Stimmung zu Hause von *mies* nach *extrem mies* katapultiert.

Das Amt führte ihre Familie seit Tildas Tod vor ein paar Monaten als »Minus eins«. Ein Mensch weniger, der Wohnraum beanspruchte. Mehr war ihre kleine Schwester nicht für sie. Nicht Tilda, die so unglaublich herzlich lachen konnte, oder Tilda, die so gerne naschte. Sie war einfach nur minus eins. Freie Quadratmeter.

Nini würde es am härtesten treffen, schließlich würde SIE den Co-Wohner, oder wie sie es nannte, den »Quadratmeterfüller«, in ihr Zimmer gesetzt bekommen. Sie sah sich schon schlaflos hinter einem Raumteiler in ihrem Bett liegen und den Atemzügen eines fremden Menschen lauschen. Beklemmend. Alternativ blieb ihnen nur der Umzug. Man würde ihrer Familie eine noch kleinere Wohnung in einem der gesichtslosen Vororte Londons zuweisen.

Ninis Finger nestelten an dem Armband, das ihr Tilda geschenkt hatte.

»Wie viel Zeit habe ich, mir das alles zu überlegen?« Sie schob das Kinn energisch nach vorne, so wie sie es oft bei ihrer Patentante gesehen hatte.

»Vier Wochen, dann müssen Sie eine Entscheidung treffen.«

Vier Wochen.

Vier Wochen, in denen ihr Vater versuchen würde, ihr die Idee auszureden, vier Wochen, in denen die Frist des Wohnraumamtes unaufhaltsam näher rückte, vier Wochen, in denen sie ihrer Mutter weiter Tee ans Bett ihres abgedunkelten Zimmers bringen würde. Achtundzwanzig Tage, in denen das Loch in ihrem Herzen nicht kleiner würde.

Mit einer schnellen Handbewegung schnappte sie nach dem Schlüssel, der immer noch zwischen den Fingern des Notars gebaumelt hatte, und drückte ihn so fest, dass seine Zähne in ihre Handfläche bissen. Er fühlte sich real an, stabil. Ein Zustand, von dem ihre eigene Welt seit Monaten weit entfernt war. Sie hielt ihre Faust so lange geschlossen, bis sie den Schmerz nicht mehr aushielt.

»Wo muss ich unterschreiben?«

Der Notar machte ein Gesicht, als müssten sich ihre Worte erst mühevoll durch seinen Gehörgang ins Gehirn vorarbeiten.

»Sind Sie sicher? Ich meine, Sie können sich mit der Entscheidung gerne noch etwas Zeit lassen. Vielleicht möchten Sie die Angelegenheit noch mit Ihren Eltern besprechen und …«

»Nein, das möchte ich nicht«, schnitt sie ihm das Wort ab. »Sagen Sie mir lieber, was ich jetzt tun muss.«

Der Notar zupfte die Manschetten seines Hemds zurecht und bleckte die Zähne.

»Gratuliere, Sie sind soeben Hausbesitzerin geworden. Ich werde sofort die entsprechenden Papiere vorbereiten.« Seine sonst so neutrale Stimme, mit der er auch Nachrichten oder Kochrezepte hätte vorlesen können, war eine Spur höher geworden.

Ein paar Unterschriften, und Foxglove Cottage würde ihr gehören. Wie sie das ihren Eltern beibringen sollte, war Nini zwar noch nicht so ganz klar, aber auf dem Nachhauseweg würde ihr schon noch etwas Schlaues einfallen. Hoffentlich.

»Ach Tilda, ich wünschte, du wärst hier«, murmelte sie und ignorierte den irritierten Blick, den ihr der Notar zuwarf.

2

Schon von Weitem sah Nini die Menschenschlange am Eingang zur Haltestelle Green Park. Blockabfertigung. Wieder einmal. Es würde sie mindestens eine halbe Stunde kosten, bevor sie das Innere der U-Bahn-Station überhaupt zu Gesicht bekäme. An den Einstieg in einen Zug, der sie von hier wegbringen würde, wäre dann aber noch nicht einmal zu denken.

Nini verstand es nicht: London hatte mittlerweile über 20 Millionen Einwohner, aber die öffentlichen Verkehrsmittel waren immer noch vorsintflutlich. Zwar versprach die Grüne Union seit Ewigkeiten, den Nahverkehr auszubauen, geschehen war bisher noch nichts. Wie altersschwache Adern zog sich das Röhrensystem unter der Megacity hindurch und versuchte krampfhaft, Blut durch das verstopfte Gefäßsystem zu leiten. Es war nur eine Frage der Zeit, bis ein Infarkt mit einem Schlag alles lahmlegen würde.

Sie zerrte ihr Handy aus der Hosentasche, faltete es auf und versuchte halbherzig, ein SD zu orten. Die Karte zeigte gähnende Leere. War klar, dass sie nicht die Einzige war, die angesichts der langen Schlangen auf ein Self-

Drive-Auto ausweichen wollte. Als wäre das alles nicht schon ärgerlich genug, poppte ein Fenster im Display auf.

Na toll, ihr SD-Meilenkontingent war aufgebraucht, und das, obwohl noch nicht einmal Monatsende war. Nini kniff die Augen zu und zwang sich, ruhig zu atmen. Sie wusste, dass sie achtgeben musste, wenn sie sich ärgerte oder frustriert war, denn dann kam sie dem Strudel schnell zu nah. Dieser Sog, der jedes Mal ihr Herz mit sich riss, der ein tosendes »Warum?« ertönen ließ, sie gnadenlos erfasste, herumwirbelte und irgendwann mit Tränen in den Augen wieder ausspuckte. Tilda war tot. Was eigentlich gar nicht sein konnte, denn sie hatten sich geschworen, immer füreinander da zu sein. Ihre Schwester war tot, aber trotzdem allgegenwärtig in der winzigen Wohnung ihrer Eltern.

Ein kleines, helles Funkeln drang plötzlich durch die Dunkelheit, leuchtete wie ein Glühwürmchen in ihrem Kopf auf und verscheuchte die Schwärze.

Foxglove Cottage.

Sie, Nini Morrison, hatte soeben ein Haus geerbt und damit so etwas wie die Chance, dem allen zu entkommen.

Ein tiefer Atemzug, dann noch einer und noch einer. Langsam wurde sie wieder ruhiger. Na komm schon, es sind nur lächerliche fünf Stationen bis nach Hause, das wirst du wohl schaffen, sprach sie sich selbst Mut zu. So, wie sie das schon viele Male zuvor geschafft hatte. Sie loggte sich in das System des U-Bahn-Netzes ein, kaufte ein Ticket und ließ sich von der Menge hinter sich ein Stück näher Richtung Eingang schieben. Einen Moment schwebte ihr Finger noch über dem Display, dann faltete sie ihr Handy wieder klein und schob es in die Gesäßtasche ihrer Hose. Musik könnte die funkelnden Gedanken in ihrem Kopf nur übertönen und das wollte Nini auf keinen Fall.

Sie hatte ein Haus geerbt. In Cornwall … Irgendwie fühlte sich das auch ein bisschen sperrig an. *Cornwall.* Auf dem Land. Langweile. Einöde. Nichts. Das Funkeln verblasste. Ninis Blick schweifte über die Köpfe der Menschen. Die Menge sah aus wie ein großes Tier mit scheckigem Fell, das sich unter den Augen der Überwachungskameras stumpf auf den U-Bahn-Schlund zuwälzte. Willenlos und schicksalsergeben.

Sie spürte einen Stoß im Rücken. Ein Typ im Anzug hinter ihr verzog das Gesicht zu einer Grimasse, die vermutlich eine Art Entschuldigung bedeuten sollte. Nini wollte etwas sagen, aber er hatte seine Aufmerksamkeit schon wieder seinem Smartphone zugewandt. Eine Windböe blies ihr eine Haarsträhne in den Mundwinkel, und der Lippenstift, den sie extra für den Notartermin aufgetragen hatte, sorgte dafür, dass sie dort kleben blieb.

Was Tilda nur an diesem Zeug hatte finden können. Von rosa schimmernd bis kupferfarben – zu jedem Outfit den passenden Farbton. Tildas Lippenstifte standen immer noch akkurat aufgereiht wie Soldaten im Dienste der Schönheit unter dem Spiegel auf ihrer Zimmerseite. Nini benutzte sie nicht. Nur gelegentlich drehte sie einen der Stifte ein Stück weit heraus und stellte sich das konzentrierte Gesicht ihrer kleinen Schwester beim Schminken vor.

Nini zwirbelte ihre Haare zusammen und steckte sie in den Kragen ihres Parkas. Der Wind störte sie beim Nachdenken, wirbelte ihre Gedanken genauso durcheinander wie ihre Haare. Sie besaß jetzt ein Haus in Cornwall. Keine Wohnraumquoten. Keine Überwachungskameras. Keine Gesichtserkennung.

Dafür Meer, Luft, Weite.

Neben ihr murmelten fremde Münder, führten Gespräche, die sie nicht hören wollte, atmeten Gerüche eines zurückliegenden Mittagessens aus. Zwiebel, Knoblauch, Curry.

Plötzlich konnte sie es nicht mehr erwarten, von hier wegzukommen. Auch wenn hier alles war und dort nichts. Aber dieses Nichts würde ihr vielleicht Platz zum Atmen und zum Denken geben. Und Ruhe.

Möglicherweise würde sie in Cornwall endlich ein paar der Entscheidungen treffen können, die in den nächsten Monaten ohnehin fällig waren. Hier in London, wo alles an Tilda erinnerte, fiel es Nini schwer, sich Gedanken über Studium und Job zu machen, über Dinge zu entscheiden, die ihre Zukunft bestimmen würden. *Zukunft* – dieses Wort hatte für sie seinen Zauber verloren.

Unbewusst blieb ihr Blick an der Reihe makelloser Zähne hängen, die zum Lächeln von Frank Darwin gehörten. Der Präsident strahlte sie von den Bildschirmen in der U-Bahn-Station an, als wolle er ihr persönlich versichern, dass es kein Problem gab, das ER nicht zu lösen vermochte. *Du hast echt keine Ahnung,* dachte sie, lächelte aber vorsichtshalber zurück.

Nach etwas mehr als einer dreiviertel Stunde stand sie mit zig anderen, einsortiert wie Buntstifte in einer Schachtel, in der U-Bahn. Nini erstaunte es jedes Mal wieder, welche Stille in den Waggons herrschte, obwohl so viele Menschen zwischen den dünnen Metallhäuten eingepfercht waren. Ihre Augen nach unten, auf die Displays in ihren Händen gerichtet, die Gehörgänge mit Kopfhörern verstopft. Ein Beruhigungsmittel, das den Stress dieses unerträglich engen Miteinanders auf den Straßen der Stadt dämpfte.

Nini ließ sich forttragen vom rhythmischen Ruckeln der U-Bahn, lauschte dem Tock-Tock der Schienen, wollte alles ganz bewusst erleben. Und da, als sie es am wenigsten erwartete, entfaltete sich in ihrem Kopf ein Plan. Langsam wie die Blüte der Orchidee, die ihre Mutter so liebte.

Am Russell Square schob Nini sich zusammen mit unzähligen anderen Menschen aus dem Waggon, ließ sich von der Menge zur Rolltreppe treiben und stellte sich auf eine der geriffelten Metallstufen, die sie nach oben beförderten. Ihr Blick folgte einem Kaugummi, der auf dem gegenüberliegenden Handlauf klebte und langsam an ihr vorüberzog. Sie wickelte den Parka enger um ihren Körper und fixierte mit den Augen stur den Gürtel eines Trenchcoats auf der Stufe vor sich. Oben angekommen, spülte das Menschenmeer sie in Richtung Ausgang und spuckte alle in einer gigantischen Welle auf die Straße. Es kostete Nini Energie und Willenskraft, sich nicht mit der Masse in Richtung Bernard Street treiben zu lassen, sondern stattdessen bei Sainsbury's abzubiegen.

Kaum durch die Glastür, umfing sie Supermarkt-

Gedudel. Maximal zehn Minuten würde sie für ihren Einkauf brauchen. Soweit sie die Gänge des Supermarktes überblickte, war nur mäßig Betrieb und alle Check-outs offen. Zudem wusste sie auswendig, wo sich die Sachen befanden, die sie benötigte. Der Sainsbury-Kosmos war zuverlässig: Die Läden sahen alle gleich aus, rochen gleich und waren mit identischer Ware an festgelegten Koordinaten ausgestattet. Jeder Idiot hätte hier einkaufen können.

Schnell checkte Nini noch das große Display, das in roter Leuchtschrift verkündete, welche Produkte aktuell nicht lieferbar waren, und atmete auf: Gott sei Dank, es gab alles, was sie für ihr Bestechungsessen heute Abend benötigte. Wäre es anders gewesen, sie hätte wahrscheinlich nicht die Energie aufgebracht, sich eine Alternative auszudenken.

Schnell lief sie durch die Gänge, vorbei an einer Gruppe Frauen, die sich um das letzte Netz Orangen zankte, und parkte ihren Einkaufswagen beim Gemüse. Die Vitaminspender leuchteten so grell unter dem Neonlicht, dass Nini sich Sorgen um ihre Netzhaut machte. Tomatenrot, Brokkoligrün, Paprikagelb. Perfekte Form, makellose Haut, Gesundheit in Gemüsegestalt. Der Biosensor an ihrem Handgelenk würde jubeln, zirkulierten all diese Nährstoffe in ihrem Blut. Wobei, diesen Monat würde sie wohl zum ersten Mal seit Langem wieder einigermaßen in Sachen Ernährung abschneiden. Vielleicht waren ihre Werte sogar gut genug, um ihrem Konto beim Bürgerregister Bonus-Punkte einzubringen. So kurz vor der Studienwahl wäre das bestimmt kein Fehler.

Nini wünschte sich nur, das Zeug würde so bunt schmecken, wie es aussah. Ein Gedanke, bei dem ihr schlechtes Gewissen sofort wie ein gut gepflegter Motor ansprang. Immerhin gab es dank der modernen Landwirtschaft so etwas wie Lebensmittelsicherheit, da waren der mangelnde Geschmack von Obst und Gemüse wohl keine allzu große Sache.

Sie steuerte auf die zu einer Pyramide aufgestapelten Zucchini zu. Jede 14 Zentimeter lang und 200 Gramm schwer. Unglaublich praktisch, dass mittlerweile alles genormt war, das ersparte einem das Abwiegen, anders als ihre Mutter das von früher noch kannte. Sie nahm vier der grünen Walzen vom Stapel und legte sie in den Einkaufswagen.

Im zweiten Gang links waren die farbenfroh bedruckten Kartons mit der Teigmischung einsortiert. Das Pulver ließ sich mit Wasser zu einem beigen Brei anrühren und entfaltete in Fett gebacken eine erstaunliche Geschmacksintensität.

Das Zeug war ein Wunder der Lebensmitteltechnologie, denn es entlockte den Zucchini tatsächlich einen Hauch von Aroma und reproduzierte zuverlässig den Geschmack, den Tilda so geliebt hatte.

Ninis kleine Schwester hatte immer zuerst die knusprige Panade von den Zucchini geknabbert und sich danach – sehr zum Missfallen ihrer Mutter – genüsslich die Finger geleckt.

»Du bist doch keine Katze. Bitte benutz das Besteck, Tilda!«

Aber der Ärger hatte nie lange angehalten, denn ihre Mutter war einfach nur froh gewesen, wenn Tilda überhaupt aß. Da verzieh sie ihr sogar den Berg abgeknabberter Zucchinischeiben, der sich danach auf ihrem Teller türmte. Sie und ihr Dad hatten dann zum Spaß immer protestiert – von wegen bevorzugte Behandlung des jüngsten Familienmitglieds – und als Ausgleich eine Extraportion Nachtisch eingefordert. Es waren diese ganz gewöhnlichen Abende, die Nini so sehr fehlten. Diese Abende, an denen sie noch eine ganz normale Familie gewesen waren, bevor diese heimtückische Meningitis Tildas Gehirn befallen hatte.

Nini schluckte die Erinnerung hinunter und schob den Wagen energisch weiter in Richtung Milchprodukte. Schließlich gab es heute was zu feiern, also würde sie Joghurtsauce zu den gebackenen Zucchini servieren. Die Becher leuchteten verführerisch im Kühlregal, Luxus in Rosa, mit wilden Rankenmustern, manche sogar noch mit Kühen drauf. Nini verglich die Preise, wählte einen kleinen, aber dafür bezahlbaren Sojajoghurt aus, und reihte sich ein weiteres Mal in den Strom aus Menschen ein, der dem Check-out zustrebte. Zwölf Minuten. Sie hatte sich verkalkuliert.

3

»Du willst *was?*«

Ihr Vater starrte sie an, als hätte sie gerade verkündet, dass sie eine Karriere als Stripperin anstrebte. Für einen kurzen Moment überlegte Nini, ob sie ihn darauf hinweisen sollte, dass er soeben gegen seine eigene Regel verstieß. Die mit dem Starren. Allerdings erschien die Idee, ihren Dad zu provozieren, bei näherer Betrachtung wenig zielführend, also hielt sie den Mund. Ihre Mutter reagierte überhaupt nicht auf ihr Bekenntnis. Unbeteiligt saß sie am Tisch, den Blick auf etwas in der Ferne gerichtet, das nur sie sehen konnte. Sie war immer noch eine schöne Frau, auch wenn ihr Gesicht in den letzten Monaten schmal und die Falten neben ihrer Nase tief geworden waren.

»Ich will ins Foxglove Cottage ziehen«, wiederholte Nini leise. Ihre Finger tasteten nach Tildas Armband an ihrem Handgelenk. Die Berührung der kunstvoll in Garn eingeknüpften Perlen beruhigte sie. »Zumindest probeweise«, schob sie vorsichtig hinterher.

»Und wie stellst du dir das vor? Hast du dir überlegt, was das für uns bedeutet?«

Die Fassungslosigkeit im Gesicht ihres Vaters ließ ihren

Magen zu einem harten Klumpen schrumpfen. Ja, sie wusste, was das bedeutete, aber sie wusste auch, dass sie es hier nicht mehr lange aushalten würde. Seit Tildas Tod war alles, was ihr Zuhause ausgemacht hatte, verschwunden, begraben unter einer zentnerschweren Schicht aus Trauer.

»Gebt mir doch wenigstens die zwei Monate, es auszuprobieren.«

Sie hatte den Zeitrahmen mit Bedacht gewählt. In zwei Monaten mussten die Morrisons entscheiden, ob sie einen Co-Wohner aufnahmen, um die Quadratmeter-Auflagen des staatlichen Wohnraumamtes zu erfüllen, oder lieber zu dritt in eine kleinere Wohnung in einem der Außenbezirke zogen. Die Fristverlängerung war alles gewesen, was der Anwalt ihres Vaters aufgrund ihrer schwierigen familiären Situation hatte herausschlagen können. Zwei lächerliche Monate mehr, um mit der Trauer fertigzuwerden, bevor ein Fremder bei ihnen einziehen und dabei zusehen würde. Zwei Monate, in denen sie entscheiden mussten, ob sie es über sich brächten, nach allem, was passiert war, auch noch ihr Zuhause aufzugeben. Zwei Monate, in denen Nini hoffte, herauszufinden, was *sie* eigentlich wollte.

Im Zweifelsfall konnte das auch bedeuten, dass sie das Cottage wieder verlor, weil sie Leonores bescheuerte Bedingungen nicht länger erfüllen konnte. Aber dann war das eben so.

Ninis Blick huschte hinüber zu ihrer Mutter, die ein Stück Zucchini mit der Gabel auf dem Teller hin und her schob.

»Mom?«

Emma Morrison hob den Kopf, wie jemand, der gerade aus einem Traum aufgewacht war.

»Ach Nini, was soll ich dazu sagen? Du weißt, wie sehr wir euch …« Sie stockte. »Wie sehr wir dich lieben.«

Ihre Augen schimmerten feucht, und das war genau das, wovor Nini sich gefürchtet hatte.

Ihre Mutter, die seit Tildas Tod das Haus kaum noch verlassen hatte, die nur selten die Kraft fand aufzustehen, saß jetzt hier mit ihnen am Tisch und tat zumindest so, als interessiere sie das Essen. Ihr Vater legte seine Hand auf die ihrer Mutter und drückte sie. In dieser einfachen Geste lag so viel Liebe und Zärtlichkeit, dass Nini sich abrupt abwenden musste. *Wie kannst du das deiner Mutter nur antun?*, wummerte es in ihrem Kopf. Sie fühlte sich plötzlich unglaublich egoistisch.

»Warum willst du weg von hier, Nini?«

Mit einem Mal schien ihren Vater alle Kraft verlassen zu haben. Ausgerechnet ihn, der in den letzten Monaten wie ein Motor alles am Laufen gehalten hatte. Der frühmorgens aufgestanden war, um Tee zu kochen, bevor sie wie auf Autopilot zu ihren A-Level-Prüfungen gewankt war, der mit ihrer Mutter die psychologischen Coachings vor dem Rechner durchgestanden hatte, der sich auch abends noch mit Nini hingesetzt hatte, wenn ihr von Trauer vernebeltes Gehirn keinen Sinn in die mathematischen Formeln bringen konnte und sie ihr Examen am liebsten hingeschmissen hätte.

Wie sollte sie es ihm bloß erklären?

Nini knibbelte den Teig von einer der geschmacksarmen Zucchinischeiben und steckte ihn in den Mund. Er schmeckte nach wenig mehr als den Tränen, die ihr beim Zubereiten über die Wangen gerollt waren. Aber sie hatte damit angefangen, jetzt musste sie es auch zu Ende bringen. Keine halben Sachen, Miss Morrison …

»Ich krieg hier einfach keine Luft mehr, Dad! Ich kann nicht einmal ungestört telefonieren, ohne dass mir jemand dabei zuhört. Alles ist eng, alles ist schwierig, alles ist so – ach, ich weiß auch nicht.« Sie machte eine wegwerfende Handbewegung.

Aber das war nur die halbe Wahrheit. Nini brachte es nicht über sich, ihm zu erzählen, wie furchtbar es war, im Bett zu liegen und Tilda nicht mehr auf der anderen Seite des Zimmers atmen zu hören. Oder wie lähmend, wenn sie ihrer Mutter morgens Tee brachte und die sich nur das Kissen über den Kopf zog. Sie konnte sich nicht daran erinnern, wann sie und ihre Mutter das letzte Mal so etwas wie ein richtiges Gespräch geführt hatten. Die Trauer war ein Dämon, der alle Energie aus Emma Morrison heraussaugte und nur die leere Hülle zurückließ. Aber das alles konnte Nini ihrem Dad nicht sagen. Ihm, der beinahe jede Nacht seit Tildas Tod durch die winzige Wohnung geisterte – im Clinch mit seinen ganz eigenen Dämonen.

»Verstehe. Aber so geht es uns allen. Das ist nun mal der Preis, wenn man in der Stadt wohnen will. Dafür gibt es hier noch Kinos, Theater, ordentliche Schulen, Unis und … und eine gute medizinische Versorgung.« Ihr Vater klang wie ein Werbeclip, allerdings kein sehr überzeugender. »Was ist mit deinem Studium? Musst du dich da nicht langsam darum kümmern?«

Nini hatte keine Kristallkugel gebraucht, um diese Frage vorherzusehen.

»Das meiste läuft ja sowieso online. Ist also völlig egal, wo ich bin. Außerdem habe ich bis dahin noch Zeit.«

Wenn sie ehrlich war, hatte sie sich erst über ein paar Studiengänge informiert, und das auch nur oberflächlich. *Data-Science, Robotic, Environmental and Resource Management* – alles Fächer, die laut Studienberatung einen sicheren Job verhießen. Aber in ihrer persönlichen Welt, in der kein Stein mehr auf dem anderen stand, schien nichts davon Sinn zu ergeben.

Sie und Tilda hatten als kleine Mädchen davon geträumt, gemeinsam Comics zu entwickeln. Ihre Schwester hatte schon immer die wundersamsten Fabelwesen mit ihren Buntstiften erschaffen. *Foxy*, der Junge mit dem Fuchsgesicht, *Ravengirl* und *Night-Tiger*, die schwarz-weiß gestreifte Raubkatze mit den traurigen Menschenaugen, waren ihre absoluten Favoriten gewesen. Das ungleiche Trio bestand gemeinsam aufregende Abenteuer, hielt zusammen wie Pech und Schwefel und ließ sich durch nichts von seinen Missionen abbringen. Je älter Tilda wurde, umso ausgefeilter wurden auch ihre Geschichten, und Nini hatte alle Hände voll zu tun, die Sprechblasen zu füllen, die ihre Schwester vorgab.

»Was hat sich Leonore wohl dabei gedacht?«

Nini schreckte aus ihren Gedanken hoch. Hatte ihre Mutter das gerade eben wirklich gesagt? Aufregung flatterte in ihrer Brust. Also war doch etwas zu ihr durchgedrungen und hatte sie dort, wo sie sich vor all dem Schmerz versteckte, erreicht. Überdeutlich nahm sie den Puls am Hals ihrer Mutter wahr. So zart, so verletzlich. Plötzlich war sie wieder da, diese Idee, die sich beim Verlassen des Notarbüros in ihrem Herzen eingenistet hatte wie ein kleiner Vogel.

»Warum ziehen wir nicht einfach alle zusammen nach Cornwall? Vielleicht ist es das, was Leonore gewollt hätte …«

Aber schon in dem Moment, als sie die Worte ausgesprochen hatte, wusste Nini, dass es unmöglich war. Dazu musste sie nicht erst die zusammengezogenen Augenbrauen ihres Vaters sehen.

»Wie stellst du dir das vor, Nini? Ich habe hier schließlich einen Job, deiner Mutter geht es im Moment nicht besonders gut, außerdem …«

Seine Schultern gaben ein paar Millimeter nach, mit Daumen und Zeigefinger massierte er seine Nasenwurzel. Als er wieder ansetzte, kam Nini ihm zuvor.

»Schon gut, ich hab's verstanden, Dad. Dann gehe ich eben alleine. Ich bin achtzehn, hab meinen Schulabschluss in der Tasche und Zeit. Ich will es wenigstens versuchen. Erst mal für zwei Monate und dann … dann sehen wir weiter.«

Diese Redewendung hatte sie sich von ihm ausgeborgt. Ihre letzten Monate waren voll von diesen *Dann-sehen-wir-Weiter* gewesen.

»Du warst immer so gerne bei Leonore im Cottage«,

flüsterte ihre Mutter und zerknüllte die Stoffserviette auf ihrem Schoß. Ninis Herz setzte erst für einen kurzen Moment aus, um dann plötzlich umso wilder zu pochen und vor Liebe beinahe überzuquellen.

»Mom …«, hauchte sie mit feuchten Augen.

War es das, was sie dachte? Hatte ihre Mutter gerade das Okay für Ninis Selbstversuch im Erwachsenwerden gegeben?

Nini fühlte sich plötzlich wie ein knallroter, heliumgefüllter Luftballon, der jederzeit mit dem Wind davonfliegen könnte. Das war mehr, als sie zu hoffen gewagt hatte. Viel mehr! Sie wollte noch etwas zu ihrer Mutter sagen, sich bedanken oder ihr vielleicht von ihrem Gespräch mit dem Notar erzählen, aber Emma Morrison schob langsam den Stuhl nach hinten, um sich noch langsamer davon zu erheben. Der Ladezustand ihres Akkus war offensichtlich schon wieder im roten Bereich. Wie sie so da stand, wirkte sie schwach, fast zerbrechlich. Der Biosensor schlackerte um ihr dünnes Handgelenk. Bestimmt hatte der schon eine ganze Weile keine positiven Messdaten mehr an das Gesundheitsministerium geliefert.

»Seid mir nicht böse, aber ich muss jetzt ins Bett …« Im Vorbeigehen strich sie Nini über den Kopf und murmelte: »Meine Große.« Die Schlafzimmertür schloss sich leise hinter ihr.

Nini griff nach dem noch fast vollen Teller ihrer Mutter und stapelte ihn auf die anderen beiden. Drei Teller, drei Gläser, drei Mal Besteck – drei fühlte sich falsch an. So grundfalsch.

Mit dem Geschirr in den Händen quetschte Nini sich hinter dem Stuhl ihres Vaters in die Küche und ließ fast die Teller fallen, als ein schrilles Sirenengeräusch ertönte. Rasch zog Nini ihr Telefon aus der Hosentasche.

Achtung: Raubüberfall mit schwerer Körperverletzung in der Boswell Street. Täter noch auf freiem Fuß. Region meiden!

Nur eine Crime-Warnung. Nini entspannte sich wieder. Dank der Überwachungskameras, die an jeder Ecke hingen, würde sich das in kürzester Zeit erledigt haben. Sie tippte auf den Haken, um zu bestätigten, dass sie die Nachricht gelesen hatte, und schielte zu ihrem Vater, der exakt das Gleiche tat. Er und vermutlich Tausende andere Menschen, deren Smartphones im Gebiet um den Russell Square eingeloggt waren. Mit dem kleinen Unterschied, dass diese Warnung bei ihm gerade das väterliche Panikzentrum aktivierte. Zumindest seinem Gesichtsausdruck nach zu urteilen.

»Dad, ich werde vorsichtig sein, ich verspreche es. Du musst dir wirklich keine Sorgen machen. Ich meine, was soll mir schon passieren in diesem verschlafenen Nest im Nirgendwo? Außerdem hast du in meinem Alter schon die halbe Welt bereist …«

Diesen Trumpf, die Reisen ihres Vaters, hatte sie sich bis ganz zum Schluss aufgehoben. Nicht ganz fair, das wusste Nini.

Ein resignierendes Lächeln erschien auf seinen Lippen.

»Ich bin mir nicht sicher, ob das mit Mevagissey wirklich eine so gute Idee ist. Aber dich von etwas abhalten zu wollen, das du dir in den Kopf gesetzt hast, ist ungefähr so, als wollte man einen fahrenden Zug mit bloßer Hand stoppen.«

Mit zwei Schritten war Nini bei ihrem Vater und umarmte ihn.

»Danke«, flüsterte sie ihm ins Ohr und fügte in Gedanken hinzu: *Tut mir so leid, dass ich dich mit all dem hier alleine lasse, aber ich muss hier weg – und wenn es nur für ein paar Wochen ist.* Sie spürte, wie das Loch in ihrem Herzen noch ein wenig mehr ausfranste.

4

Die verstopften Ausfallstraßen von London hatten sie längst hinter sich gelassen. Über ihnen spannte sich ein Himmel, wie Nini ihn schon lange nicht mehr gesehen hatte. Aquamarinblau, grellblau, unglaublich blau. Es kam ihr vor, als wären die Farben hier draußen lebendiger. Bäume waren nicht einfach nur grün, sie leuchteten in allen Schattierungen, die der Farbton nur hergab, Häuser so weiß, dass Nini an Joghurt denken musste, sonnengelbe Blümchen am Grünstreifen neben der Straße. Bisher war ihr nie aufgefallen, dass London sich anfühlte, als wäre die Farbe aus allem herausgeflossen und nur einzelne Pigmente übrig geblieben. Das Grau der Straßen, das blasse Gesicht ihrer Mutter, die gelblichen Wolken vor dem Fenster.

Nini ließ sich tiefer in den Autositz sinken und sog den Anblick der bunten Landschaft vor dem Autofenster Quadratzentimeter für Quadratzentimeter in sich auf.

»Und? Schon aufgeregt?«

Ihr Vater hielt ihr einen Becher Tee, den er eben aus seiner Thermosflasche eingegossen hatte, unter die Nase. Er war noch heiß und das Auto ruckelte, also nippte sie nur vorsichtig daran. Typischer Morrison-Tee. Golden und dünn, wie Darjeeling eben war, wenn man nur eine winzige Menge Blätter zur Verfügung hatte und die mit sehr viel Wasser aufgoss. *Katzenpisse* hatten sie und Tilda das Gebräu hinter dem Rücken ihrer Eltern immer genannt. Aber wenigstens gab es bei ihnen zu Hause noch echten Tee und nicht dieses billige Ersatzzeug. Darauf legten ihre Eltern wert.

»Ein bisschen.«

Um die Wahrheit zu sagen: Seit Nini ihre Sachen heute Morgen in den Kofferraum des SDs gepackt hatte, puckerte ihr Herz ziemlich unkontrolliert. Sie fühlte sich, als würde sie in einem Film mitspielen, aber das Drehbuch dazu nicht kennen, und ohne die geringste Ahnung, ob es ein Abenteuer, ein Drama oder eine Komödie werden würde.

Zwei Wochen waren seit dem Gespräch mit ihren Eltern vergangen. Zwei Wochen, in denen sie sich mehr als einmal gefragt hatte, ob sie diese Nummer wirklich durchziehen wollte. Und da war sie nicht die Einzige. Gefühlt hatten ihr alle mit dieser einen Frage in den Ohren gelegen: »Bist du sicher, dass du das wirklich willst?«

War sie und wollte sie! Nini wollte es sogar so sehr, dass ihr die letzten Tage in London zäh wie Kaugummi vorgekommen waren.

Aus ihrem Smartphone drang Sirenengeheul. Schon wieder eine Warnung? Das war jetzt die dritte, seit sie in London aufgebrochen waren. Eine an der Grenze zu Dorset, eine in Devon und jetzt diese hier.

Sie haben den Verwaltungsbezirk Cornwall betreten. Bitte informieren Sie sich über Sonderregelungen (hier). Gesetzesverstöße und Auffälligkeiten hier melden.

Sie bestätigten beide fast zeitgleich den Erhalt der Warnung. Endlich also Cornwall! Ihr Vater hatte für diesen Trip sein SD-Meilenkonto aufstocken müssen, aber er wollte sie nun mal unbedingt herbringen und sich mit eigenen Augen davon überzeugen, dass sie nicht in einer Bruchbude leben würde. Ein warmes Gefühl breitete sich in ihrem Bauch aus und sie war sicher, dass es nicht vom Tee kam.

»Hey, Dad«, sie rempelte ihn leicht mit der Schulter an, »danke, dass du mitkommst.«

Sein Lächeln war zwar nur ein Echo des Strahlens von früher, aber es war ein Lächeln.

»Ich kann doch meine Große nicht ganz alleine in die weite Welt ziehen lassen.«

»Daaad, bitte, ich ziehe nur für ein paar Wochen nach Cornwall, nicht in den Kongo.«

»Ich weiß, Nini. Lass deinen Vater doch auch mal die Drama-Queen sein.« Er seufzte theatralisch.

Nini kicherte, als hätte sie zu viel rosa Brause getrunken. Das, was sich da mit jeder zurückgelegten Meile seinen Weg durch das Loch in ihrem Herzen kämpfte, fühlte sich fast an wie Glück.

»Verkehrshindernis in zehn Kilometern. Neue Route wählen?«

Die digitalisierte Stimme des SDs platzte in ihre Gedanken.

»Ja, ja, ist schon gut«, murrte ihr Vater und änderte die Routeneinstellung am Display. Sofort sprang die Zeitanzeige weiter. Sie würden beinahe eine halbe Stunde verlieren. Eine halbe Stunde, die Nini länger warten musste, bis sie das Foxglove Cottage wiedersah. Leonores Haus, das nun ihres war.

Draußen vor dem Fenster hatte sich die Landschaft verändert. Jetzt zogen Meile um Meile Felder vorbei. Grün, braun, grün, braun. Monotonie, geschaffen, um unzählige Menschen zu ernähren. Einzig die Feldroboter unterbrachen das Farbmuster mit ihrem hellen Grau. Emsig kontrollierten und jäteten sie, versprühten Pestizide, verteilten Dünger und sammelten Daten. Sie arbeiteten sich durch die Reihen und sorgten für maximale Ernte. *Wie Flöhe in einem Hundefell,* dachte Nini und schüttelte sich. Widerlich.

»Diese Feldroboter sehen wirklich …« Nini verstummte, als sie feststellte, dass ihr Vater schon längst abgetaucht war, um seine Geschäftskorrespondenz zu bearbeiten.

»Hmhmm«, brummte er, obwohl Nini den Satz gar nicht beendet hatte. Wie so oft in den letzten Monaten. Sie zupfte an ihrem Armband, bis der Druck auf ihrer Brust wieder nachließ, und sagte dann ganz beiläufig: »Ich habe übrigens vier Lover und denke darüber nach, mir noch einen fünften zuzulegen.«

»Mhhhm.«

»Hey, hast du mir überhaupt zugehört?« Nini bohrte ihm einen Finger in die Rippen, bis er reagierte.

»Was? Klar! Ich muss nur kurz meine Mails beantworten, dann können wir darüber reden.«

»Über meine Lover?«

»Deine was?« Der verwirrte Ausdruck, mit dem er sie jetzt ansah, machten es Nini unmöglich, ihm ernsthaft böse zu sein.

»Ich dachte, das hier wäre *unser* kleiner Ausflug …«, schob sie hinterher.

»Ist er auch und ich bin wirklich gleich fertig. Versprochen.«

Manchmal wünschte sich Nini die alten Autos zurück. Dann würde ihr Vater jetzt hinterm Steuer sitzen und sich mit ihr unterhalten, anstatt zu arbeiten. Miteinander reden gehörte in letzter Zeit nicht mehr unbedingt zu einer Paradedisziplin ihrer Familie. So gesehen, würde sie sich im Cottage nicht groß umstellen müssen. Alleine. Sie würde alleine sein.

Sie lutschte das Wort wie einen Bonbon.

A-l-l-e-i-n-e.

Je öfter sie es in ihrem Kopf wiederholte, umso weniger konnte sie diese Aneinanderreihung von Buchstaben mit Bedeutung füllen. Kein Wunder, schließlich wusste sie gar nicht, wie sich das anfühlte.

Sie war in ihrem ganzen Leben nie alleine gewesen. Tagsüber, in der Wohnung, waren immer Tilda und ihre Mutter irgendwo herumgesprungen. Die eine hatte gespielt oder gelernt, die andere gearbeitet. Und wenn Nini nicht gerade ihren Live-Schultag hatte, dann saß sie irgendwo in einer halbwegs stillen Ecke und versuchte, mit dem

Kopfhörer im Ohr ihrem Online-Unterricht zu folgen – *Geschichte, Biologie, Geografie*. Abends, wenn ihr Vater nach Hause kam, wurde es dann noch beengter. Und trat man in London vor die Haustür, war das sowieso das Gegenteil von alleine sein.

»Nini?« Ihr Vater hatte das Handy wieder klein gefaltet und weggesteckt. »Was war das vorhin mit deinen … *Lovern?* Hast du …«

Seiner Stimme war anzuhören, dass er dieses Thema scheute wie der Systemadministrator eine neue Schadsoftware. Normalerweise hätte ihr Dad so ein Gespräch an ihre Mom delegiert, aber was war im Moment schon normal bei ihnen. Sein väterlich-besorgter Blick brachte Nini zum Lachen.

»Nein, habe ich nicht. Beruhig dich.«

Der leicht skeptische Zug um seinen Mund erinnerte Nini sehr an sich selbst. Sie hatte überhaupt oft das Gefühl, in einen Spiegel zu schauen, wenn sie ihren Dad ansah. Im Gegensatz zu Tilda, die schön wie ihre Mom gewesen war, hatte sie selbst von ihr nur den herzförmigen Mund abgestaubt. Alles andere ging auf das Konto ihres Erzeugers. Die glatten dunklen Haare, die Augen, von denen Tilda immer behauptet hatte, sie wären froschschlamm-grün, die aber mit viel Wohlwollen als moosgrün durchgingen, die milchig-helle Haut.

»Nini, ich weiß, ich müsste mehr für dich da sein, aber ich …« Er brach ab und zuckte mit den Schultern.

Nini legte sacht ihre Hand auf seine und sagte: »Dad. Ich bin mittlerweile ziemlich selbstständig, falls dir das entgangen sein sollte. Du musst dir keine Sorgen um mich machen, wirklich.«

Das SD fuhr langsamer, je näher sie ihrem Ziel kamen. Für Ninis Geschmack viel zu langsam, aber die schmale, von einer halbhohen Steinmauer gesäumte Straße ließ kein höheres Tempo zu. Kurvig wand sie sich durch die Landschaft, über die der Juni eimerweise helles Grün ausgegossen hatte. Verwunschene Eichenwälder, Vorhänge aus Efeu, Meere aus Farn, letzte Bluebells, die wie bunte Fische im Unterholz leuchteten – wie hatte sie diese Schönheit nur vergessen können? Plötzlich wurde Nini bewusst, wie unendlich lange sie nicht mehr in Cornwall gewesen war – fast zehn Jahre. Irgendwann hatten ihre Eltern einfach aufgehört, sie zu Leonore zu bringen. Angeblich, weil ihre Patentante zu viel zu tun hätte. Zuerst hatte Nini versucht, dagegen aufzubegehren, doch mit der Zeit hatten die Schule und andere Interessen sie so mit Beschlag belegt, dass Cornwall, Leonore und ihr Cottage in den Hintergrund gerückt waren.

Ninis Blick glitt über den Waldrand. Die Gegend strahlte etwas Magisches aus, und sie wäre kaum überrascht gewesen, Elfen oder Feen zwischen den Baumstämmen hervorlugen zu sehen.

Der Wald wich irgendwann zurück und machte einer Patchwork-Decke aus Feldern, Wiesen und Hecken Platz, über die sich Schafe wie weiße Wölkchen verteilten. Hier gab es also noch Tierhaltung. Klar, von irgendwoher musste ja das echte Fleisch, das meist nur noch auf den Tellern reicher Gourmets landete, schließlich kommen. *Kulturerbe Nutztierhaltung*. Hatte sie diesen pompösen Begriff nicht neulich irgendwo in einer Seminararbeit gelesen? Aber noch bevor sie den Gedanken verfolgen konnte, lenkte sie ein Kirchturm ab, der am Horizont auftauchte und spitz zwischen den Hügeln herausstach. Dieses Bild kam ihr vage vertraut vor, so wie das Gesicht von jemandem, mit dem man mal auf einer Party gequatscht hatte, aber an dessen Namen man sich nicht mehr erinnern konnte.

»Wir sind in ein paar Minuten da. Willst du zuerst nach Mevagissey reinfahren? Dann müsste ich ein neues Etappenziel ins Navi eingeben.« Ihr Dad studierte die Karte auf dem Display.

»Nein, lieber gleich zum Cottage.« Sie hatte doch nicht fünf Stunden im Auto gesessen, um sich die Schaufenster der Souvenirläden anzusehen, in denen sich Schiffe in Glasflaschen, Muschelmännchen oder T-Shirts mit »I love Cornwall« stapelten.

Sie wollte zu ihrem Haus.

So schnell wie möglich.

5

Nini schlüpfte in ihre Sneakers und kramte in ihrer Messenger-Bag nach dem Schlüssel. Als sie ihn zwischen Taschentüchern, Geldbörse und Schminktäschchen endlich fand, schloss sie ihre Finger so fest darum, dass es beinahe wehtat. Eine Schrecksekunde lang hatte sie befürchtet, dass er sich in Luft aufgelöst und ihre Träume mitgenommen haben könnte.

Aber das, was sie da in ihrer Handfläche spürte, fühlte sich *real* an. Genauso wie das alte Steingebäude, das jetzt vor der Windschutzscheibe auftauchte: *Foxglove Cottage*.

Das SD rollte im Schritttempo an den verwitterten Steinpfosten vorbei, knirschte die Kieszufahrt entlang und blieb stehen.

»Sie haben Ihr Ziel erreicht«, verkündete das Navi.

»Danke für den Hinweis, wäre mir sonst gar nicht aufgefallen«, gab Nini aufgekratzt zurück, sprang aus dem Auto und hatte mit einem Mal das Gefühl, aus der Zeit gefallen zu sein.

Da war es, ihr Cottage, mit seinen massiven grauen Steinen, den roten Ziegeln, die wie Augenbrauen seine großen Sprossenfenster rahmten, und dem schon ein wenig verwitterten Dach. Die Holztür hatte noch immer diese Farbe irgendwo zwischen grün und blau, und im oberen Bereich die zwei kleinen Fenster, damit Licht in den Flur fiel.

»Drei, zwei, eins«, flüsterte Nini, so, wie sie es als Kind immer getan hatte – aber dieses Mal öffnete Leonore nicht die Tür. Nini spürte die Hand ihres Vaters auf der Schulter und für einen winzigen Moment schloss sie die Augen, um ihre Tränen zurückzudrängen.

»Alles okay bei dir?«, erkundigte sich ihr Vater.

Nini nickte, bekam aber kein Wort heraus. Was hatte sie erwartet? Dass sie einfach in das Cottage spazieren würde und so tun könnte, als sei Leonore nur kurz einkaufen gegangen? Ihre Seele war noch so wundgescheuert von den letzten Monaten, dass sie den Schmerz, der sie nun plötzlich erfasste, gar nicht richtig verorten konnte.

Hinter Nini knirschte der Kies. Ihr Dad lud bereits ihre Habseligkeiten aus – pragmatisch, wie er war. Und wie immer ließ er nicht erkennen, was er eigentlich fühlte. Ihre Eltern und ihre Patentante waren früher eng befreundet gewesen … In den letzten Jahren hatte allerdings Funkstille geherrscht und nur noch Nini hatte den Kontakt gepflegt. Wieder einmal nahm sie sich vor, ihren Vater irgendwann nach dem Grund zu fragen.

Ein heiseres Keckern lenkte sie ab. Nini legte den Kopf in den Nacken und starrte in den Himmel. Gegen die Sonne konnte sie nicht viel mehr als eine Silhouette erkennen – die eines großen Vogels, der eine der alten Eichen neben dem Cottage ansteuerte.

»Willst du hier Wurzeln schlagen oder sperrst du auch

irgendwann die Tür auf? Meine Arme werden langsam lahm.«

Nini atmete tief ein, machte einen beherzten Schritt auf die Tür zu und steckte den Schlüssel ins Schloss. Obwohl sie nie zuvor im Leben einen Schlüssel benutzt hatte, wusste sie genau, was zu tun war. *Krack* – eine Umdrehung, *krack* – noch eine. Der Messingknauf ließ sich drehen, die Tür schwang nach innen auf. Dunkelgrauer Steinfußboden, ein Flickenteppich, der schon in ihrer Kindheit dort gelegen hatte, Sideboard, Spiegel. Im Flur war alles noch genau so, wie Nini es in Erinnerung hatte. Zaghaft betrat sie das Haus und legte den Schlüssel in die dafür vorgesehene Schale.

»Geh ein Stück weiter, Nini, du blockierst hier alles.«

Aufgescheucht von den Worten ihres Vaters wagte Nini sich noch ein paar Meter weiter, stieß die Tür zur Wohnküche auf und lächelte. Das Herz des Hauses. Hier hatte sich immer alles abgespielt. Gäste kamen und gingen, es wurde gekocht, gestritten und gelacht. Sie trat ins Wohnzimmer und riss die Terrassentür auf, um frische Luft ins Haus zu lassen, dann stieg sie die mit Teppich überzogenen Stufen hinauf in den ersten Stock. Sie machte einen Schritt auf das Zimmer zu, in dem sie früher immer geschlafen hatte.

»Nini, wo bist du?«

»Oben, Dad, ich komme gleich und helfe dir mit den Sachen.« Aber zuerst wollte sie ihrer Vergangenheit begegnen. Alleine.

Sie öffnete die Tür.

Der Raum roch noch immer nach Lavendel und Seife, eine Kinderzeichnung – eine bunte Fantasieblume – war mit Tesafilm an die Schranktür geklebt. *Ihre Zeichnung.* Ninis Herz schlug so hart gegen ihre Rippen, dass sie Sorge hatte, es könne herausspringen. Die nächste Tür. Das Badezimmer mit seinen altmodischen rosa Fliesen, der Badewanne, die immer noch einen Sprung unterhalb des Wasserhahns hatte, einem Schemel unter dem Waschbecken. Sie kniete sich hin und fuhr mit der Hand über die abgewetzte Trittfläche. Leonore hatte ihn immer für sie an das Waschbecken geschoben, damit sie sich die Zähne putzen konnte. Im Untergeschoss hörte sie ihren Vater rumoren. Blieb noch eine Tür. Leonores Zimmer.

Zögernd streckte Nini die Hand nach dem Türknauf aus und drehte daran. Das Bett mit dem hohen Kopfteil thronte noch immer mitten im lichtdurchfluteten Schlafzimmer. Ihre Finger fuhren über die dünne Staubschicht auf der Frisierkommode, als sie zum Fenster ging. Der Ausblick war atemberaubend, und selbst das war noch untertrieben. Hinter der Steinmauer, die das Grundstück begrenzte, und jenseits der dahinterstehenden imposanten Eichen flossen leuchtend grüne Hügel dem Meer entgegen. Im ersten Moment hätte Nini nicht sagen können, wo Ozean und Horizont sich berührten, bis sie die milchige Linie entdeckte, die sich manchmal am späten Nachmittag zwischen die beiden blauen Schichten stahl.

Sie schob das Fenster nach oben, lehnte sich nach draußen und schnupperte. Würzige Frühsommerluft mit einem Quäntchen Meeresbrise. Warum hatte noch niemand ein

Gerät erfunden, mit dem man solche Düfte einfangen und in einer Flasche aufbewahren konnte? Dann würde sie ihrer Mutter jede Woche eine Ampulle Instant-Landluft nach London schicken.

Dschää! Dschää!

Rau und kehlig hallte der Ruf eines Vogels aus einer der Eichen. Das gleiche Gekrächze wie eben vor der Haustüre. Sie machte die Augen schmal und suchte die ausladenden Kronen ab. Der Schreihals blieb unsichtbar.

Daschäääää!

»Ja, ja, meckere du nur rum«, rief sie, und plötzlich funkelte unter all der Traurigkeit tatsächlich so etwas wie Freude auf. Leonore hatte gewollt, dass sie das Cottage bekam. Es hätte ihr nicht gefallen, ihr Patenkind mit hängendem Kopf durchs Haus laufen zu sehen.

Nini warf sich auf Leonores Bett. Die altersschwachen Sprungfedern ächzten unter dem Aufprall, Staubkörnchen stiegen auf und tanzten im Sonnenlicht. Nini störte das nicht. Sie machte es sich auf dem weichen Überwurf gemütlich und starrte an die Decke, an der ein imposanter Kronleuchter aus Glas baumelte. Alles hier erschien ihr so groß, geradezu opulent. Ein Bett, so ausladend, dass es unmöglich in eines der Schlafzimmer zu Hause gepasst hätte, eine Wohnküche, die so geräumig war, dass man eine Spontanparty mit zehn Leuten feiern könnte. Und dann noch ein Garten. Wer in London hatte bitte schön einen Garten? Nini kicherte und zupfte an ihrem Armband. Läge Tilda jetzt hier neben ihr auf dem Bett, der Augenblick wäre absolut perfekt. Ihr Kichern erstarb so schnell, wie es gekommen war, und sie musste ein paar Mal schlucken, damit der Kloß wieder aus ihrem Hals verschwand.

Obwohl Nini nicht hungrig war, setzte sie sich zu ihrem Vater an den Tisch in der Wohnküche. Ihr Biosensor würde eine ausgelassene Mahlzeit sofort registrieren, und sie wollte sich ihren guten Schnitt nicht ruinieren. Natürlich nur, wenn sie in der ganzen Aufregung nicht wieder vergaß, ihre Werte noch vor dem Schlafengehen abzuschicken.

Vor ihr türmte sich ein bizarres Stillleben. Brötchen, aus London mitgebracht, genauso wie der blassrosa Aufstrich, die Margarine, der Käseersatz und die Gurke, die ihr Vater gerade aufschnitt. Teller, zusammengewürfelt aus unterschiedlichen Perioden der Menschheitsgeschichte, Tassen, die wahrscheinlich einmal hübsch gewesen waren und in denen jetzt dünner Darjeeling dampfte. Das Unheimlichste in der ganzen Sammlung aber waren die sorgfältig beschrifteten Einmachgläser mit Gemüse-Zeug, die ihr Vater in Leonores Vorratskammer entdeckt hatte. Nein, Nini würde bestimmt nichts aus diesen Gläsern probieren, schließlich wollte sie noch eine Weile am Leben bleiben. In ihrem Gehirn ploppten sofort Begriffe auf wie *Schimmel, Botulismus, Sterberaten*. Da konnte ihr Vater noch hundert Mal versichern, dass Leonore eine fantastische Köchin und Meisterin des Einmachens gewesen sei. Dieses Zeug würde es bestimmt nicht auf ihren Teller und schon gar nicht in ihren Körper schaffen.

»Nachts träume ich manchmal von einem Steak. Groß, außen schön kross angebraten, innen rosa«, seufzte ihr Vater, während er auf einem Gurkenstück herumkaute.

Nini hatte noch nie ein echtes Steak gegessen, das gab die Landwirtschaft für die breite Masse schon längst nicht mehr her. Und ModernMeat, das aus dem Reagenzglas, war sowieso nicht ihre Sache, auch wenn alle behaupteten, es schmecke richtig gut. Fleisch war out, das war doch kein großes Ding, und im Gegensatz zu ihrem Vater hatte sie noch nie das Gefühl gehabt, dass ihr etwas fehlte. Sie nahm sich ein Brötchen und pulte mit dem Finger das weiche Teigherz heraus.

»Du kannst morgen früh immer noch mit mir zurück nach London fahren, das weißt du, oder?«

Aber Nini hörte kaum hin. Sie überlegte, wie sie morgen erst Leonores Zimmer umdekorieren und dann ein paar Clips drehen und posten würde.

»Nini, hörst du mir überhaupt zu?«, fragte ihr Vater. Sein Messer kratzte über das Brötchen.

»Was?«

»Mitfahren? Zurück nach London? Morgen?«

Sie fühlte sich langsam wie die Fliege, die sich gerade vergeblich gegen das Cottagefenster warf. Wieder und immer wieder. Wie oft musste sie ihm diese Fragen denn noch beantworten?

»Dad, ich werde hierbleiben, ganz sicher! Hast du dich schon mal umgeschaut? Hier gibt's unendlich viel Platz. Ich wäre schön dumm, wenn ich es nicht zumindest versuchen würde, oder?«

»Aber außer Platz gibt's hier sonst nicht viel und das Haus ist in schlechtem Zustand. Ich weiß nicht, wann Leonore die letzten Reparaturen hat ausführen lassen. Außerdem klemmt fast jedes Fenster, die meisten Wasserhähne tropfen und …«

»Dad! Lass gut sein …«, schnaubte sie. »Ich schaff das! Und sollte das Dach Löcher haben, stelle ich einfach ein paar Töpfe drunter.«

»Außerdem gibt es hier auf dem Land keinerlei Überwachung. Nicht mal im Zentrum von Mevagissey sind Kameras installiert.«

Nini unterdrückte ein Stöhnen.

»Dann frag dich auch mal, warum, Dad. Es lohnt sich einfach nicht … Was sollte man hier auch klauen? Straßenschilder? Altersschwache Fischerboote? Und vermutlich laufen hier auch keine Banker oder Polit-Promis mit dicken Uhren durch die Gassen, die man überfallen könnte. Ganz ehrlich? Ich glaube, als Dieb würde man in Mevagissey glatt verhungern.«

Gut gelaunt grinste sie ihren Vater an. Nini hatte wirklich alles gegeben, um ihn zu beruhigen, hatte unter seinem strengen Blick Notfallnummern ins Handy diktiert und sogar zugestimmt, noch gemeinsam Vorräte einzukaufen. Niemand konnte behaupten, dass sie sich nicht Mühe gegeben hätte, die Premium-Tochter – Modell erwachsen und verantwortungsvoll – zu geben. Aber ihr Dad glaubte immer noch, sie würde die zwei Monate nicht überleben, und falls doch, dann mit Macken, die nur ein wirklich guter Therapeut wieder ausbügeln konnte.

Vermutlich gab es einfach gar nichts, was sie sagen konnte, das ihn wirklich beruhigte. Nach allem, was mit Tilda passiert war …

6

Nini stand an der Tür und sah dem SD hinterher. Ein leichtes Ziehen in der Magengegend machte sich breit, als die Rücklichter ein letztes Mal aufleuchteten. Irgendwie hatte sie sich diesen Moment besser, einfacher vorgestellt. Sie steckte sich die Kopfhörer in die Ohren, drehte den Sound voll auf und tanzte in die Küche. Hämmernde Beats waren schon immer ein gutes Mittel gewesen, Dämonen zu verjagen.

Allein. Sie war *allein* in *ihrem* Haus. Ihre Finger klopften im Rhythmus des Songs auf die Arbeitsplatte und sie sang mit – laut und falsch. Mit einem breiten Grinsen im Gesicht schnappte Nini sich das halbe Eiersandwich, das vom Mittagessen übrig geblieben war. Sollte sie zuerst ins Dorf oder zum Meer? Vielleicht in den Garten? Oder einfach nur auf Leonores Bett chillen?

Sie schlenderte ins Wohnzimmer und schlagartig verstummte das Geplapper in ihrem Kopf, Nini zog die Stöpsel aus den Ohren. All die Bücher! Das hatte sie völlig vergessen. Nicht nur ein paar einzelne, sondern eine ganze Wand voll. Buch an Buch, lückenlose Zahnreihen, die da im Regal standen, als wäre es das Normalste auf der Welt.

Nini hatte so etwas woanders nur ein Mal in ihrem Leben gesehen. Bei einer Schulfreundin, deren stinkreiche Eltern vom staatlichen Wohnraumamt eine großzügige Wohnung in Kensington zugeteilt bekommen hatten. Dank guter Beziehungen und eines fetten Bankkontos, mit dem man sich von der Quadratmeter-Auflage befreien konnte. Natürlich musste man bereit sein, tief in die Tasche zu greifen. Also nichts für Normalsterbliche. Für ihre Eltern war so ein Luxus unerreichbar.

Nini stopfte sich den letzten Rest Sandwich in den Mund, wischte sich die Hände an ihrer Hose ab, dann ging sie näher an das Regal und schnupperte. Die Bücher verströmten einen ganz eigenen Duft. Irgendwie trocken und pudrig. Bisher hatte sie nie darüber nachgedacht, wie es wäre, echte Bücher zu besitzen. Wozu auch? Alles, was sie lesen musste und wollte, war in den digitalisierten Bibliotheken verfügbar. Vorsichtig zog sie eines der ledernen Bücher – einen dicken Shakespeare-Sammelband – aus dem Regal, blätterte durch die Seiten und lauschte dem leisen Rascheln des Papiers. Sie versuchte sich an eine Textpassage aus »Viel Lärm um Nichts« zu erinnern, die sie in ihrem Online-Literatur-Tutorium gelesen hatte, aber ihr Gehirn spuckte nichts Nennenswertes aus. Zart strich sie mit der Hand über eine Seite, folgte einer Textzeile mit dem Zeigefinger. Das hier fühlte sich anders an, irgendwie echter, als könne sie mit der Fingerspitze den Sinn der Worte förmlich erspüren. Sie klappte das Buch zu, stellte es wieder an seinen Platz zurück und betrachtete die Wand. Klassiker, Romane, alte Fachbücher, Fotobände –

sie alle lebten Seite an Seite in den raumhohen Regalen. An einem dieser Regentage, von denen es in Cornwall mehr als genug gab, würde sie sich in den alten Ohrensessel ihrer Tante kuscheln und lesen. Echte Bücher aus Papier.

Dschää! Dschää!

Nini fuhr erschrocken herum.

Langsam ging ihr diese Krähe oder was immer das für ein dämlicher Vogel war, auf die Nerven. Warum tauchte dieses Vieh ausgerechnet immer dort auf, wo sie sich gerade aufhielt? Ein Blick aus dem Fenster. Nichts. Sie ging zur Terrassentür und spähte hinaus in den Garten. Verwitterte Steinplatten stießen am Ende der Terrasse an eine Mauer, die den flachen Hang dahinter im Zaum halten sollte. Und genau da saß er. Oben, auf der Mauerkrone, stolz wie ein König, und starrte sie an. Keine Krähe, sondern ein großer Vogel mit rostbraunem Gefieder, einem weißen Brustfleck und schwarz-weißer Gesichtsfärbung, die wie eine Kriegsbemalung aussah. Nini öffnete vorsichtig die Tür, schlüpfte in ein Paar Gummilatschen von Leonore und ging einen Schritt auf ihn zu. Der Vogel hüpfte linkisch zur Seite, aber flog nicht weg. Dafür gönnte er ihr einen Blick auf seine Flügel, deren Rand in einem metallischen Hellblau schimmerten, das von schwarzen Streifen unterbrochen wurde.

»Hübsch bist du ja, aber nicht unbedingt ein Gesangstalent. Womit wir dann schon zwei wären«, flüsterte Nini. Moment, hatte sie das eben wirklich gesagt? »Ich bin noch keinen halben Tag alleine und spreche schon mit einem Vogel. Wow, das kann ja heiter werden …«

Sie schlich sich noch einen Schritt näher an das Federvieh, das keine Anstalten machte, zu verschwinden. Nini streckte die Hand nach ihm aus.

Daschää! Dschää! Dschää!, gellte es in ihren Ohren, als er sich, vor ihrer unangemessenen Annäherung flüchtend, in sicherer Entfernung in einem Baum niederließ und sie weiter beäugte. Es klang, als lache der Vogel sie aus.

»Dann bleib doch, wo der Pfeffer wächst«, rief sie ihm hinterher.

Dschäääääää, kam die Antwort prompt aus dem Baum.

Drei Minuten später wusste Nini dank Recherche, dass der Schreihals ein Eichelhäher war. *Garrulus glandarius*. Ein Rabenvogel mit Hang zum Sammeln und Horten. Und weitere fünf Minuten später hatte sie beschlossen, nach Mevagissey zu laufen. Sie sprach mit Vögeln – dagegen musste sie dringend etwas unternehmen.

Nini lief nach oben, riss den Kleiderschrank auf, in dem sie ihre Habseligkeiten untergebracht hatte, und überlegte, was sie für ihre Erkundungsmission anziehen sollte. Sie entschied sich für ein graues Langarm-Shirt, den schwarzen Hoodie mit dem »Rebel«-Aufdruck am Rücken, dunkle Jeans und grobe, schwarze Stiefel. Ihre Lieblings-Kombi. In ihrem Kopf nörgelte Tilda: »Du immer mit deinem Schwarz. Siehst wie eine Vampir-Braut aus.«

Tilda hatte ein Faible für zarte Farben gehabt. Nach ihrem Tod hatte Nini eines ihrer rosa Langarm-Shirts aus dem Wäschekorb gefischt und immer daran geschnüffelt, wenn die Trauer nicht mehr auszuhalten war, und es an besonders schlimmen Tagen mit ins Bett genommen. Erst nachdem das allerletzte Molekül von Tildas Geruch aus dem Gewebe verschwunden war, konnte sie sich überwinden, es in die Waschmaschine zu stecken. Jetzt lag es zusammengefaltet in ihrer Reisetasche und wartete darauf, vielleicht doch irgendwann von ihr getragen zu werden.

Nini stand in BH und Jeans am Fenster und zog ihr Shirt über. Erschrocken machte sie einen Schritt zurück. Da war jemand im Garten! Und dieser Jemand hatte etwas in der Hand, das wie ein großes Messer aussah. Von hier oben wirkte der Typ groß und kräftig, er bewegte sich zielorientiert und selbstbewusst. Für einen kurzen Moment wünschte sie sich die Überwachungskameras Londons herbei, die längst eine gestochen scharfe Porträtaufnahme von dem Kerl gemacht hätten. Nur für den Fall, dass er auf dumme Gedanken kommen würde …

Die Terrassentür! Hatte sie die Tür abgeschlossen? Natürlich.

»Nicht immer gleich panisch werden«, murmelte sie. So leicht würde sie sich nicht einschüchtern lassen. Mit Schwung schob sie das Fenster hoch.

»Hey, Sie! Was machen Sie hier?«, brüllte sie.

Mit einer gewissen Befriedigung stellte sie fest, dass der Mann erschrocken herumwirbelte. Das Zweite, was sie registrierte: Der Typ da unten in Cargohose und T-Shirt war ziemlich jung. Breitbeinig stand er im Garten, schirmte seine Augen mit einer Hand ab und sah zu ihr hoch. Einen Augenblick lang verhakten sich ihre Blicke.

»Du bist Nini.«

Keine Frage, eine Feststellung. Erst jetzt erkannte sie,

dass das, was er in der Hand hatte, kein Messer, sondern eine Schere war. Groß genug, um einem Erwachsenen den Kopf abzuschneiden.

»Was machst du hier?«

Er hob die Schere und schwenkte sie. Der Ärmel seines T-Shirts rutschte ein Stück nach oben und gab den Blick auf einen muskulösen Oberarm frei. Überhaupt wirkte er sehr kräftig. Nini wog ihre Chancen ab. Zwar hatte sie in ihrem Selbstverteidigungskurs gelernt, dass Kraft nicht alles war, trotzdem: Wenn der Typ ein irrer Killer wäre, hätte sie vermutlich keine Chance.

»Was denkst du denn?«

»Bin ich hier, um Rätsel zu lösen?«

Er zuckte mit den Schultern.

»Keine Ahnung, warum du hier bist. Aber vielleicht kommst du runter, dann hole ich mir beim Reden wenigstens keine Nackenstarre.«

Sie schluckte ihre Erwiderung hinunter und rammte das Fenster mit so viel Kraft zu, dass die Scheibe zitterte. Schnell schlüpfte sie in ihren Hoodie und lief barfuß nach unten. Der Scheren-Typ wartete bereits auf der Terrasse. Einen kurzen Moment überlegte sie, dann entriegelte sie das Schloss. Ihm war ihr Zögern nicht entgangen, das las sie in seinen spöttisch funkelnden Augen.

»Also? Was machst du hier?« Sie baute sich vor ihm auf und verschränkte die Arme. Nini war groß, aber der Junge überragte sie um fast einen Kopf – wenn man die Haare, die ihm wirr vom Kopf abstanden, dazuzählte. Haselnussbraune Augen musterten sie interessiert.

»Du bist also Nini.«

»Ich dachte, das hatten wir schon geklärt. Aber ich weiß immer noch nicht, wer *du* bist und was du hier willst.«

Ihr Blick blieb wieder an der Kopf-ab-Schere hängen. Auch wenn der Typ gut aussah und aus der Nähe nicht unbedingt wie ein Serienkiller, würde sie wachsam bleiben.

»Ich bin Arthur, der Gärtner.« Er hob die Schere, als wollte er das eben Gesagte damit unterstreichen. Nini wich ein paar Zentimeter zurück, was ihm ein Grinsen entlockte. »Keine Sorge, ich bin harmlos.«

Nini schnaubte.

»Das würde ein Serienkiller auch behaupten.«

»Touché. Ich dachte, Leonore hätte dir ...« Ein Schatten huschte über sein Gesicht. »Entschuldige, das war unsensibel von mir. Ich gehe dann mal und mache meine Arbeit. In einer Stunde bin ich wieder verschwunden.«

Nini meinte, in seinem Gesicht so etwas wie Traurigkeit erkannt zu haben, und schämte sich fast ein wenig dafür, dass sie so borstig gewesen war. Gerade wollte sie etwas Freundliches sagen, da fiel ihr plötzlich ein, dass Gartenpflege eine Dienstleistung war, die Geld kostete, und dieser Arthur bestimmt nicht hier war, um sein Freiwilliges Soziales Jahr abzuleisten.

»Nimm es nicht persönlich, aber glaube nicht, dass du hier weiterarbeiten kannst. Ich habe nämlich kein Geld, um dich zu bezahlen.«

Er verzog seine Lippen zu einem schiefen Grinsen.

»Mach dir darüber mal keine Gedanken, deine Tante hat mich für ein Jahr im Voraus bezahlt.«

»Patentante.«

»Na gut, dann eben deine Patentante. Macht für mich keinen Unterschied.«

»Für mich schon«, behauptete sie, obwohl das nicht stimmte. Sie wollte ihm einfach nur nicht das letzte Wort lassen. Die Selbstsicherheit, mit der er sich hier bewegte, war wirklich nervig. Der Typ konnte unmöglich älter als zwanzig sein, aber er benahm sich, als wäre er der Chef und zudem in diesem Haus aufgewachsen. Sie spürte einen kleinen Stich in der Herzgegend. Anders als sie hatte er vermutlich ziemlich viel Zeit mit Leonore verbracht.

»Wenn du meinst. Also, ich mach dann mal meine Arbeit. Man sieht sich.«

Er ließ sie stehen und marschierte Richtung rückwärtiger Garten.

»Hey, was heißt, *man sieht sich?* Wie oft gedenkst du denn zu kommen?«, rief sie ihm nach.

Ohne stehen zu bleiben oder sich umzudrehen, antwortete er: »Ein paar Mal pro Woche. So wie immer.«

So wie immer. Als müsste Nini wissen, wie das Leben hier lief. Seine Überheblichkeit ärgerte sie mindestens genauso wie die Tatsache, dass sie ihn attraktiv fand.

Dschäääääää!

Flügel, die hellblau in der Sonne aufblitzen, ein aufgeregtes Flattern – der Eichelhäher landete direkt vor Arthurs Füßen und hüpfte auf ihn zu. Der Gärtner setzte den Vogel vorsichtig auf seine Schulter und ging weiter, als wäre es das Normalste auf der Welt.

7

Nini stand am Kai und beobachtete die bunten Fischerboote, die sich sanft auf dem Wasser wiegten. Letzte Sonnenstrahlen lagen wie warme Hände auf ihrem Gesicht, es roch nach Algen, Fisch und Salzwasser. Wie früher. Ihr Blick ging in den Himmel, vor dessen Blau sich kreischende Möwen um ein Stück Fisch balgten, und plötzlich flackerte tatsächlich so etwas wie ein Fünkchen Glück auf. Etwas, von dem sie bis vor Kurzem noch gedacht hatte, es für immer verloren zu haben. Überrascht belauschte sie diesen fremd gewordenen Zustand in ihrem Inneren. Es war wie das Schnurren einer zufriedenen Katze.

Wäre Tilda jetzt hier, würde sie ihre Schwester an der Hand nehmen, sie angrinsen und zusammen mit ihr auf die Hafenmauer zulaufen. Dorthin, wo die Wellen mit leisem Schmatzen an die Steine schlugen und feine Gischt versprühten. Wo dunkelgrüne Algen wie Bärte aus der Wand wuchsen und kleine Krebse nach Nahrung suchten. Sie würden sich über die Mauer beugen und ins Wasser spucken. Aber Tilda war nicht hier. Sie würde nie wieder bei ihr sein.

Das Schnurren verstummte. Die Katze war genauso

schnell wieder verschwunden, wie sie sich angeschlichen hatte. Nini spürte, wie ihre Augen feucht wurden. Rasch wandte sie sich ab, lief in Richtung des Gemischtwarenladens, an dem sie vorhin vorbeigekommen war. Obwohl sie die Welt nur verschwommen wahrnahm, entging ihr nicht, was da rechts an der Hauswand klebte. Ein Plakat. Ein Plakat aus Papier. Sie wischte sich die Tränen aus den Augen und blieb stehen. Die Farben waren verblasst, durch die Mitte zog sich ein Riss, die Ecke rechts unten fehlte. Und damit auch die Hälfte des Logos der Grünen Union. Das Plakat musste steinalt sein. Die wohlbekannten Gesichtszüge des Mannes darauf waren noch weicher, jünger als heutzutage. Das Grinsen allerdings unverkennbar, trotz aufgemaltem Schnurrbart und Vampirzähnen. Sie wusste nicht, was sie mehr schockierte: dass es in Mevagissey noch bis vor ein paar Jahren Plakate gegeben hatte oder die Tatsache, dass jemand es gewagt hatte, den Präsidenten derart zu verunstalten. Wer auch immer hier seine künstlerischen Ambitionen am Konterfei von Frank Darwin ausgelassen haben mochte – ihm drohte deutlich mehr, als nur ein Punkteverlust im Bürgerregister, da war sich Nini ziemlich sicher. Ob sie denjenigen wohl erwischt hatten?

Eine ältere Frau mit Einkaufstüten ging an ihr vorbei und sah ihr ins Gesicht. Einen Moment zu lange, um ihren Blick als interessiert oder höflich gelten zu lassen. War vermutlich nicht sonderlich schlau, vor einem verschandelten Plakat der Grünen Union zu stehen und zu glotzen. Sie zwang sich, schnell weiterzugehen.

Der Gemischtwarenladen, *Debbies One-Stop-Shop*, hatte

schon zu. Genau genommen hatte er, so gab das Schild an der Glastür Auskunft, nur bis Mittag geöffnet, weil Sonntag war. Noch etwas, an das sie sich hier auf dem Land wohl würde gewöhnen müssen. Und wo bekam sie jetzt etwas zu trinken her? Ninis Mund war so trocken, dass ihre Zunge förmlich am Gaumen klebte. Sie faltete ihr Handy auf und tippte »Café« und »Mevagissey« ein. Alles, was die Suchmaschine ausspuckte, war ein Restaurant und ein Pub. *Crown & Anchor*, traditioneller Pub, Barfood und Getränke, 4-Sterne-Bewertung. Nicht unbedingt, was sie gesucht hatte, aber besser als nichts und gleich um die Ecke.

Die Holztische draußen vor dem *Crown & Anchor* waren verwaist, denn die Sonne stand mittlerweile tief, und es wehte eine empfindlich kühle Brise vom Meer her. Nini schob die Tür auf. Drinnen war es schummrig, und ihre Augen brauchten einen Moment, um sich an die Lichtverhältnisse zu gewöhnen. Es war Jahre her, dass sie zuletzt einen Pub betreten hatte. Zusammen mit ihren Eltern und Tilda, nach einem Stadtbummel an einem Samstag: Sie alle waren erschöpft gewesen von dem Geschiebe und Gedränge, das in den Einkaufsstraßen von London geherrscht hatte. Der Pub war laut und überfüllt gewesen, ihr Vater hatte eine Ewigkeit gebraucht, um Getränke zu organisieren.

Dagegen herrschte hier fast gähnende Leere. Außer ein paar Leuten, die eben noch lautstark in einer Ecke diskutiert hatten und sie jetzt anstarrten, als wäre sie ein Alien, war der Raum menschenleer. Mit erhobenem Kinn marschierte Nini an ihnen vorbei in den Nebenraum, wo sie die Bar vermutete. Ein alter Holztresen, eine auf Hochglanz polierte Zapfanlage und ein Barmann, der Gläser trocknete. Er stand mit dem Rücken zum Raum und schien seinen neuen Gast nicht zu bemerken. Sie rutschte auf einen Barhocker.

»Könnte ich etwas bestellen?«

Er trocknete sich die Hände mit dem Geschirrtuch ab und drehte sich um.

»Du?«, entfuhr es Nini.

Arthur zog eine Augenbraue nach oben. »Ist das ein Problem für dich?«

»Nein, nein«, stotterte sie und versuchte, ihre Fassung wieder zu gewinnen, »es kommt nur so … unerwartet.«

Nini konzentrierte sich darauf, ihn nicht zu auffällig anzustarren. Der Gärtner ihrer Patentante trug jetzt Jeans und ein schwarzes T-Shirt, demnach hatte er geduscht und sich umgezogen. Konnte der Kerl sich von einem Ort zum anderen beamen? Und noch etwas fiel ihr auf: Arthur trug keinen Biosensor um sein Handgelenk. *Komisch.*

»Was darf's sein?«

»Wasser. Mit Sprudel, bitte.«

Arthur schenkte das Wasser in ein Glas und stellte es ihr vor die Nase. Wortlos wandte er sich wieder den Gläsern zu, als wäre sie gar nicht hier. Freundlich war anders. Aber so schnell würde sie sich nicht abservieren lassen.

»Ist ja nicht viel los …«

»In einer Stunde kriegst du hier keinen Platz mehr.«

Er hatte sich nicht einmal umgedreht.

»Dann hast du ja jetzt noch Zeit, dich mit mir zu unterhalten …«

Jetzt hatte sie seine Aufmerksamkeit. Provokation funktionierte bei solchen Jungs immer. Arthur stützte sich auf den Tresen, ein träges Lächeln lag auf seinem Gesicht.

»Hast du gar keine Angst mehr vor mir?« Seine Augen blitzten belustigt.

»Wie kommst du darauf, dass ich Angst hatte? Sag mir lieber, was es mit diesem Vogel auf sich hat, den du dir da in meinem Garten als Haustier hältst.«

Wirklich schöne Augen, dachte sie, als Arthur sich noch ein Stückchen weiter in ihre Richtung lehnte. War ihr am Nachmittag gar nicht aufgefallen.

»Hey, Arthur, ich bezahle dich nicht dafür, dass du mit hübschen jungen Damen flirtest. Auch nicht, wenn *Rebel* auf ihrem Hoodie steht …«, ertönte plötzlich eine sonore Stimme hinter ihrem Rücken. Ein drahtiger Typ in schwarzer Lederjacke umrundete die Bar und klopfte Arthur freundschaftlich auf die Schulter. Arthur grinste.

»Nick, das ist Nini. Sie lebt jetzt in Leonores Haus.«

Nick war offensichtlich der Pub-Besitzer und selbstbewusst genug, eine Frisur zu tragen, die bestimmt schon vor Ninis Geburt nicht mehr salonfähig gewesen war. Er strich sich eine schulterlange Strähne hinters Ohr und streckte ihr die Hand hin. Aus dem Ärmel seiner Lederjacke lugte ein Tattoo.

»Na, dann willkommen in Mevagissey. Wusste gar nicht, dass Leonores Haus zur Vermietung stand. Was verschlägt dich denn hierher?«

»Nein, nicht gemietet. Ich habe es geerbt. Leonore war meine Patentante.«

Nick und Arthur wechselten einen Blick, aber nicht schnell genug, dass Nini ihn nicht bemerkt hätte. Arthur schüttelte unmerklich den Kopf.

»Ist daran irgendetwas komisch?« Sie sah die beiden Männer auf der anderen Seite des Tresens herausfordernd an.

Nick hob die Hände und sagte: »Nein, nein, überhaupt nicht. War nett, dich kennenzulernen«, und verschwand durch eine Tür auf der Rückseite der Bar. In die Küche, vermutete Nini aufgrund der Düfte, die ihre Nase erreichten. Sie stürzte den Rest ihres Wassers hinunter und stellte das Glas eine Nuance zu fest ab.

»Also, sag schon, was ist daran so seltsam?«

Arthur sah ihr nicht in die Augen, sondern polierte das Glas in seinen Händen.

»Nichts, außer vielleicht, dass jemand aus London hier rauszieht. Ich meine, bei uns ist nicht viel los, du sitzt im *Crown & Anchor* mehr oder weniger im gesellschaftlichen Epizentrum Mevagisseys. Für ein City-Girl wie dich nicht unbedingt prickelnd, schätze ich.«

Arthur wusste also, dass sie aus London kam. Was hatte ihm Leonore noch über sie verraten?

»Ich war schon immer gern bei Leonore im Foxglove Cottage. Außerdem habe ich gerade meinen Abschluss gemacht und mir gedacht, ich …« Sie brach mitten im Satz ab. Es gab keinen Grund, sich zu rechtfertigen. Noch dazu vor jemandem, den sie kaum kannte. Sie war hier und damit basta. *City-Girl* … pfft!

Es juckte sie, Arthur zu fragen, ob er überhaupt schon

mal in London gewesen war, wo er sich doch anscheinend so gut auskannte, aber dann überlegte sie es sich anders.

»Du schuldest mir übrigens noch eine Antwort.«

Die Überraschung in seinem Gesicht war nicht gespielt.

»Vogel? Im Garten …?«, half Nini nach.

Arthurs Lachen war – Nini kramte in ihrem Kopf nach dem richtigen Begriff – warm? Ehrlich? Ziemlich umwerfend jedenfalls.

»Ach so, Nepomuk. Den hat deine Tante, sorry, Patentante, letztes Jahr bei einem Spaziergang gefunden. Er war aus dem Nest gefallen und sie hat ihn mit der Hand aufgezogen.« Wieder huschte dieser Ausdruck von Traurigkeit über sein Gesicht, den sie heute Nachmittag schon einmal an ihm beobachtet hatte. »Ich glaube, er fühlt sich einsam, seit Leonore nicht mehr da ist.«

So, wie er das sagte, war Nini nicht sicher, ob er wirklich nur Nepomuk meinte. Ihre Blicke trafen sich und es war wie ein Erkennen: Sie versuchten beide, Löcher in ihren Herzen zu stopfen.

»Wenn du willst, stelle ich ihn dir morgen vor.«

Arthur räumte Ninis Glas ab und wischte mit einem Lappen den Wasserring, den es hinterlassen hatte, weg. Der Moment war zerrissen, Arthur verschanzte sich wieder hinter der Rolle des Barkeepers, der alles im Griff hat.

Nini nickte nur, denn sie war abgelenkt. Ihr Blick war auf ein paar gerahmte Fotos gefallen, die neben dem Tresen hingen. Sie glitt vom Barhocker und schlenderte hinüber. Keines war scharf, alles schien in Bewegung, verwischt, verschwommen. Eine Band auf einer Bühne. Scheinwerferlicht, gleißende Instrumente, schweißnasse Gesichter. Ein Typ in knallenger Lederhose mit nacktem Oberkörper, dem die langen Haare ins Gesicht fielen. Er schien wie besessen eine Gitarre zu bearbeiten, die an einem Gurt um seine Schulter hing. Seine Arme waren vom Handgelenk aufwärts tätowiert. Daneben noch ein Foto von ihm – offensichtlich der Leadsänger der Band. Den Kopf hatte er zurückgeworfen und sie konnte sein Gesicht sehen. Sie ging noch näher ran. War das …

»Und, hast du ihn erkannt?«

Nini fuhr herum, ihr Herz galoppierte.

»Musst du dich eigentlich immer so anschleichen?«, fauchte sie Arthur an. Er stand einen halben Meter vor ihr und hob entschuldigend die Hände.

»Sorry, konnte ja nicht ahnen, dass du so in die Fotos versunken warst, dass du gar nichts mehr mitbekommst.«

»Ist er das? Ich meine, ist das Nick?«, versuchte sie, die Situation wieder unter Kontrolle zu bringen.

»Yep. Irgendwann im finsteren Mittelalter war er Leadsänger bei den *Dark Angels*. Drüben«, Arthur zeigte zu einem kleinen Nebenraum, den Nini bisher übersehen hatte, »hängen noch ein paar seiner Gitarren. *Fender, Gibson* und lauter so Zeug. Sein ganz persönlicher Schrein.«

»Wow, er war also richtig berühmt?«

Arthur zuckte mit den Schultern.

»Anscheinend schon. Bis er einen Zusammenbruch hatte und in der Entzugsklinik gelandet ist. Danach hat sich die Band aufgelöst, er ist hierhergezogen und Pub-Wirt geworden. Ab und zu kommen immer noch ein paar Groupies hier vorbei und wollen ein Autogramm von ihm. Oder auch mehr, was Maggie, seine Frau, nicht ganz so amüsant findet.«

Nini stellte sich vor, wie Horden älterer Frauen in Lederklamotten und mit schwarz umrandeten Augen an der Bar hingen und Nick anschmachteten.

»Okay, mein Freund, ich glaube, du hast die Rebel-Lady genug mit meinen alten Geschichten gelangweilt. Geh mal lieber in den Keller und schließ ein neues Fass an.«

Nick hatte die Lederjacke ausgezogen und stand nun hinter dem Tresen, die Arme vor der Brust verschränkt. Er trug das gleiche schwarze T-Shirt wie Arthur, und Nini konnte jetzt die ganze Pracht seiner Tattoos bewundern. Obwohl er sich Mühe gab, finster dreinzuschauen, wirkte er wie ein netter Kerl.

»Wann kommst du morgen?«, fragte sie Arthur, bevor er verschwinden konnte.

»Gegen Mittag. Bist du da?«

Nini nickte und beobachtete Arthur, der sich zur Kellertür durchkämpfte. Der Pub war mittlerweile gut gefüllt, genau, wie er es prognostiziert hatte. Sie sah den Leuten noch ein paar Minuten fasziniert beim Darts- und Kicker-Spielen zu und überlegte, ob es so etwas in London überhaupt noch gab, dann brach sie auf. Auf dem Weg nach draußen musste sie wieder an den verschwörerischen Seitenblick, den Nick und Arthur getauscht hatten, denken. Was hatte Arthurs Kopfschütteln zu bedeuten?

»Hoppla! Wer will denn hier so schnell weg? Und das, obwohl der Abend noch so jung ist!«

Autsch! Das hatte wehgetan. Nini hielt sich die Schulter und starrte den Jungen an, den sie, während sie in ihre Gedanken versunken war, angerempelt hatte. Fuchsrote Haare, ein Meer aus Sommersprossen und wasserblaue Augen.

»Wen muss ich verprügeln?«

»Wie bitte?«, fragte Nini verdattert.

»Na, du siehst aus, als wärst du auf der Flucht vor einem Typen. Ich klär das für dich, wenn du willst.«

Er zwinkerte ihr zu und grinste. Nini war klar, dass ihr Gesichtsausdruck irgendwo zwischen *IQ-unter-50* und Fassungslosigkeit liegen musste. Der Kerl, der sich da vor ihr aufgebaut hatte, ging ihr bis zur Nasenspitze und wog vermutlich unwesentlich mehr als sie selbst.

»Danke, kein Bedarf.«

»Schade«, antwortete er mit gespielter Enttäuschung. Er schien sich nicht im Geringsten an dem frostigen Ton ihrer Stimme zu stören. »Na gut, dann lade ich dich auf ein Pint ein. Sag mal, kannst du zufällig kickern? Ich könnte nämlich noch 'ne Partnerin für das Turnier später brauchen ...«

Kicker-Turnier? Echt jetzt? Wenn sie spielen wollte, dann tat sie das online oder in einer Holo-Lounge. Ihr Gegenüber anscheinend nicht, denn er sah sie erwartungsvoll an. Der Typ hatte nicht nur ein zu großes Ego, sondern offensichtlich auch noch Sprechdurchfall. Nini verdrehte die Augen.

»Kein Bier, kein Kicker, kein Garnichts. Klar?« Noch bevor er etwas erwidern konnte, hatte sie sich an ihm vorbeigequetscht und war durch die Tür geschlüpft.

Draußen atmete sie tief die frische Abendluft ein und genoss den Geschmack des Meeres auf ihrer Zunge. Nicht schlecht für ihren ersten Tag. *Crown & Anchor* – Mevagisseys Epizentrum – würde vermutlich auch in ihrem neuen Leben eine zentrale Rolle spielen. Sie schob die Hände in die Taschen ihres Hoodies und machte sich auf den Weg zum Foxglove Cottage.

8

Nini stand mit dem Schlüssel in der Hand vor diesem … ja, was eigentlich? Ein geschwungener Metallrahmen, der die Konturen eines Hauses imitierte, statt Wänden Glasscheiben, die einen schemenhaften Blick auf ein grün-buntes Gewirr dahinter erlaubten. In einer ihrer Lerneinheiten zur Nahrungsmittelsicherheit hatte Nini so ein ähnliches Ding schon einmal gesehen. Ein Gewächshaus, und so mitgenommen, wie es aussah, musste es aus der Zeit stammen, als der Anbau von unsicherem Gemüse noch legal war. Für Nini fühlte sich das ungefähr so weit weg an wie das Pleistozän. Genauso wie die Vorstellung, dass damals jeder Idiot einfach irgendwelche Samen, egal, woher sie stammten, in die Erde stecken konnte. Einfach so, völlig unkontrolliert.

Ein Schauer lief ihr über den Rücken.

Niemanden hatte es damals interessiert, ob eine Sorte für Mensch und Umwelt sicher war.

Dschääääää! Dschääääää!

Nepomuks Gekrächze riss Nini aus ihren Gedanken. Mit schiefgelegtem Kopf saß er über ihr auf dem First, als wolle er sagen: *Was ist? Gehst du da jetzt rein oder nicht?*

Dieses Vogelvieh! Egal, wo sie war, er war immer in ihrer Nähe. Zudem schien er es sich zur Aufgabe gemacht zu haben, Nini zur Frühaufsteherin zu erziehen. Heute Morgen, Schlag sieben, hatte er in der Eiche vor ihrem Fenster gesessen und einen derartigen Radau veranstaltet, dass sie fast aus dem Bett gefallen war. Erst, als sie zum offenen Fenster gestürmt und ein lautstarkes: »Halt gefälligst die Klappe«, gebrüllt hatte, war Schluss damit gewesen. Er war von seinem Ast aufgeflogen, und sie hatte befürchtet, er würde ins Zimmer segeln, weil er so verdammt nah an sie herangekommen war. Erst im letzten Moment hatte er abgedreht und war zeternd auf dem Rasen gelandet. Als er dann da unten saß, hatte sie plötzlich den Drang verspürt, ihn zu berühren, wollte herausfinden, wie sich sein Gefieder anfühlte.

Eine Millisekunde später hatte sie einen Entschluss gefasst: Warum warten, bis Arthur kam? Sie würde sich mit Nepomuk anfreunden. *Jetzt.* Sollte Arthur nur sehen, wer hier ein City-Girl war. Schnell warf sie ihren Hoodie über und flitzte im Pyjama nach unten.

Der Eichelhäher hatte zwar auf sie gewartet, anfassen ließ er sich aber trotzdem nicht. Jedes Mal, wenn sie ihm ein Stück näher kam, hüpfte er weiter. Gerade so viel, dass ihn ihre ausgestreckte Hand nicht erreichte. Sie spielten dieses *Nini-schleicht-sich-an-und-Nepomuk-hüpft-weg*-Spiel eine ganze Weile, und Nini war so vertieft in ihre Zähmungsversuche gewesen, dass sie gar nicht bemerkt hatte, wie weit sie sich vom Cottage entfernt hatte.

Und nun stand sie in einem ihr völlig unbekannten

Winkel des Gartens vor diesem Glashaus, verborgen zwischen der hohen Steinmauer und einer massiven Hecke, gut abgeschirmt von einer Gruppe Bäume. Überall blühte pinkfarbener Fingerhut, dem das Cottage seinen Namen verdankte: *Foxglove. Schön, aber höllisch giftig*, war Nini in der Schule eingetrichtert worden. Und zwischen all der Blütenpracht stand es nun da wie hingezaubert, dieses transparente Häuschen, das aus einer anderen Zeit zu kommen schien. Nini konnte sich nicht erinnern, als Kind je hier gewesen zu sein. Die Tür war verschlossen, also lief sie zurück ins Cottage, suchte systematisch an allen möglichen und unmöglichen Orten und fand schließlich tatsächlich einen Schlüsselbund. Ganz hinten in einem der Küchenschränke, versteckt in einer alten Kaffeedose. Warum auch immer Leonore ihn dorthin gesteckt hatte.

»Ist gut, ich gehe ja schon rein!«, beschwichtigte sie Nepomuk, der bei diesem verwunschenen Glaspalast auf sie gewartet hatte, und öffnete die Tür. Ein Schwall warmer Luft kam ihr entgegen. Sie roch feucht, erdig, *nein*, grün! Sie roch *grün*. Nini hatte tatsächlich das Gefühl, zum ersten Mal in ihrem Leben eine Farbe nicht nur mit den Augen, sondern auch über ihre Nase wahrzunehmen. Das war crazy und irgendwie beängstigend. Vor ihr breitete sich ein Dschungel aus oder zumindest etwas, von dem sie annahm, dass so ein Dschungel aussah. Blätter, Ranken, Blüten in allen Farben und Formen hingen von Regalen, wuchsen aus Kästen und Kübeln in den Himmel, breiteten sich zu ihren Füßen aus. Dazwischen verliefen Plattenwege, Arbeitsgeräte waren in einer Holzkiste am Eingang verstaut, leere Töpfe, die sich bedenklich hoch stapelten. Daneben stand ein ziemlich großes Paar schlammverschmierter Gummistiefel. Nini konnte nicht sagen, wie lange sie am Eingang gestanden und dieses grüne Chaos betrachtet hatte, als Nepomuk plötzlich neben ihren Füßen auftauchte.

Piüü, ließ er verlauten und flatterte auf eine der metallenen Stangen, an der sich eine Pflanze mit herzförmigen Blättern nach oben wand.

»Und was soll das jetzt wieder heißen?«

Aber der Vogel blieb still, beobachtete sie nur weiter aus hellen Augen. Nini folgte dem Plattenweg ein Stück ins Innere und blieb neben einem Vorhang aus Blättern, gelben und orangefarbenen Blüten stehen. Wunderschön und Furcht einflößend zugleich. Sie streckte ihre Hand nach einem Kelch aus.

Nicht anfassen, Dummkopf! Ist vielleicht giftig, zischte sofort eine Stimme in ihrem Kopf. Ruckartig zog sie die Hand zurück.

Das Glashaus war nicht so riesig, wie sie ursprünglich gedacht hatte. Den Kern bildeten acht Parzellen, die im Mittelteil in den Boden eingefriedet waren, der hintere Bereich des Häuschens war mit Plastikfolie abgeschottet wie eine Quarantäne-Station. Unmöglich, die Menge der Pflanzenarten abzuschätzen, die da sprossen und wucherten. Nini entdeckte Reihen violetter Knollen, die entfernt an Kohlrabi erinnerten. Aber es konnte unmöglich Kohlrabi sein, denn der war hellgrün! Ein Stück weiter wuchsen wild gekrauste Köpfe in Grün und Dunkelrot aus dem

Boden. Sah aus wie Salat und dann auch wieder nicht. Essbar war das Zeug bestimmt nicht, denn sicherer Salat hatte feste, geschlossene Köpfe und war niemals dunkelrot. Langsam wurde Nini unruhig. Was zur Hölle war das hier? Ein Gruselkabinett abartiger Pflanzen?

Im hintersten Beet entdeckte sie Gewächse, die regelrecht über die Erde auf sie zuzukriechen schienen und leuchtend rote Früchte trugen. Sie verströmten ein betörendes Aroma, das Nini entfernt bekannt vorkam. Mit geschlossenen Augen ging sie in die Hocke und sog den Duft ein. Das war, das war … *Erdbeere!* Mein Gott! Wann hatte sie zuletzt Erdbeeren gegessen? Doch das, was sie hier einatmete, erinnerte an ein Konzentrat davon, fühlte sich fast körperlich an, wie Sirup, als wären dafür eine Million Erdbeeren destilliert worden. So fruchtig und intensiv, wie sie das noch nie in ihrem Leben gerochen hatte. Deshalb hatte ihr Gehirn eine Weile gebraucht, den Duft hier mit den blassrosa Beeren, die sie kannte, in Verbindung zu bringen! Gab es so etwas wie eine Geruchs-Fata-Morgana? Nini schluckte schnell den Speichel hinunter, der sich in ihrem Mund gesammelt hatte.

Piüü. Nepomuk hüpfte an ihr vorbei ins Beet und zupfte eine der roten Beeren ab.

»Nicht!«, rief Nini und hechtete nach vorne, um sie ihm abzujagen. Aber der Eichelhäher flatterte nur lässig auf eines der Regalbretter über ihrem Kopf, keckerte. Lachte er sie aus?

»Du Idiot! Was, wenn das Zeug giftig ist? Arthur bringt mich um, wenn du daran stirbst.«

Nini war wütend, aber ihre Schimpftirade beeindruckte Nepomuk nicht im Geringsten. Elegant segelte er hinter eines der Regale und verschwand damit aus Ninis Reichweite.

»Mach doch, was du willst«, fluchte sie, schlich aber trotzdem ein Stück in seine Richtung. Hätte sie sich sparen können – Nepomuk hüpfte ihr vor die Füße, sein Schnabel war leer. »Los, wir verschwinden, bevor du noch mehr Blödsinn anstellst.« Sie scheuchte den Häher vor sich her durch die Tür und schloss das Glashaus wieder ab. Verwirrt blieb sie noch einen Moment vor der Tür stehen.

»Ich glaube, Arthur, du bist mir eine Erklärung schuldig«, murmelte sie halblaut und fuhr im nächsten Moment erschrocken zusammen, weil ihr Telefon infernalisches Sirenengeheul anstimmte.

»Verdammt!«, fluchte sie, wütend über ihre eigene Schreckhaftigkeit. Für den Bruchteil einer Sekunde hatte sie sich tatsächlich ertappt gefühlt. Nur wobei? Sie hatte schließlich nichts Verbotenes getan! Das Smartphone randalierte weiter in der Tasche ihres Hoodies. Nini zog es heraus und überflog die Warnung:

Achtung: Manipulation mehrerer Self-Drive-Autos/Truro! Dienst wird vorübergehend eingestellt. Nutzen Sie öffentliche Verkehrsmittel.

Als ob sie DAS interessieren würde. Gefühlt war Truro von Mevagissey so weit weg wie Birmingham von London. In Cornwall wurden Warnungen offensichtlich großräumiger verschickt. Wahrscheinlich war einfach zu wenig los. Noch etwas, das hier draußen auf dem Land anders war. Sie bestätigte den Erhalt der Nachricht und ging zurück zum Haus.

Es war schon nach zwölf und von Arthur noch keine Spur zu entdecken. Nini vertrieb sich die Zeit mit dem Umstylen ihres Schlafzimmers. Sie hatte ein paar Sachen aus London mitgebracht, von denen sie sich nicht trennen konnte.

Dazu gehörte nicht nur eine Bleistiftzeichnung ihrer Mutter, sondern auch ein großes Tuch, das sie gemeinsam mit Tilda gebatikt hatte. Schlieren in Türkis, Grün und Schattierungen von Blau wirbelten über das Tuch. Wellen, gewoben in zartem Gewebe. »Instant-Meer« hatte Tilda es genannt und bis vor fünf Monaten hatte das Kunstwerk das Kopfende ihres gemeinsamen Zimmers geziert. Nach besonders anstrengenden Tagen hatten sie sich beide an die Fußenden ihrer Betten gelegt, Meeresrauschen gestreamt und sich dann eingebildet, irgendwo an einem Fantasiestrand zu liegen. Die Illusion hatte manchmal so gut funktioniert, dass Nini glaubte, das Meer zu riechen.

»Siehst du auch die Delfine?«, hörte sie Tildas helle Stimme. Ihr Lachen. So perlend und fröhlich. Abwechselnd hatten Wale, Seesterne, Riesenkalamare oder Haie ihr Instant-Meer an der Wand bevölkert – je nach Laune.

Und Tilda konnte *richtig* schlechte Laune haben. Wenn

Nini sich beispielsweise zum Chatten mit ihren Mädels in einen ruhigen Winkel der Wohnung zurückgezogen hatte und Tilda nicht dabeihaben wollte. Das grenzte an Majestätsbeleidigung, und Nini wusste Bescheid, wenn abends dann Haie über den Stoff schwammen.

Nach Tildas Tod hatte sie den Anblick nicht mehr ertragen können und das Tuch abgenommen. Aber jetzt, hier in ihrem neuen Zuhause, fühlte sie sich stark genug, um es mit Reißnägeln im Schlafzimmer an die Wand zu tackern. Nini hätte fast einen davon, den sie zwischen die Lippen geklemmt hatte, verschluckt, als es klingelte. Sie rannte nach unten und riss die Tür auf.

»Wieso klingelst du?«

»Was hätte ich denn deiner Meinung nach sonst machen sollen? Jodeln?«

Nini verkniff sich ein Grinsen.

»Gestern warst du ja auch nicht so schüchtern.«

»Gestern wusste ich auch noch nicht, dass du da bist.«

»Sehr rücksichtsvoll …«

Das fand sie wirklich, ließ es aber lieber ironisch klingen. Er verschanzte sich ja auch hinter seiner Rolle als Barkeeper und sie sich eben hinter ihrer großen Klappe. Verstecken wir uns nicht alle gelegentlich vor unserem Gegenüber? Aus Angst, verletzt zu werden, aus Schüchternheit oder, wie Nini in einer blitzschnellen Selbstdiagnose feststellte, aus Verlegenheit? Denn sie musste zugeben: Sie freute sich, Arthur zu sehen. Etwas, womit sie nicht gerechnet hatte und mit dem sie auch nicht so recht umzugehen wusste. Sie schob dieses irritierende Gefühl beiseite.

»Außerdem habe ich was für dich.« Er hielt ihr ein altmodisches Tablet hin, das er aus seiner Umhängetasche gekramt hatte. Seine Hände und Nägel waren blitzsauber, obwohl er jeden Tag in der Erde wühlte.

»Was ist das?«

»Ein Tablet. Ziemlich alt.«

»Das sehe ich. Ich meine, warum gibst du mir das?«

Arthur zuckte mit den Schultern, seine haselnussbraunen Augen musterten sie, als frage er sich in diesem Moment selbst, ob es wirklich eine gute Idee sei, ihr das Gerät auszuhändigen.

»Ist von Leonore. Sie hat mir kurz vor ihrem Tod aufgetragen, es dir zu geben, für den Fall, dass du hier auftauchst. Na ja, nun bist du hier, und damit gehört es jetzt dir.« Er streckte ihr das Steinzeit-Gerät entgegen.

Das war wieder einmal eine von diesen typischen Leonore-Aktionen. Nini erinnerte sich noch gut an ein Paket, das sie vor etlichen Jahren von ihrer Patentante bekommen hatte. Selbst gebastelte Papiertütchen mit Blumensamen. *Blumensamen in London!*

Foxglove Cottage goes London hatte sie dazugeschrieben. Nini wusste nicht, was sie in einer Stadtwohnung damit anfangen sollte, und ihre Mutter hatte den Karton samt Inhalt einfach in die Wertstofftonne gesteckt.

»Und was mach ich jetzt damit?« Nini erhoffte sich ein paar Erklärungen von Arthur.

»Keine Ahnung. Das Ladekabel liegt auf dem untersten Regalbrett im Wohnzimmer, soll ich dir noch ausrichten. Schätze, sie wollte, dass du dir was ansiehst.«

Das Tablet in ihrer Hand wog schwerer als ein Goldbarren. Nicht einmal die Leihgeräte in der Schule waren so antiquiert gewesen wie dieses hier. Was hatte sich Leonore da nur wieder ausgedacht?

»Ich bring diesen Dinosaurier hier schnell rein und komme dann durch die Terrassentür in den Garten. Wird Zeit, dass du mir endlich Nepomuk vorstellst.«

Nachdem sie das Tablet deponiert hatte, trat Nini nach draußen. Während Arthur zwischen den Mauersteinen Unkraut zupfte, pickte der Eichelhäher mit dem Schnabel nach den ausgerupften Pflanzen und untersuchte sie mit einer Ernsthaftigkeit, die Nini zum Schmunzeln brachte.

»Bleib da drüben stehen, ich komme mit Nepomuk zu dir«, wies er sie an, setzte sich den Vogel auf die Schulter und redete mit leiser Stimme auf ihn ein, während er ein paar Schritte auf sie zumachte. Erst jetzt, in der Sonne, fiel Nini auf, dass Arthurs Augen beinahe die gleiche Farbe hatten wie Nepomuks Gefieder. Ein helles, lebhaftes Braun. Sie war so versunken in den Anblick, dass sie den Cracker, den ihr Arthur entgegenstreckte, erst gar nicht bemerkte.

»Brich ein kleines Stück davon ab und komm dann vorsichtig näher.« Der Eichelhäher ließ sie keine Sekunde aus den Augen. »Und jetzt halte ihm den Cracker hin, aber gaaanz langsam.«

In Zeitlupentempo brachte sie das Knabberzeug in die Nähe seines Schnabels. Der Vogel musterte sie mit seinen hellen Knopfaugen, als würde er sagen: »Ist das alles, was du zu bieten hast?«

Nini zuckte zusammen, als er plötzlich danach schnappte und damit auf den Rasen flatterte.

»Geh hinterher und setzt dich ein Stück entfernt von ihm auf die Wiese. Er will bestimmt mehr davon …« Arthur drückte ihr noch zwei krümelige Kekse in die Hand und hockte sich auf die Steinmauer. »Bin mal gespannt, ob er dir vertraut.«

Vertrauen? Ein großes Wort, das Arthur da verwendete. Konnte man sich Vertrauen mit einem Kräcker erkaufen?

Allerdings musste Nini nach ihren Erfahrungen mit dem Vogel im Glashaus zugeben, dass es wahrscheinlich hilfreich war, ein Bestechungsmittel bei der Hand zu haben. Sie ging in die Hocke und streckte ihm den Cracker hin, wagte kaum zu atmen. Nepomuk war entweder nicht nachtragend oder *sehr* hungrig. Ohne zu zögern, hüpfte er auf sie zu, zupfte das Crackerstück aus ihrer Hand und verspeiste es direkt neben ihr. Nini wurde mutig. Zart strich sie ihm mit einem Finger über seinen Flügel und er ließ es tatsächlich zu. Die Federn fühlten sich glatt, fast seidig an. Ein Schauer rieselte Nini über den Rücken. Es war das erste Mal, dass sie einem wilden Tier so nahe kam. In London gab es nur Ratten, die sich in den Hinterhöfen und der Kanalisation drängten.

»Ich sehe schon, ich bin hier überflüssig. Du hast ganz offensichtlich das Talent deiner Patentante geerbt. Er mag dich«, rief Arthur von der Steinmauer herüber. Nini stand auf, ganz langsam, um Nepomuk nicht zu erschrecken, und grinste so breit, dass ihr die Wangen wehtaten. Sie hatte einen neuen Freund gewonnen, und das fühlte sich ziemlich gut an.

»Dann lasse ich euch beide jetzt alleine und mache mich an die Arbeit.«

Arthur wollte sich gerade von der Mauer abstoßen und verschwinden, aber Nini versperrte ihm den Weg.

»Ich komm mit.«

Ein seltsamer Ausdruck huschte über Arthurs Gesicht. Er fuhr sich durch die Haare und sah zur Seite.

»Wohin denn?«

»Na, zum Glashaus. Oder arbeitest du da heute nicht?«

Nini hatte sich beim Umdekorieren ihres Schlafzimmers genau überlegt, wie sie Arthur auf das Gewächshaus ansprechen wollte, aber gerade eben hatte ihr Gehirn eine ungeplante Abkürzung genommen. *Musst du immer so direkt sein?*, erklang die Stimme ihres Dads in Ninis Kopf. Ihre mangelnde Diplomatie war ein ewiges Thema zwischen ihnen beiden.

»Woher weißt du davon? Hat Leonore es dir erzählt?«

Fasziniert beobachtete Nini Arthurs Mienenspiel. Im ersten Moment zeigte sich auf seinem Gesicht Verwunderung, eine Zehntelsekunde später Misstrauen.

Oder vielleicht sogar Angst?

»Nein, hat sie nicht. Ich habe es heute Morgen zufällig entdeckt. Ist das ein Problem?« Sie machte eine kleine Pause und absorbierte jede kleinste Muskelzuckung in Arthurs Gesicht. *Komm schon,* dachte sie, *sag was!* Aber Arthurs schöner Mund wurde nur schmaler. Hatte sie das gerade wirklich gedacht? *Schöner Mund? Konzentrier dich, Nini!*

»Und weiß du was, ich war sogar schon drinnen und hab mich umgeschaut.«

Alles an Arthur strahlte plötzlich Wachsamkeit aus. Die leicht zurückgezogenen Schultern, das gereckte Kinn, die zusammengezogenen Augenbrauen. *Wie ein Raubtier kurz vor dem Sprung,* dachte Nini.

»Wie bist du …« Er beendete die Frage nicht, aber Nini wusste auch so, was ihn umtrieb.

»Leonore hatte den Schlüssel in der Küche versteckt. In einer alten Kaffeedose.«

»Shit!« Mit der flachen Hand hieb er auf einen großen Stein in der Mauer. »Wie oft habe ich ihr gesagt, sie soll ein besseres Versteck finden. Mann, wenn sie nur nicht immer so stur gewesen wäre. Das hätte uns gewaltig um die Ohren …« Abrupt stoppte er. Den Blick, den er ihr zuwarf, konnte Nini nicht deuten. »Hör zu, es ist kompliziert, und ich muss gestehen, ich bin mit der Situation momentan leicht überfordert.«

Wie er so dastand und ratlos auf seiner Unterlippe herumkaute, war Ninis Kampflust auf einmal wie weggeblasen. Stattdessen überkam sie ein seltsames Déjà-vu-Gefühl. Da war er wieder, der echte Arthur, den sie schon im *Crown & Anchor* kurz zu sehen bekommen hatte. Ungefiltert und ohne Schutzmauer. Wärme durchflutete ihren Bauch, stieg in ihr Herz und zauberte ein winziges Lächeln auf ihre Lippen.

»Erkläre es mir. Und falls du dich fragen solltest: Ja, du kannst mir vertrauen«, sagte sie und hielt ihm einen Cracker hin.

»Hey, Arthur, Mann, hast du dich wieder irgendwo in deiner grünen Hölle versteckt?«

Nini und Arthurs Blicke schnellten gleichzeitig hinüber Richtung Hausecke, von wo die Stimme kam und nun ein roter Haarschopf auftauchte.

»Sorry Mann, ich wusste nicht, dass … Was machst *du* denn hier?« Ein Paar wasserblaue Augen starrte sie an. Dieser durchdringende Blick war ihr schon gestern im Pub aufgefallen, aber jetzt bei Tageslicht brannten die hellen Augen des Readheads ihr förmlich Löcher in die Haut.

»Maurice, darf ich dir, äh, Nini vorstellen? Sie wohnt jetzt hier, Leonore war ihre Patentante.« Die Worte taumelten aus Arthurs Mund.

Darf ich dir vorstellen …? Nini verbiss sich ein Lachen. Arthur klang, als wäre er einem historischen Roman entsprungen. Keiner der Jungs, die sie in London kannte, würde je so einen gestelzten Satz über die Lippen bringen. Sie beschloss, ihm zur Seite zu springen.

»Und, hast du gestern noch jemanden für dein Kicker-Turnier gefunden?«

Maurice machte eine wegwerfende Handbewegung und grinste.

»Nö, nachdem du nicht mitmachen wolltest, hatte ich dann auch keine Lust mehr.«

Jetzt war es Arthur, der sie anglotzte wie ein Goldfisch.

»Wir haben uns gestern im *Crown & Anchor* schon kurz kennengelernt«, klärte Nini ihn auf.

»Na dann …«, Arthur warf seinem rothaarigen Freund einen unsicheren Blick zu, rang sich dann aber doch eine

Erklärung ab. »Maurice hilft mir manchmal bei schweren Arbeiten. So wie heute, wir müssen einen alten Wurzelstock ausgraben, um …« Arthur verstummte.

Als müsse er sich selbst ständig daran erinnern, bloß nicht zu viel zu erzählen. Weil sie fremd war? Ein unangenehmes Kribbeln kroch Nini den Nacken hoch. Aber zum Nachfragen kam sie nicht mehr, weil Maurice dazwischengrätschte.

»So, du wohnst jetzt also in diesem alten Kasten? Sag mal, ist das nicht irgendwie spooky? So ganz allein? Angeblich soll es hier ja Geister geben, die nachts ihr Unwesen treiben …« Maurice schnitt eine Grimasse, die wohl gruselig sein sollte.

»Schon klar, dass du an so etwas glaubst, aber ich komme aus London, da haben wir kaum genug Platz für Menschen, geschweige denn für Geister«, konterte Nini.

Maurices Lachen gefror und er entgegnete scharf: »London? Ja klar, so unglaublich cool, wie ihr dort seid, glaubt ihr natürlich nur an das, was ihr auch sehen könnt. Ganz schön armselig.«

Was hatte der denn heute zum Frühstück? Glasscherben? Nahm er ihr die Abfuhr von gestern übel? Kurz ging Nini die Begegnung im Kopf noch einmal durch. War sie zu herablassend gewesen? Blödsinn, er hatte sie angebaggert, und sie hatte ihn abblitzen lassen, ganz einfach. Nini beschloss, nicht weiter auf seine Provokation einzusteigen.

»Mann, Arthur, du hast mir gestern Abend gar nichts von der Lady aus der großen Stadt erzählt.

»Hat Arthur wahrscheinlich verdrängt, weil ich ihm

ständig so nervige Fragen stelle über Dinge, über die er nicht gerne spricht.« Nini warf Arthur einen bedeutungsvollen Blick zu. Er sollte nur nicht glauben, dass er aus der Sache mit dem Glashaus so einfach rauskam. Das Einzige, was sie im Moment davon abhielt, ihn auszuquetschen, war Maurice.

Arthur stieß hörbar die Luft aus.

»Beruhigt euch mal wieder. Beide.«

Doch Readhead hatte offensichtlich keine Lust dazu. »Na, ihr scheint euch ja schnell näher zu kommen. Wenn das so ist, will ich das junge Glück natürlich nicht länger stören«, sagte Maurice und wandte sich zum Gehen.

»Jetzt komm mal wieder runter, Maurice. Du hast nichts Wichtiges verpasst, okay? Lass uns lieber mit der Arbeit anfangen, sonst komme ich noch zu spät zu meiner Schicht im *Crown & Anchor*. Und du kennst ja Nick, wenn er eines nicht ausstehen kann, dann ist es Unpünktlichkeit …« Arthur legte Maurice freundschaftlich einen Arm um die Schulter und schob ihn wie einen störrischen Esel Richtung Garten.

Die Geste hatte etwas von großem Bruder, nicht nur, weil Arthur ihn um mehr als einen Kopf überragte. Es lag einfach etwas Vertrautes in der Art, wie die beiden miteinander umgingen, selbst, wenn sie sich kabbelten. Fast wie Geschwister oder eben wirklich alte Freunde. Nini sah dem ungleichen Paar nach und ein Anflug von Sehnsucht überfiel sie. Sie würde gleich versuchen, ihre Mädels in London anzufunken und danach ihren Vater. War ohnedies schon längst überfällig.

Arthur drehte sich noch einmal um und winkte ihr zu. »Bis morgen.«

Ninis Herz machte einen kleinen Hopser. *Er kommt morgen wieder.* Ein Lächeln zupfte an ihren Mundwinkeln, bevor ihr Gehirn das verhindern konnte.

9

Das Tablet war so langsam wie antiquiert – es hatte nicht einmal eine Sprachsteuerungsoption – und war weder über eine Touch-ID noch einen Irisscan gesichert. Leonore hatte mit Technologie nicht viel am Hut gehabt, was sich jetzt als Glücksfall erwies, denn Nini hätte sonst keine Chance gehabt, auch nur irgendetwas mit dem Ding anzufangen. Sie starrte auf das Desktophintergrundbild, die Nahaufnahme eines Fingerhuts, und den einzigen Ordner, der darauf zu sehen war. Einsam schwebte er über einem der pinkfarbenen Kelche der Blume.

Für Nini

Sie tippte auf das Symbol, der Ordner öffnete sich und spuckte vier Dateien aus: *Starte hier* und *Nini_1 bis Nini_3*. Allesamt Videodateien. Es dauerte ein paar Sekunden, bis Nini begriff: Leonore hatte Vorbereitungen getroffen, falls sie das Erbe annahm. *Warum?*

Ihre Gefühle schwankten zwischen neugierig und nervös, ihr Finger schwebte unentschlossen über der Oberfläche. Was würde sie erwarten? *Keine halben Sachen, Miss*

Morrison, hörte sie Leonores Stimme in ihrem Kopf. Hier, im Foxglove Cottage, war sie deutlicher zu vernehmen als zu Hause.

Tilda hätte keine Sekunde gezögert. Sie war immer die Spontanere gewesen, hatte nach dem *Einfach mal machen*-Prinzip gelebt. Wie viel leichter wäre alles, wenn sie jetzt neben ihr am Küchentisch sitzen würde, Kekskrümel überall um sich verteilend. Gefühlt hatte Tilda immer irgendetwas geknabbert, einen Keks, ein Stück Brot, Salzbrezeln. In jedem Rucksack und in jeder Handtasche hatte sie zumindest einen Schokoriegel als eiserne Reserve dabei. Und trotzdem war sie mit ihren 16 Jahren zierlich wie ein Vögelchen gewesen. Alle in der Familie waren gute Futterverwerter, konnten essen, was sie wollten, ohne auch nur ein Gramm zuzulegen. Aber Tilda war mit Abstand die Zarteste gewesen, hatte beinahe elfenhaft gewirkt mit ihrem hellen Teint und den großen Augen. Nini hatte sich neben ihrer kleinen Schwester oft wie eine Rugbyspielerin gefühlt und immer Angst gehabt, Tilda beim Umarmen zu zerdrücken. Was würde sie jetzt dafür geben, sie noch einmal in den Armen zu halten und den zarten Rosenduft ihrer Haare einzuatmen.

Dschäääääää, dschäääääää!

Nepomuk saß in einem der Bäume vor dem Küchenfenster und beschwerte sich lautstark. Nini war zum ersten Mal dankbar für sein ohrenbetäubendes Geschrei, denn so hatte er sie wenigstens aus ihren trübsinnigen Gedanken gerissen. Ob Leonore ihn auch ins Haus gelassen hatte? Sie schob das Fenster nach oben, setzte sich wieder an den Tisch und tat so, als würde sie ihn gar nicht beachten. Ein

Trick, der bei Tilda immer gut funktioniert hatte, wenn sie als kleines Kind bockig gewesen war.

»Komm schon, Nini, mach endlich«, redete sie sich selbst gut zu und tippte schließlich auf *Starte hier*. Das Standbild einer grauhaarigen Frau mit schmalem Gesicht und dunklen Ringen unter den Augen erschien. Sie saß im Wohnzimmersessel und sah mit einem dünnen Lächeln in die Kamera. *Leonore*. Ninis Mund wurde trocken. Fast hätte sie ihre Patentante nicht erkannt. Diese Leonore, eingefroren auf dem Bildschirm, hatte nicht mehr viel gemeinsam mit der resoluten und energiegeladenen Frau, an die sie sich erinnerte. Sie lehnte das Tablet an die Vase auf dem Tisch und tippte *Play*.

Leonores Lächeln wurde plötzlich breit und strahlend.
»Nini, du bist also wirklich gekommen! Darauf hatte ich sehr gehofft. Du hast bestimmt eine Menge Fragen, und ich werde auch versuchen, sie dir zu beantworten. Aber bevor ich loslege, musst du mir etwas versprechen, okay?«
Leonore machte eine Pause und lehnte sich in ihrem Sessel ein Stück nach vorne. Schon alleine diese kleine Bewegung schien sie anzustrengen.

Nini nahm aus dem Augenwinkel eine Bewegung wahr und drückte auf *Stop*. Nepomuk. Er war auf das Fensterbrett geflattert und blickte unschlüssig in die Küche.

»Na, komm rein«, lockte sie ihn. Sie wünschte, sie hätte daran gedacht, ein paar Cracker einzustecken.

Nepomuk landete auf dem Küchentisch, aber er hatte die glatte Oberfläche unterschätzt und schlitterte ein Stück über die Tischplatte. Ohne nachzudenken, streckte Nini ihm den Arm hin.

»Hier hast du mehr Halt.«

Das ließ sich der Eichelhäher nicht zweimal sagen. Nini war überrascht, wie fest sich seine Krallen in Shirt und Haut bohrten. Sie hob den Arm, so wie sie es bei Arthur gesehen hatte, und manövrierte den Vogel auf ihre Schulter.

»Dich hat wohl Leonores Stimme angelockt. Willst du mitgucken?«

Das leise *Piüü* an ihrem rechten Ohr jagte Nini einen Schauer über den Rücken. Nini startete das Video erneut.

»Keine Tränen, Miss Morrison! Du weißt, ich hab diese Heulerei schon immer gehasst, und daran hat sich bis heute nichts geändert.
Es gibt wirklich keinen Grund, zu heulen. Ich habe ein gutes und erfülltes Leben gelebt. Wirklich. Als ich die Diagnose Bauspeicheldrüsenkrebs bekommen habe, war klar, dass mir nicht mehr viel Zeit bleiben würde. Aber doch genug, um noch ein paar Vorbereitungen zu treffen.«
Zwinkerte Leonore ihr tatsächlich zu? Obwohl ihre Patentante von der Krankheit gezeichnet war, wirkte sie entspannt und zufrieden.
»Du fragst dich bestimmt, warum ich dir nicht gesagt habe, dass ich krank bin. Aber ihr hattet so sehr mit

eurem eigenen Schicksal zu kämpfen. Meine Diagnose kam, als Tilda bereits mit Meningitis im Krankenhaus lag. Deine Eltern und ich hatten beschlossen, dir vorerst nichts zu erzählen. Und als deine Schwester dann starb …«

Ihre Stimme verebbte, und Nini meinte schon, Leonore würde ihr eigenes Versprechen brechen und losheulen, aber stattdessen reckte sie das Kinn und sprach weiter.

»Es tut mir sehr leid, dass du schon in jungen Jahren so viel Schmerz erfahren musstest, Nini. Aber vielleicht hilft dir Foxglove Cottage, damit umzugehen. Mir hat dieser Ort immer Kraft gegeben. Hier konnte meine Seele wieder frei atmen. Und genau das wünsche ich mir auch für dich.

Aber nicht nur darum habe ich dir allein das Cottage vererbt. Ich glaube nämlich, dass auch du diesem Ort etwas zurückgeben kannst. Hier hast du Raum, Ideen zu entwickeln, neue Gedanken zu verfolgen, und kannst beginnen ein freieres Leben zu führen. Ich stelle dir natürlich nur die Hardware zur Verfügung, die Software dazu musst du schon selbst entwickeln …«

Nepomuk beugte sich so weit auf Ninis Schulter nach vorne, dass sie fürchtete, er würde gleich mit dem Schnabel voran auf die Tischplatte knallen. Ganz offensichtlich vermisste auch er Leonore.

»Mir fehlt sie auch«, flüsterte sie und strich dem Eichelhäher leicht über das Brustgefieder.

»Ich weiß, der Notar, mit dem du das alles besprochen hast, hat einen Stock im Hintern«, Leonore grinste, *»aber ich hoffe, er hat dir trotzdem alle relevanten Informationen gegeben, die du brauchst, um dich im Foxglove Cottage zurechtzufinden. Falls nicht, oder wenn du irgendwelche anderen Fragen haben solltest, wende dich an Debbie vom One-Stop-Shop. Vielleicht erinnerst du dich noch von früher an sie. Debbie ist eine enge Freundin von mir und weiß über alles Bescheid. Apropos Freunde: Rich vom The Fork, unserem einzigen Restaurant hier im Dorf, ist ebenfalls eine sehr gute Anlaufstelle, wenn du Hilfe brauchst. Außerdem kocht er göttlich. Dein Biosensor wird sich über seine gesunden Kreationen freuen …*

Und wenn du keinen von beiden ausfindig machen kannst: Geh zu Nick, dem Wirt vom Crown & Anchor – unserem Pub im Ort. Ach ja, und trink dort bloß nie ein Angel Dark! Dieses Bier braut er nämlich selbst, und glaube mir, es schmeckt abscheulich. Also hüte dich, wenn er eine Lokalrunde schmeißt!«

Leonore – so fröhlich und gut gelaunt. Als sie diese Aufnahmen gemacht hatte, wusste sie, dass sie bald sterben würde. Trotzdem wirkte sie weder ängstlich noch traurig. Ging man so aus dieser Welt, wenn man sein Leben gut gelebt hatte? Warum auch immer ihre Patentante förmlich von innen heraus zu strahlen schien – Nini fand es tröstlich, Leonore so zu erleben.

»Ich nehme an, du hast mittlerweile Arthur und vermut-

lich auch Nepomuk kennengelernt. Arthur arbeitet seit ein paar Jahren für mich. Er ist mir sehr ans Herz gewachsen und wirklich ein guter Junge. Ich glaube, du wirst ihn mögen, auch wenn er vielleicht ein wenig zu ernsthaft für sein Alter ist. Nimm es ihm nicht übel, er hat kein einfaches Leben.«

Leonore machte ein Gesicht, als wäre sie unsicher, wie sie fortfahren sollte.

»Sein Vater sitzt nämlich seit einem Arbeitsunfall im Rollstuhl, hat mit dem Trinken angefangen. Derweil unterstützt Arthur seine Mutter und die zwei Geschwister finanziell, so gut er kann. Ich habe ihn ein Jahr im Voraus bezahlt – du musst dir also keine Sorgen wegen des Geldes machen. Er wird ein paar Mal in der Woche auftauchen und sich um den Garten und andere Dinge da draußen kümmern.«

Nini presste die Handballen so fest auf ihre Augen, bis sie Sternchen sah. – Zu viel Information, um alles sofort zu verarbeiten.

Aber zwei Dinge hatte sie begriffen: Sie und Arthur hatten tatsächlich einiges gemeinsam – Leonore, und ein Leben, das von schmerzhaften Einschnitten geprägt war.

Und als ihre Patentante *die anderen Dinge da draußen* erwähnte, hatte ihr Gesicht für eine Millisekunde einen völlig anderen Ausdruck angenommen. Neutral, fast glatt, und vielleicht gerade deshalb so auffallend. Als wolle sie eine Decke über etwas breiten, das Nini nicht sehen sollte.

»Wie macht sich Nepomuk, der alte Krawall-Häher? Ist er immer noch so frech? Ich habe ihn letztes Jahr gefunden und von Hand aufgezogen. Er liebt alles, was krümelt: Cracker, Kekse, Brot. Nicht unbedingt perfekt als Vogelfutter, aber wenn man ihn bestechen will, sind diese Leckerchen unschlagbar. Vielleicht kannst du ja irgendwo Nüsse für ihn auftreiben – die wären artgerecht und außerdem gesünder für ihn … Frag Arthur. Ansonsten musst du dir überhaupt keine Gedanken um Nepomuk machen, er ist Selbstversorger und findet in der Gegend genug Fressbares. Ich hoffe, ihr beide werdet so gute Freunde, wie wir zwei es sind.«

Wenn du wüsstest, dass er bei mir auf der Schulter sitzt und dir zusieht, dachte Nini. Das würde Leonore bestimmt gefallen.

»Noch ganz kurz zu den anderen Videoclips. Du brauchst dafür Passwörter. Eine Vorsichtsmaßnahme, sollte das Tablet in falsche Hände geraten. Du wirst mehr verstehen, nachdem du den ersten Clip gesehen hast, versprochen. Für den Moment nur so viel: Die Passwörter kleben nicht irgendwo an der Unterseite einer Schublade oder der Innenseite eines Schranks, das war mir zu unsicher. Ich habe mir stattdessen überlegt, dass du ein paar Rätsel lösen musst. Drei Clips, drei Rätsel.«

»Mann, Leonore, echt jetzt? Warum musst du es mir immer schwerer als nötig machen?« Nini sprang vom Stuhl auf, hatte aber dummerweise Nepomuk vergessen und bezahlte diese Unachtsamkeit prompt mit einem tauben Ohr.

Unter infernalischem Gezeter verschwand der Häher nach draußen.

»Wenn du das Erste gelöst und den Clip angeguckt hast, kannst du entscheiden, ob du die anderen überhaupt noch öffnen möchtest. Ich könnte mir vorstellen, dass der Inhalt erst einmal ziemlich verstörend auf dich wirkt. Aber es ist wichtig, dass du Bescheid weist. Okay, und ich gebe zu, ich hatte auch Spaß daran, mir diese Rätsel für dich auszudenken. Das hat mich wenigstens ein wenig von den Schmerzen abgelenkt.«

Nini war Leonores Ausführungen so gebannt gefolgt, dass sie beinahe vergessen hatte, wie krank ihre Patentante zum Zeitpunkt der Aufnahme schon gewesen sein musste. Jetzt fiel ihr auf, wie müde sie plötzlich aussah.

»Frag Arthur nach den Briefumschlägen. Er weiß Bescheid.«

Leonore machte eine Pause, strich sich eine graue Haarsträhne aus dem Gesicht und lächelte.

»Schade, dass ich dir all das nicht mehr persönlich sagen kann. Aber der Garten, Nini, dein Garten, steckt voller Wunder und Geheimnisse, das wirst du noch herausfinden. Und du warst schon als Kind immer so fasziniert von allem, was du dort gesehen, gerochen und geschmeckt hast. Ich hoffe, du hast dir diese Neugierde erhalten, darauf zähle ich, ehrlich gesagt. Denn wenn du dort weiter-

machen solltest, wo ich aufgehört habe, wäre mein größter Wunsch in Erfüllung gegangen. Ich wünsche dir, dass du im Foxglove Cottage so glücklich wirst, wie ich es immer war. Leb wohl, kleine Miss Morrison!«

Nini starrte auf den Bildschirm und merkte jetzt erst, dass ihr Tränen über die Wangen liefen.

10

Nini schlüpfte in ihren Parka und die Sneakers. Sie musste raus, weg, sich bewegen. Egal, irgendetwas. Ihr Gehirn brauchte dringend Belüftung nach diesem Gefühlswirrwarr, all diesen Informationen und seltsamen Andeutungen. Sie hoffte, dass die beiden Jungs schon weg waren, denn wenn sie eines jetzt nicht gebrauchen konnte, dann Arthur oder, schlimmer noch, Maurice. Mit verheulten Augen und Nebel im Hirn wäre sie für ihn ein gefundenes Fressen.

Sie hastete ins obere Stockwerk und spähte durch die Fenster hinaus in den Garten. Alles war ruhig, nur Nepomuk bearbeitete auf dem Rasen etwas, das wie eine Nuss aussah. Wäre Arthur noch hier, würde sich der Eichelhäher vermutlich bei ihm herumtreiben. Demnach standen ihre Chancen gut, dass die Luft rein war.

Sie sprang die drei Stufen vor der Haustüre hinunter und beschloss, rasch nach hinten in den Garten zu gehen und Nepomuk einen kurzen Besuch abzustatten. Ihr schlechtes Gewissen plagte sie, weil sie ihn vorhin wie ein bockiges Rodeopferd abgeworfen hatte.

Aber sie kam gar nicht erst bis dahin. Vor dem Schuppen, in dem Leonore Gartengeräte und allen möglichen anderen Kram aufbewahrte, stand ein Fahrrad. Nini erkannte es sofort wieder, denn sie hatte es am Tag ihrer Ankunft gemeinsam mit ihrem Vater entdeckt und darüber Witze gemacht, warum Leonore so einen Schrotthaufen überhaupt behalten hatte. Ganz anders der Drahtesel, der jetzt vor ihr stand. Das Fahrrad hatte zwar nach wie vor Rostflecken, aber es war geputzt, hatte aufgepumpte Reifen und war, soweit sie feststellen konnte, fahrtüchtig. Keine Schönheit, aber wenigstens würde so ein Gefährt niemand klauen.

Arthur. Das musste Arthur gewesen sein.

Ein warmes Gefühl breitete sich in der Gegend ihres Herzens aus. Behutsam strich sie mit den Fingern über den Lenker, umkreiste die Klingel, ließ ihre Hand auf dem schwarzen Plastikgriff liegen, der ganz offensichtlich neu war. Ninis Schneidezähne bohrten sich in die Unterlippe – es tat weh, sie träumte also nicht. Mit einem breiten Grinsen auf dem Gesicht stieg sie auf und drehte eine Proberunde vor dem Haus.

In London sah man mittlerweile kaum mehr Fahrräder – eScooter waren einfach bequemer und wendiger und zudem für einen Spottpreis an jeder Ecke per App zu mieten. Entsprechend war Nini das letzte Mal vor ungefähr einer Million Jahre geradelt, aber sie stellte erfreut fest, dass sie es nicht verlernt hatte.

Arthur hatte das alte Fahrrad wieder flottgemacht. Für sie. Nini verschlang den Gedanken gierig. Aber jetzt, zum zweiten Mal gedacht, löste er widerstrebende Gefühle in ihr aus. Während ihr Herz schneller schlug und es in ihrem

Bauch kribbelte, konstatierte ihr Gehirn ganz pragmatisch, dass Arthur schließlich nur seinen Job gemacht hatte. Wie hatte Leonore es formuliert? Er kümmere sich »um die anderen Dinge da draußen«. Vermutlich fiel ihr Fahrrad genau in diese Kategorie. Trotzdem, es war nett von ihm gewesen, denn jetzt war der Weg nach Mevagissey nur noch ein Klacks. Nini beschloss, später im *Crown & Anchor* vorbeizuradeln, um sich bei ihm zu bedanken. Weil man das eben so machte. Zumindest redete sie sich das ein. Aber vorher würde sie noch einen Abstecher in *Debbies One-Stop-Shop* machen. Wurde Zeit, dass ihr jemand endlich ein paar Fragen beantwortete.

Über der Tür bimmelte leise ein Glöckchen, als Nini den *One-Stop-Shop* betrat. Es schien niemand im Laden zu sein, und Nini staunte über das Chaos, das in dem kleinen Raum herrschte. Waschmittel stapelte sich in einer Ecke neben Wäscheklammern, Plastikeimern und Putzlappen. Daneben drängten sich Nudeln, Kekse und Dosen mit Tomaten, Erbsen und Fertigsuppe in den Regalen. Am Kopfende befand sich ein Kühlschrank mit Getränken, der leise vor sich hin brummte, und eine Verkaufsvitrine, gefüllt mit Muffins, Scones und Sandwiches. Die Sachen sahen selbst gemacht und zugegebenermaßen ziemlich lecker aus. Die Gemüsekisten davor weniger – ein paar armselige Zucchini, Zwiebeln, Lauch, Karotten, ein kleines Schälchen mit Tomaten, daneben ein Korb mit Äpfeln.

Alle gleich groß, gelb und mit einer roten Wange. Nicht unbedingt die Auswahl, wie sie Nini gewohnt war. In ihrem Londoner Sainsbury-Kosmos war alles wohl geordnet, relativ viele Gemüsesorten verfügbar und alles logisch platziert. Davon konnte hier nicht die Rede sein.

Sie drehte sich einmal langsam um die eigene Achse. War sie vielleicht durch ein verborgenes Tor in der Zeit geschlüpft und hatte es nicht bemerkt? Mal ganz ehrlich: Türen, die noch mit Schlüsseln abgesperrt wurden, Glöckchen, um Kunden anzukündigen, Glashäuser vollgestopft mit eigenartigen Pflanzen, dieser Laden hier. Alles wirkte irgendwie verstaubt, zurückgeblieben, altmodisch – als hinge ganz Mevagissey noch irgendwo in der Vergangenheit fest.

Tock, tock, tock – Absätze nagelten über den Boden, ein Paar abgetragene Cowboystiefel blieben vor ihr stehen. Nini starrte auf das extravagante Schuhwerk und war sich gleichzeitig bewusst, wie unhöflich das war. Schuld daran war das smaragdgrüne Schlangenlederimitat. Mindestens Schuhgröße 42, was die Sache nicht besser machte.

»Guten Tag, kann ich Ihnen vielleicht helfen?«, fragte die Stiefelträgerin. Nini hob den Blick und traf auf ein Paar blaue Augen, die von einem Kranz aus feinen Fältchen umgeben waren. Die Frau wirkte amüsiert, angesichts Ninis Faszination für ihre Stiefel.

»Ich hoffe. Ich bin Nini Morrison, Leonores Patenkind.«

Jemand musste wohl eine Slow-Motion-Taste gedrückt haben, denn Nini nahm plötzlich jede kleinste Veränderung im Gesicht der Frau wahr: Augenbrauen, die nach oben wanderten, Augen, die immer größer wurden. Die Lippen, die sich leicht öffneten und dann zu einem breiten Lachen verzogen.

»Nini! Ich fasse es nicht. Du bist ja wirklich gekommen!«

Bevor sie reagieren konnte, hatte Debbie sie, denn um die musste es sich hier handeln, schon umarmt. Dann schob sie Nini eine Armlänge von sich und musterte sie.

»Wenn dich Leonore jetzt nur sehen könnte. Schau dich an, aus dir ist eine junge Dame geworden. Und eine hübsche noch dazu!«

Nini wusste nicht so recht, wie sie mit dieser überschwänglichen Begrüßung umgehen sollte, also lächelte sie sicherheitshalber zurück.

»Erzähl, wie geht es dir, Liebes? Du hast eine so schwere Zeit hinter dir. Erst das mit deiner Schwester, dann noch deine Patentante ... Tut mir wahnsinnig leid.«

Ihre kräftige Stimme war jetzt nur noch ein Flüstern. Sofort kehrte das dumpfe Engegefühl in Ninis Brust zurück und sie senkte den Blick. Debbies Hände. An fast jedem ihrer Finger steckte ein klobiger Silberring, manche mit Steinen so groß wie ein Kiesel. *Wie kann man mit so viel Schmuck überhaupt vernünftig arbeiten?*

»Möchtest du einen Muffin oder einen Scone? Weißt du was, ich mach uns Tee. Echten. Und dann unterhalten wir uns ein wenig, einverstanden?« Debbie zog Nini an einer Hand hinter die Theke in eine Art Kochnische und drückte sie energisch auf einen Barhocker. »Setz dich und erzähl mir ein bisschen was von dir.«

Debbie befüllte den Wasserkocher, danach ein Teesieb für die Kanne mit Teeblättern. Ziemlich vielen. Heute würde sie zur Abwechslung mal keine *Katzenpisse* trinken, und Nini musste zugeben, dass sich das ziemlich luxuriös anfühlte. Und irgendwie auch vertraut, fast als wäre sie früher schon mal hier gewesen.

Hatte Leonore sie jemals zu Debbie mitgenommen? Aber so sehr sich Nini auch anstrengte, ihr Gehirn produzierte keine brauchbaren Erinnerungen. Außer diesem diffusen Gefühl war da nichts.

Seltsam.

Ein Teller mit einem Scone landete auf ihren Knien.

»Cream? Marmelade?«

Nini schüttelte den Kopf und stellte den Teller neben sich auf die Arbeitsfläche. Sie war so überwältigt von Debbies Erscheinung und Energie, dass sie kein Wort herausbrachte. Obwohl Debbie eine große Frau war, hantierte sie in der Enge der Kochnische mit einer Leichtigkeit und Präzision, die Nini jemandem mit Schuhgröße 42 nicht zugetraut hätte.

»Seit wann bist du hier?«

»Ich bin vorgestern angekommen. Mein Vater hat mich gebracht.«

Debbie sah sie plötzlich an wie ein Luchs und fuhr sich durch die raspelkurzen, silbrigen Haare.

»Ist er noch da?« Eine seltsame Frage. Noch seltsamer war nur, dass Debbie erleichtert wirkte, als Nini verneinte. »Zucker?«

Bevor sie es verhindern konnte, rührte Debbie schon

mit rhythmischem *Klonk-Klonk* Zucker in ihren Tee. Ninis Biosensor würde heute Abend bestimmt keinen Mangel an Kalorien ans Ministerium melden. Allerdings war sie sich in Sachen gesunde Nährstoffe da nicht ganz so sicher.

»Hier bitte.« Debbie reichte ihr die Tasse und strahlte. »Ich freu mich kolossal, dass du hier bist!«

Kolossal? Ist das ein Fremdwort oder Neanderthalisch?

»Ich bin auch sehr froh, hier zu sein«, erwiderte Nini höflich, obwohl sie sich da noch nicht so ganz sicher war.

»Wie kommst du mit allem zurecht, Liebes? Ich meine, im Cottage und so?« Debbie tätschelte ihr Knie und ließ die Hand für einen Augenblick dort liegen.

Nini spürte jeden einzelnen Ring durch den Stoff ihrer Jeans.

»Gut, danke. Leonore hat mir eine, äh, Nachricht hinterlassen, in der sie meinte, Sie könnten mir weiterhelfen, falls ich Fragen habe.«

»Ich weiß, ich weiß. Hab ihr assistiert, als sie die Clips gedreht hat. Und das mit dem Siezen kannst du dir übrigens gleich abschminken. Einfach Debbie, okay?«

Obwohl Debbie aussah wie ein angegrautes Cowgirl, trank sie ihren Tee mit der Formvollendung einer echten Engländerin. Sie saß aufrecht auf ihrem Hocker, den kleinen Finger und Ringfinger leicht abgespreizt, und nippte mit spitzen Lippen das Lebenselixier der Nation. Nini musste zugeben, dass der Tee göttlich schmeckte. Und dass sie Debbie mochte. Sie brach ein Stück von ihrem Scone ab und schob es sich in den Mund. Krümelig, zart, buttrig. Tilda wäre im siebten Himmel gewesen.

»Und hast du denn Fragen?«

So viele, dass ihr Sprachzentrum nicht imstande war, eine einzelne auszuspucken. Am besten, sie fing mit etwas Unverfänglichem, Alltäglichem an.

»Kennst du Arthur, Leonores Gärtner?«

Das soll eine unverfängliche Frage sein? Großartig, Nini. Sie musste definitiv von Außerirdischen entführt worden sein, die ihr dann auf einem fernen Planeten ein Alien-Hirn eingepflanzt hatten. Wie sonst war es zu erklären, dass ihr Verstand ständig solche Ausfälle hatte. *Kennst du Arthur?* Von all den Fragen, die Schlange standen, um beantwortet zu werden, war ihr ausgerechnet diese zuerst in den Sinn gekommen? So was von bescheuert.

»Arthur? Klar. Alle im Dorf kennen Arthur. Oder ich sollte vielleicht besser sagen: Jeder kennt hier jeden. Das bist du von London wahrscheinlich nicht gewohnt, stimmt's? Hat Vor- und Nachteile, glaub mir. Was genau willst du denn wissen?«

Nini schluckte und hoffte, dass dieses brennende Gefühl auf ihren Wangen nur vom heißen Tee kam.

»Ich meine, kann ich ihm vertrauen?«

Debbies helles Lachen sagte mehr als tausend Worte. Ganz offensichtlich war Arthur so etwas wie die frühere Queen – über jeden Zweifel erhaben.

»Leonore hat auf dem Videoclip etwas untertrieben, Liebes. Arthur war beinahe wie ein Ziehsohn für sie. Nachdem sein Vater diesen schweren Arbeitsunfall hatte und Schnaps sein bester Freund wurde, hat sie ihm den Job als Gärtner gegeben. Ich glaube, er war am Anfang mehr bei Leonore im Garten als bei sich zu Hause. Von ihr hat der Junge alles gelernt, was er heute weiß.«

Nini hatte während der ganzen Zeit auf Debbies wippende Schuhspitze gestarrt und versucht, ihre widerstrebenden Gefühle in den Griff zu bekommen. Verständnis und Mitgefühl versuchten angestrengt, den aufkeimenden Neid zu ersticken, der aus einer finsteren Ecke ihrer Seele gekrochen kam. Neid auf jemanden, der in einer schweren Zeit seines Lebens Leonore zur Seite gehabt hatte.

»Wenn du mich fragst: Es war ein Glücksfall für beide, denn Leonore war seit dem Tod von Mac immer etwas einsam gewesen. Arthur und sie – beide haben sich gutgetan, jeder auf seine Weise.«

Mac. Nini hatte schon lange nicht mehr an den untersetzten Mann mit dem donnernden Lachen gedacht. Wenn sie zu Besuch gekommen und er da war, hatte er sie zur Begrüßung hochgehoben und im Kreis herumwirbeln lassen. Nini erinnerte sich an dieses Gefühl von Sicherheit, das seine kräftigen Arme ihr immer gegeben hatten, egal, wie schnell er sich drehte. Leider waren seine Arme nicht kräftig genug gewesen, um sich nach einem Unfall aus seinem Autowrack zu befreien, bevor es in Flammen aufgegangen war. Ungefähr drei Jahre, nachdem sie Leonore zum letzten Mal besucht hatte.

»Aber ich schweife ab. Um es kurz zu machen: Ja, du kannst Arthur hundertprozentig vertrauen. Aber war das wirklich deine Frage?«

»Er hat Leonores Fahrrad für mich repariert, obwohl ich ihn gar nicht darum gebeten hatte …« Nini wusste nicht mehr weiter und wippte unruhig auf ihrem Stuhl herum.

»Typisch Arthur. Er sieht, was jemand braucht, noch bevor man ihn um etwas bittet. Genau das hat Leonore so an ihm geschätzt. Aber wieso macht dich das nervös?«

Debbie sah so verwirrt aus, wie Nini sich fühlte. Das Gespräch lief definitiv in eine schräge Richtung. Schnell stopfte Nini sich den restlichen Scone in den Mund und spülte ihn mit Tee hinunter.

»Kennst du eigentlich das Glashaus in Leonores Garten?« *Spitzen Themenwechsel.* Aber dieses Mal hatte sie wenigstens eine Frage von ihrer imaginären Liste rausgeballert. Sogar eine, die ganz weit oben stand.

»Glashaus?« Debbies Augenbrauen wanderten bis fast unter ihren grauen Haaransatz.

»Ja, ganz hinten im Garten, versteckt zwischen der Mauer und einer Hecke.« Nini tat unbeteiligt, aber sie beobachtete jede Regung in Debbies Gesicht, das sich anscheinend nicht entscheiden konnte, welchen Ausdruck es annehmen sollte.

»Sie hat wohl mal was erwähnt. Warum?«

Obwohl sie die Frau, die ihr gegenübersaß, erst seit einer halben Stunde kannte, spürte Nini, dass diese nicht die Wahrheit sagte. Sie log vielleicht nicht unbedingt, aber verhüllte ihr Wissen so, dass Nini keinen Blick auf das erhaschen konnte, was wirklich war. Statt mehr zu erfahren, vermittelte Debbies Verhalten ihr das ungute Gefühl, dass hier etwas nicht stimmte. Und es hatte eindeutig mit diesem Glashaus zu tun.

»Nur so. Hat mich einfach interessiert.« Nini winkte ab und stand auf.

»Vielleicht kann dir Arthur weiterhelfen?«, schlug Debbie vor. Sie klang hoffnungsvoll, und dieses Mal hatte Nini den Eindruck, dass sie es ehrlich meinte.

»Ich glaube, ich muss langsam los. Danke für den Tee und auch alles andere …« Nini stand auf.

Debbie kritzelte etwas auf einen Zettel und drückte ihn Nini in die Hand.

»Hier meine Handynummer – du kannst mich jederzeit anrufen, wenn du etwas brauchst oder Fragen hast, Liebes. Jederzeit, okay? Und komm ganz bald wieder vorbei.«

Die digitale Kontaktdatenübertragung war hier wohl noch nicht angekommen.

In Mevagissey lief alles völlig anders als in London oder irgendeinem anderen Teil der modernen Welt – das stand mal fest.

11

Ninis nächster Stopp auf ihrer Tour durch Mevagissey war das *Crown & Anchor*. Aber exakt in dem Moment, als sie von ihrem Fahrrad abstieg, um es die letzten Meter zu schieben, bog Maurice um die Ecke.

War der Kerl eigentlich immer irgendwo in Arthurs Nähe? Wenn sie auf jemanden gerade so gar keinen Bock hatte, dann war es der nervige Readhead. Die Begegnung heute Mittag hatte Nini mehr als gereicht. Leider war unauffällig zu verschwinden keine Option mehr, denn Maurice hatte sie bereits entdeckt und lümmelte jetzt auf einer der Bierbänke vor dem Pub. Er wartete auf sie, das war nicht zu übersehen, und sie würde ihm bestimmt nicht die Genugtuung geben, einfach abzuhauen. Also setzte Nini ein unverbindliches Lächeln auf und schob das Fahrrad weiter in seine Richtung.

»Ah, die geheimnisvolle Lady aus London …«

Nini blieb neben ihm stehen.

»Genau, aber du kannst mich auch einfach Nini nennen.«

Die tief stehende Sonne ließ seine Augen irritierend blau leuchten, aber sie wich seinem Blick nicht aus.

»Falls du zu Arthur willst: Der ist noch nicht da.« Er grinste, als würde er es genießen, ihr diese Nachricht zu überbringen.

»Macht nichts, ich bin sowieso auf dem Weg ins *The Fork*.« Eine kleine Notlüge, die Nini nicht allzu viel Mühe bereitete. Gleichzeitig grübelte sie darüber nach, was Arthur davon abgehalten hatte, pünktlich bei seinem Job zu erscheinen. Hatte er nicht heute Mittag noch erwähnt, wie sehr Nick es hasste, wenn er zu spät kam?

»Hat sich wohl schon bis London rumgesprochen, dass man auch bei uns Landeiern ganz anständig essen kann?«

»Warum reitest du eigentlich ständig auf dieser Sache mit London rum? Hast du Komplexe, oder was? Das ist eine Großstadt wie viele andere, und du kannst mir glauben, es ist dort nicht nur nice. Also können wir das Thema endlich begraben und über etwas anderes reden oder willst du ewig so weitermachen?«

Ihr Blick blieb plötzlich an den abgestoßenen Ärmeln seiner Jacke und den ausgelatschten Schuhen hängen, und auch das T-Shirt drunter hatte bestimmt schon bessere Zeiten gesehen. Nini frage sich, ob es nicht noch einen ganz anderen Grund für Maurices Angriffslust gab.

»Komplexe? Bullshit. Ich frage mich eben nur, warum so jemand wie du in London alles stehen und liegen lässt und hierher zieht. Einfach so. *Zack*. Ist ja nicht so, als ob du Leonore in den letzten Jahren regelmäßig besucht hättest. Oder ist mir da was entgangen?«

Das kleine Flämmchen Mitgefühl, das eben in Ninis Brust aufgeflackert war, erlosch sofort wieder. Eines musste man diesem Maurice lassen: Er hatte einen guten Riecher für die Schwachstellen anderer. Oder hatte sich Leonore vielleicht irgendwann über sie beklagt …? *Quatsch.* Wäre Leonore wirklich auf Nini sauer gewesen, hätte sie nicht so lange die Klappe gehalten. Wenn ihrer Patentante etwas stank, hatte man das meist schneller erfahren, als einem lieb sein konnte. Zurückhaltung war definitiv nicht ihr Ding gewesen. Nini reckte das Kinn.

»Ich glaube nicht, dass es dich was angeht, warum ich hergezogen bin. Aber ich würde wirklich gerne wissen, warum es dich so stört. Bin ich dir bei irgendetwas im Weg?«

Die Art, wie sein Kopf ein Stück höher ruckte, sagte ihr, dass sie ins Schwarze getroffen hatte. Großartig, nur drei Begegnungen, und der Typ wünschte sie sich auf den Mond. Neuer Nini-Rekord.

»Macht ihr beiden da weiter, wo ihr heute Mittag aufgehört habt?« Arthur war plötzlich wie ein Geist neben ihnen aufgetaucht und hielt seinen Blick fest auf Maurice gerichtet. Es war ein Augen-Gespräch. So hatten Tilda und sie bei sich diese Art wortlose Verständigung genannt und gedacht, nur sie beide wären dazu imstande. Totale Fehleinschätzung.

Maurice senkte den Kopf.

»Wie kommst du drauf? Wir unterhalten uns nur nett. Mann, du kennst mich doch.«

»Eben.«

»Entspann dich, ich hab sie nicht gefressen.« Maurice stand auf und lächelte grimmig.

Schon allein die Art, wie er sich bewegte, wirkte angriffslustig. *Wie ein Terrier, jederzeit bereit, zuzubeißen,* dachte Nini. Er nickte ihr kurz zu und verschwand im Pub.

»Nimm ihn einfach nicht ernst. Maurice ist wirklich ein netter Kerl, nur ein bisschen schnell auf 180. Er war schon immer so. Du kannst dir gar nicht vorstellen, wie oft er mir im Sandkasten sein Schippchen übergezogen hat. Und ich war schon immer größer und stärker als er.« Arthur versuchte es mit einem Lächeln. Er wirkte müde und sah im Moment nicht unbedingt aus wie jemand, der scharf darauf war, noch eine Schicht hinter dem Tresen zu schieben.

»Scheint, als hätte er sich irgendwie auf mich eingeschossen. Aber vielleicht sollte ich mich ja geschmeichelt fühlen.«

Arthur wiegte den Kopf, irgendwo zwischen *eher nicht* und *keine Ahnung, was der Kerl hat.*

»Hey, du bist ja mit dem Fahrrad unterwegs«, wechselte er das Thema. Er betätigte die Klingel, die aber nur ein rostiges Kratzen von sich gab. Ninis Wangen wurden heiß. *Mist.* Jetzt hatte sie vor lauter Gezanke mit Maurice ganz vergessen, warum sie eigentlich gekommen war.

»Danke, dass du den Drahtesel für mich repariert hast. Macht es mir deutlich leichter, vom Cottage hier runter ins Dorf zu kommen.« Sie schenkte ihm ein strahlendes Lächeln und ließ die rostige Klingel noch einmal schnarren.

»Keine große Sache. Ich muss langsam rein, Nick wartet bestimmt schon auf mich. Kommst du mit?«

In seiner Frage schwang etwas Bittendes mit, das Ninis

Herz kurz ins Stolpern brachte. Die Vorstellung, eine Weile am Tresen zu sitzen und Arthur dabei zu beobachten, wie er Bier zapfte und mit Gästen quatschte, gefiel ihr. Aber sie wusste auch, dass da drinnen Maurice wartete. So wie der drauf war, würde er Arthur bestimmt unter die Nase reiben, dass sie eigentlich ins *The Fork* hatte gehen wollen. Diesen Triumph wollte sie ihm nicht gönnen.

»Ein anderes Mal gerne, aber ich will noch zu Rich ins *The Fork* und mich ihm vorstellen. Video-Anweisung von Leonore. Kommst du morgen im Cottage vorbei?«

»Wahrscheinlich gegen Mittag, weil ich heute nicht alles geschafft habe. Muss 'ne kleine Extra-Schicht einlegen.«

Extra-Schicht, schon klar. Nini bemühte sich, nicht zu grinsen.

Es war mittlerweile fast dunkel, und Nini hätte das kleine Restaurant in der Seitengasse um ein Haar übersehen. Es lag etwas nach hinten versetzt in einer Nische neben dem Repair-Café, an dem sie schon vorbeigekommen war. Über der Tür hing eine riesige, beleuchtete Gabel aus Metall, aus dem großen Sprossenfenster sickerte warmes Licht auf die Gasse. Nini stellte ihr Fahrrad ab und spähte hinein. Der Raum war klein, wirkte aber trotz der zehn Holztische, die eingedeckt mit Kerzen und Servietten, über den Raum verteilt standen, nicht beengt. Jemand hatte es geschickt verstanden, mit viel weißer Farbe, ein paar Spiegeln und zierlichen Lampen ein großzügiges und freundliches Raumgefühl zu erzeugen. Obwohl alles hell erleuchtet war, wirkte das Restaurant verlassen. Keine Gäste, kein Servicepersonal, niemand hinter der Bar. Sah ganz danach aus, als wäre *The Fork* geschlossen. Nini war erleichtert, denn wenn sie ehrlich war, hatte sie für heute genug von den Antrittsbesuchen bei Leonores Freunden. Sie war müde und morgen war schließlich auch noch ein Tag. Genau, sie würde einfach morgen wiederkommen, und vielleicht sprang dann sogar ein anständiges Essen für sie heraus. Zumindest sah der Laden so aus, als würde man hier ganz gut essen.

»Sie sind spät«, donnerte eine tiefe Stimme hinter ihr. Nini fuhr erschrocken herum und sah sich einem Mann in weißer Kochjacke gegenüber, die sich gefährlich über seinem Bauch spannte. Die dazugehörige Hose war so akkurat gebügelt, wie sein grauer Bart gestutzt war. Verärgert musterte er sie durch seine Brille.

»Wir hatten 18.00 Uhr gesagt. Kommen Sie.« Ohne ihre Antwort abzuwarten, sperrte er die Tür auf und betrat das Restaurant.

Erst jetzt bemerkte Nini, dass er einen Korb in der Hand trug, der mit einem Geschirrtuch abgedeckt war. War dieser bärbeißige Typ Rich? Gab wahrscheinlich nur eine Möglichkeit, das herauszufinden: reingehen und fragen. Aber dazu kam sie erst gar nicht.

»Ich hasse es, wenn Menschen zu spät kommen. Aber ich hasse es noch viel mehr, wenn der- oder diejenige sich dann nicht einmal dafür entschuldigt. Oder sind Sie auf den Mund gefallen? Was nicht unbedingt die beste Voraussetzung wäre, um im Service zu arbeiten.« Er stapfte an ihr vorbei, den Gang entlang und verschwand hinter einer Schwingtüre mit Bullauge.

Nini nahm an, dass dahinter die Küche lag. Sie hörte ihn zetern und rumoren, war unschlüssig, ob sie ihm folgen sollte. Die Entscheidung wurde ihr abgenommen – die Tür flog schon wieder auf und krachte gegen den Stopper an der Wand. Der Koch baute sich im Gang vor ihr auf, die Hände in die Hüften gestemmt. Sie schluckte. Wurde langsam Zeit, dass sie das Missverständnis aufklärte, sonst würde er ihr bestimmt den Kopf abreißen. Noch während sie in ihrem Gehirn nach den richtigen Worten kramte, wetterte er schon wieder los.

»Und übermorgen«, er wedelte mit einer Hand abfällig in ihre Richtung, »kommen Sie bitte in anständigen Klamotten! So kann ich Sie unmöglich auf meine Gäste loslassen. Die Haare müssen zusammengebunden sein, dezentes Make-up. Haben wir uns verstanden?«

Sie setzte ihr bestes Lächeln auf und räusperte sich.

»Ich weiß ja nicht, auf wen Sie hier warten, aber ganz bestimmt nicht auf mich. Sind Sie Rich?«

Seine buschigen Augenbrauen zogen sich zusammen.

»Wer will das wissen?«

Nini straffte die Schultern.

»Nini Morrison, Leonores Patenkind aus London.«

Sie betonte den zweiten Teil des Satzes, als wäre das ein verdienstvoller Titel, den sie erworben hatte.

Schlagartig hellte sich sein Gesicht auf, als hätte jemand eine Lampe angeknipst. Der strenge Blick wurde weich, die Augen hinter den Brillengläsern wässrig. In einer Schnelligkeit, die sie dem korpulenten Mann nicht zugetraut hätte, überwand er den Abstand zwischen ihnen und riss sie in seine Arme. Die Attacke kam so unerwartet, dass Nini keine Chance hatte, der Umarmung zu entkommen. Rich roch nach frischer Wäsche und hatte die Kraft eines Bären. Als er sie endlich wieder freigab, glitt ein Großvaterlächeln über sein Gesicht.

»Leonores Wunsch ist also in Erfüllung gegangen, du bist wirklich gekommen.«

Nini konnte sich ein Grinsen nicht verkneifen. So etwas Ähnliches hatte sie heute schon mal gehört.

»Ich schon, aber die Person, auf die Sie gewartet haben, ja ganz offensichtlich nicht.«

Rich machte eine wegwerfende Handbewegung.

»Ist schwer, heutzutage noch gutes Personal zu bekommen.« Er machte eine kurze Pause und kratzte sich am Bart. »In diesem Zusammenhang: Hast du übermorgen Abend schon was vor?« Er zwinkerte ihr zu, aber es war klar, dass er die Frage ernst meinte.

Nini tat so, als müsse sie darüber nachdenken. Natürlich hatte sie nichts vor, und vielleicht wäre es gar nicht so übel, unter Menschen zu kommen. Das Gute daran war, sie würde nicht viel reden müssen, sondern konnte einfach für ein paar Stunden in diesem Meer aus Gesprächen und Lachen baden und dann wieder nach Hause gehen.

»Ich habe noch nie im Service gearbeitet ...«

»Kein Problem. Den eigentlichen Service macht Francis, mein Kellner. Ich bräuchte nur jemanden, der ein wenig beim Abräumen der Tische, beim Beladen des Geschirrspülers und solchen Dingen hilft. Ich habe übermorgen den Laden voll mit Leuten aus Truro. Wichtige Beamte aus dem Ministerium. Das sind zwar gute Kunden, die viel konsumieren, aber auch besonders anspruchsvoll sind.«

So gut war *The Fork* also. Leonore hatte das mit keiner Silbe erwähnt. Jetzt war Nini wirklich neugierig. Sie griff sich eine der Speisekarten vom Stapel auf dem Tischchen neben der Bar und schlug sie auf. Essengehen in London war ein exklusives Vergnügen, und die Wartelisten meist lang. Ohne Reservierung war kaum was zu machen, weshalb Nini bisher meist in irgendwelchen billigen Cafés oder Fast-Food-Läden gegessen hatte. Aber auch das nur zu besonderen Anlässen. Einmal hatte Vic sie ausgeführt, zum Inder, noch bevor sich abgezeichnet hatte, dass sie besser *nur Freunde* blieben.

Die handgeschriebene Speisekarte war übersichtlich. Drei Vorspeisen, drei Hauptgerichte, zwei Desserts. Bis auf die Muscheln alles vegetarisch. Muscheln? Wo bekam Rich heutzutage die denn her? Nini blieb an dem in Meersalzkruste gebacken Kohlrabi hängen, vor allem wegen des Brennnesselpestos, das zu der weißen Knolle serviert wurde. Sie wusste nicht viel über dieses Grünzeug, außer, dass es sich um Unkraut handelte. Was sie allerdings wusste, war, dass die Brennnessel eine nutzlose Pflanze war, die Platz und Nährstoffe verbrauchte und tierisch auf der Haut brannte, wenn man sie versehentlich berührte. Und was hatte noch mal Löwenzahn im Salat zu suchen, der hier ebenfalls auf der Karte stand? Auch das war doch ein Unkraut, das sich unverwüstlich aus der Erde kämpfte –

sogar in London. Hübsch, aber überflüssig. Erst jetzt entdeckte Nini den Passus, der ganz unten auf der Seite klein vermerkt war:

Wir kochen mit wilden Kräutern, die wir von einem diplomierten Wildkräuterexperten beziehen. Selbstverständlich kann jedes Gericht auf Wunsch auch kräuterfrei zubereitet werden. Bitte informieren Sie unser Servicepersonal bei Ihrer Bestellung.

Anders als ihr Magen, der laut und vernehmlich knurrte, war Nini nicht sicher, was sie von all dem halten sollte. Wie kam Leonore nur auf die Idee, dass sich ihr Biosensor über Unkraut freuen könnte?

»Ich bin so ein Egoist«, platzte Rich in ihre Gedanken. »Alles, woran ich denken kann, ist mein Restaurant. Dabei gibt es doch wichtigere Dinge. Zum Beispiel deinen Hunger.«

Er zog einen Stuhl unter einem der gedeckten Tische hervor.

»Setz dich, ich bin gleich wieder da.«

Noch bevor Nini antworten konnte, war er hinter der Schwingtüre mit dem Bullauge verschwunden. Sie lehnte sich in ihrem Stuhl zurück und konnte ihr Glück kaum fassen. Eine anständige, selbst gekochte Mahlzeit, herrlich. Den Gedanken, dass Rich ungefragt dubiose Wildkräuter daruntermischen könnte, verdrängte sie.

Sie sah aus dem Fenster, an dem gerade ein großer, schlanker Mann vorbeilief.

Das Telefonat mit ihrem Vater heute Morgen kam ihr wieder in den Sinn. Er hatte nicht mehr ganz so besorgt geklungen, vermutlich, weil ihre Mutter beschlossen hatte, endlich eine Selbsthilfe-Gruppe zu besuchen. Und zwar live. Das war wirklich ein Riesending. Wer weiß, vielleicht hatte ihr Umzug nach Cornwall sogar dazu beigetragen, dass endlich Bewegung in das erstarrte Leben ihrer Eltern kam.

Wie sagte ihr Vater gerne? »Wenn man Dinge immer auf die gleiche Weise tut, kommt auch immer das Gleiche dabei raus.«

Und genau deshalb würde sie Richs Angebot, im Restaurant zu helfen, annehmen.

12

Nini schob ihr Fahrrad durch das Viehgatter und folgte dem Trampelpfad, der vorbei an blühenden Schlehenbüschen und Weißdornhecken Richtung Meer führen sollte. Genüsslich sog sie das Gemisch aus Blütenduft und Meeresbrise ein.

Nepomuk saß ein paar Meter von ihr entfernt auf einem dürren Ast und putzte eifrig sein Gefieder. Seit sie ihm heute Morgen ein paar Cracker verfüttert hatte, folgte er ihr wie ein geflügeltes Hündchen überallhin. Sie hatte ihn nicht dazu ermuntert, er war einfach hinter ihr hergekommen, als sie sich auf das Fahrrad gesetzt hatte. Aber wenn sie ehrlich war, hatte sie sich darüber gefreut, einen gefiederten Begleiter an der Seite zu haben. Hund konnte ja jeder, aber Eichelhäher?

»Du machst das doch nur, weil du dir noch ein paar Cracker von mir erhoffst, oder?«, rief sie Nepomuk zu und trat in die Pedale.

Dschää! Dschää!, kam prompt die Antwort, und Nini musste achtgeben, dass sie nicht vor lauter Lachen mit ihrem Rad in einem der stacheligen Ginsterbüsche landete. Nepomuk schien eine klare Vorstellung zu haben, wie ihr gemeinsamer Ausflug zu laufen hatte. Er flog vor und wartete dann auf einem erhöhten Punkt, von dem aus er Nini und die Umgebung gut beobachten konnte. Ein Späher, der alles im Blick hatte und jedes noch so kleine Ereignis lautstark meldete. Die Feldroboter, die in der Ferne ihre Arbeit verrichteten, waren seiner Meinung nach genauso erwähnenswert wie ein Spaziergänger mit Hund oder eine verschreckte Maus, die über den Weg huschte. Nichts entging Nepomuks aufmerksamen Augen.

Das hier war nicht nur Ninis erste Fahrradtour seit vielen Jahren, sondern auch, und das war viel bemerkenswerter, ihr erster Ausflug in Begleitung eines Vogels. Wäre Tilda jetzt hier, dann wäre es ein perfekter, wahrscheinlich sogar ein Bilderbuch-Vormittag. Strahlendes Wetter, Sträucher und Bäume in voller Blüte, das dunkle Blau des Meeres. Und ein Eichelhäher, der sie mit einem unerwarteten Landeversuch auf dem Lenker fast zu Fall brachte. Nini stieg ab und wartete, bis Nepomuk Halt auf der Metallstange gefunden hatte. Während er versuchte, sein Gleichgewicht zu finden, stellte Nini fest, dass es auch so ein ziemlich genialer Vormittag war. Natürlich nicht so genial wie mit Tilda, aber trotzdem. Gut. Ganz schön gut. Dieser Gedanke erschreckte sie fast ein wenig.

Nini schob das Fahrrad auf den letzten Metern zum Parkplatz. Nur ein einziges Auto stand dort, was bedeutete, dass sie den Strand fast für sich alleine haben würden. Sie lehnte ihren Drahtesel gegen einen Baum, klemmte sich die Decke, die sie auf dem Gepäckträger mitgebracht hatte, unter den Arm und stapfte über die grasbewachsene

Düne. Was für ein Ausblick! Der Sandstrand war breit, Felsen lagen verstreut wie die Spielzeugklötzchen eines Riesen herum, auf dem Wasser schoss ein Kite-Surfer mit Lichtgeschwindigkeit durch die Wellen, weil der Wind aufgefrischt hatte. Die Brise ließ Ninis lange Haare flattern und sabotierte mehrmals ihren Versuch, die Decke auszubreiten. Nepomuk kümmerte das nicht. Mit dem Eifer eines kleinen Jungen, der nach Muschelschalen sucht, stakste er durch den Sand und wühlte mit dem Schnabel nach etwas Fressbarem. Ob er mit Leonore schon mal hier gewesen war? Nini hätte ihn gerne gefragt.

Sie setzte sich auf die Decke, schlang die Arme um ihre Knie und starrte aufs Meer hinaus. Der Klang der anbrandenden Wellen und das Glitzern des Wassers hatte etwas Beruhigendes. Das hier war deutlich besser als ihre Träumereien vor dem Instant-Meer. Eine Weile sah sie dem Kite-Surfer und den Möwen, die neugierig ihre Kreise am Himmel zogen, zu, dann legte sie sich auf den Rücken und schloss die Augen.

Das Nächste, woran sie sich erinnerte, war ein infernalisches Gekreische, das in ihre Träume platzte. Erst dachte sie, auf ihrem Smartphone wäre eine neue Warnung eingegangen, aber dann kapierte sie, dass es nur Möwen waren. Schlaftrunken zwang sie ihre Augenlider auseinander.

Möwen!

Möwen und dazwischen Nepomuk, der verzweifelt gegen ihre spitzen Schnäbel ankämpfte. Sein sonst so freches *Dschää! Dschää!* klang panisch. Im Vergleich zu den angriffslustigen Vögeln sah er winzig und verletzlich aus. Nini sprang auf und rannte zu dem Knäuel aus Flügeln und Schnäbeln hinüber, worauf die ersten Möwen davonflatterten.

»Haut ab! Verschwindet, ihr blöden Viecher!«, schrie sie und warf sich vor Nepomuk. Aber eine der Möwen wollte ihre Beute nicht kampflos aufgeben. Mit wildem Gekreische flog sie Angriffe, die Nini nur mit den Armen abwehren konnte. Mehr als einmal verfehlte sie der scharfe Schnabel nur knapp.

»Verpiss dich, Drecksvogel!«

Wütend schleuderte sie eine Handvoll Sand nach dem Tier. Endlich drehte es ab. Nini schlug das Herz bis zum Hals.

Sie wandte sich um. Hinter ihr, zerzaust und verängstigt, saß Nepomuk.

»Schon gut, ist alles vorbei. Bist du okay?«

Vorsichtig streckte sie die Hand nach ihm aus, fuhr ihm prüfend über das Gefieder. Neben dem Schnabel hatte er eine kleine Wunde davongetragen, aus der ein Tropfen Blut sickerte, eine Schwanzfeder war an der Spitze abgebrochen, aber abseits davon schien er den Kampf ohne größere Blessuren überstanden zu haben. Erst jetzt bemerkte Nini, dass ihre Hände wie verrückt zitterten.

»Du armer Kerl. Bescheuerte Idee von mir, mit dir an den Strand zu gehen.« Sie kramte in ihrer Jackentasche nach einem Stück Cracker und hielt es ihm hin. Sie lächelte, als er es vorsichtig nahm. »Komm, lass uns abhauen, bevor diese fiesen Biester wieder zurückkommen.«

Ohne die Augen von Nepomuk zu wenden, schüttelte sie die Decke aus und faltete sie zusammen. Der Eichelhäher stand mit schiefgelegtem Kopf vor ihr und schien sie erwartungsvoll anzusehen. Es dauerte einen Moment, bis Nini verstand, was er wollte. Sie bückte sich zu ihm und hielt ihm den Arm hin – so, wie sie es bei Arthur gesehen hatte – und setzte ihn auf ihre Schulter.

Arthur grinste, als er Nini und Nepomuk eine Stunde später einträchtig auf der Steinmauer in der Sonne sitzen sah.

»Ihr seht schon aus wie ziemlich beste Freunde.«

Lächelnd strich Nini dem Eichelhäher mit einem Finger über den Rücken.

»Ziemlich beste Freunde, die heute eine fiese Möwenattacke überlebt haben.«

»Möwen? Hier im Garten?«

Arthur runzelte die Stirn, als zweifele er an dem, was sie sagte. Kurz wallte Ärger in Nini auf, aber sie schluckte ihn hinunter, weil sie wusste, dass sie zu empfindlich reagierte. Etwas an Arthur ging ihr definitiv unter die Haut. Das erste Mal seit Tildas Tod spürte sie, dass ihr ein anderer Mensch naheging.

»Nein, nicht hier. Wir waren am Strand. Könntest du ihn dir bitte ansehen und checken, ob er wirklich okay ist? Ich meine, ich habe schon, aber du …« Ihre Hände hatten zwar aufgehört zu zittern, doch die Angst um den Eichelhäher hatte sie noch immer im Griff.

Seit sie von ihrem Ausflug zurückgekommen waren, hatte der Vogel sich nie weiter als einen Meter von ihr entfernt. Nini hatte ihn sogar mit ins Haus genommen, weil sie es nicht übers Herz gebracht hatte, ihn vor der Tür sitzen zu lassen. Sie fühlte sich schuldig. Nicht auszudenken, was alles hätte passieren können.

Arthur hockte sich auf die Steinmauer und Nepomuk ließ sich von ihm geduldig untersuchen.

»Bis auf den Cut neben dem Schnabel kann ich nichts entdecken. Mach dir nicht so einen Kopf, der ist in ein paar Tagen verheilt.«

»Du warst nicht dabei. Die Biester hätten ihn um ein Haar aufgefressen. Meine Schuld, ich bin eingeschlafen.«

Nini konnte nur mit Mühe die Tränen zurückhalten. Arthur legte ihr einen Arm um die Schulter und drückte sie kurz.

»Hey, ist ja nichts passiert. Nepomuk ist ein schlauer Kerl, der kann ganz gut auf sich selbst aufpassen.«

Arthurs Stimme war warm und mitfühlend. Am liebsten hätte Nini sich an seine Brust gelehnt und losgeheult. Wegen Nepomuk. Und Leonore. Und Tilda. Und ihrem ganzen beschissenen Leben. Aber stattdessen rückte sie ein Stück ab und richtete sich kerzengerade auf.

»Wenn du meinst. Dann lass uns jetzt über das Glashaus reden. Nein, weißt du was? Lass uns gleich zum Glashaus gehen. Dort kannst du mir dann ganz konkret meine Fragen beantworten.«

Der Themenwechsel war Arthur sichtlich unangenehm. Er starrte auf seine dreckigen Arbeitsschuhe und murmelte:

»Hast du dir schon die Clips auf Leonores Tablet angesehen?«

Was war das jetzt für eine dämliche Frage? Sie hatte das Ding erst seit gestern, und außerdem war doch er derjenige, der die Rätsel für die Passwörter aufbewahrte.

»Nur den ersten, wieso, was hat das jetzt mit dem Glashaus zu tun? Ist das irgend so ein Ablenkungsmanöver von dir? Kannst du gepflegt vergessen. Außerdem kann ich die anderen Clips gar nicht abspielen, weil sie passwortgeschützt sind. Wie du ja vermutlich weißt. Ich sage nur: Briefumschläge.« Nini hatte sich in Rage geredet. Wollte Arthur sie verarschen? Vielleicht war er doch nicht das Goldstück, für das ihn ihre Tante immer gehalten hatte.

Doch da zauberte er auch schon ein weißes Kuvert aus seiner Jackentasche und hielt es ihr hin – NINI 1 stand drauf.

»Sie hat gesagt, ich soll sie dir einzeln geben. Frag mich bloß nicht, warum. Leonore hatte immer eine ganz eigene Vorstellung davon, wie Dinge zu laufen haben.«

Nini spürte einen kleinen Stich im Herzen, als sie die Handschrift ihrer Patentante erkannte. Viele Jahre lang hatte Leonore ihr Briefe nach London geschickt, was Nini zum einzigen Menschen in der ganzen Schule gemacht hatte, der noch »Post« erhielt. Dass sie dafür jedes Mal zur zentralen Verteilstelle in Paddington wandern und sich mit all den alten Leuten ewig in eine Schlange stellen musste, um den Brief abzuholen, hatte Leonore nicht davon abgehalten, sie weiter damit zu bombardieren – egal, wie oft

Nini gebettelt hatte, sie möge ihr doch stattdessen einfach E-Mails schicken.

»Vielleicht wäre es besser, du würdest dir erst einmal die Clips ansehen, bevor wir zum Glashaus gehen …«

Nini wollte schon wieder losmotzen, aber der Blick aus Arthurs haselnussbraunen Augen hielten sie davon ab. Etwas Bittendes lag darin, was so gar nicht zu diesem sonst so selbstbewussten Kerl passen wollte. Sie riss ihm den Umschlag aus der Hand und stopfte ihn in die Gesäßtasche ihrer Jeans.

»Mach ich. Später. Vorausgesetzt, ich kann das dämliche Rätsel lösen. Muss ich den Zettel nach dem Lesen eigentlich vernichten?«

»Schätze schon.«

»Verbrennen, zerreißen oder aufessen?«

Arthur grinste.

»Du könntest ihn vermutlich schon alleine mit deinem Gequatsche atomisieren.«

»Dann nimm dich besser vor mir in Acht. Wer weiß, was mein Gequatsche noch alles mit *dir* anstellen könnte«, konterte Nini.

»Ich bin da total immun«, antwortete er lachend, aber seine Augen blieben eine Sekunde zu lange an ihren Lippen hängen.

Ninis Magen zog sich zusammen, sie verschränkte die Arme vor der Brust, um den fast unwiderstehlichen Drang, Arthur anzufassen, zu unterdrücken.

»Genug geplaudert, lass uns endlich nach hinten gehen.«

Sein: »Bist du eigentlich immer so stur?«, ignorierte sie einfach und marschierte los.

Arthur sperrte das Gewächshaus auf und ließ ihr den Vortritt. Die Luft in dem kleinen Glaspalast war wie tags zuvor dicht, dick geschwängert mit Düften, die Nini nicht einordnen konnte, und die unterschiedlichen Formen, Farben und Strukturen überforderten ihre Sehnerven auch beim zweiten Mal.

Nini zog die Schultern hoch, ein merkwürdiges Gefühl breitete sich in ihr aus. Warum war sie nur so unruhig? Ihre Gedanken waren im Moment mindestens so verschlungen und unergründlich wie der grüne Dschungel hier drinnen. Nur die Tatsache, dass Arthur ganz nah neben ihr stand, gab ihr seltsamerweise so etwas wie Sicherheit.

»Was ist das hier?« Nini wollte eine ausladende Handbewegung machen, doch sie zuckte zurück, als ihre Finger eine der unbekannten Pflanzen streifte.

»Ein Gewächshaus?«

»Danke, das sehe ich selbst! Ich meine, was ist das hier drinnen?«

Arthur zuckte mit den Schultern.

»Verschiedene Pflanzen.«

»Ich schwöre, wenn du mir nicht bald eine vernünftige Antwort gibst, dann schreie ich! Also noch mal: Was für Pflanzen sind das hier?«

Wie konnte man sich nur so zieren? Fasziniert beobachtete Nini Arthur, der sich das Kinn rieb, von einem Fuß auf den anderen trat, sich durch die Haare fuhr. Wie ein Grundschüler, der etwas ausgefressen hatte und jetzt beichten sollte. Allerdings schaffte es Arthur, selbst dabei noch sexy auszusehen.

»Nini, ich …«

»Ich *schreie*!«

»Okay, okay, ist ja schon gut, du hast gewonnen. Deine Tante hat seltene Pflanzen gesammelt und sie hier untergebracht, weil einige von ihnen sehr, ähm, sensibel, sind.«

Das war wenigstens ein Anfang, aber einer, an dem man noch feilen konnte.

»Welche Pflanzen? Diese violette hier zum Beispiel, die mich irgendwie ein bisschen an Kohlrabi erinnert. Was ist das?«

Über dem Kragen von Arthurs Shirt stieg eine leichte Röte auf, die zügig Richtung Wangen wanderte.

»Kohlrabi«, murmelte er.

»Was??«

»Es ist Kohlrabi. Eine alte Sorte, die es offiziell schon lange nicht mehr gibt.« Seine Stimme war zu einem Flüstern geworden, er sah sie nicht an.

Nini schluckte, atmete tief ein, dann noch mal. Sie packte Arthur am Arm, zerrte ihn ein Stück weiter.

»Und das hier?« Ihr Finger stieß wie eine Lanze durch die Luft, als sie auf eine Kletterpflanze mit rosaroten Blüten zeigte.

»Bohnen.«

»Bohnen?? Auch eine, wie hast du es genannt, alte Sorte?«

Arthur nickte.

»*Verbotene* Sorte meinst du wohl!« Obwohl sie nur ein

dünnes Shirt anhatte, war ihr heiß, ihre Wangen glühten, der Mund war trocken. »Das?«

»Radieschen und Rettiche.«

Ihr Zeigefinger stach unbarmherzig in Richtung der krausen Köpfe, über die sie sich schon gestern gewundert hatte.

»Salat, verschiedene Sorten. Dazwischen Fenchel und Zuckererbsen«, antwortete Arthur schicksalsergeben.

Ninis Kopf pochte derart, dass sie sicher war, gleich einen Schlaganfall zu bekommen. Arthur redete und redete, seine Lippen bewegten sich, aber sie hörte ihn nicht mehr. Das alles hier war verboten! Mega illegal! Ihre durchgeknallte Patentante war eine Kriminelle gewesen und Arthur ihr Komplize! Hatte Leonore noch alle Tassen im Schrank? Einfach gegen sämtliche Agrarsicherheitsgesetze zu verstoßen! Was war ihr da nur eingefallen? Und warum?

»Sag mal, seid ihr völlig bescheuert? Was macht ihr denn hier?«

»Hey, jetzt komm mal wieder runter! Es ist alles in Ordnung, wir …«

»*Alles in Ordnung?* Alles in Ordnung? Meine Patentante hat mir Zeug vererbt, für das ich verdammt noch mal ins Gefängnis kommen kann! Und zwar ziemlich lange. Und du sagst, es ist alles in Ordnung? Hast du sie noch alle?«

Dschää! Dschää! Dschäääää!

»Und du misch dich nicht ein!«, blaffte Nini den Eichelhäher an, der plötzlich wie ein Geist aufgetaucht war.

»Er mag es nicht, wenn wir streiten«, sagte Arthur, »und ich stehe auch nicht sonderlich drauf. Ich habe dich gewarnt: Hättest du erst die Videoclips angeschaut, würdest du alles besser verstehen.«

Seine Hand lag jetzt leicht auf ihrer Schulter, und Nini hatte das irritierende Gefühl, dass ihre Haut genau an dieser Stelle zu glühen anfing. Der Blick auf die monströsen Pflanzen brachte sie wieder zur Besinnung, ihr Gehirn bombardierte sie mit all den Sätzen, die man ihnen in der Schule eingetrichtert hatte. *Risiko unerwarteter körperlicher Reaktionen bei dem Genuss von verbotenen Sorten, gefährliche Pflanzenseuchen verursacht durch unsachgemäßen Anbau, Gefährdung der Lebensmittelsicherheit durch unkontrollierte Ausbreitung von Schädlingen …*

»Wir müssen das Zeug vernichten! Alles! Sofort! Mein Gott, Arthur, stell dir vor, das Ministerium für Agrarsicherheit macht hier in der Gegend eine Razzia und findet all das! Dann kann ich einpacken. Was meinst du, wird dann in meinem Bürgerregister stehen? Hm? Bye, bye Studium, ach, was sag ich denn, bye, bye Leben!«

Alle Farbe wich aus Arthurs Gesicht, in seinen Augen flackerte zum ersten Mal so etwas wie Panik auf.

»Das kannst du nicht machen! Es ist das Lebenswerk deiner Patentante. Du hast keine Ahnung, was sie auf sich genommen hat, um das alles aufzubauen. Hast du überhaupt eine Vorstellung davon, wie wichtig das hier ist?« Mit einer fahrigen Bewegung fuhr er sich durch die Haare. »Nini, bitte, ich bin nicht gut in solchen Sachen, ich wünschte, Leonore wäre hier, um dir alles zu erklären.«

»Ist sie aber nicht! Also wirst schon du dir die Mühe machen müssen«, unterbrach sie ihn unwirsch. Arthur durchbohrte sie förmlich mit seinem Blick. Was war das hier? Wer zuerst wegschaut, hat verloren? Konnte er vergessen, dieses Spiel hatte sie quasi erfunden.

Plötzlich schlossen sich Arthurs Finger um ihre Hand und er zerrte sie unsanft ein paar Meter weiter hinein ins Glashaus. Ninis Blick fiel auf seine Handgelenke.

»Warum trägst du eigentlich keinen Biosensor?«

»Wenn du es genau wissen willst: Weil ich 'ne Allergie gegen das Armband habe. Die checken meine Werte dafür einmal wöchentlich im Präventionszentrum. Sonst noch Fragen zu meinem Gesundheitszustand?«

Seiner Stimme war anzuhören, dass er ihre Neugierde ätzend fand. Ohne sich noch mal umzudrehen, ging er weiter und ließ sie erst los, als sie vor den kriechenden Pflanzen standen, die so intensiv nach Erdbeeren dufteten, dass Nini meinte zu ersticken. Er bückte sich, pflückte eine der dunkelroten Beeren und hielt sie ihr an die Lippen.

»Iss!«

Panisch wich Nini einen Schritt zurück.

»Spinnst du? Ich lasse mich doch nicht von dir vergiften!«

Er grinste, die Beere verschwand in seinem Mund.

»Du hast ja keine Ahnung, was du verpasst, City-Girl.«

Roter Saft sammelte sich in seinem rechten Mundwinkel. Nini musste an Blut denken.

Eine zweite Beere tauchte zwischen seinem Daumen und Zeigefinger auf. Er konnte Nini gerade noch ausweichen, als sie versuchte, ihm das Zeug aus der Hand zu schlagen.

»City-Girl, ja? Weißt du, was ich in der City gelernt hab? Wie man bescheuerten Typen wie dir eine reinhaut!«

»Herrgott, jetzt mach's mir nicht so schwer. Du glaubst doch nicht ernsthaft, dass ich dich umbringen will? Dafür bist du viel zu hübsch!«

Das freche Grinsen zauberte ihm ein Grübchen. *Verdammt!* Nini stemmte die Arme in die Hüfte.

»Spar dir das! Die Nummer zieht bei mir nicht!«

Nicht einmal ein schmales Lächeln war mehr zu sehen, als er ihr jetzt in die Augen sah und sagt: »Das ist keine *Nummer* ...« Nini schluckte. Hatte er ihr tatsächlich ein Kompliment gemacht? »Was, wenn ich dich bitte, mir einfach zu vertrauen?«

Arthur brachte die Beere ganz nah an ihren Mund, ohne sie dabei auch nur eine Millisekunde aus den Augen zu lassen. Ninis Magen revoltierte, ihre Lippen waren wie zugeschweißt.

Unsicher! Gefährlich! Giftig! Verboten!, hämmerte es in ihrem Kopf. Das hier ging gegen alles, was sie gelernt hatte, woran sie glaubte und wie sie bisher gelebt hatte.

Wenn sie diese Beere aß, machte sie sich mitschuldig, verriet ein System, das den Menschen die Ernährungssicherheit gebracht hatte und der rapide wachsenden Bevölkerung eine Zukunft gab. Diese Beere hier fühlte sich an wie ihr ganz persönlicher Apfel der Versuchung, der sie in null Komma nichts ihren Platz im Paradies kosten könnte. Außerdem konnte dieses verdammte Zeug einen ernsthaft krank machen. Jedes Kind wusste, dass früher viele Obst- und Gemüsesorten giftige oder schlecht verträgliche Inhaltsstoffe hatten, die erst dank umfangreicher Genveränderungen verschwunden waren. Und jetzt sollte sie so eine alte, potenziell gefährliche Sorte essen? Außerdem war diese Beere, die zugegeben köstlich roch, nach völlig veralteten Methoden angebaut worden. Alles mögliche Eklige konnte sich darauf eingenistet haben.

Andererseits: Arthur hatte eine gegessen, und es war nicht zu übersehen gewesen, wie gut sie ihm geschmeckt hatte. Aber vielleicht war sein Körper auch einfach nur an dieses Zeug gewöhnt?

Während der ganzen Zeit, in der ihr Gehirn diese Debatte ausfocht, ließ Arthurs Blick sie nicht los. Nichts Berechnendes, nichts Gemeines oder Rechthaberisches lag in diesem Blick. Nur eine Bitte, als wolle er ihr etwas zeigen, das man mit Worten nicht beschreiben konnte. Und ohne, dass sie etwas dagegen unternehmen konnte, öffneten sich ihre Lippen.

Arthur schob ihr die Erdbeere ganz vorsichtig in den Mund. Im ersten Moment erstarrte Nini vor Schreck, dann begann ihre Zunge, die raue Oberfläche zu betasten, ihre Sinneszellen erfassten das Aroma, und sie biss zu.

Eine Explosion traf ihre Zunge. Nini keuchte auf, weil das, was ihre Geschmacksknospen jetzt an ihr Gehirn meldeten, so unerwartet war. Süß, karamellartig, wie Wald und Sonne. Alles, was sie bisher für den typischen Geschmack einer Erdbeere gehalten hatte, war in dieser kleinen Frucht um ein Vielfaches potenziert. So intensiv, als würde sie der reinen Essenz, der Seele aller Erdbeeren, begegnen. Nini lutschte an dem Fruchtfleisch, sog den Saft heraus, schob es von einer Wange in die andere, ihre Zähne zerbissen knirschend die kleinen Nüsschen. Sie spürte dem Geschmack in ihrem Mund nach, ihre Zunge leckte über die Lippen, fing noch die letzten Moleküle der Frucht ein.

Was, wenn die Beere doch giftig war, sie diesen unerwarteten Genuss mit Bauchkrämpfen oder Schlimmerem bezahlen würde? Unsicher sah Nini zu Arthur. Der stand breitbeinig vor ihr, die Hände in den Taschen seiner Cargohose versenkt, sein Grinsen so strahlend wie ein Sommermorgen.

»Und, hat's geschmeckt? Noch eine?«

Alleine der Gedanken daran schickte eine Panikwelle durch Ninis Körper.

»Nein! Ich bin … ich bin … Ach, ich weiß nicht, was ich bin. Das hier ist eine verdammte Katastrophe!«

Ein besseres Wort war ihr einfach nicht eingefallen, um Arthur klarzumachen, wie sie sich fühlte. Sie war durcheinander und wusste nicht einmal ansatzweise, was sie jetzt tun sollte.

»Komm schon, selbst du musst zugeben, dass die Erdbeere gigantisch geschmeckt hat, oder? Leugnen ist zwecklos, ich habe dich genau beobachtet. Du hast ausgesehen, als hättest du einen …« Arthurs Ohren wurden feuerrot, leuchteten förmlich zwischen all dem Grün.

»Einen was?«, fragte Nini mit hochgezogener Augenbraue.

»Einen, einen … ultimativen Genuss erlebt, wollte ich sagen.«

Sein Blick strafte ihn Lügen, aber Ninis Gehirn war gerade völlig damit beschäftigt zu verstehen, was sie hier alles sah, roch und schmeckte und die Konsequenzen, die es für sie mit sich bringen konnte.

»Nini, bitte«, Arthur legte ihr beide Hände auf die Schultern. Er roch gut. »Ich weiß, das muss alles sehr schwer für dich sein. Leonore hatte so etwas vorhergesehen – deshalb auch die Clips. Aber glaube mir, sie hat genau gewusst, was sie tat und warum.«

Nini starrte auf seine schweren Arbeitsschuhe und versuchte, ruhig zu atmen. Leonore hatte gewusst, was sie tat? Ernsthaft? Vielleicht wie ein Dieb weiß, was er tut, wenn er jemandem die Kreditkarten klaut. Für den Bruchteil einer Sekunde überlegte sie, das Ministerium für Agarsicherheit anzurufen und sich selbst anzuzeigen. Vielleicht würde sie dann noch mit einem blauen Auge davonkommen und sich ihre Zukunft nicht komplett und für alle Ewigkeit versauen. War schließlich nicht ihre bescheuerte Idee gewesen, illegal Gemüse, ach schlimmer, *verbotene Sorten* anzubauen. Aber sie verwarf den Gedanken sofort wieder, denn ihr war klar, dass sie damit wahrscheinlich auch Arthurs Leben zerstören würde. Nur mit Mühe konnte sie das Zittern unterdrücken, das sie erfasste.

»Deine Patentante war eine große Visionärin und keine Kriminelle. Bitte gib ihrem Herzensprojekt eine Chance. Ich erzähle dir auch alles, was du wissen willst. Versprochen.« Seine Finger berührten ihr Kinn und hoben es sanft nach oben.

Ihre Augen trafen sich. Ninis eigene Unsicherheit spiegelte sich in seinem Blick wider, und auch ihre Angst fand dort einen Zwilling. Arthur strich ihr eine Haarsträhne aus dem Gesicht und ließ seine Hand für einen kurzen Moment an ihrer Wange liegen. Da war so vieles, was Nini sagen und fragen wollte, aber sie brachte kein Wort über die Lippen.

»Versprich mir, dass du nichts Unüberlegtes tun wirst, bevor wir uns noch einmal in aller Ruhe unterhalten haben, okay?«

Immerhin brachte sie ein Nicken zustande. Das unpassende Verlangen, sich einfach an Arthur zu lehnen und seinen Geruch einzuatmen, überkam sie. Schnell trat sie einen Schritt zurück.

Es war auch so schon alles verwirrend genug.

13

Der lateinische Finger stärkt das Herz,
doch falsch dosiert, bereitet er Schmerz.

Nini hockte auf ihrem Bett und starrte auf den Zettel, der in dem Kuvert mit der Aufschrift *Nini_1* gesteckt hatte.

Ein Rätsel in Gedichtform? Echt jetzt, Leonore?

»Sag mal, ist sie in den letzten Jahren irgendwie noch schrulliger geworden?«, fragte sie Nepomuk, der es sich neben ihr auf der Tagesdecke bequem gemacht hatte. Seit sie ihn heute Vormittag nach der Möwenattacke mit ins Haus genommen hatte, war er davon überzeugt, dass ihm diese Unterkunft von jetzt an zustand. Nur heute, nur ausnahmsweise, hatte Nini sich geschworen. Insgeheim ahnte sie, dass sie diesen Kampf bereits verloren hatte.

Noch einmal las sie den Text. Was, bitte schön, war ein lateinischer Finger? Sie faltete ihr Handy zu maximaler Größe auf, legte es auf die Decke und tippte die beiden Wörter in den Browser. *Digitus, lat., Finger,* spuckte ein Online-Wörterbuch aus. Toll, jetzt war sie auch nicht viel schlauer. Und was hatte das mit Herz und Schmerz und all dem zu tun? Nini machte noch einen Anlauf. *Digitus* und

Herz, sie drückte auf *Return*. *Der Ringfinger wurde früher auch Herzfinger genannt*, las sie. Nicht das, was sie suchte. Sie scrollte weiter und stolperte über eine Medizinseite, die erklärte:

> Digitalis (vom lateinischen digitus = Finger), Fingerhut. Heil- und Giftpflanze, die Herzglykoside enthält. Erhöht die Kontraktionskraft und -geschwindigkeit des Herzens.

Ha! Fingerhut – das klang doch schon mehr nach Leonore. Nini überflog den restlichen Text und blieb ganz unten an einer Zeile hängen. *Wurde früher für Giftmorde missbraucht* … Das deckte sich mit dem, was Nini in der Schule eingetrichtert worden war. Das Zeug war höllisch giftig. Und es blühte in rauen Mengen in Leonores Garten. Ein Schauder durchfuhr sie. Wahrscheinlich gab es dort sogar genug, um damit ganz Mevagissey auszurotten, wenn man es darauf anlegte.

Sie angelte nach dem Tablet, das neben dem Bett am Boden lag, öffnete *Nini_1* und tippte *Fingerhut* in das Fenster für das Passwort ein. Nichts passierte. Wie konnte das sein? Nini war so sicher gewesen. Sie nagte mit den Zähnen an ihrer Unterlippe. Andererseits – Fingerhut war nicht gleichbedeutend mit dem lateinischen Finger … Aber wäre einfach *Digitus* die Lösung, dann hätte sie doch das ganze Herz-Schmerz-Gedöns nicht gebraucht.

»Nini Morrison, du hast echt 'ne lange Leitung!« Sie lachte laut auf und tippte *Digitalis* ein. »Na bitte, geht doch!«

Das Rätsel hatte sie für eine Weile abgelenkt, aber jetzt spürte Nini den Knoten wieder, der sich seit dem Besuch im Glashaus schmerzhaft in ihrem Magen eingenistet hatte. Nervös nestelte sie an ihrem Armband, zählte zum hundertsten Mal die seltsam geformten Perlen, die in das schwarze Garn geflochten waren. Sieben. Immer noch. eine gute Zahl. Sieben Berge, sieben Zwerge, sieben Weltwunder und sieben Tage. Am 7. Dezember wäre Tilda 17 geworden. Schnell drückte Nini auf *Play*, um diesen unerträglichen Gedanken im Keim zu ersticken.

Schwärze. Eine Menschenmenge, unscharf. Rücken, Haarschöpfe, Transparente. Das Kamerabild wackelig, als würde jemand hinter den Leuten herlaufen. Schreie, Kreischen. Am unteren Bildrand läuft ein Ticker.
+++ Unruhen in Birmingham niedergeschlagen +++ mehrere Anführer der Widerstandsbewegung verhaftet +++
Martialisch aussehende Männer in Schwarz stürmen ins Bild. Helme, Schutzwesten, Schilder. »Polizei« in großen Lettern auf dem Rücken, Schlagstöcke in ihren Händen. Sie verschwinden in der Menge. Eine Detonation. Rauch. Drohnen in der Luft. Die Schreie werden lauter, hysterischer. Zwei Polizisten zerren eine Gestalt aus der Menschenmenge, schleifen sie über die Straße auf ein Militärfahrzeug zu. Eine Frau. Ihre langen Haare streifen über den Boden. Sie tritt um sich, windet sich, die Polizisten packen nur noch härter zu, ein Schlagstock landet zwischen ihren Schultern. Sie sackt

für einen Moment zusammen, hängt wie eine Puppe zwischen den beiden Männern. Sie zerren sie weiter, kurz vor dem Fahrzeug kommt wieder Leben in die Frau. Sie bockt und tritt, jetzt kann man Handschellen sehen. Einer der Polizisten reißt ihren Kopf an den Haaren nach hinten. Die Kamera hält drauf, zoomt in die Totale. Das Gesicht der Frau füllt jetzt fast den ganzen Bildschirm aus.

+++ UNRUHEN IN BIRMINGHAM NIEDERGESCHLAGEN +++ MEHRERE ANFÜHRER DER WIDERSTANDSBEWEGUNG VERHAFTET +++

Es ist Leonore.

Nini hämmerte auf die Stopp-Taste, ihr Herz schlug so hart gegen die Rippen, als wolle es ausbrechen. Mit zitternden Fingern wischte sie sich über den Mund, ihr Atem ging stoßweise.

Mehrere Anführer der Widerstandsbewegung verhaftet …

War damit Leonore gemeint? Und welche Widerstandsbewegung überhaupt? Konnte sie sich getäuscht haben? War die Frau, deren Gesicht auf dem Bildschirm zu sehen war, gar nicht ihre Patentante?

Die Fragen fegten wie ein Tornado durch Ninis Kopf und hinterließen nichts als Chaos. Mehr würde sie nur erfahren, wenn sie den Clip weiterlaufen ließ. Aber sie hatte Angst vor dem, was da möglicherweise noch auf sie zukam. Selbst Nepomuk war unruhig, wahrscheinlich hatte sie ihn mit ihrer Nervosität angesteckt. Vorsichtig hob sie ihn von der Tagesdecke und trug ihn zum offenen Fenster.

»Ich glaube, es wird Zeit für etwas frische Luft.«

Sie setzte den Eichelhäher am Fensterbrett ab und gab ihm einen kleinen Schubs.

»Los, mach schon!«

Mit einem widerwilligen *Dschää, dschääää!* flatterte Nepomuk in eine der großen Eichen vor dem Schlafzimmerfenster.

»Na also, geht doch.«

Zurück auf dem Bett starrte Nini noch immer diese jüngere Version von Leonore auf dem Tablet an – obwohl sie Angst gehabt haben musste, war ihr Blick voller Trotz und Wut.

»Was ist damals passiert, Leonore?«, flüsterte Nini dem Gesicht leise zu und tippte auf *Play*. Der Bildschirm wurde für einen Augenblick schwarz. Dann war wieder Leonore zu sehen, im Sessel. Wie schon beim ersten Clip.

»Ich kann mir vorstellen, dass diese Bilder, die du da eben gesehen hast, ein ziemlicher Schock für dich sind. Falls du dich fragen solltest: Ja, das war ich. Vor ungefähr 20 Jahren, als die ersten Gesetzesentwürfe für die ›Agrarrevolution‹ dank eines Whistleblowers öffentlich gemacht wurden und wir endlich kapiert hatten, woran Regierung, Lobbyisten und Agrarkonzerne hinter geschlossenen Türen arbeiteten. ›Grüne Union‹ und Ernährungssicherheit? Pah! Augenwischerei! Eine Ernährungsdiktatur aus reiner Geldgier, sage ich! Wir sind damals auf die Straße gegangen, um dagegen zu demonstrieren.«

Leonore machte eine kurze Pause und lächelte wissend.

»Klingt wahrscheinlich komisch für jemanden wie dich, der in das neue System hineingeboren wurde und es gar nicht anders kennt. Ich weiß, sie trichtern euch jungen Leuten von klein auf ein, dass damals alles nur zum Besten der Menschheit geschehen ist, wir ohne die Bildung der Grünen Union und all die anderen ›vorausschauenden‹ Maßnahmen wahrscheinlich hungern müssten. Nun, um es kurz zu machen: Ich und viele andere haben das deutlich anders gesehen. Und deshalb haben wir unsere Meinung lautstark kundgetan. Von wegen Widerstand. Pah!«

Nini erschrak, als Leonores lautes Lachen aus dem Lautsprecher platzte.

»Die Regierung hat uns behandelt wie Terroristen. Du hast meine Festnahme gesehen. Ich bin danach im Gefängnis gelandet, und da war ich beileibe nicht die Einzige. Sie haben mich angeklagt, vor Gericht gestellt, mir Anstiftung zum Widerstand und andere vermeintliche Vergehen vorgeworfen.«

Obwohl Leonore beim Dreh schon sehr krank gewesen sein musste, loderte Wut in ihren Augen, und sie wirkte plötzlich fast wieder so jung wie die Frau, die Nini eben auf dem Bildschirm gesehen hatte.

»Sie wollten uns kaltstellen, weil wir offen unsere Meinung vertreten haben. Die Regierung hatte höllische Angst, dass sich uns immer mehr Menschen anschließen könnten, immer mehr Menschen verstehen würden, was

da unter dem Deckmäntelchen der Ernährungssicherheit eigentlich wirklich passierte. Ihre schöne Agrarrevolution wäre in Gefahr, und die neu gebildete ›Grüne Union‹ war bereit, ziemlich weit zu gehen, um das zu verhindern. Das habe ich am eigenen Leib erfahren müssen. Ich bin nicht die, für die du mich hältst, Nini. Aber dazu mehr im nächsten Clip – falls du den überhaupt, nach allem, was du jetzt weißt, noch sehen willst … Ich muss jetzt erst mal eine Pause machen und mich ein wenig ausruhen.«

Langsam wie eine Apnoe-Taucherin stieg Nini zurück an die Oberfläche, zurück in ihre Welt außerhalb dieser Bilder und Worte auf dem Bildschirm. Erschöpft von der Anspannung und irgendwie froh, dass der Clip zu Ende war, lehnte sie am Kopfende des riesigen Bettes, das einmal Leonore gehört hatte.

Ich bin nicht die, für die du mich hältst, Nini, hallte es in ihrem Kopf nach. In diesem Satz lag etwas Düsteres, Bedrohliches, als würde Leonore ihr im nächsten Clip gestehen, dass in ihrem Garten Leichen vergraben waren.

Aber für *wen* hatte sie Leonore eigentlich gehalten? Bestimmt nicht für jemanden, der illegal unsichere Gemüsesorten anbaute und vielleicht sogar vermehrte. Und schon gar nicht für jemanden, der im Widerstand aktiv war. Das hier fühlte sich wie eine apokalyptische Zeitreise an. Klar wusste Nini über die Umwälzungen damals Bescheid, wie jeder Mensch. Es war, wie Leonore es gesagt hatte: Schon als Vierjährige hatte sie Kinderlieder über gesundes und sicheres Gemüse und Getreide gelernt, in der Schule waren die Gründung der Grünen Union und die Agrarrevolution ein wichtiger Bestandteil des Unterrichts gewesen und Lebensmittelsicherheit sowieso ein Pflichtfach.

Und das sollte alles falsch sein?

Dank der Umsicht der Regierung hatte man schließlich das drängende Problem der Ernährung in den Griff bekommen, bedrohliche Pflanzenkrankheiten, die früher ganze Ernten, manchmal sogar ganze Sorten ausgelöscht hatten, eliminiert und dafür gesorgt, dass Gemüse wieder unbedenklich gegessen werden konnte. Das berühmte Zucchini-Beispiel fiel ihr wieder ein. Früher waren nach dem Verzehr von Zucchini immer wieder Menschen gestorben, weil die nun verbotenen Sorten gelegentlich einen bestimmten Bitterstoff entwickelt hatten. Der sollte den Pflanzen zur Verteidigung gegen Insekten dienen, war leider aber auch für Menschen verhängnisvoll. Dagegen half auch kein Kochen.

Nein, nein, die Professionalisierung der Landwirtschaft, die umfassenden Kontrollen und die sorgfältigen Sortenentwicklungen waren absolut notwendig und wichtig. Und Frank Darwin, der die Geschicke des Landes führte, seit sie denken konnte, machte wirklich einen guten Job. Auch wenn ihr sein Grinsen immer etwas unheimlich war.

Verflucht, Leonore, warum hast du mich mit diesem Kram nicht einfach in Ruhe gelassen? Ich habe nicht darum gebeten, dass mein ohnehin schon chaotisches Leben noch mehr durcheinandergewirbelt wird. Nini schloss die Augen und vergrub ihr Gesicht in einem Kissen.

Es war noch früh am Abend, und eigentlich hatte Nini geplant, runter in die Küche zu gehen und etwas zu essen. Aber ihr Körper verschmolz förmlich mit der Tagesdecke. Sie war total platt.

Ohne sich zu waschen oder ihre Klamotten auszuziehen, schlüpfte sie unter die Decke und vergrub ihr Gesicht im Kissen. Ihr letzter Gedanke, bevor sie in einen unruhigen Schlaf fiel, galt Debbie. Wenn sie Leonore bei den Clips geholfen hatte, dann wusste sie auch Bescheid, oder? Debbie, Arthur und Maurice. Wer noch? Bestimmt auch Rich und Nick und wer weiß noch wer.

Oh Mann, wo war sie hier nur gelandet!

14

Nini fühlte sich am nächsten Tag wie ausgespuckt. Sie hatte schlecht geschlafen, von Möwen, monströsen Erdbeeren und Frank Darwin, der sie verhaften wollte, geträumt. Mitten in der Nacht war sie einmal hochgeschreckt, weil ihr im Halbschlaf eingefallen war, dass sie den Browserverlauf und das Passwort noch löschen musste. Leonore hatte recht gehabt: Diese Clips sollten wirklich nicht in die falschen Hände fallen. Genauso wenig wie das Gewächshaus.

Zu allem Überfluss war ihre Nacht kurz vor sieben vorbei gewesen. Schuld war Nepomuk, der ihr lautstark ins Ohr geplärrt hatte. Vom Fensterbrett aus. Ihr Kissen segelte nur knapp an seinem Schnabel vorbei.

»Ich werde nie, hörst du, nie wieder das Fenster offen lassen, wenn du verhinderte Krähe das so schamlos ausnutzt!«

Beleidigt war er in die Eiche abgezischt und hatte sie aus sicherer Distanz beschimpft. Jetzt saß der Eichelhäher auf dem Fensterbrett der Wohnküche und zerlegte in aller Seelenruhe seinen Cracker, den Nini ihm als Friedensangebot gegeben hatte.

Sie selbst saß schlecht gelaunt am Tisch, schlürfte eine

Tasse Tee und überlegte, was sie als Nächstes tun sollte. *Arthur abpassen? Debbie anrufen? Einfach die Koffer packen, zurück nach London fahren und dem Notar erklären, dass die Sache mit dem Haus ein großer Irrtum gewesen war?* Hier liefen ein paar Dinge ziemlich schräg, und Nini war nicht sicher, ob sie sich dem wirklich aussetzen wollte. Wer weiß, was da noch alles auf sie zukam? Lustlos biss sie in das alte Brötchen, das sie dick mit Käseersatz beschmiert hatte.

Keine halben Sachen, Miss Morrison, nervte Leonores Stimme in ihrem Kopf.

»Ach, lass du mich doch in Ruhe!«

Sie stopfte sich den Rest des Brötchens in den Mund und spülte es mit Tee hinunter, klappte ihr Handy auf.

»Debbie Clarke anrufen«, wies sie den Sprachassistenten an. Die Nummer leuchtete im Display auf, es klingelte zweimal.

»Clarke?«

»Hi, Debbie, Nini hier.«

»Oh, guten Morgen Liebes. Hab deinen Anruf schon erwartet.«

»Tatsächlich?«

»Vermute, du hast den ersten Clip gesehen ...«

Beklemmende Stille breitete sich aus. Nini nickte, was herzlich wenig Sinn ergab, denn sie hatte die Video-Funktion nicht angestellt.

»Nini?«

»Ja, habe ich.« Ihr Alien-Gehirn war offensichtlich in den Stand-by-Modus gegangen. »Wusstest du davon? Ich meine ...«, Nini überlegte kurz, »von der Sache?«

Ihr Vater hatte ihr eingetrichtert, vertrauliche Dinge nicht am Telefon zu besprechen. Schließlich konnte man nie wissen, wer noch mithörte. Nini hatte sich immer darüber amüsiert, wenn er davon anfing. Wer sollte sich schon groß dafür interessieren, wenn sie von einem neuen, heißen Typen schwärmten oder über ihre Eltern lästerten? Entsetzt stellte sie jetzt fest, dass sie seit Neuestem allerdings *wirklich* über gefährliche Sachen sprach.

»Ja, wusste ich. Willst du darüber reden? Leonore hat vorausgesehen, dass du, sagen wir mal – irritiert sein würdest.«

Irritiert? Das war wohl die Untertreibung des Jahrhunderts.

»Ich weiß nicht. Vielleicht … Ja, ich glaube, schon.«

»Ich muss nur noch schnell die Scones fertig backen, dann bin ich unten im Laden. So ungefähr in einer halben Stunde. Komm einfach vorbei.«

So ungefähr in einer halben Stunde? Gab es in Mevagissey keine Ladenöffnungszeiten? Nini erinnerte sich an Sonntag, als Debbie schon zu und sie nichts zu trinken bekommen hatte.

»Okay. Ich meine, gerne. Bis gleich.«

Die Aussicht auf einen frisch gebackenen Scone besserte ihre Laune ein wenig. Außerdem war es noch früh, und sie würde locker wieder im Cottage zurück sein, bevor Arthur kam. *Arthur*. Sofort stieg ihre Laune noch mal um ein paar Prozentpunkte. Gerade, als sie ihr Smartphone zur Seite legen wollte, heulte die Sirene los. Dieses Mal erwischte es sie nicht so kalt wie vor dem Gewächshaus.

Achtung: Unwetterwarnung für die Südküste zwischen Falmouth und Plymouth! Lokal starker Regen und Sturmböen möglich.

Mist, ausgerechnet jetzt, wo sie aus dem Haus wollte. Andererseits wusste Nini auch, dass die Warnungen des Ministeriums oft ziemlich übertrieben waren. Zumindest war das in London so gewesen. Sie ging zum Fenster, wo Nepomuk gerade neugierig eine vertrocknete Topfpflanze inspizierte.

»Mach mal ein bisschen Platz, Dicker.«

Sie scheuchte den Vogel zur Seite, um einen besseren Blick nach draußen zu erhaschen. Der Himmel verhieß eindeutig nichts Gutes. Grau und verhangen, wie ihre Laune heute Morgen. Nini checkte, was ihre Wetter-App dazu meinte. Na also, mit etwas Glück würde sie noch eine trockene Stunde haben. Trotzdem, sie würde sich ein paar wetterfeste Klamotten zusammensuchen müssen, denn die Vorhersage in Cornwall war bisher ungefähr so zuverlässig wie ein Blick in die Kristallkugel gewesen. Und wenn sie auf etwas bestimmt keine Lust hatte, dann darauf, bis auf die Knochen nass zu werden. Energisch wühlte sie sich durch Leonores Garderobenschrank und fand tatsächlich einen kanariengelben Regenumhang mit Kapuze. Nicht unbedingt ihre Farbe, aber das Ding sah ganz brauchbar aus.

Den Mantel zusammengerollt unterm Arm, schlüpfte sie in ihre Stiefel und marschierte los. Erst an der Tür fiel ihr Nepomuk wieder ein. Keine gute Idee, ihn alleine im Haus zu lassen. Nini sah das Chaos förmlich vor sich: aufgerissene Cracker-Verpackungen, zerpflückte Pflanzen und Vogelschiss auf den Teppichen.

»Hey, Nepomuk, komm! Komm her!«

Genau. Weil man einen Eichelhäher einfach rufen konnte wie einen Hund.

Dschääää!, krächzte es aus der Wohnküche und keine Sekunde später kam Nepomuk angerauscht. Völlig überrumpelt von diesem unerwarteten Erfolg, schaffte Nini es gerade noch rechtzeitig, die Tür aufstoßen. Der Vogel segelte direkt an ihr vorbei in die Zufahrt.

»Wow, krass! Vielleicht bist du ja doch ein Hund in einem Vogelkörper ...«

Nepomuk stolzierte über den Kies, als wollte er sagen: »Keine große Sache, Baby. Und was steht jetzt auf dem Programm?«

Sein Blick wirkte dabei so frech, dass Nini laut auflachte. Dieser Vogel war wahrscheinlich das Beste, was ihr in den letzten Monaten passiert war. Hatte sie wirklich mit dem Gedanken gespielt, nach London zurückzukehren?

Der Himmel schien ein Nachsehen mit Nini zu haben und ihre fürsorgliche Regierung Lügen zu strafen. Die dunklen Wolken waren weitergezogen und hatten ihre nasse Fracht vorerst ins Landesinnere mitgenommen. Für den Moment konnte sie den kanariengelben Regenumhang gefahrenlos auf dem Gepäckträger lassen. Weil sie bisher immer den direkten Weg hinunter zum Hafen gewählt hatte, beschloss Nini, heute eine andere Route zu nehmen. Wurde langsam Zeit, dass sie die Gegend etwas besser kennenlernte. An der Hauptstraße bog sie links ab, wie immer, verließ sie aber schnell wieder, um durch die Wohngebiete zu kurven, die das touristische Zentrum Mevagisseys umgaben. Nini wusste von ihrem Vater, dass das Dorf viel dafür getan hatte, Besucher anzulocken, seit der Fischfang keine nennenswerten Erträge mehr erwirtschaftete. Unter anderem waren die Fassaden am Hafen aufgehübscht worden und Fischer angelten jetzt statt Fischen nach Touristen, die Lust auf eine Bootstour hatten. Es waren Briten, ihre Landsleute, die dem maritimen Charme von Mevagissey ins Netz gingen, seit Fernreisen aufgrund der Umweltauflagen fast unerschwinglich und Genehmigungen zu beantragen mühsam geworden war. Sie kamen für ein Wochenende, schnupperten die würzige Meeresluft und ergötzten sich an der Ereignislosigkeit des Landlebens und der Weite der Landschaft.

Nini fing an zu schwitzen – der Wind hatte aufgefrischt und sie musste kräftig in die Pedale treten, um den nächsten Hügel zu überwinden. Fasziniert hielt sie auf der Kuppe an. Nicht der Ausblick aufs Meer fesselte ihre Aufmerksamkeit, sondern die vielen, kleinen Häuschen, die wie Klone am Hang angeordnet waren. Sie wirkten in ihrer Bauweise einfach, und doch kam es Nini vor, als strahlten sie einen unglaublichen Luxus aus. In jedem dieser Häuser, auf all diesen Quadratmetern, wohnte jeweils nur *eine* Familie. Keine Co-Wohner, kein Gedränge, kein Sich-Arrangieren-Müssen. Stattdessen räumliche Großzügigkeit und Privatsphäre. Wäre sie hier und nicht in London aufgewachsen, hätte sie ihr Zimmer nicht mit Tilda teilen müssen. Kein Gezanke um ein paar Millimeter Platz im Regal, kein Verkriechen unter der Bettdecke, um in Ruhe zu telefonieren, kein Klamotten-Chaos. Wie oft hatten sie wegen solch unwichtigem Kram gestritten? Das hier war alles so anders als ihre Welt in London.

Nini seufzte und radelte weiter. Ab jetzt ging es bergab, hinunter zum Hafen, und sie ließ ihr Fahrrad einfach laufen. Der Wind strich ihr übers Gesicht und blies die letzten grauen Gedanken weg.

Ein Stück weiter die Straße hinunter schob jemand einen Mann im Rollstuhl vom Gehweg zurück in einen kleinen Garten. Sie schienen es eilig zu haben, was möglicherweise an den dunklen Wolkentürmen lag, die jetzt wieder vom Meer Richtung Festland drängten. Rollstuhlschieben in dieser hügeligen Gegend – heftig.

Etwas an den beiden ließ Nini aufmerken. Sie drosselte das Tempo ihres Fahrrads. Als sie nur noch ein paar Meter von den beiden entfernt war, registrierte Nini die Cargohosen, vom Wind zerzausten Haare und das markante Profil.

Arthur. Nach allem, was sie von Leonore erfahren hatte, musste der bullige Mann im Rollstuhl sein Vater sein.

Als sie an dem Haus vorbeirollte, hatten die beiden schon den Garten erreicht und steuerten über einen asphaltierten Weg auf die Haustür zu. Arthur war so beschäftigt mit der Handhabung des Rollstuhls, dass er sie gar nicht bemerkte. Sie warf noch einen letzten Blick zurück zum Haus, Arthur hatte gerade die Tür geöffnet und manövrierte seinen Vater samt Rollstuhl nach drinnen.

Damit also verbrachte er seine Zeit, bevor er mittags seinen Job als Gärtner im Foxglove Cottage antrat. Ninis Herz wurde weit, weil Arthur ein so liebevoller Sohn war. Und gleichzeitig fühlte sie sich elend, weil sie selbst im Moment so ziemlich das Gegenteil der guten Tochter war. Sie hatte ihre Mutter mit ihrem Schmerz einfach in London zurückgelassen. Schlagartig waren ihre Schuldgefühle wegen der Flucht aus London wieder da und legten sich wie ein schwerer Mantel auf ihre Schultern.

15

Nini saß auf dem Hocker und balancierte eine Tasse Tee auf ihren Knien, den Blick auf die smaragdgrünen Cowboystiefel aus Schlangenlederimitat gerichtet. Vor ihr, auf der Arbeitsfläche in der Kochnische stand ein Teller mit einem noch warmen Scone. Während sie auf die abgestoßenen Stiefelspitzen starrte, überlegte Nini, wie sie ihre nächste Frage formulieren sollte. Und entschied sich dann für den Weg, der ihr am meisten lag: den direkten.

»Du hast mir beim letzten Mal nicht die Wahrheit gesagt, was das Glashaus angeht, stimmt's?«

Debbie verlagerte ihr Gewicht vom linken auf den rechten Fuß.

»Stimmt. Ich wollte Leonores Botschaft nicht vorgreifen und wusste auch nicht, was Arthur dir bereits erzählt hat, Liebes. Das Thema ist heikel …«

»*Heikel?* Machst du Witze?« Nini hatte Mühe, nicht laut und auch ein wenig wütend loszulachen. Heikel wäre nicht unbedingt der Begriff gewesen, den sie für das, was ihre Patentante da so getrieben hatte, wählen würde.

»Na ja, wir wussten halt nicht, wie du auf all das reagieren würdest. Du bist schließlich, wie soll ich sagen, ein

Kind deiner Generation.« Debbie lächelte schmal und zupfte an Ninis Biosensor. »Ihr seid alle in dem Bewusstsein aufgewachsen, dass unser aktuelles System das beste ist und auch nur das Beste will.«

Debbie wählte jeden Satz mit Bedacht. Trotzdem entging Nini der kritische Unterton in ihrer Stimme nicht.

»Tut es das denn nicht auch? Sorgt es nicht dafür, dass wir alle zuverlässig Essen auf dem Teller haben? Dass Pflanzenkrankheiten, Insektenfraß, Ernteausfälle, der ganze bedrohliche Kram der Vergangenheit angehören? Also ich finde, da ist eine ganze Menge, für das wir dankbar sein können. Oder willst du das abstreiten?«

Ich klinge wie ein Parteifunktionär auf PR-Tour, dachte Nini für einen Augenblick, aber das hat Debbie sich schließlich selbst zuzuschreiben. Was sollte denn dieses unterschwellige Misstrauen? *Wir wussten halt nicht, wie du auf all das reagieren würdest.*

Nini stellte die Teetasse eine Nuance zu fest auf die Ablage und verschränkte die Arme vor der Brust. Debbie tätschelte ihr Knie, als würde sie einen Welpen trösten.

»Ich weiß. Das haben sie euch eingetrichtert. Aber es gibt da auch noch eine ganz andere Wahrheit. Eine, von der sie euch nichts erzählen.«

»Aber *ihr* kennt diese Wahrheit und habt es euch zur Mission gemacht, *mich* aufzuklären? Sehr großzügig von euch. Ob ich deswegen im Gefängnis lande und mir das Leben verpfusche, weil beispielsweise in meinem Garten ein bescheuertes Gewächshaus mit Monsterpflanzen steht, ist euch dabei anscheinend ziemlich egal.«

Debbie lächelte, die Falten um ihre Augen wurden eine Spur tiefer.

»Ach, Nini, du kannst mir glauben, deiner Patentante lag nichts ferner, als dich einem unkalkulierbaren Risiko auszusetzen. Da passen wir schon auf.«

Nini brach ein Stück Kruste von ihrem Scone und steckte es sich in den Mund.

»*Wir?*«

Debbie antwortete nicht sofort.

»Ich und Arthur. Und in gewisser Weise natürlich Leonore.«

Nini war sich nicht sicher, ob das die ganze Wahrheit war. Wieder einmal.

»Die in diesem Nachrichten-Clip als Anführerin des Widerstands bezeichnet wird? Diese Leonore meinst du?« Nini hörte selbst, wie zickig sie klang. Wenn sie Infos von Debbie wollte, war das nicht sehr clever. »Was war das überhaupt für eine Widerstandsbewegung?«, fragte sie deshalb betont interessiert und versuchte sich sogar an einem Lächeln.

Debbie arrangierte die Scones auf dem Kuchentablett und stellte es neben die Muffins und Sandwiches in die Vitrine.

»Es war anfänglich gar keine Widerstandsbewegung. Leonore hat nichts anderes getan, als öffentlich ihre Meinung zu sagen. Ich meine, schließlich war sie in Birmingham Dozentin am Institut für Pflanzenphysiologie und das Ganze damit auch *ihr Thema*. Na, und du weißt ja, wie sie war. Große Klappe, großes Herz, unglaublich charismatisch.« Debbies Stimme war rau geworden, sie musste sich räuspern, bevor sie weitersprechen konnte.

»In ihrer unnachahmlichen Leonore-Art hat sie irgendwann ihre Studenten aufgefordert, gefälligst ihre Gehirne zu benutzen und sich eine eigene Meinung über diese Agrarrevolution zu bilden. Unabhängig davon, mit welchen Informationen sie überschüttet wurden. Und genau daraus haben sie ihr dann einen Strick gedreht, weil die jungen Leute sich ihr angeschlossen haben und mit auf die Straße gegangen sind. Eine unkonventionelle Dozentin, die alle aufwiegelt und die sie als Öko-Spinnerin hinstellen konnten, war ihnen gerade recht. Jetzt starr mich nicht an wie ein Karpfen, sondern trink deinen Tee, bevor er kalt wird. Wäre schade darum.«

Nini schwirrte der Kopf von Debbies Download. Leonore war Dozentin an der Uni gewesen? Komisch, sie konnte sich nicht daran erinnern, dass ihre Eltern oder ihre Patentante selbst das jemals mit einer Silbe erwähnt hätten. Aber vielleicht hing das irgendwie mit dieser unrühmlichen Festnahme zusammen. Nini musste das alles erst einmal in ihrem Kopf sortieren. Sie nippte an ihrem Tee und sah dabei aus dem Fenster. Der Regen fiel mittlerweile in Schnüren vom Himmel und die Wolken hingen so tief, dass Nini meinte, sie berühren zu können. Die Rückfahrt zum Cottage versprach lustig zu werden. Nini beobachtete Debbie beim Befüllen der Regale.

»Was ist eigentlich nach der Festnahme passiert?«

»Man hat dafür gesorgt, dass sie zu einer Persona non grata, zu einer unerwünschten Person wurde, sie hat an keiner Uni mehr einen Job bekommen. Nicht mal irgendwo in der tiefsten Provinz, wo sie so eine Top-Wissenschaftlerin wie Leonore normalerweise mit Handkuss genommen hätten. Diese Arschkriecher.« Debbie stand immer noch mit dem Rücken zu ihr und pfefferte wütend eine Dose nach der anderen ins Regal.

»Deshalb ist sie also hierhergezogen.«

»Wir sind *alle* deshalb hierhergezogen. Wir wollten ein anderes Leben, neu anfangen, alles besser machen. Möglichst weit weg von dem ganzen Mist.«

Diese Sätze ergaben in Ninis Ohren keinen Sinn. *Wir?* Wieso wir? Und wer waren *alle?* Aber sie bekam keine Gelegenheit mehr nachzuhaken. Die Tür ging auf und ein Grüppchen älterer Damen in Regencapes strömte in den Laden. Schnatternd drängten sie sich vor der Vitrine, wollten Backwerk und Tee bestellen.

Zeit, sich zu verabschieden. Nini rutschte von ihrem Hocker und quetschte sich an den Ladys vorbei zur Tür, wo sie sich ihren kanariengelben Umhang überwarf.

»Sie haben da aber ein Paar ungewöhnliche Stiefel«, war das Letzte, was sie hörte, bevor sie aus der Tür schlüpfte.

Draußen prasselte der Regen auf Nini ein, als wolle er sie tropfenweise in den Boden stampfen. Der Umhang schützte sie zwar vor dem Schlimmsten, aber er war ansonsten ziemlich unpraktisch. Es brauchte eine Weile, bis Nini ihn so um sich und das Fahrrad drapiert hatte, dass es noch manövrierfähig war. Jetzt hatte sie das Unwetter, vor dem sie schon heute Morgen gewarnt worden war, erwischt.

Mit zusammengekniffenen Augen radelte Nini durch die nassen, leeren Straßen. Der Regen peitschte ihr ins Gesicht, ihre Hände waren nach ein paar Minuten so nass, dass sie den Lenker nur mit Mühe festhalten konnte. Noch nie war ihr der Weg nach Hause so weit vorgekommen. Sie strampelte, was das Zeug hielt, und atmete auf, als sie endlich die Abzweigung erreicht hatte, die zum Cottage führte. Noch fünf Minuten bis zur heißen Dusche.

Plötzlich ein Schlag. Nini schrie auf, wollte das Fahrrad herumreißen, doch sie segelte über den Lenker und landete hart auf dem Asphalt. Der Aufprall trieb ihr die Luft aus den Lungen, ein stechender Schmerz fuhr ihr in die Schulter. Stöhnend lag sie auf dem überfluteten Weg.

Als sich ihr Zittern etwas gelegt hatte, richtete Nini sich vorsichtig auf, betastete ihre Schulter. Halbwegs okay. Aber warum schmerzte ihr Knie so? Nini zog ihr Regencape ein Stück höher. Ihre Jeans war am rechten Knie zerrissen und blutig. Eine Weile sah sie benommen zu, wie der Regen ihr Blut in ein rosa Rinnsal verwandelte, das irgendwo im Gewebe ihrer Jeans versickerte. Verdammt, ausgerechnet ihre Lieblingsjeans.

Das Nächste, was sie registrierte, waren Reifen, die knirschend über den Asphalt schlitterten, und eine Hupe, die sie anbrüllte. Das Auto kam knappe zwei Meter vor Nini zum Stehen. Wie paralysiert stierte sie in Scheinwerfer, die sie auf Augenhöhe anleuchteten, nahm überdeutlich das Trommeln des Regens auf der Motorhaube und das Quietschen von Scheibenwischern wahr.

Ihr Herz raste, stolperte, hämmerte weiter.

Das war knapp gewesen. Verdammt knapp.

Nini hörte eine Autotür schlagen, jemand rief, nicht irgendetwas, sondern laut und deutlich ihren Namen. Arthur rannte durch den Regen auf sie zu.

»Scheiße, Nini! Ich hätte dich fast überfahren! Hättest du nicht dieses knallgelbe Cape an, dann …«

Er war weiß wie eine Wand.

»Ich …«, versuchte Nini zu erklären, aber ihre Stimmbänder waren rau wie der Straßenbelag unter ihrem Hintern. Sie sah zu Arthur hoch und spürte, wie sich Tränen unter die Regentropfen auf ihrem Gesicht mischten. Arthur kniete sich neben sie.

»Sorry, ich wollte dich nicht so anbrüllen. Ist nur der Schock. Bist du verletzt?« Sein Blick glitt über ihren Körper, blieb kurz an dem blutenden Knie hängen. »Meinst du, du kannst aufstehen?«

Er strich ihr die nassen Haarsträhnen aus dem Gesicht, legte dann vorsichtig einen Arm um ihre Taille und half ihr hoch.

Es dauerte einen Augenblick, bis Nini sicher auf den Beinen stand. In Zeitlupentempo zog sie die Kapuze wieder über den Kopf. Ihr war klar, was für eine völlig sinnfreie Aktion das war, denn sie war mittlerweile bis auf die Knochen nass und außerdem so dreckig, als hätte sie sich im Schlamm gewälzt. Aber sie hatte das Gefühl, sich irgendwie schützen zu müssen.

Arthur, der sich an ihrem verbeulten Drahtesel zu schaffen machte, sagte: »Setzt dich schon mal ins Auto, ich räume nur noch kurz dein Fahrrad zur Seite.«

Wie in Trance schlurfte sie zu seiner alten Karre, deren fleckiges Rot bei diesem Wetter noch trostloser wirkte. Ihr Knie tat weh, die Schulter pochte und sie fror. Dankbar ließ sie sich auf den Beifahrersitz plumpsen und stellte fest, dass sie in einem Oldtimer saß.

Arthur steuerte seinen Wagen tatsächlich noch selbst.

16

Als sie endlich im Trockenen waren, drückte Arthur sie in der Wohnküche auf einen Stuhl und kniete sich vor sie hin. Von irgendwoher hatte er eine Schere, mit der er ihre Jeans jetzt noch ein Stück weiter aufschnitt.

»Hey, spinnst du, das sind meine Lieblingsjeans!«, kreischte sie, aber wagte nicht, das Bein wegzuziehen. Der Kerl war schließlich mit einer Schere bewaffnet.

»Jetzt stell dich nicht so an, die war ohnehin im Eimer. Wir besorgen dir eine neue.«

»Schon klar!«

»Ich kümmere mich drum, versprochen, aber halt jetzt um Himmels willen endlich mal eine Sekunde still!«

Er saß vor ihr auf dem Boden und bearbeitete die Wunde mit einem Tupfer und Desinfektionsmittel. Arthur arbeitete schnell und vorsichtig, so als wäre sein Drittberuf Krankenpfleger. Der Typ war eine Wundertüte in Menschengestalt. Auch die Selbstverständlichkeit, mit der er sich hier im Haus zurechtfand, überraschte sie. Wo hatte er das Verbandszeug her? Sie hätte nicht gewusst, wo Leonore Pflaster und Desinfektionsmittel gebunkert hatte. Gab es noch mehr in diesem Haus, von dem sie keinen

Schimmer hatte? Nini fand das nach allem, was sie bisher hier erlebt hatte, einen beunruhigenden Gedanken.

Ein Schauer durchlief sie, sie fröstelte. Ihre Klamotten klebten feucht und kalt an ihrer Haut. Sie schlang die Arme um den Oberkörper. Wenn sie nicht bald unter die Dusche kam, würde die schlimmste Folge des Sturzes vermutliche eine fette Erkältung sein.

»Ist Gott sei Dank nicht so übel, wie es ausgesehen hat. In ein paar Tagen bist du wieder fast wie neu«, strahlte Arthur sie an. In seinem Blick lag Erleichterung und noch etwas, das sie nicht deuten konnte.

Ein Wassertropfen löste sich aus seinen Haaren und fiel auf seine Wange. Nini streckte in Zeitlupentempo die Hand aus und wischte ihn weg. Arthurs Haut fühlte sich weich und kühl unter ihren Fingerspitzen an. Sie stellte sich vor, wie sie die Konturen seines Kiefers, seines schön geschwungenen Mundes mit ihren Fingern nachzeichnete …

Schnell zog sie die Hand weg.

Arthur lächelte.

Überdeutlich spürte sie die Wärme seiner Hände, die ihr Bein immer noch auf Höhe des Knies umfasst hielten, sah das kräftige Pochen des Pulses an seinem Hals, die halb geöffneten Lippen. Nur ein Stück, ein kleines Stück nach vorne beugen und sie könnte ihn küssen. Stattdessen lehnte sie sich in ihrem Stuhl zurück und sagte: »Ich bin vorhin durch deine Siedlung geradelt, als ich auf dem Weg zu Debbie war …«

Überdeutlich nahm sie die Falte, die plötzlich zwischen

Arthurs Augenbrauen stand, wahr. Warum hatte sie nicht ihre Klappe gehalten und ihn einfach geküsst?

»Ich habe dich gesehen, mit deinem Vater, als ihr gerade ins Haus zurück seid …«

Nini war plötzlich unsicher, ob sie weitersprechen sollte, als beginge sie eine Indiskretion, obwohl sie eigentlich nur ihr Mitgefühl zum Ausdruck bringen wollte. Ob diese verquere Art zu denken von ihren Erfahrungen nach Tildas Tod herrührte? Sie war eine Weile regelrecht in Panik verfallen, wenn Menschen sie großäugig angesehen hatten und das unvermeidliche »Wie geht es dir?« murmelten. Irgendwann hatte sie einfach keine Kraft mehr gehabt, darauf zu antworten. Tilda war tot, eine Scheißkrankheit hatte sie einfach aus dem Leben herausgeschnitten, wie eine Figur aus dem Papierbogen ihrer Familie. *Zack*. Und alles, was übrig geblieben war, war eine Kontur, die sie alle jeden Tag, jede Stunde und jede Minute daran erinnerte, dass etwas fehlte. Ein Loch, das sich nie wieder schließen würde.

Aber Arthur zuckte nur mit den Schultern.

»Er braucht frische Luft. Wenigstens einmal am Tag.«

»Tut mir leid, das mit seinem Unfall. Muss schwer für euch sein.«

Arthur sammelte das Verbandszeug ein und stand auf.

»Wir haben uns, so gut es geht, damit arrangiert. Aber mein Vater selbst kommt nur sehr schlecht mit seinem Schicksal zurecht. Er war immer ein Macher, hatte viele Interessen, jede Menge Freunde. Aber seit dem Unfall vergräbt er sich nur noch zu Hause.«

Kam ihr irgendwie bekannt vor. Genauso wie der Unterton in Arthurs Stimme. Diese Mischung aus Wut, Trauer und Resignation klang sehr nach ihr selbst. Sie griff nach seiner Hand und drückte sie.

»Mensch, du fühlst dich ja an wie ein Eisklotz!« Wieder entstand diese steile Falte zwischen seinen Augenbrauen. »Besser, du springst schnell unter die Dusche, bevor du dir noch eine Erkältung einfängst.«

Nini musste ausnahmsweise zugeben, dass er recht hatte, aber sie wollte nicht, dass er ging. Nicht, nachdem sie es wieder einmal vermasselt hatte. Also nahm sie ihren ganzen Mut zusammen und sagte: »Ich beeile mich und du machst in der Zwischenzeit Tee. Du weißt ja, wo alles steht.«

Ohne ihm Gelegenheit für eine Antwort zu geben, humpelte sie über die Treppe hinauf ins Badezimmer. Nachdem sie in Lichtgeschwindigkeit geduscht hatte, schlüpfte sie in einen Rock und einen dünnen Pulli, schlang ihre nassen Haare zu einem nachlässigen Bun und legte Tildas Armband an. Ihr blasses Gesicht im Spiegel schrie nach Farbe, aber Nini entschied sich dagegen – nicht, dass Arthur noch verschwand, weil ihm das alles zu lange dauerte. Zurück ins Erdgeschoss zu kommen war dann doch schwieriger, als sie gedacht hatte. Sie konzentrierte sich so sehr darauf die Treppen hinunterzuhumpeln, dass sie Arthur erst bemerkte, als sein Haarschopf in ihrem Blickfeld auftauchte.

»Das sieht aber nicht gut aus. Vielleicht sollten wir doch schnell bei Debbie vorbeifahren.«

Nini blieb verwirrt auf der vorletzten Stufe stehen.

»Wieso? Glaubst du, ihre Scones haben heilende Wirkung?«

Arthur grinste und ging vor ihr auf die Knie. Zum dritten Mal an diesem Tag, das hatte vor ihm auch noch kein Typ gemacht. Er zupfte an ihrem Rock.

»Darf ich?«

Arthur schob den Saum ein Stück hoch und begutachtete ihr Knie noch einmal. Es war leicht angeschwollen und das mittlerweile nasse Pflaster an den Rändern rot verfärbt.

»Debbie ist Ärztin. Oder vielleicht sollte ich sagen, war, sie hat ja hier keine offizielle Praxis. Aber in Mevagissey gehen trotzdem viele erst einmal zu ihr, wenn sie einen Rat in Gesundheitsdingen brauchen. Ich dachte, du wüsstest das.«

Ihre Tante eine Dozentin, Debbie Ärztin. Nini hatte langsam das Gefühl, verdammt wenig zu wissen.

»Kommt Debbie zufällig aus Birmingham?«

»Ja, genau wie Leonore und Rich. Sie sind damals alle gemeinsam hierhergezogen. Hatten wohl die Vision eines besseren Lebens auf dem Land. Weit weg von den neugierigen Augen der Grünen Union. Hier in der Gegend waren Häuser und Grundstücke günstig, weil die Menschen auch schon vor 20 Jahren lieber in die Stadt ziehen wollten. Wie ich Leonore kenne, ist das bestimmt alles auf ihrem Mist gewachsen.«

Er lachte wieder dieses warme, unwiderstehliche Lachen und forderte damit Ninis Herz sofort ein paar Extraschläge ab. Verschwörerisch beugte er sich ein Stück nach vorne und raunte ihr ins Ohr: »Angeblich war Rich damals Debbies Lover. Für eine Weile ging das Gerücht um, die beiden könnten die Finger nicht voneinander lassen … Sagt zumindest meine Mutter. Und die muss es wissen, schließlich hat sie in den ersten beiden Jahren nach der Eröffnung in Richs Restaurant gekellnert.«

Nini wurden zwei Ding fast zeitgleich bewusst: dass in Mevagissey anscheinend wirklich jeder jeden kannte und dass Arthurs Lippen so nah an ihrem Ohr waren, dass sie seinen Atem spürte. Hauchzart, wie ein Versprechen.

»Ob sie wohl damals auch schon ihre Cowboy-Stiefel getragen hat?«, murmelte Arthur ihr ins Ohr.

Das war zu viel. Eindeutig zu viel. Wie auf Kommando prusteten beide gleichzeitig los. Nini japste nach Luft, bis ihr Bauch wehtat. Debbie, die sich in smaragdgrünen Schlangenlederstiefeln zwischen den Laken wälzte … *Oh Gott.* Sie musste dieses Bild aus ihrem Kopf kriegen! Langsam schrumpfte ihr Lachen zu einem Kichern. Ihr Blick suchte den von Arthur. Und schon ging es wieder von vorne los.

»Na toll«, brachte Nini endlich hervor, »und wie soll ich mit diesem Bild im Kopf heute Abend bei Rich arbeiten, ohne jedes Mal dämlich zu grinsen, wenn ich ihn sehe?«

»Schätze gar nicht. Schon mal dein Knie näher angeschaut?

Nini ignorierte seine Anspielung. Sie würde Rich sicher nicht im Stich lassen.

»Was ist jetzt eigentlich mit unserem Tee?«, fragte Nini, um Arthur abzulenken.

»Nur noch lauwarm. Bestenfalls …« Angewidert verzog er das Gesicht.

»Ah, Euer Lordschaft ist aber pingelig.«

»Und das City-Girl frech.« Arthur schlang einen Arm um ihre Taille, hob sie von der Treppe und setzte sie erst unten wieder ab.

Auf dem Tisch in der Wohnküche, neben der Teekanne und den Tassen, lag ein weißer Umschlag. Sie erkannte ihn sofort, dazu musste sie nicht erst NINI_2 in der geschwungenen Handschrift ihrer Tante lesen.

Plopp. Die Blase, in der sie gerade noch geschwebt war, in der sie mit Arthur unbeschwert flirten und lachen konnte, war gerade geplatzt.

»Ich habe gedacht, ich bring ihn einfach mal mit.«

Nini nickte wortlos, konnte den Blick nicht von dem Kuvert abwenden. Ihr Mund zog sich zusammen, als hätte sie an einer Zitrone gelutscht.

Was würde im nächsten Clip auf sie warten? Noch mehr illegaler Mist?

Schlagartig wurde ihr wieder bewusst, dass in ihrem Garten eine tickende Zeitbombe stand, und sie hatte keinen Schimmer, was sie damit anstellen sollte.

Arthur berührte sie zart an der Schulter.

»Hey, alles klar mit dir?«

Nini nahm den Brief, legte ihn auf das Fensterbrett neben die tote Topfpflanze und ließ sich auf einen Stuhl fallen.

Ihr Nacken fühlte sich wie ein gespanntes Gummiband an. Langsam ließ sie ihren Kopf von rechts nach links, von links nach rechts kreisen. Aber der Schmerz verschwand nicht, genauso wenig, wie ihr Problem. Es ließ sich weder verdrängen noch ignorieren. Hartnäckig wie eine Klette klebte es an allem – an Debbie im Laden, an Arthur hier im Garten und wahrscheinlich sogar an Rich. Sie sollte Arthur endlich ausquetschen, alle Fragen auf ihn abfeuern, die ihr im Kopf herumspukten. Aber stattdessen flatterten noch einmal die Szenen von eben vor ihrem inneren Auge vorbei. Arthurs Mund an ihrem Ohr, sein Arm um ihre Taille, sein Lachen.

Er stellte ihr eine Tasse Tee vor die Nase.

»Also, wegen deiner Jeans …« Arthur brach ab und fuhr sich mit der Hand durch die Haare, was aus dem, was man eben noch eine Frisur hätte nennen können, eine Art Vogelnest machte. »Okay, ich fange anders an. Aber du musst mir zuerst versprechen, dass du nicht wieder austickst wegen dem, was ich dir gleich erzählen werden.«

»Na, du scheinst ja wirklich eine sehr hohe Meinung von mir zu haben.«

Sein Gesicht sprach Bände.

Er *hatte* eine schlechte Meinung von ihr, und die Szene im Glashaus steckte ihm offensichtlich noch in den Knochen. Fair enough, ihr ging es damit nicht anders. Sie verschränkte die Arme vor der Brust.

»Es gibt da eine Art Markt. Ich meine, nicht so einen, wie du ihn wahrscheinlich kennst. Eher so etwas wie ein, wie soll ich sagen, *Tauschmarkt*. Wenn du willst, bringe ich dich dorthin und wir organisieren neue Jeans für dich.«

»Tauschmarkt?« Ihre rechte Augenbraue schoss nach oben. »Warum habe ich das Gefühl, dass du in Wirklichkeit *Schwarzmarkt* meinst?«

Arthur grinste schief und zuckte mit den Schultern.

»Keine Ahnung, vielleicht weil du mich mittlerweile unter Generalverdacht hast? Aber du hast recht, nicht alles, was dort passiert, ist ganz legal. Trotzdem …«, er schien kurz abzuwägen, wie viel er ihr zumuten konnte, »musst du keine Angst haben. Es ist dort sicher, wir haben eine ganze Menge Sicherheitsvorkehrungen getroffen.«

Nini war perplex. *Wir?* Wer zum Henker war dieser Arthur? Ein ortsbekannter Kleinkrimineller? Eigentlich sah er nicht so aus, Arthur war definitiv eher der Typ *Götter und Helden*. Genau, moserte die Stimme in ihrem Kopf, Hermes, der Gott der Diebe.

»Du bist da regelmäßig unterwegs?«

»Wie gesagt, es ist auch ein Tauschmarkt. Und wenn Leonore etwas gebraucht hat, haben wir Gemüse und Pflänzchen eingepackt und einfach dort eingetauscht.«

Typisch Leonore. Bestimmt hatte sie aus reinem Protest auf dem Schwarzmarkt eingekauft. Nini war ziemlich sicher, dass ihre Patentante dieses Risiko nicht hätte eingehen müssen. Wenn es stimmte, was ihr Vater erzählte, dann war Leonore zwar nicht reich, aber dank einer Erbschaft finanziell gut abgesichert gewesen. Sie hätte so gut wie alles regulär kaufen können, auch zu überteuerten Preisen.

»Und bevor du gleich wieder loslegst: Ja, alte Sorten aus dem Gewächshaus.«

Nini nickte langsam. »Hier scheint tatsächlich jeder ein zweites Gesicht zu haben. Leonore war Dozentin, Debbie ist Ärztin, und du? Was bist du?«

17

»Na, das sieht doch schon mal ganz ordentlich aus«, sagte Francis und nickte zufrieden. Nini war sich da nicht so sicher. Krampfhaft versuchte sie, drei leere Teller samt Besteck auf ihren Armen zu balancieren, genau so, wie er es ihr gezeigt hatte. Mit dem kleinen Unterschied, dass er fünf Teller auf einmal mit einer Eleganz durch den Raum trug, die jedem königlichen Chefbutler zur Ehre gereicht hätte.

»Und wie macht sich unsere Nachwuchskraft?«

Rich kam aus der Küche und trocknete sich die Hände an einem Geschirrtuch ab, das seitlich an seiner tadellos gebügelten Kochhose hing. Er schien förmlich von innen heraus zu strahlen und seine von der Küchenhitze geröteten Wangen verstärkten diesen Eindruck noch. Man musste kein Diplom in Psychologie haben, um zu sehen, dass er voll in seinem Element war.

»Ich würde sagen, sie hat durchaus Talent. Mal sehen, wie lange ihr Knie durchhält.«

Nini hatte den beiden etwas von einem Sturz über ein Kabel im Cottage vorgeflunkert, worauf sie sich ein fettes Lob für ihr Pflichtbewusstsein abholen durfte.

»Macht euch mal keine Sorgen, das wird schon klappen.«

»Also gut, dann lasset die Spiele beginnen«, grinste Rich und schloss die Tür auf. Es war noch etwas Zeit, bis die ersten Gäste eintrudeln würden, aber Nini spürte, wie sie feuchte Hände bekam. *Reg dich ab,* dachte sie, *schließlich musst du nur kellnern und keine Doktorarbeit schreiben.* Um sich abzulenken, half sie Francis, selbst gebackenes Brot auf Körbe zu verteilen, die hinter der Bar bereitgestellt waren. Es duftete so dermaßen gut, dass Ninis Magen zu knurren begann, obwohl sie bei Dienstantritt schon einen Teller Kartoffelsuppe gelöffelt hatte – die Version ohne Wildkräuter. Lag es an der Meeresluft oder war Rich wirklich so ein begnadeter Koch? Egal, was sie im Restaurant aß, es schmeckte alles besser, intensiver, irgendwie bunter.

Die ersten Gäste, die das Restaurant betraten, war ein junges Paar, das vor lauter Verliebtheit kaum Augen für die Speisekarte hatte. Hätte Francis die beiden jungen Männer nicht geduldig durch die Bestellung geführt, sie wären vermutlich hungrig wieder gegangen und hätten es nicht einmal bemerkt. Nini ertappte sich dabei, wie sie immer wieder zu den beiden hinüberschielte, die mit ihren verschlungenen Fingern auf der Tischdecke und dem vielsagenden Lächeln auf den Lippen den Raum zum Leuchten brachten. *Ob sie jemals mit Arthur so …* Schnell verscheuchte sie den Gedanken und widmete sich wieder ihren Aufgaben.

Ein Grüppchen älterer Damen checkte ein, die Nini als jene erkannte, die am Vortag in *Debbies One-Stop-Shop* gewesen waren und schließlich noch eine vierköpfige Familie mit zwei schlaksigen Jugendlichen. Und dann, als hätten sie wie Wölfe in der Dunkelheit vor der Tür gelauert, fielen plötzlich acht Männer im Restaurant ein. Sie mussten nichts sagen, Nini wusste auch so, dass es die Typen aus dem Ministerium waren. Ihre dunklen Anzüge, ihr zur Schau getragenes Selbstbewusstsein, die Selbstverständlichkeit, mit der sie einfach die lange Tafel in der Mitte des Raumes besetzten. Ohne vorher zu fragen oder sich von Francis zum Tisch führen zu lassen. Selbst Nini war klar, wie unhöflich das war. Francis, den sie als souverän und entspannt kennengelernt hatte, fing plötzlich an, sie herumzuscheuchen. Sie stellte zwei Brotkörbe und echte Butter in Schälchen auf den Tisch, während Francis die Speisekarten verteilte. Er flog nur so zwischen Küche, Bar und Tisch hin und her. Wie eine hochansteckende Krankheit übertrug sich die Hektik in kürzester Zeit auch auf Nini. Fast hätte sie eine der kleinen Blumenvasen mit einer Wasserflasche umgestoßen. Hätte nicht einer der Ministeriumstypen sie in letzter Sekunde noch abgefangen und damit Schlimmeres verhindert.

»Tut mir wirklich sehr leid, Sir.« Ninis Wangen wurden heiß.

»Ist ja nichts passiert. Sie sind neu hier, stimmt's?«

Der Mann lächelte freundlich, und Nini stellte fest, dass er jünger als die anderen war und mit den dunklen Locken, die ihm in die Stirn fielen, ziemlich gut aussah.

»Ich helfe heute zum ersten Mal hier aus, danach werden wir weitersehen.«

»Oh, ich verstehe, das hier ist sozusagen Ihre Feuerprobe. Na, dann sollte ich Sie wohl besser nicht beim Chef verpetzen, oder?« Er stellte die Vase demonstrativ neben der Kerze ab und zwinkerte ihr zu.

»Hey, Vince, gut gemacht, jetzt hast du die Kleine in der Hand. Mach was draus!«

Der Sprecher war korpulent, hatte eine Glatze und eine ziemlich unsympathische Ausstrahlung. Nini biss die Zähne zusammen, um nichts Unüberlegtes zu sagen, während einige seiner Kollegen lachten, als hätte er gerade den Witz des Jahres gerissen. Sie atmete tief durch und wandte sich demonstrativ diesem Vince zu.

»Das wäre nett. Und seien Sie unbesorgt: Die Speisen wird Francis servieren, da haben Sie nichts zu befürchten.«

Zufrieden mit ihrer Antwort verschwand Nini hinter der Bar, um die erste Charge schmutziger Gläser in den Geschirrspüler einzuräumen. Sie ließ sich damit Zeit, um sich zu beruhigen. Vince, der junge Typ, versuchte immer wieder, mit ihr Augenkontakt aufzunehmen, aber Nini tat, als wäre sie beschäftigt. Als sie das nächste Mal zum Tisch hinübersah, stand dort Rich und führte seine Gäste höchstpersönlich durch die Speisekarte. Seine Arme schienen ein unsichtbares Orchester zu dirigieren, während sein Mund zu einem genießerischen Lächeln verzogen war. Mit einer kleinen Verbeugung verließ er schließlich die Runde und überließ es Francis, die Bestellung der Männer aufzunehmen.

»Nini!«

Rich bedeutete ihr, ihm in die Küche zu folgen, obwohl

die eigentlich für sie tabu war. Zu hektisch und zu wenig Platz, hatte er noch am Nachmittag erklärt, als er ihr seine Mitarbeiter vorgestellt hatte. Und ausgerechnet jetzt, bei Hochbetrieb, sollte sie die heiligen Hallen betreten?

Das roch verdächtig nach Standpauke. Sie drückte die Tür auf und war überwältigt von der Betriebsamkeit an den Töpfen und den betörenden Düften, die ihr in die Nase stiegen. Vier Mann wirbelten in der Küche herum, Rich zog sie sofort aus der Flugbahn.

»Sie wollen, dass du den Service übernimmst.«

»Wie meinst du das?«

»Die Herren vom Ministerium wünschen, dass *du* sie für den restlichen Abend bedienst.«

Zum ersten Mal, seit sie Rich kannte, wirkte er entnervt. Sie lachte auf.

»Echt? Dann kannst du ihnen gleich Gummilätzchen bringen. Hast du ihnen nicht gesagt, dass ich Anfängerin bin und sie von oben bis unten einsauen werde?«

»Hab ich, aber sie bestehen trotzdem darauf. Sieht so aus«, Rich wischte sich mit dem Ärmel seiner Jacke den Schweiß von der Stirn, »als hätten sie einen Narren an dir gefressen.« Er legte ihr eine Hand auf die Schulter. »Meinst du, du schaffst das, wenn ich dir Francis zur Seite stelle?«

»Das halte ich für eine echt blöde Idee. Ich weiß ja noch nicht mal, wie man einen Tisch richtig eindeckt. Von meinen Servierkünsten ganz zu schweigen.«

In Wirklichkeit war Nini sauer, dass Rich ihr das überhaupt zumutete. Wenn sie auf etwas wirklich keine Lust hatte, dann Zielscheibe schlechter Männerwitze oder schmieriger Anmachversuche zu werden.

»Nini, bitte, ich würde dich nicht fragen, wenn es nicht so wichtig wäre. Ich würde diesen Herren nur ungern ihren Wunsch abschlagen. Stammgäste und so, du verstehst schon. Tust du mir den Gefallen? Bitte …«

Das war es also. Rich buckelte vor den Typen aus dem Ministerium. Seltsam. Das passte so gar nicht zu ihm.

Nini pustete sich eine Haarsträhne aus ihrem Gesicht.

»Hast du 'ne Leiche im Keller oder brauchst du ein paar Bonuspunkte für dein Bürgerregister?«, fragte sie, halb im Scherz. Rich bedachte sie mit einem Blick, der ihr Grinsen sofort zum Erstarren brachte.

»Ich kann ihnen natürlich auch sagen, dass du eine Knieverletzung hast und nicht weitermachen kannst …«

»Okay, okay, ich mach's ja. Aber beschwer dich hinterher nicht, wenn es in die Hose geht.«

Er kniff sie in die Wange, als wäre sie ein kleines Mädchen.

»Du bist ein Schatz. Also, dann lass uns loslegen.«

In Lichtgeschwindigkeit war aus dem knurrigen Rich wieder der gut gelaunte Großvater geworden.

Schon der erste Gang war eine Herausforderung für Ninis Nerven. Dampfende Kartoffelsuppe, dekoriert mit irgendwelchem Grünzeug, die gefährlich in den kleinen Einmachgläsern schwappte, als sie das voll beladene Tablett an den Tisch trug. Aber noch bevor Nini überlegen konnte, wie sie die heißen Dinger unfallfrei verteilen sollte, war

Francis zur Stelle und übernahm den Part. Das Gespräch am Tisch verstummte, alle Blicke waren auf ihren Kollegen gerichtet, als würde er ihnen gleich das ewige Leben und nicht Kartoffelsuppe in Einmachgläsern servieren. Nini war das nur recht, denn damit war sie aus dem Fokus. Ihre Finger, die sich eben noch um das Tablett gekrampft hatten, lockerten sich ein wenig. Schon klapperten Löffel, erste »Ahs« und »Mmmhs« flogen über den Tisch. Nur dieser Vince hatte seine Suppe noch nicht angerührt, sondern saß nur da und lächelte sie an.

Nini senkte den Kopf und ging mit ihrem Tablett schnell zu dem Tisch mit den älteren Ladys. Den Blick stur nach unten gerichtet, sammelte sie deren leere Teller ein. Eine Dame mit violett getönten Haaren tätschelte ihr so enthusiastisch den Arm, dass Nini beinahe das Tablett aus den Fingern gerutscht wäre.

»Ich kann mich wirklich nicht erinnern, wann ich zuletzt so gut gegessen habe. Diese Geschmacksvielfalt, einfach sagenhaft. Bitte richten Sie das doch dem Koch aus, Kindchen.«

Der Abend war anstrengender, als Nini sich das vorgestellt hatte. Servieren, abräumen, Wasser nachfüllen, Geschirrspüler befüllen – ständig war sie in Bewegung, was ihr Knie prompt mit pochenden Schmerzen quittierte. Die Typen aus dem Ministerium vertilgten einen Gang nach dem anderen mit einem Appetit, als hätten sie seit Jahren nichts mehr gegessen. Salat, bei dem Nini nur die handelsüblichen Salatblätter und die Croûtons identifizieren konnte, weil der Rest ein buntes Durcheinander aus Blüten und Kräutern war. Fisch, den Rich wer weiß woher hatte, und der jetzt zerlegt auf einem Beet aus geröstetem Gemüse dampfte. Der Duft, den er verströmte, war himmlisch. Der Wein floss reichlich, die Stimmung am Tisch wurde immer ausgelassener. Bisher war Nini von weiteren blöden Sprüchen verschont geblieben, und wenn es nach ihr ginge, sollte das für den restlichen Abend auch so bleiben.

»Ihr Chef ist ein Künstler, wissen Sie das?«, sprach sie einer der Beamten beim Tellereinsammeln an. Er hatte freundliche Augen und wirkte eigentlich ganz nett. Nini lächelte höflich, aber nicht zu höflich.

»Danke, ich werde es ihm ausrichten.«

Wenigstens schienen die anspruchsvollen Gaumen der Herren zufriedengestellt zu sein. Und Rich war mit dem Abend bestimmt auch zufrieden, denn schon alleine der Wein, der an diesem Tisch konsumiert wurde, musste ein Vermögen kosten.

»Sag mal, Maxwell, willst *du* dich jetzt etwa auch noch bei der kleinen Kellnerin beliebt machen? Wird Vince bestimmt nicht gefallen, wenn du ihm da in die Quere kommst.«

Nini zuckte zusammen, als die Männer laut losjohlten. Wie sehr sie solche Typen verabscheute.

Ohne eine Miene zu verziehen, räumte sie weiter den Tisch ab. Eine Gabel fiel klirrend zu Boden, direkt neben diesem Vince. Sie hätte schwören können, dass der Typ sie mit Absicht über den Tischrand befördert hatte. Gerade wollte sie sich bücken, aber er war schneller.

»Hören Sie einfach nicht hin«, flüsterte er ihr zu und legte die Gabel auf den Tellerstapel.

»Das hat die Kleine bestimmt mit Absicht gemacht, Vince! Ich glaube, sie mag dich.«

Nini richtete sich kerzengerade auf und schoss einen giftigen Blick auf den Glatzkopf ab.

»Hören Sie mit diesen Kommentaren auf«, sagte sie schmallippig.

Sein: »Die Kleine fühlt sich wohl ertappt«, hörte sie nur noch mit halbem Ohr beim Weggehen. Hinter der Bar donnerte sie die Teller auf den Trolley und stieß ein paar leise Flüche aus, die allesamt nicht salonfähig waren.

»Alles okay? Du machst hier hinten ja mehr Lärm als ein Tornado.«

Francis. Sie hatte ihn nicht kommen hören.

»Der Typ ist ein echter Arsch, weißt du das? *Ich* gehe da bestimmt nicht mehr raus. Das kannst du gepflegt vergessen.« Wütend zerrte sie die Ärmel ihres Langarm-Shirts hoch. Ihr Blick fiel auf das Armband. Wirklich viel Glück hatte es ihr heute Abend nicht gebracht.

»Diesen Triumph willst du ihm wirklich gönnen?« Francis zog fragend eine Augenbraue nach oben. »Komm schon, nur noch das Dessert, dann hast du es geschafft. Und wenn er dir noch einmal blöd kommt, greife ich ein, okay?«

Francis hatte recht. Sich jetzt dünne zu machen, war unter ihrer Würde. Sie atmete noch einmal tief durch und folgte ihm zur Durchreiche.

Holunderblüten-Sorbet an Erdbeersalat. Ein Special, das

nicht auf der Tageskarte stand. Nini stellte das erste Schälchen auf das Tablett, ein verführerischer Duft stieg ihr in die Nase. Sie versuchte sich zu erinnern, welche Zutaten auf dem Menüzettel gestanden hatten: frische Erdbeeren, Zitronensaft, brauner Zucker, Zitronenverbene. Rich war ein Genie. Er wusste genau, was er zusammenbringen musste, damit er einem Lebensmittel auch noch das letzte Quäntchen Aroma abtrotzte.

»Nini, wo bleibst du?«, raunte ihr Francis von hinten ins Ohr. Schnell packte sie die restlichen Schälchen aufs Tablett und machte sich auf den Weg zum Tisch. Mit salbungsvoller Stimme verkündete Francis die Zutaten. Gespannt und mit ausreichend Sicherheitsabstand beobachtete Nini die Reaktion der Gäste. Genussvoll geschlossene Augen, verzücktes Aufstöhnen, Löffel, die über Glas kratzten. Selbst der Glatzkopf sah aus, als schwebe er in anderen Sphären.

Nini begann die anderen, mittlerweile verlassenen Tische abzudecken. Die acht Typen aus dem Ministerium waren die letzten Gäste, und sie rechnete sich aus, in spätestens einer Stunde auf ihrem Bett zu liegen und ihr schmerzendes Knie mit einem Eisbeutel zu versorgen.

»Nini …«

Francis deutete unauffällig mit dem Kopf in Richtung der Männer. Nini atmete tief durch – ein letztes Mal, dann hatte sie es geschafft. Rich schuldete ihr was.

Ein kurzer Blick zum Tisch sagte ihr, dass noch nicht alle mit dem Dessert fertig waren. Blieb genug Zeit, um sich vor dem Abräumen noch die klebrigen Hände zu waschen. Auf dem Rückweg von der Toilette lief sie geradewegs Vince in die Arme, der plötzlich in dem schmalen Vorraum aufgetaucht war. Ausgerechnet.

»'tschuldigung«, murmelte sie und wollte sich an ihm vorbeidrücken. Aber sie hätte genauso gut versuchen können, einen Doppeldeckerbus auf einer einspurigen Straße zu überholen.

»Rich hat uns vorhin verraten, dass Sie Nini heißen. Ungewöhnlicher Name. Ist das eine Abkürzung für irgendetwas?«

Oh Mann, der Kerl war auf Flirten programmiert. Und hatte offensichtlich nicht sehr viel Übung darin. Fieberhaft überlegte sie, wie sie aus der Sache möglichst schnell und elegant wieder herauskam.

»Nein, keine Abkürzung. Einfach Nini. Meine Mutter erzählt jedem, der es hören will, sie hätte den Namen in der Nacht vor meiner Geburt geträumt.«

Sie versuchte es mit einem wohldosierten Lächeln und hoffte, dass er sich mit der Auskunft zufriedengeben und sie vorbeilassen würde. Aber sie hatte sich getäuscht.

»Eine ungewöhnliche Art, einen Namen für sein Kind auszuwählen. Finde ich gut. Dagegen ist Vince richtig öde.«

Vince war eigentlich ganz niedlich, wie er so dastand, an seinem Biosensor herumnestelte und sie schüchtern anlächelte. Die braunen Locken verliehen ihm etwas Jungenhaftes. Die Tatsache, dass er zu diesen Ministeriumsschnöseln gehörte, war allerdings mehr als ein kleiner Schönheitsfehler.

»Tut mir wirklich leid, aber ich muss wieder …«, machte sie einen neuen Anlauf und deutete demonstrativ zur Tür. Vince griff in die Innentasche seines Sakkos und zauberte eine Visitenkarte hervor.

»Falls Sie mal nach Truro kommen … Vielleicht, ich meine, ich würde mich wirklich sehr freuen, Sie wiederzusehen.«

Nini nahm die Karte und steckte sie in ihre Rocktasche.

»Vielleicht mache ich das ja.«

Noch bevor er etwas erwidern konnte, war sie an ihm vorbeigeschlüpft.

»Nini, wo zur Hölle hast du so lange gesteckt? Mach, dass du abräumst, die Gäste wollen langsam gehen«, scheuchte sie Francis herum, kaum dass sie durch die Tür war.

Sie checkte die Lage. Der Glatzkopf war in ein Gespräch mit seinem Sitznachbarn vertieft, die anderen mit ihren Smartphones beschäftigt. Vince war zurück und setzte sich mit einem zufriedenen Lächeln im Gesicht wieder an den Tisch. Er beobachtete jeden ihrer Handgriffe so aufmerksam, als würde sie ein ganz besonderes Kunststück vorführen. Gut zwei Drittel des Tisches hatte sie bereits abgeräumt, als sie schließlich bei dem Glatzkopf ankam. Sie beugte sich ein Stück nach vorne, um nach seinem Schälchen zu greifen, als plötzlich seine Hand nach oben schoss und ihr Handgelenk umklammerte. Nini gab einen erstickten Laut von sich, versuchte intuitiv, ihre Hand wegzuziehen, aber er hielt sie fest wie ein Schraubstock.

»Hübsches Armband. Wo haben Sie das her?«

»Das ist ja wohl meine Angelegenheit.«

»Ach ja? Das sehe ich aber etwas anders. Besser, Sie beantworten meine Frage, oder möchten Sie lieber eine offizielle Vorladung bekommen?«

»Vorladung?« Selbst Nini konnte die Angst in ihrer Stimme hören.

»So wie ich das sehe, tragen Sie hier, in Garn eingearbeitet …«, er drehte das Armband an ihrem Handgelenk, »sieben *Trail of Tears*-Bohnen. Eine alte Sorte aus den USA, deren Besitz, Ausbringung oder Züchtung seit fast zwanzig Jahren unter Strafe steht.«

Seine Stimme war so kalt wie das Sorbet, das sie ihm serviert hatte. Ninis Herz schien für einen Augenblick auszusetzen, nur um dann mit doppelter Geschwindigkeit in ihrer Brust weiterzuschlagen.

»Was? Das kann nicht sein. Ich …« Sie schluckte die aufsteigende Panik hinunter und setzte noch einmal an. »Ich, ich hatte davon keine Ahnung. Meine kleine Schwester hat mir das Armband geschenkt. Sie hat es vom Flohmarkt. In … in London.«

»Nun, dann sollte ich vielleicht ihre Schwester auch gleich mit vorladen.«

Jetzt. Jetzt gleich würde ihr Herz stehen bleiben.

»Sie ist gestorben. Vor fünf Monaten und sechzehn Tagen. Das Armband ist meine letzte Erinnerung an sie.« Ihr Stimme versagte, Tränen rollten über ihre Wangen. Es war ihr egal, sie hatte keine Energie mehr, dagegen anzukämpfen. Wie eine Marionette hing sie in seinem Klammergriff, unfähig sich zu bewegen.

»Gibt's ein Problem?« Rich stand plötzlich neben ihr, die Hände in die Hüften gestemmt, und funkelte den Glatzkopf an.

»Deine kleine Kellnerin trägt verbotenes Saatgut an ihrem Handgelenk. Wusstest du das?«

Er hob ihr Handgelenk noch etwas höher, als wolle er das Gesagte damit unterstreichen.

»Die *kleine Kellnerin* ist so etwas wie meine Nichte, David. Und jetzt hör gefälligst auf, sie so zu erschrecken.«

Der Glatzkopf ließ ihr Handgelenk los und Nini zog sofort die Ärmel ihres Shirts so weit nach unten, dass Tildas Armband darunter verschwand.

»Ändert aber nichts an der Tatsache, dass das Zeug illegal ist, lieber Rich. Du solltest besser auf sie aufpassen.«

»Hätte sie das gewusst, sie hätte das Armband bestimmt nicht getragen. Und wenn wir mal ganz ehrlich sind: Das Zeug ist so alt und vertrocknet, da wächst in hundert Jahren nichts mehr draus.«

»Das spielt keine Rolle, schon alleine der Besitz ist strafbar.«

Mit jedem Wort, mit jeder seiner abfälligen Gesten, schrumpfte Ninis Angst. Es war, als wäre sein arrogantes Verhalten ein Gegengift, das sie von ihrer Lähmung befreite und Platz für etwas ganz Neues schuf: Wut.

Davids Blick wanderte über ihren Körper.

»Na gut, weil sie *so was wie deine Nichte* und außerdem ziemlich hübsch ist, will ich dieses Mal ausnahmsweise von einer Anzeige absehen.«

Er strich ihr mit dem Handrücken leicht über den Arm.

Nini hätte ihm am liebsten seine hässliche Visage zerkratzt.

»Aber«, er sah sie streng an, »das Armband muss ich natürlich konfiszieren.« Seine Hand stoppte genau an der Stelle, an der sich das Armband unter dem Shirt befand.

Ihr Arm zuckte zurück.

»*Was?* Nein! Das können Sie nicht machen! Das Armband habe ich von meiner Schwester, es bedeutet mir alles.« Hilfesuchend sah sie sich nach Vince um, aber der tuschelte hinter vorgehaltener Hand mit einem seiner Kollegen.

»Ach komm schon, David, tu dem Mädchen das doch nicht an. Sie hat wirklich eine schwere Zeit hinter sich. Wir wissen doch alle, dass diese paar Körner niemandem wehtun. Und du als Bezirksleiter des Agrarministeriums weißt das doch besser als jeder andere, oder?«, versuchte Rich ihr zur Seite zu springen.

Ninis Mund wurde trocken. *Bezirksleiter des Agrarministeriums?* Sie versuchte zu schlucken, aber ihre Zunge klebte förmlich am Gaumen. Irgendetwas musste sie in einem ihrer früheren Leben gewaltig verbockt haben, um sich so ein mieses Karma verdient zu haben.

»Rich hat wahrscheinlich recht«, meldete sich plötzlich Vince von der anderen Tischseite zu Wort. Wie auf Kommando wandten sich ihm alle Köpfe zu. Sein Adamsapfel hüpfte nervös auf und ab, diese geballte Aufmerksamkeit war ihm sichtlich unangenehm. »Ich würde auch davon ausgehen, dass diese Bohnen längst vertrocknet und damit nicht mehr keimfähig sind«, redete er tapfer weiter.

Der Glatzkopf fixierte ihn für einen Moment, dann lächelte er.

»Ah, unser hoffnungsvoller Jungbiologe. Danke für die Einschätzung. Auch wenn ich nicht hundertprozentig davon überzeugt bin, dass du in diesem Fall ganz objektiv bist.«

Man konnte Vince immer noch ansehen, wie viel Überwindung es ihn gekostet hatte, seinem Chef die Stirn zu bieten. Nini schickte einen dankbaren Blick in seine Richtung.

»Gut, dann will ich ausnahmsweise Gnade vor Recht ergehen lassen. Dafür kannst du dich bei Vince bedanken. Aber sollte ich dich noch einmal mit diesem Armband erwischen, ist es weg und du bekommst eine Anzeige. Habe ich mich klar ausgedrückt?«

Nini reckte das Kinn, dann nickte sie langsam, ohne den Glatzkopf aus den Augen zu lassen.

»Gut. Und Rich schenkt jetzt bestimmt eine Runde von seinem Spezial-Brand aus. Stimmt's, mein Freund?«

18

Nini saß am Tisch, sie fühlte sich wie durch den Gemüseschredder gedreht. Francis, der sich bereit erklärt hatte, die letzten Handgriffe für sie zu übernehmen, rumorte im Hintergrund.

»Na komm, ist ja nichts passiert.« Rich rubbelte ihren Arm und sah sie besorgt an. »Weißt du was, ich glaube, du brauchst jetzt etwas zu essen und ein Glas Wein. Dann wird sich der Schreck schon legen.«

Nini schüttelte den Kopf.

»Danke, das ist nett, aber mir ist der Appetit vergangen.«

Ächzend stemmte er sich in die Höhe. Seine Wangen wirkten fahl und eingefallen. Auch an ihm war dieser Abend nicht spurlos vorübergegangen.

»Quatsch. Lass mich nur machen«, sagte er und verschwand in der Küche. Wie betäubt starrte Nini auf die frische Tischdecke, die Francis vor ein paar Minuten aufgelegt hatte. Mann, was für ein Abend. Albtraum war dafür noch eine freundliche Bezeichnung. Sie zupfte an ihrem Armband. Trail of Tears – *Pfad der Tränen*. Saatgut, dessen Besitz seit zwanzig Jahren unter Strafe stand. Woher hätte sie das wissen sollen? Und merkwürdig, dass Tilda ausgerechnet dieses Armband auf dem Flohmarkt für sie ausgesucht hatte. Fast, als hätte sie geahnt, was das Schicksal nur wenige Monate später für ihre große Schwester bereithielt. Ein eisiges Kribbeln kroch Ninis Wirbelsäule entlang und sorgte dafür, dass sich sämtliche Härchen auf ihren Armen aufstellten. Nein, an so etwas wie Vorhersehung glaubte sie nicht. Es war Zufall gewesen, reiner Zufall, dass Tilda genau das ausgesucht hatte. Dieses Armband, es würde für immer ihr liebstes Erinnerungsstück an ihre kleine Schwester bleiben, und dass sie künftig besser darauf aufpassen musste, hatte sie jetzt auch verstanden.

Ein Klopfen riss sie aus ihren Gedanken. Nini blinzelte die Tränen hinter ihren Lidern weg und sah hinüber zum Fenster. Arthur stand draußen in der Dunkelheit und gestikulierte in Richtung Eingang. Nini war noch so gefangen in ihrer Grübelei, dass es einen Augenblick dauerte, bis sie kapierte, was er wollte. Sie ging zur Tür und zog den Sicherheitsriegel zurück.

»Hey, was ist los? Hast du jemandem heiße Suppe in den Schritt gegossen oder warum machst du so ein trauriges Gesicht?«

Ninis Kinn begann zu zittern. *Jetzt bloß nicht losheulen,* dachte sie, doch da rollte auch schon die erste Träne über ihre Wange.

»Shhht, alles gut, wird schon nicht so schlimm gewesen sein. War ein harter Tag heute für dich.«

Er zog sie in seine Arme und Nini ließ es geschehen. Sie schloss die Augen und sog tief Arthurs Geruch ein. Die Wärme seiner Umarmung umhüllte sie, schirmte sie ab vor der Welt da draußen, und der Knoten in ihrem Magen begann sich langsam aufzulösen. Hätte sie sich an einen Ort wünschen dürfen, an dem sie in diesem Augenblick sein wollte – er wäre genau hier, in Arthurs Armen. Sie lauschte den regelmäßigen Schlägen seines Herzens, fühlte den weichen Stoff seines T-Shirts an ihrem Gesicht und wünschte sich, dass der Moment nie enden würde.

»Hallo, Arthur, auch schon Feierabend?«, hörte sie Richs Bariton irgendwo hinter sich.

Schneller, als sie denken konnte, hatte sie sich von Arthur gelöst. Mit dem Ärmel ihres Shirts versuchte sie krampfhaft, zumindest die gröbsten Spuren ihrer Heulerei zu beseitigen. Jetzt, so vor Rich, war ihr die Situation peinlich. War ja nicht so, dass Arthur und sie ein Paar wären. Sie schielte zu den beiden hinüber, aber die plauderten ganz entspannt über irgendein Fest, das im Herbst im *Crown & Anchor* stattfinden würde.

Rich hatte in der Zwischenzeit eine Schale mit Holunderblütensorbet und Erdbeeren und zwei Gläser, gefüllt mit einem perlenden Getränk, auf den Tisch gezaubert. Fasziniert beobachtete Nini die Bläschen, die wie an Schnüren aufgefädelt an die Oberfläche stiegen. Wenn sie doch nur etwas von dieser perlenden Leichtigkeit in sich hätte. Stattdessen fühlte sich alles zäh wie Öl an. Müde plumpste sie auf den Stuhl.

»Auch ein Glas?«, hörte sie Rich Arthur fragen.

»Danke, aber ich will gleich noch Nini nach Hause fahren. Ich glaube, sie hat ihrem Knie heute schon genug zugemutet.«

Die Muskeln in ihrem Nacken spannten sich. *Mist,* damit hatte sie natürlich nicht gerechnet. Hoffentlich hielt er die Klappe und erzählte nichts von dem Unfall. Rich brauchte nicht unbedingt von ihrer kleinen Notlüge zu erfahren. Aber da kamen die beiden schon an den Tisch und setzten sich zu ihr. Erst jetzt, mit etwas Zeitverzögerung, sickerten Arthurs Worte in ihr Gehirn. Er war gekommen, um sie nach Hause zu bringen? Ein wohliges Flattern huschte durch ihren Bauch. Sie grinste, was Rich wohl als Aufforderung sah, denn er hob sein Glas und prostete ihr zu.

»Ich dachte, ein Gläschen Brause ist nach der ganzen Aufregung genau das Richtige.«

Nini nahm ihr Glas und nippte an dem goldschimmernden Getränk. Sie mochte, was sie da schmeckte. Frisch und spritzig, gute Laune in flüssiger Form.

»Tut mir sehr leid, was da heute passiert ist, Nini, ehrlich. David Hunter ist manchmal etwas … unberechenbar«, schob er hinterher, das schlechte Gewissen stand ihm deutlich im Gesicht geschrieben.

Hunter, was für ein passender Name für dieses Ekel, dachte Nini.

»David Hunter war hier?«

Arthur blickte zwischen ihnen hin und her, aber Nini hatte keine Lust, die Geschichte zu erzählen. Stattdessen nahm sie den Löffel, stach von dem Sorbet ab und lud ein paar Stückchen Erdbeeren dazu.

»Sagt mir jetzt vielleicht mal einer von euch, was eigentlich passiert ist?«

Als Rich klar wurde, dass Nini keinen Ton von sich geben würde, fasste er in ein paar kurzen Sätzen für Arthur zusammen, was sich zugetragen hatte.

Nini lutschte derweil das Holunderblütensorbet vom Löffel. *Exquisit* war ein Wort, das sie zwar kannte, aber das in ihrem Sprachgebrauch bis jetzt so gut wie nie Verwendung gefunden hatte. Doch das, was sich da gerade in ihrem Mund entfaltete, war genau *das. Exquisit.* Ein zarter Geschmack, blumig und leicht zitronig, der kalt auf ihrer Zunge lag und sich nur einen Augenblick später mit der Süße der Erdbeeren vereinte. Süß und fruchtig, wie die Essenz von Wald und Sonne …

Nini hörte auf zu kauen. Unmöglich, das konnte nicht sein. Sie trank einen Schluck Champagner, um den Geschmack hinunterzuspülen, dann schob sie sich noch einen Löffel von dem Erdbeersalat in den Mund.

Sie kaute und lutschte, verglich und analysierte.

»Schmeckt es dir nicht?« Rich runzelte besorgt die Stirn.

»Ist lecker«, murmelte sie.

Sie war hundemüde und hatte wenig Lust, nach dem ganzen Albtraum auch noch eine Diskussion anzuzetteln. Aber dieser rosa Elefant, der nicht nur im Raum, sondern auch zwischen ihr und Arthur stand, würde ihr heute Nacht bestimmt keine Ruhe lassen. Also konnte sie es genauso gut gleich hier und jetzt hinter sich bringen. Sie klopfte mit ihrem Löffel gegen das Schälchen, als wolle sie gleich eine Rede schwingen.

»Rich, sag, wo hast du nur diese *großartigen* Erdbeeren her?«

Rich und Arthur wechselten einen kurzen Blick.

Mehr brauchte Nini nicht als Antwort, aber sie wollte es trotzdem von den beiden hören. Rich kratzte sich am Bart.

»Arthur hat sie mir heute Nachmittag gebracht.«

»Ach, Arthur hat sie gebracht? Interessant. Und gehe ich recht in der Annahme«, funkelte sie Arthur und Rich an, »dass er sie in Leonores Gewächshaus geerntet hat?«

Rich wollte etwas sagen, aber Arthur kam ihm zuvor.

»Ja, habe ich. Weil Leonore Rich schon immer mit Obst und Gemüse beliefert hat und ich nach ihrem Tod damit weitermachen sollte. Ich und die anderen …«

»Arthur!«, fuhr Rich scharf dazwischen.

»Nein, Rich, es wird endlich Zeit, dass sie die Wahrheit erfährt. Nini glaubt nämlich, dass Leonore eine Verrückte war, die ständig mit einem Fuß im Gefängnis stand.«

Rich rieb sich über den Bauch und grinste.

»Na ja, so ganz unrecht hat sie damit ja auch nicht …«

Peng! Ninis flache Hand landete auf dem Tisch, die kleine Vase wackelte bedenklich.

»Schluss jetzt mit dem Rumgerede. Einer von euch sagt mir jetzt gefälligst, was hier abgeht. Mir reicht diese ganze Heimlichtuerei langsam.« Ninis Stimmung war jetzt so düster wie das Wetter vor der Tür. Sie verfluchte sich dafür, nicht die Klappe gehalten zu haben. Längst könnte sie in ihrem Bett liegen und schlafen. Dieses *Keine halben Sachen, Miss Morrison* wuchs sich langsam zu einem Fluch aus.

»Na gut, dann lass dein Telefon auf dem Tisch liegen und komm.« Rich stand auf, sperrte die Restauranttür ab und schlurfte in die Küche. »Was ist, kommst du jetzt oder nicht?«, tönte es durch die Schwingtür.

»Was hat er vor?«

Arthur zuckte mit den Schultern.

»Schätze, das wirst du gleich herausfinden.«

Als sie in die Küche kamen, stand die Tür zum Kühlraum offen. Rich forderte sie mit einer Handbewegung auf, hineinzugehen. *Winterluft,* dachte Nini und zog die Schultern hoch. Im Licht einer flackernden Leuchtstoffröhre, die wahrscheinlich noch aus dem letzten Jahrhundert stammte, sah sie sich um.

Paletten mit Salat, Plastikboxen voller Wildkräuter, eine Kiste Karotten, Zucchini, 200 Gramm schwer und 14 Zentimeter lang – der halbe Raum stand voll mit Gemüse. Normalem, genormtem Gemüse, so wie Nini es aus dem Supermarkt kannte. Sie lachte erleichtert auf. Aber Rich begann Boxen zu verrücken und ein Regal umständlich zur Seite zu schieben.

Etwas, das aussah wie ein großes Lüftungsgitter in der Wand, kam zum Vorschein. Rich steckte seine Finger zwischen die Lamellen und zog es heraus, dann nahm er eine Taschenlampe von einem Regal und drückte sie ihr in die Hand.

»Da drin, sieh nach«, forderte er sie auf.

Nini ging in die Hocke, was ihr Knie für eine ziemlich schlechte Idee hielt, und knipste die Taschenlampe an. Vor ihr lag eine kleine Kammer, aus der ein würziger Duft strömte. Der Lichtfinger glitt über den Boden, streifte etwas, das an Zucchini erinnerte, aber gelb war, erfasste eine Kiste mit violetten Karotten, winzige Gurken, Tomaten mit schwarzen Streifen, weiter hinten langstängeliges Grünzeug, einen Sack voller rosa Kartoffeln, daneben Wurzeln, die sie noch nie gesehen hatte. Nini richtete sich abrupt auf. Sie hatte genug gesehen.

»Kommt das alles aus meinem Garten?«

»Nein, nicht alles.«

Plötzlich überfiel Nini eine bleierne Müdigkeit, als zöge ihr die Kälte die letzte Energie aus dem Körper. Wollte sie wirklich hören, was Rich und Arthur ihr zu erzählen hatten? Sie hätte einfach in London bleiben sollen. Dort müsste sie sich wenigstens nicht ständig Gedanken machen, welches Gesetz sie gerade wieder brach.

»Deine Tante Leonore ...«

»Patentante«, unterbrachen Nini und Arthur ihn fast gleichzeitig. Rich runzelte die Stirn.

»Also gut, deine Patentante Leonore war eine äußerst visionäre Frau. Sie hat vorhergesehen, wie dramatisch sich die Situation im Nahrungsmittelsektor entwickeln würde, und hat vor Jahren *Taste!* gegründet, ein geheimes Netzwerk von Leuten, die sich, so wie sie, nicht bevormunden lassen wollten. Und schau dich doch um«, Rich hob mit spitzen Fingern eine genormte Zucchini hoch, »sie hat absolut recht gehabt. Das ist der Fraß, den sie uns aufzwingen. Jetzt sag mir nicht, dass dir dieses Zeug schmeckt.«

Die Zucchini landete neben dem Korb auf dem Boden und rollte Nini vor die Füße. Sie war unversehrt, hatte nicht einmal den kleinsten Kratzer. Noch so eine Errungenschaft des modernen Gemüses. Es war unverwüstlich und beinahe endlos haltbar.

»Du glaubst doch nicht im Ernst, dass ich mit diesem Einheitsgemüse etwas kochen könnte, das besser schmeckt als Pappe. Ich meine, ohne Geschmacksverstärker und tonnenweise Würzmittel. Ohne Leonore und unsere Untergrundbewegung hätte ich wahrscheinlich mit dem Kochen aufgehört. Also danke ich Gott jeden Tag dafür, dass sie so ein unglaublicher Sturkopf war und *Taste!* aus dem Boden gestampft hat. Sie war so mutig, sich aufzulehnen, und es war ihr egal, dass sie dabei Kopf und Kragen riskierte.«

Leonores flammender Blick, als sie in Birmingham verhaftet wurde, kam Nini in den Sinn, als sie Rich so bewundernd von ihrer Tante sprechen hörte. Und irgendwie hatte er ja auch recht. Leonore war nicht einfach nur für ihre Überzeugung auf die Straße gegangen, sondern war auch nicht eingeknickt, nachdem die Behörden sie kaltgestellt und zu einer Persona non grata erklärt hatten. Sie war stattdessen nach Mevagissey gezogen und hatte einfach dort weitergemacht, wo sie in Birmingham aufgehört hatte. Nein, nicht weitergemacht, sondern sogar noch eine Schippe draufgelegt, als wolle sie es jetzt erst recht allen beweisen.

Ein warmes Gefühl stieg in ihr auf. Leonore, die Unbeugsame. Gerade wünschte sich Nini mehr denn je, sie hätte noch Zeit mit ihrer Patentante verbringen können.

Mit angewidertem Blick klaubte Rich die Zucchini auf und warf sie zurück in den Korb.

»Sie hat also so eine Art … *Gemüse-Mafia* gegründet?«

Richs dröhnendes Lachen hallte laut von den weißen Kachelwänden des Kühlraums wider.

»Wenn du so willst. Nur dass Leonore natürlich weder Drogen noch Waffen vertickt oder gar jemanden um die Ecke gebracht hat. Sie hat sich als Widerstandskämpferin gesehen, sie wollte der Ernährungsdiktatur der Grünen Union etwas entgegensetzen. Denn Samen und Saatgut, hat sie immer gesagt, sind *die* Basis unserer Lebensmittelversorgung. Und wer das Saatgut hat, hat die Kontrolle. Darüber, was in unseren Supermarktregalen, auf unseren Tellern und in unseren Körpern landet. Tja, und wer bestimmt das aktuell? Denk mal drüber nach.«

Rich hob seinen Arm gerade so weit, dass der Hemdsärmel nach hinten rutschte und seinen Biosensor freigab. Nini fröstelte, sie zog ihr Shirt so weit wie möglich über ihre Finger.

Eine Weile standen sie schweigend nebeneinander und sahen zu, wie Arthur den geheimen Lagerraum wieder mit Regalen und Kisten verbarrikadierte. Ninis übermüdetes Gehirn hatte Schwierigkeiten, diese Menge an Informationen zu verarbeiten.

»Und ... und im Restaurant? Servierst du deinen Gästen diese«, mit einem Blick auf Arthur schluckte sie die Wörter *unsicher* und *illegal* in letzter Sekunde hinunter und sagte stattdessen, »diese alten Gemüsesorten, die es laut Gesetz eigentlich gar nicht mehr geben dürfte?«

»Klar, was denkst du denn? Das bin ich den Menschen doch schuldig, oder nicht? Ohne uns würden sie komplett verlernen und vergessen, was ordentlicher Geschmack ist und was dem Körper guttut. Machen wir einen kleinen Test: Wie schmeckt Salat?«

Nini sah verwirrt zu Arthur, der nun ein Blatt von einem der genormten Salatköpfe zupfte und ihr hinhielt. Zögernd nahm sie den Salatfetzen, steckte ihn in den Mund und kaute.

»Süßlich, knackig, vielleicht ein bisschen wässrig. Wie Salat eben.«

»Genau. Eisbergsalat. Geschmacksarm, unglaublich haltbar, so gut wie keine Nährstoffe. Und du glaubst, so schmeckt Salat?« Rich öffnete eine der Boxen, in denen er angeblich Wildkräuter aufbewahrte und fischte ein gezacktes, dunkelgrünes Blatt heraus. »Hier.«

Das war jetzt nicht sein Ernst! Nini presste die Lippen fest aufeinander. Andererseits wollte sie natürlich auch nicht als Feigling dastehen …

Widerwillig griff sie nach dem Blatt, roch daran und schob sich eine Ecke in den Mund. Biss zu. Kaute. Wartete. Kaute etwas mehr, zog die Luft ein.

»Das ist ja scharf. Und hat was von … Senf!«

»Genau. Denn so kann Salat auch schmecken. Oder bitter. Oder nussig. Er kann rot, bräunlich, hell- oder dunkelgrün sein. Über diese Vielfalt erzählen sie euch natürlich nichts. Ich verkaufe sie als Wildkräuter, aber in Wirklichkeit sind viele davon einfach nur alte Salatsorten.«

Das war zu viel. Nini musste laut losprusten.

Ausgerechnet David Hunter, Bezirksleitereiter des Ministeriums für Agrarsicherheit in Truro, hatte heute Abend eine ganze Menge verbotenen Kram gegessen, zig illegale Sorten einfach in sich hineingestopft. Wenn sie nur an seinen genießerischen Gesichtsausdruck dachte, als er die Erdbeeren verschlungen hatte. *Ihre* Erdbeeren.

Doch noch während Nini sich die Tränen aus den Augenwinkeln wischte, kämpfte sich ein Gedanke aus ihrem Unterbewusstsein nach oben: Was wusste dieser David Hunter wirklich?

Konnte jemand, der ein paar verdorrte Bohnen auf den ersten Blick identifizierte, tatsächlich *übersehen,* was Rich ihm da auftischte?

19

Nini drehte das Kuvert in ihren Händen. NINI_2. Leonore hatte wirklich eine schöne Handschrift gehabt.

Doch wo blieb das Herzstottern, das sie noch gestern beim Anblick des Briefs gequält hatte? Oder der Druck in der Magengegend?

Aber da war nichts. Diese ganze Unruhe war wie weggeblasen. Ein Lächeln huschte über Ninis Lippen.

»*Sie hat sich als Widerstandskämpferin gesehen …*«, hallte Richs sonore Stimme in ihrem Ohr. Zugegeben, das klang deutlich romantischer als Leonore McNamara, die Aufrührerin, oder Leonore McNamara, die Straftäterin. Was sie genau genommen gewesen war. Aber der gestrige Abend hatte etwas in Nini bewegt, hatte diese Angst, die sie verschnürt wie ein Paket in ihrem Innersten trug, ein Stück weit aufgelöst. War das eine Trotzreaktion auf die Hunter-Geschichte von gestern? Oder hatte es mehr mit jener tiefen Bewunderung, mit der Rich von ihrer Patentante gesprochen hatte, zu tun? Nini wusste es nicht, und am Ende war es auch egal.

Energisch fuhr sie mit ihrem Frühstücksmesser unter die Lasche und schnitt das Kuvert auf.

»Also gut, Leonore, lass mal sehen, was du dir dieses Mal hast einfallen lassen.«

Nini faltete das Blatt auseinander.

Egal ob sie schwimmen, fallen, fliegen
Alle Weisheit muss in ihnen liegen
Ob groß, ob klein, nur wenn dieses Wissen
in ihnen steckt
Werden sie von Erde, Wasser, Sonne
zum Leben erweckt.

Egal, ob sie schwimmen, fallen, fliegen? Wen meinte Leonore damit? Menschen vielleicht? Schließlich gab es unter den Menschen diese Überflieger, denen alles gelang, und die Schwimmer, die den Kopf tapfer über Wasser hielten. Tja, und dann eben auch noch die, die stolperten, strauchelten, fielen. Also ihre Kategorie. Zumindest, was die letzten Monate anging.

Nini faltete den Zettel mit dem Rätsel zusammen, schob ihn in die Tasche ihrer Jogginghose und stürzte den letzten Schluck Tee hinunter. Rätsel hin oder her – nach allem, was gestern passiert war, musste sie jetzt erst einmal zum Glashaus. Checken, was die neuen Informationen mit ihrem Alien-Gehirn machten, wenn sie am Tatort war. Sie fischte den Schlüssel aus der Obstschale und humpelte los.

Die Luft war nach dem Regen frisch und klar, alles schien heute noch grüner, noch leuchtender als die Tage zuvor. Nini lief barfuß durchs Gras und genoss das prickelnde Gefühl an den Füßen, obwohl ihr Knie immer noch puckerte. Arthur wollte sie heute Mittag mit dem Auto abholen und zu Debbie bringen, damit die einen sachkundigen Blick auf die Blessur werfen konnte. Er hatte Nini das Versprechen gestern abgenommen, als er sie nach Hause gebracht hatte. Nini hatte allerdings nur zugestimmt, weil sie sich eine Minute zuvor beinahe geküsst hätten. *Beinahe*. Wäre sie nicht genau in diesem Moment mit eben diesem Knie an die Mittelkonsole gestoßen. Sie hatte so laut aufgejault, dass Arthur abrupt einen Satz nach hinten gemacht und sich den Kopf an der Aufhängung des Sicherheitsgurtes angeschlagen hatte. Kurz gesagt: Das Ganze war eine einzige Peinlichkeit gewesen, und Nini hätte so ziemlich allem zugestimmt, nur um schnell aus dem Auto zu kommen.

Aber bis Mittag war noch Zeit, und bis dahin wollte sie weder über ihr Knie noch das Kuss-Fiasko nachdenken.

Nini spazierte an den Eichen vorbei, die ein dunkelgrünes Kleid aus Moos und Efeu trugen, und zu deren Füßen die im Gras funkelnden Wassertropfen an den gestrigen Regen erinnerten.

Die goldene Morgensonne verlieh dem Glashaus eine fast magische Aura. Wie ein Relikt aus einer anderen Zeit stand es da, geduckt zwischen Steinmauer und Hecke, umschmeichelt von einem Meer aus pinkfarbenem Fingerhut.

»Wow!«

In einem ersten Reflex wollte Nini ihr Smartphone zücken, um ein Foto für ihre Mädels in London zu schießen, entschied sich dann aber anders. War bestimmt nicht clever, von einem Gewächshaus, das es eigentlich so nicht geben durfte, Bilder zu machen und herumzuschicken.

Sie kramte den Schlüssel aus ihrer Hosentasche, sperrte auf und ging hinein. Mittlerweile fühlte sich das alles nicht mehr ganz so fremd und eigenartig an wie die ersten Male. Langsam humpelte Nini einen der grünen Gänge hinunter, nahm sich Zeit, alles in Ruhe zu betrachten. Die leuchtend-roten Knollen der Radieschen, das zartgefiederte Grün des Fenchels, die krausen Salatköpfe, die aussahen, als hätte jemand Häkelrüschen zu einem Knäuel zusammengedreht. Die Farben des Gemüses wirkten irgendwie satter, wahrer und auch, das musste sie zugeben, appetitlicher als die ihrer Supermarktkollegen.

Es zog sie zu den Erdbeeren. Auf den ersten Blick waren dort nur grüne, weiße oder bestenfalls zartrosa Früchte zu sehen.

Alles, was nur annähernd reif gewesen war, hatten wohl die Typen aus dem Ministerium verputzt. Nini ging in die Knie und bog ein paar Blätter zur Seite. Und da, direkt vor ihr, leuchtete eine einzelne, perfekte, rote Erdbeere. Für einen kurzen Moment schwebte ihre Hand in der Luft, dann zupfte sie die Frucht ab und schob sie in den Mund. Ein Kribbeln durchlief ihren Körper. Nini lauschte in sich hinein. Nichts. Kein Herzklopfen, keine feuchten Hände, keine Panik. Sie wühlte sich durch den grünen Blätterteppich zu ihren Füßen und fand noch eine. Ein unglaubliches Aroma breitete sich in ihrem Mund aus, aber das war es dann auch schon.

Hatte die Schmerztablette, die sie heute Nacht genommen hatte, vielleicht auch ihre Angst und ihre Bedenken betäubt?

Aber wäre das Zeug wirklich gefährlich, würde Rich es doch wohl kaum in seinem Restaurant servieren, oder?

Nach ihrer Mutprobe fühlte Nini sich fast ein wenig beschwipst. Sie stemmte sich hoch, wild entschlossen, endlich auch die andere Seite des Glashauses zu erkunden. Was es wohl in dem mit Plastikfolie abgetrennten Bereich zu sehen gab? Aber so weit kam sie gar nicht. Vor einem Hängeregal, das knapp über ihrem Kopf schwebte und aus dem sich Ranken mit hübschen gelben und orangefarbenen Blüten wanden, stoppte sie und steckte ihre Nase in einen der kleinen Kelche. Sie war so darin versunken, dass sie Arthur erst bemerkte, als die Tür ins Schloss fiel. Ihr Herz machte einen Hüpfer.

»Na, gefällt dir die Kapuzinerkresse?«

Warum tauchte Arthur so früh schon hier auf, sie waren doch erst für mittags verabredet? Und warum hatte er schon wieder diese steile Falte zwischen den Augenbrauen?

Hektisch versuchte Nini, zumindest so etwas Ähnliches wie Ordnung in das Vogelnest auf ihrem Kopf zu bringen. Doch als sie an sich heruntersah, auf ihre labbrige Jogginghose und ihre dreckigen Füße, gab sie den Versuch auf. Nicht einmal eine ordentliche Hochsteckfrisur und Brillantohrringe hätten dieses Outfit noch irgendwie herausreißen können.

Sie versuchte es stattdessen mit einem dekorativen Lächeln.

»Hi, was machst du denn schon hier?«

»Meinem Vater geht es heute nicht besonders. Er wollte lieber im Bett bleiben, als mit mir an die frische Luft zu gehen.«

Er schnaubte durch die Nase. Daher kam also der Ausdruck auf seinem Gesicht.

»Mal sehen, vielleicht fahre ich später mit ihm nach Truro in die Klinik.«

Nini ging auf, dass dieses Glashaus für Arthur nicht nur irgendein Arbeitsplatz, sondern auch so etwas wie eine Zuflucht war.

»Tut mir leid, das zu hören. Denkst du, es ist was Ernstes?«

Sein resigniertes Kopfschütteln sagte mehr als tausend Worte.

»Nein, ich glaube, er hat mal wieder zu tief ins Glas geschaut. Aber ich bin kein Arzt …«

»Was meint deine Mutter?«

»Die ist bei ihrer Frühschicht. Und sie hat auch so schon genug um die Ohren.« Er pflückte eine der orangefarbenen Blüten und steckte sie Nini hinters Ohr. »Und du? Was treibt dich denn schon so früh an diesen gefährlichen Ort?«

Was abrupte Themenwechsel anging, konnte man Nini nichts vormachen. Sie wusste genau, was jemand bezweckte, der ein Gespräch mit so einem kommunikativen Schulterwurf auf die Matte schickte. Schließlich hatte sie in den letzten Monaten selbst viel in Sachen verbale Kampfkunst trainiert. Also tat sie ihm den Gefallen und hörte auf, weiter nachzubohren. Stattdessen boxte sie ihn spielerisch mit der Faust auf den Oberarm.

»Hör gefälligst auf, dich über mich lustig zu machen.«

»Mach ich doch gar nicht, das ist mein voller Ernst.«

Zu ihrer Erleichterung stahl sich langsam wieder das typische Arthurgrinsen auf sein Gesicht.

»Na gut, dann bist du ja bereit für die nächste skandalöse Enthüllung.«

Nini stemmte die Hände in die Hüften und funkelte ihn an.

»Und die wäre?«

Er näherte sich ihr bis auf wenige Zentimeter und neigte den Kopf.

»Diese Blüte, die dir so außerordentlich gut steht, ist essbar«, sagte er leise. Vorsichtig pflückte er den Blumenkelch von ihrem Ohr und strich ihr damit zart über die Lippen.

Versau es bloß nicht wieder!

Verzweifelt versuchte sie, die fiese Stimme in ihrem Innern auszublenden.

Die Blüte glitt weiter, über ihre Wange, ihren Nasenrücken hinauf, zeichnete eine Augenbraue nach. Nini schloss die Augen. Schmetterlingsflügel, die über ihre Lider tanzten, ihren Kiefer liebkosten, den Hals streichelten. Ihr Atem wurde schneller, sie war bewegungsunfähig, gefangen in einem Chaos aus Gefühlen und Berührungen, aus dem sie Arthurs Lippen schließlich erlösten. Zart wie der Blütenkelch tanzte seine Zunge über ihre Lippen und Nini versank in diesem Kuss, auf den sie so lange gewartet hatte. Sie spürte seine Hände – an ihrem Hals, in ihrem Haar, am Rücken. Jede seiner Berührungen löste einen Funkenregen aus, der drohte, ihren Verstand in Brand zu setzen. Arthur zog sie noch enger an sich, fast, als wolle er sie mit seinem Körper einhüllen. Alles drehte sich, sie verlor jegliches Gefühl für Zeit und Raum. Nichts war mehr wichtig, außer diesem Kuss.

»Heilige Scheiße, man könnte meinen, ihr beide würdet euch gleich gegenseitig auffressen.«

Sie fuhren auseinander, als hätte ihnen jemand einen Kübel Eiswasser über die Köpfe gegossen. Ziemlich nah an der Tür, lässig mit verschränkten Armen, lehnte Maurice an einem der Regale und grinste.

»*Maurice!* Sag mal, hast du sie noch alle? Wie wär's mit anklopfen?«, fuhr Arthur ihn an.

Maurice veränderte seine Position keinen Millimeter, nur seine rechte Augenbraue wanderte nach oben.

»Klopfen? An ein Gewächshaus?« Er lachte spöttisch. »Ich glaube, jetzt hast *du* sie nicht mehr alle. Dir ist wohl gerade das Hirn in die Hose gerutscht.«

Arthur war mit ein paar Schritten bei seinem Freund, baute sich drohend vor ihm auf und knurrte regelrecht: »Sag das noch mal …«

So hatte Nini Arthur noch nie erlebt. Fehlte gerade noch, dass sich die Jungs hier drinnen prügelten.

»Hört sofort auf mit dem Mist! Alle beide! Was soll das denn?«

Maurice tat so, als würde ihn das alles nicht beeindrucken. Betont lässig steckte er die Hände in die Taschen seiner Arbeitshose und sah an Arthur vorbei zu Nini.

»Du scheinst ja wirklich das Beste in ihm zum Vorschein zu bringen.«

Nini sah, wie sich Arthurs Muskeln unter dem T-Shirt spannten. Rasch trat sie zu ihm, nahm seine Hand und drückte sie, als wolle sie ihn mit geheimen Morsezeichen beruhigen.

»Netter Versuch, Maurice, aber da musst du dir schon etwas Besseres einfallen lassen. Und jetzt würde ich gerne wissen, was du hier überhaupt suchst?« Nini sah ihm an, dass er die ganze Szene genoss. Was für ein schräger Typ. Er schien Reibung förmlich herbeizusehnen. Wie ein Junkie, der ständig auf der Jagd nach dem nächsten Schuss war, provozierte er Menschen, um seine Dosis zu bekommen. Derzeit schien sie sein liebstes Ziel zu sein.

»*Suchen?* Ah, gutes Stichwort. Ich habe *dich* gesucht, Mann.« Sein Blick heftete sich auf Arthur, der immer noch wie versteinert neben Nini stand.

»Deine kleine Schwester konnte dich übers Smartphone nicht erreichen. Liegt übrigens in deinem Auto, falls du es suchst. Also hat sie mich angerufen und gefragt, wo du bist. Und ich hatte da so eine vage Ahnung …«

Maurice schnippte den Deckel von einer Kiste, die neben ihm im Regal stand. Mit zwei Fingern fischte er ein Plastiktütchen heraus, schüttelte es und betrachtete den Inhalt, als hätte er noch nie etwas Interessanteres gesehen. Bohnen. Die hier sahen zwar völlig anders aus als jene an ihrem Armband, aber Nini war sich trotzdem ziemlich sicher. Leonore bewahrte in diesen Kisten offensichtlich all ihre Samen auf.

Zack, einfach so, in diesem völlig unpassenden Moment, spuckte ihr Gehirn die Lösung zu Leonores Rätsel aus.

Um ein Haar hätte Nini laut aufgelacht. *Samen.* Natürlich.

»Und was wollte sie?«

Arthurs Frage riss sie aus ihren Gedanken. Die Anspannung war aus seinem Körper verschwunden, und so, wie die beiden dastanden, hätte man sie jetzt wieder einfach für Freunde halten können, die miteinander quatschten.

»Weiß nicht, sie meinte nur, dein Vater bräuchte dich. Und nein, du musst jetzt nicht vor Dankbarkeit vor mir auf die Knie gehen. Für meinen besten Buddy mache ich so was natürlich gerne.« In Maurices Augen tobte ein Sturm, der ganze Städte hätte auslöschen können. Und dieser Blick galt nun ihr. »So, und jetzt entschuldigt mich bitte, ich muss in die Werkstatt.«

Mit einer lässigen Handbewegung schleuderte er das Samentütchen zurück in die Box, drehte sich um und ging ohne ein weiteres Wort. *Verglichen mit Arthur,* dachte Nini, *ist er wirklich nur eine halbe Portion, aber mit seiner großen Klappe kann er vermutlich einen T-Rex zu Tode quatschen.*

»Danke!«, rief Arthur ihm betreten hinterher, aber Maurice machte sich nicht die Mühe, sich noch einmal umzudrehen. Er hob nur die Hand und verschwand durch die Tür.

»Hey, jetzt lass dir bloß kein schlechtes Gewissen von dem einreden. Er hätte sich wirklich bemerkbar machen können, statt nur rumzustehen wie ein perverser Spanner.«

Arthur ging zum Regal, um den Deckel wieder auf die Kiste mit den Samen zu drücken. Seine Bewegungen wirkten seltsam eckig.

Nini spürte einen leichten Stich in ihrem Herzen. Das mit dem *perversen Spanner* hätte sie sich wohl besser sparen sollen.

»Der beruhigt sich schon wieder«, schob sie begütigend hinterher.

»Trotzdem. Ich habe mich wie ein totaler Vollidiot benommen. Dabei ...« Er brach ab und schüttelte ungläubig den Kopf.

Nini hatte dem nichts hinzuzufügen. Sie erinnerte sich an einen Streit, den sie mit Tilda gehabt hatte, als diese ungefähr vierzehn und bis über beide Ohren in Jody, den Leadsänger von *Unicorn*, verknallt war. Nini hatte sein Hologramm an der Wand einfach nicht mehr ertragen können und Tilda irgendwann gefragt, warum sie so einen bescheuerten Typen anhimmelte, der weit weg und außerdem vergeben sei.

Er hat keine Freundin.

Hat er doch!

Du lügst! Hat er nicht!

Nini hatte ihr dann einen brandaktuellen Schnappschuss unter die Nase gehalten, der Jody eng umschlungen mit seiner neuen Flamme zeigte und ihr mit triumphierendem Grinsen ein: »Hat er *doch*!«, dazu serviert. Tilda hatte nur die Lippen zusammengepresst und mit feuchten Augen auf das Foto in Ninis Smartphone gestarrt.

Drei Minuten lang war Nini nichts wichtiger gewesen, als in einer völlig unwichtigen Sache recht zu bekommen und ungefähr drei Tage lang hatte sie sich dafür geschämt, ihrer Schwester so wehgetan zu haben. Bescheuert.

»Kommst du mit zum Auto? Ich muss kurz meine Schwester anrufen und rausfinden, was zu Hause los ist.« Arthur klang niedergeschlagen und Nini versuchte ihn aufzuheitern.

»Na klar, wenn du mich vorher noch kurz aufklärst, was sich im hinteren Teil des Gewächshauses versteckt. Dem mit der Folie. Deswegen bin ich eigentlich hierhergekommen.«

Arthurs Augenbrauen wanderten nach oben.

»Ach! Seit wann interessierst *du* dich denn dafür, was wir hier drinnen alles so treiben?« Auch wenn er überrascht tat – Nini konnte ihm anhören, dass er sich über die Frage freute. »Wir nutzen den abgetrennten Bereich zur Samengewinnung. Die Folie – sie überlappt am Durchgang, damit sie auch wirklich dicht ist – soll dafür sorgen, dass keine unerwünschten Pollen nach drinnen gelangen und es zu Verkreuzungen kommt, die wir auf keinen Fall …«

Nini hob abwehrend die Hand und lachte.

»Ich glaube, ich hab das Prinzip verstanden.«

Hatte sie natürlich nicht, aber wenigstens hatte die Frage ein kleines Lächeln auf Arthurs Gesicht gezaubert.

20

Wie sich herausstellte, konnte sich Arthurs Vater nicht mehr daran erinnern, ob er seine Tabletten eingenommen hatte, und seine kleine Schwester war unsicher gewesen, welche der vielen Röhrchen und Schachteln morgens fällig waren. Geduldig erklärte ihr Arthur, was zu tun war. Nini hockte auf der Stufe vor ihrer Haustür und beobachtete ihn, wie er an seinem Auto lehnte und telefonierte. Der angespannte Zug um seine Lippen war nicht zu übersehen, und ihr wurde klar, was Leonore mit er sei »vielleicht ein wenig zu ernsthaft für sein Alter« gemeint hatte.

Nini konnte sich nur zu gut in Arthur hineinversetzen. Die Sorge um ihre Mutter hatte ständig an ihr gezerrt und sie völlig ausgelaugt. Erst hier, in Foxglove Cottage und mit etwas Abstand, bekam sie wieder Luft zum Atmen. Als ihr die Tragweite dieses Gedankens bewusst wurde, schloss sie für einen kurzen Moment die Augen. Sie würde ihre Mutter heute Abend anrufen.

»Diese verdammte Trinkerei«, murmelte Arthur halblaut. Die Information war nicht für Nini bestimmt, also tat sie so, als hätte sie etwas Spannendes im Kies vor ihren Füßen entdeckt.

»Was hast du jetzt vor?«

Arthur zuckte mit den Schultern.

»Sie werden schon zurechtkommen. So komplex ist es nun auch wieder nicht, eine Tablette aus dem Röhrchen zu schütteln und ihm mit einem Glas Wasser vor die Nase zu stellen.«

Nini wollte nicht, dass Arthur ging. Nicht jetzt, nicht so, und in ihrem Kopf kristallisierte sich eine Idee heraus, wie sie das möglicherweise verhindern konnte.

»Dann kannst du ja vielleicht mir helfen?« Wie ein Scharfschütze zielte sie mit ihrer Bitte auf das Areal in seinem Gehirn, das für den Fürsorge-Instinkt verantwortlich war.

»Klar. Worum geht's?«

Treffer. Versenkt. Jetzt die Sache nur noch glaubhaft verkaufen.

»Ach, ich muss Leonores bescheuertes Rätsel lösen, damit ich mir den zweiten Clip ansehen kann. Aber irgendwie komme ich da einfach nicht weiter.«

Nini fischte den Zettel aus ihrer Hosentasche und gab ihn Arthur, der sich neben sie auf die Stufe setzte und las. Seine Lippen bewegten sich dabei leicht, und Nini musste sich beherrschen, ihn nicht anzustarren. Wie gerne hätte sie mit ihren Fingern den sanften Bogen seines Mundes nachgezeichnet. Aber dass er hier bei ihr saß, war mehr, als sie nach dem unerfreulichen Zwischenfall mit Maurice zu hoffen gewagt hatte. Er saß so nah bei ihr, dass sie die Wärme seines Körpers durch den Stoff ihrer Jogginghose spüren konnte.

»Easy. Und du bist sicher, dass du das Rätsel ohne mich nicht lösen kannst?« Er sah sie von der Seite an, in seinen Augen blitzte der Schalk. *Mist*, er hatte sie durchschaut, aber das würde sie ihm nicht einmal unter Androhung von Prügel auf die Nase binden.

»Du kanntest Leonore besser als ich. Schätze, das macht es leichter, ihre komischen Rätsel zu lösen.«

»Ja, schon klar …« Ihm war anzusehen, dass er ihr kein Wort glaubte, trotzdem spielte er mit.

»Also, Mister Superschlau, was ist denn dann deiner Meinung nach die Lösung?«

Arthur stand auf und zog sie mit einer Hand von der Stufe hoch.

»Samen. Sie verbreiten sich auf vielerlei Arten, jeder einzelne birgt den Bauplan einer ganzen Pflanze, und es braucht Erde, Wasser und Licht, um sie zum Keimen zu bringen. Nichts anderes sagt Leonore in den paar Zeilen, sie hat es einfach etwas poetischer formuliert als ich. Aber ich verstehe, dass du dich als City-Girl mit so etwas schwertust.«

Er grinste und Ninis Herz machte einen kleinen Hüpfer. Das, was da eben im Glashaus passiert war, hatte vielleicht doch nur einen kleinen Kratzer hinterlassen im Lack ihrer, ja, was eigentlich? Beziehung? Ihr Gehirn weigerte sich standhaft, das Wort in Zusammenhang mit Arthur auch nur zu denken. Freundschaft? Dazu wiederum war der Kuss zu intensiv gewesen. Nini beschloss, sich über die Schublade, in die sich das, was immer das mit Arthur war, stecken ließe, später Gedanken zu machen.

»Ganz schön große Klappe dafür, dass wir noch gar nicht wissen, ob du recht hast.«

Zehn Minuten später saßen sie nebeneinander an das stoffbezogene Kopfteil von Leonores Bett gelehnt – Nini mit einem Eisbeutel auf dem Knie, Arthur mit dem antiquierten Rechner ihrer Patentante. Jeder ein Kissen hinter den Rücken gestopft, zwischen sich ein Tablett, auf dem zwei Tassen Tee und ein Teller mit Keksen standen. Wäre es nach Nini gegangen, sie hätte gern darauf verzichtet und sich einfach nur an Arthur gekuschelt, die Augen zugemacht und seinen Duft eingeatmet. Zum allerersten Mal, seit Tilda tot und ihr Leben so aus dem Ruder gelaufen war, spürte sie wieder so etwas wie Geborgenheit. Gäbe es eine Technologie auf dem Markt, mit der man solche Momente einfangen und aufbewahren könnte, Nini wäre bereit gewesen, alles dafür zu bezahlen. So würde ihr nur die Erinnerung daran bleiben, und sie schwor sich, diesen Augenblick nie zu vergessen.

»Mann, das kann doch nicht sein! Samen passt nicht«, fluchte Arthur, während er den Rand von seinem Keks abknabberte.

»Ja, ganz so leicht macht Leonore es einem dann auch wieder nicht. Versuch es mal mit einem anderen Wort für Samen.«

Der Keks verschwand in seinem Mund und er tippte mit beiden Zeigefingern wie besessen auf die Oberfläche des Bildschirms ein. Nini meinte aus seinem Gemurmel so etwas wie *Spracherkennung* herauszuhören.

»Ist eben ein Uraltteil. Aber Spracherkennung würde dir bei deinem vollen Mund jetzt auch nichts nutzen«, grinste sie.

Arthur spülte die letzten Krümel mit einem Schluck Tee hinunter.

»Ich hab' es jetzt mit *Samen, Pflanzensamen, Saatgut* und *Sämerei* versucht. Nichts.«

»Vielleicht musst du es *poetischer* formulieren?«

»Ah, Mylady Megaschlau! Wie könnte denn deiner Meinung nach so ein *poetisches* Passwort lauten?«

Nini drehte eine Haarsträhne um ihren Zeigefinger und tat, als würde sie angestrengt nachdenken. In Wirklichkeit hatte sie schon längst Synonyme zu Samen gegoogelt – während Arthur Tee gemacht hatte. Man konnte ja nie wissen, und schließlich war Vorbereitung das halbe Leben. Ein Spruch, der eigentlich typisch für Leonore gewesen wäre, aber in diesem Fall von ihrem Vater stammte.

Sie schnippte mit den Fingern.

»Wie wäre es mit … *Samenkorn?*«

»Samenkorn? Wirklich? Wie enttäuschend. Ehrlich gesagt, hatte ich da ein wenig mehr von dir erwartet. So was wie *Wiege des Lebens* oder so …«

»Quatsch nicht, tipp es ein.«

Arthur deutete eine kleine Verbeugung an.

»Ganz wie die Dame wünscht!«

Noch bevor sie etwas erwidern konnte, tauchte Leonores Gesicht auf dem Bildschirm auf.

21

»Bist du sicher, dass du mich dabeihaben willst?« Arthurs Blick war so ernst und die Falte zwischen seinen Augenbrauen so tief, als hätte sie ihn gefragt, ob er sie zu einem Begräbnis begleiten wollte.

»Bist *du* sicher, dass *du* dabei sein willst?«

Das kurze Zucken um seinen Mundwinkel genügte Nini. Ihre Intuition hatte sie nicht getäuscht. Arthur hatte tatsächlich Respekt davor, der virtuellen Leonore und damit auch seinem Schmerz über ihr Nicht-mehr-Dasein zu begegnen.

»Sei nicht albern. Natürlich will ich den Clip sehen. Vielleicht sagt Leonore ja etwas Schmeichelhaftes über mich.«

Gut pariert, aber seine Koketterie konnte nicht darüber hinwegtäuschen, dass ihm unwohl war. Nini knuffte das Kissen in ihrem Rücken zurecht und machte es sich bequem.

»Ehrlich gesagt, halte ich das für relativ unwahrscheinlich. Aber die Hoffnung stirbt zuletzt. Und jetzt starte endlich den Clip.«

Leonore saß wie schon beim letzten Mal in ihrem Sessel

und strahlte sie an wie eine Nachrichtensprecherin, die den langersehnten Frieden auf Erden verkünden darf. Allerdings fürchtete Nini, dass es in diesem Clip so ziemlich um das Gegenteil gehen würde. Ihr Hals fühlte sich auf einmal rau an, und sie musste ein paar Mal schlucken, um das Kratzen wieder loszuwerden.

»Hallo Nini! Du hast dich also entschlossen, weiterzumachen. Wenn ich ehrlich bin – ich hatte von dir auch nichts anderes erwartet.«

Leonores Stimme, die da aus dem Lautsprecher tönte, erzeugte bei jedem von ihnen eine andere Reaktion. Während sich bei ihr jedes einzelne Härchen auf den Unterarmen aufrichtete, saß Arthur plötzlich so steif im Bett, als habe er einen Rechen verschluckt.

»Ich bedauere es wirklich außerordentlich, dass ich nicht mit dir persönlich sprechen kann. Denn ich muss gestehen, dass ich beinahe platze vor Neugierde zu erfahren, was du erlebt und wen du getroffen hast. Und vor allem, was du mittlerweile weißt ... Nun ja, das wird für mich wohl für alle Ewigkeit ein Geheimnis bleiben.«
Leonore zog die Augenbrauen nach oben und machte eine bedeutungsvolle Pause.

Für alle Ewigkeit ...

Nini wusste nicht, ob sie lachen oder weinen sollte. Leonore und ihr seltsamer Humor.

Arthur sog die Luft durch die Zähne und stoppte den Clip. Seine Augen klebten förmlich am eingefrorenen Antlitz ihrer Patentante, sein Adamsapfel hüpfte auf und ab.

Nini nahm das Tablett mit den Tassen, stellte es auf den Boden und rutschte so nah an Arthur heran, dass sich ihre Arme berührten. Gut, dass sie ihn zum Bleiben überredet hatte. Zu zweit würde sich das alles deutlich besser ertragen lassen. Sie tippte auf den Bildschirm.

»Ich mache es kurz, weil ich fürchte, dass ich nicht mehr so viel Kraft habe, wie ich mir wünsche.
Du erinnerst dich sicher noch, dass ich in der letzten Aufzeichnung gesagt habe: ›Ich bin nicht die, für die du mich hältst.‹
Aber ich möchte, dass du erfährst, wer *ich bin: Mein Name ist Dr. Barbara Millican, Dozentin für Pflanzenphysiologie an der Universität in Birmingham. Zumindest war ich das eine ganze Weile.«*

Ninis Blick ging hinüber zu Arthur. Sie stutzte. Was sie da in seinen Augen las, war … *Überraschung.*

Arthur hatte es auch nicht gewusst. Leonore hatte ihm also doch nicht alles erzählt. Für einen kurzen Augenblick wallte so etwas wie Genugtuung in ihr auf. Ein kleinliches Gefühl, für das sie sich schon eine Millisekunde später zutiefst schämte.

»Leonore McNamara war der Mädchenname meiner

Mutter. Ich habe ihn angenommen, nachdem die Regierung mir das Leben nach meiner Verhaftung ziemlich schwer gemacht hatte. Ich wollte damals abtauchen, ein neues Leben beginnen, Ruhe haben.«

In ein paar Sätzen fasste Leonore – und die würde sie für Nini immer bleiben – zusammen, was diese bereits von Debbie und Rich über die Zeit in Birmingham und danach erfahren hatte.

»Wahrscheinlich hältst du mich jetzt für eine ziemlich durchgeknallte Alte. Nimmt einen neuen Namen an, zieht aufs Land und macht dann doch wieder weiter mit ihrem Aufstand. Tja, vielleicht hast du damit ja sogar recht, und du wärst auch nicht die Erste, die so was denkt, aber weißt du, was, Nini? Ich konnte einfach nicht anders! Ich konnte einfach nicht dabei zusehen, wie uns die Regierung die Kontrolle über unsere Ernährung, über eine der Grundlagen unseres Lebens, entreißt! Worauf die meisten Menschen in unseren Breitengraden übrigens leichtsinnig wenig Gedanken verschwenden. Warum auch? Es gibt ja noch fast alles in den Supermarktregalen. Diese Form von Kurzsichtigkeit … lässt sich leider nicht so einfach mit einer Brille beheben.«

Da war er wieder, dieser flammende Leonore-Blick, begleitet von einem kurzen Lacher. Nini musste an Jeanne d'Arc und wehrhafte Amazonen denken. Fasziniert starrte sie auf den Bildschirm. Könnte sie doch nur hineinschlüpfen, nur noch einmal für ein paar Minuten neben ihrer Patentante am Boden sitzen und mit ihr reden …

Leonore, die Unbeugsame. Mit einem Lächeln blinzelte Nini die Tränen weg. Arthur schob seine Hand über die Tagesdecke und verschränkte seine Finger mit den ihren. Als Nini sein Gesicht betrachtete, das jetzt weich und verletzlich wirkte, war sie nicht sicher, ob er diese Nähe nicht mindestens genauso brauchte wie sie.

»Angefangen hatte es damals mit den Bauern. Sie mussten plötzlich alle Saatgut- und Samen-Bestände an zentralen Sammelstellen abgeben und wurden genötigt, nur noch sicheres *Saatgut anzubauen. Nur zu deinem Verständnis:* Sicher *bedeutete, von den beiden Saatgutherstellern, mit denen unsere Regierung zusammenarbeitete. Wie diese Kollaboration zustande kam? Na, wenn der Forschungsleiter eines Saatgutherstellers kurz vor seiner Pensionierung ins Agrarministerium wechselt oder jemand von der Zulassungsbehörde plötzlich in dieser Firma im Aufsichtsrat sitzt, sollte man über derartige Entwicklungen wahrscheinlich nicht überrascht sein.*
Vorgeschoben wurden der Klimawandel und Pflanzenseuchen, die in den Jahren zuvor immer wieder Ernten bedroht hatten, und natürlich wurde auch das Thema Ernährungssicherheit ins Feld geführt. So hat unsere Regierung mit ein paar Dekreten die gesamte Landwirtschaft in die Abhängigkeit von zwei Konzernen getrieben, die gemeinsam in ihren Laboren und auf den Ver-

suchsäckern daran arbeiteten, die Weltmärkte unter sich aufzuteilen. Und so ganz nebenbei sicherten sie sich so auch noch die Patente für fast alles, was auf Feldern wächst. Etwas, das eigentlich allen Menschen zusteht, gehörte *nun diesen Firmen. Das waren die Anfänge der Grünen Union, und Peter Heyman, der Vorgänger des ehrenwerten Frank Darwin, setzte sich damals als Retter in der Not effektvoll in Szene. Der neue starke Mann …*

Tja, und noch bevor irgendjemand es so richtig kapiert hatte, haben sie unsere Bauern zu Lizenznehmern gemacht, und ihnen dazu gleich die zugehörige Agrar-Technologie aufs Auge gedrückt. Pestizide, Dünger, Roboter & Co., alles schön praktisch und remote zu kontrollieren. Adieu und auf Wiedersehen Vielfalt, Freiheit und Selbstbestimmung.«

Leonore schnaubte, eine kleine Ader an ihrer rechten Schläfe pulsierte wütend.

Arthur knurrte.

Nini hielt den Clip an und musterte ihn besorgt.

»Alles okay mit dir?«

Die Falte zwischen seinen Augenbrauen war wieder da, tief eingegraben.

»Ja, alles okay. Ich werde nur jedes Mal wütend, wenn ich *sicheres Saatgut* höre. Das ist so, als wolle man ein Übel mit einem anderen austreiben. Nicht die Pilze, Viren oder Bakterien sind unser eigentliches Problem, sondern der brutale Aufbau von Monokulturen mit diesen künstlich erschaffenen Sorten. Diese Ausbeutung der Erde macht es schädlichen Organismen nämlich einfacher.«

Arthur hatte sich fast so in Rage geredet wie Leonore. Nini bekam eine gute Vorstellung davon, was abgelaufen sein musste, wenn sich die beiden beim Arbeiten im Gewächshaus getroffen hatten. Sie selbst war im Moment eher überfordert und verwirrt, sie verstand die Welt nicht mehr. Das, was sie hier zu hören bekam, klang so völlig anders als alles, was sie bisher über die Grüne Union, Ernährung und Landwirtschaft gelernt hatte …

»Tja, und schon bald waren ihnen die Vereinnahmung der professionellen Anbauer, also der Bauern, nicht mehr genug. Denn wenn jemand liebevoll alte Sorten hortete, die noch Geschmack hatten und auch im Stande waren, sich der ständig verändernden Umwelt anzupassen, dann waren es Menschen, die selbst gärtnerten. Diesen Teil vom Kuchen wollten sich die Konzerne aber natürlich nicht nehmen lassen. Zudem war es ihnen ein Dorn im Auge, dass diese alten Sorten jeder selbst nachziehen konnte, was mit Pflanzen aus Industriesamen unmöglich ist. Die sind entweder steril oder ihre Nachkommen so schwächlich, dass sie kaum Ertrag abgeben, sodass man jedes Jahr neue Samen kaufen muss. Cleveres Geschäftsmodell, oder?«

Täuschte Nini sich, oder waren die Schatten unter Leonores Augen im Laufe der Aufzeichnung dunkler geworden? Überhaupt wirkte sie angestrengt, sie brauchte eine Pause, sollte sich schonen. Aber so sehr sich Nini das auch wünschte, sie konnte nicht in die Vergangenheit reisen und es Leonore ins Ohr flüstern.

»Und wie haben sie das damals der Bevölkerung verkauft? Ganz einfach, durch Furcht! Furcht funktioniert immer, Nini. Die Unerlässlichkeit von Ernährungssicherheit angesichts der Überbevölkerung als Glaubenssatz hatten sie den Leuten ja schon in der ersten Phase ins Gehirn gehämmert, aber für die Gärtner ließen sie sich noch etwas Neues einfallen.
Alte Sorten … seien nämlich gefährlich …!
Wissenschaftliche Studien – allesamt von der Grünen Union durchgeführt – hätten bestätigt, dass sie für uns Menschen schlechter verträglich, ja, mitunter sogar giftig seien! Die Samen müssten deshalb aus Sicherheitsgründen abgegeben werden. Jede Weigerung wurde mit drakonischen Strafen belegt. Auch die lautstarken Proteste der vielen Interessensgruppen – und davon gab es damals noch einige – haben das nicht verhindern können.
Als Entschädigung enthielt jeder ein paar Tütchen sichere Samen *für genormtes Gemüse. Das nahmen die meisten gerne an. Wer allerdings weiter in seinem Garten Gemüse haben wollte, musste diese Samen von da an jedes Jahr neu kaufen. Was anderes war nicht mehr erlaubt und gab es auch nicht mehr.*
Tadá – da ist sie, die totale Ernährungsdiktatur.
Die Grüne Union bestimmt, was angebaut wird und da-

mit, was auf unserem Teller und anschließend in unserem Magen landet.«

Leonore schloss die Augen und machte eine Pause. Schweiß glänzte auf ihrer Stirn.

»Sie sieht schlecht aus«, murmelte Nini und spürte, wie Arthur sie noch fester an sich zog. Ihr war klar, wie unsinnig es war, sich Sorgen um jemanden zu machen, der tot war, aber es half nichts – Leonores Zustand schnitt ihr tief ins Herz. Ninis Brustkorb fühlte sich an, als würde er in einer Eisenzwinge stecken, sogar das Atmen fiel ihr schwer.

»Das muss in den letzten Wochen gewesen sein. Da war sie bereits sehr schwach …«

Das leichte Zittern in seiner Stimme verriet Nini, dass Leonores Zustand auch an Arthur nicht spurlos vorbeiging. Sie so zu sehen, Nini korrigierte sich, sie *noch einmal* so zu sehen, forderte auch ihm einiges ab.

War sie zu egoistisch gewesen? Hätte sie ihn besser nicht fragen und das hier alleine durchstehen sollen?

Jemand, vermutlich Debbie, musste Leonore angesprochen haben, denn diese öffnete die Augen und nickte in Richtung der Kamera, straffte ihre Schultern und sprach weiter.

»Das stimmt natürlich nur bedingt, weil wir natürlich längst ahnten, was die Regierung vorhatte – auch dank dieses Whistleblowers, der ihre Pläne durchsickern ließ. Also haben wir unsere Strategie geändert. Statt weiter auf die Straße zu gehen und zu demonstrieren, haben

wir, bevor die neuen Gesetze in Kraft traten, wie die Hamster alte Samen- und Saatgutbestände gekauft, gesammelt oder erbettelt. Wir wollten wenigstens einen Teil davon vor dem Verschwinden retten. Und weißt du, was, Nini? Ich bin unsäglich glücklich, dass es uns gelungen ist. Vielleicht hast du, habt ihr, jetzt wenigstens den Hauch einer Chance, die Zukunft damit besser zu gestalten.«

Ein kleines, stolzes Strahlen huschte über Leonores Gesicht.

»Mehr schaffe ich heute nicht mehr, kleine Miss Morrison. Bei unserem nächsten virtuellen Treffen erzähle ich dir dann, warum die genetische Vielfalt eine der wesentlichen Grundlagen der Stabilität des Ökosystems der Äcker und damit wahrer Ernährungssicherheit ist. Und was das alles mit den Nashörnern zu tun hat …«

Noch lange nachdem Leonores Gesicht auf dem Bildschirm wieder eingefroren war, saßen sie Arm in Arm auf dem Bett. Keiner von ihnen sprach, keiner wollte den anderen in seinen Erinnerungen stören.

»Wow, da hat unsere Frau Professor aber noch einen rausgehauen. *Stabilität des Ökosystems der Äcker* … Da kriege ich ja schon beim Aussprechen einen Zungenkrampf.«

Arthur legte das Tablet weg und setzte sich im Schneidersitz vor Nini. Sein Gewicht ließ eine tiefe Kuhle in der durchgelegenen Matratze entstehen, in der sich Nini am liebsten wie eine Katze zusammengerollt hätte.

»Ich bin total erschlagen von diesem Clip. Will mir gar nicht vorstellen, wie Leonores Vorlesungen damals an der Uni so waren. Aber ihre Studenten müssen sie gemocht haben, sonst wären sie ja wohl kaum mit ihr auf die Straße demonstrieren gegangen, oder?«

Arthur lächelte und strich ihr mit dem Handrücken über die Wange – so sanft und zart wie ein Schmetterlingsflügel und trotzdem so elektrisierend, dass jeder Quadratmillimeter Haut, den er berührte, einen vibrierenden Impuls durch ihren Körper schickte. Sie schloss die Augen.

»Nini?«

»Hm?«

Sie hob widerwillig die Lider, als er nicht weitersprach. Arthurs Gesichtsausdruck hatte sich mit einem Mal komplett verändert. Um seinen Mund lag ein angespannter Zug, seine sonst haselnussbraunen Augen wirkten dunkel. Ihr Herz machte einen ängstlichen, kleinen Satz. War das der berühmte Moment, in dem er ihr beichten würde, dass er eine Freundin hatte?

Sie atmete tief ein und sah ihm in die Augen.

»Raus mit der Sprache, was ist los?«

Arthur senkte den Blick und starrte auf die Tagesdecke, als wolle er dort die eingestickten Blumen zählen.

»Hast du schon entschieden, was du mit dem Gewächshaus machen willst?«

Fast hätte sie losgelacht. *Das Gewächshaus.* Natürlich. Wie hatte sie nur auf die Idee kommen können, er würde über etwas anderes mit ihr sprechen wollen. Für ihn war es weit mehr als nur ein geheimer Ort, an dem man verbotenes Gemüse anbaute. Für Arthur war es ein Kristallpalast – Heimat, Zuflucht und Zukunft in einem. Trotzdem, er hatte mit dieser Frage einen Punkt berührt, den sie bisher sorgsam umschifft hatte.

Jetzt war sie es, die den gestickten Blumen mehr Aufmerksamkeit widmete als nötig. In ihrem Kopf herrschte plötzlich eine gespenstische Leere. Sie zuckte mit den Schultern.

»Ich weiß es nicht. Wirklich nicht. Es ist so viel passiert in den letzten Tagen, statt Antworten habe ich Fragen gefunden, statt Klarheit ist da nichts als dichter Nebel …«

Und das war die Wahrheit. Alles schien plötzlich verschwommen, unscharf, wie ein altes Foto, für das jemand das falsche Objektiv verwendet hatte.

22

Selbst wenn Nini nicht gewusst hätte, wessen Wohnung sie gerade betrat, sie hätte es trotzdem erraten. Debbies Zuhause war auf bizarre Art die Fortsetzung des *One-Stop-Shops*. In der Garderobe stapelten sich in einem raumhohen Regal Schuhe, von denen Nini annahm, dass Debbie sie nie trug. Sie hatte schließlich die smaragdgrünen Stiefel. Daneben befand sich ein offener Schrank, der mehr Mäntel und Jacken beherbergte, als eigentlich möglich, denn ein physikalisches Gesetz besagt, wo sich ein Körper befindet, kann unmöglich gleichzeitig ein zweiter sein. Debbie bewies, dass die Wissenschaft auch nicht alles wusste.

Genau wie Leonore besaß auch sie noch echte Bücher, aber nur ein Bruchteil befand sich in Regalen, die meisten waren auf dem Wohnzimmerboden zu unterschiedlich hohen Stapeln aufgetürmt – neben dem Schreibtisch, dem Sofa, unter dem Sideboard.

Debbies Küche war großzügig und vermittelte den Eindruck, als würden hier mindestens fünf Zuckerbäcker ihrem Tagwerk nachgehen. Mehltüten, Gläser mit getrockneten Beeren, Nüssen, ganz und gemahlen, Glasstürze, Kuchenformen, Papierförmchen und ein kleines Regal voller geheimnisvoller Gewürze und Aromen, von denen Nini noch nie etwas gehört, geschweige denn sie gekostet hatte. Es roch wie im Himmel.

»Na, dann wollen wir uns dein Knie mal ansehen, Liebes.«

Debbie öffnete eine Tür und machte eine einladende Handbewegung. Angrenzend an die Küche hätte Nini eigentlich so etwas wie eine Vorratskammer erwartet – ein Konzept, das sie erst im Foxglove Cottage kennengelernt hatte. Niemand in London würde so viel Raum nur für die Lagerung von Essen opfern. Aber hinter der Tür befand sich stattdessen so etwas wie ein winziges Behandlungszimmer. Eine Liege an der Wand, ein Drehhocker davor, ein Mini-Kühlschrank und ein abschließbarer Schrank. Übersichtlich, aufgeräumt, sauber. Das alles hier war so weit weg von der modernen Medizin mit ihren MediBots und Pflegerobotern wie die Erde von Alpha Centauri.

Nini starrte auf die Liege, das Kreppapier darauf, das ihr weiß entgegenleuchtete. Ein unscharfes Bild tauchte plötzlich am Rande ihres Bewusstseins auf. Als ihr Verstand versuchte, danach zu greifen, zuckte die Erinnerung sofort zurück wie ein scheues Tier. Was war das, was da gerade versucht hatte, ihre Aufmerksamkeit zu wecken? Wie ein ferner Klang, den sie schon einmal gehört hatte, aber nicht einsortieren konnte.

»Unter dem Glassturz sind noch ein paar Zimtschnecken – nimm dir eine, wenn du möchtest. Dauert bestimmt nicht lange«, hörte sie Debbie zu Arthur sagen, bevor sie die Tür vor seiner Nase schloss.

»Setz dich«, forderte sie Nini auf und ließ sich selbst auf dem Hocker nieder. Sie waren jetzt fast auf Augenhöhe und Nini bewunderte ihr kurzes, drahtiges Haar. Es erinnerte sie an das Fell eines Terriers. Sofort hüpften ihre Gedanken weiter zu dem bissigen Maurice. Wie wohl nach dieser Sache im Glashaus heute Morgen die nächste Begegnung zwischen den beiden Jungs verlaufen würde?

Für einen kurzen Moment schloss Nini ihre Augen. Verdammt, ihr Alien-Gehirn war heute wieder einmal in Hochform, sprang wie ein durchgeknallter Affe von Thema zu Thema.

»Wie geht's dir, Liebes?«

Debbies mitfühlende Stimme holte sie zurück in die kleine Kammer. Artig wie eine Grundschülerin lächelte sie, zog den Saum ihres Rocks ein Stück höher und präsentierte ihr Knie.

»Ganz okay, ich glaube, es ist nichts wirklich Schlimmes.«

Der Faltenkranz um Debbies Augen erstrahlte.

»Das meinte ich nicht …«

»Na ja, Dr. Clarke, wie es einem eben geht, wenn hinter jeder Ecke und in jedem Winkel ein neues Geheimnis lauert.«

So ganz konnte Nini den Ärger in ihrer Stimme nicht verbergen. Debbie nickt bedächtig, ihr Lächeln war wissend.

»Hier nennt mich allerdings niemand so. Nur Leonore hat sich manchmal ein *Doc Debbie* nicht verkneifen können. Scheußlich. *Doc Debbie*. Ich finde, das klingt wie eine dieser modernen Musikrichtungen, die ich nicht verstehe …«

Aber Nini hörte ihr nicht mehr zu. Das, was Debbie da eben gesagt hatte, löste mit einem Schlag die Blockade in ihrem Kopf. Dahinter, frisch und glänzend, kam eine Erinnerung zum Vorschein.

»War ich schon mal hier? Ich meine, früher?«

Debbie zog ihre Ringe von den Fingern, legte sie vorsichtig in eine Schale und desinfizierte ihre Hände.

»Du erinnerst dich also? Ich hatte mich schon die ganze Zeit, seit du wieder hier aufgetaucht bist, gefragt, wie viel du damals in deinem Zustand mitbekommen hast.«

Bilder zuckten durch Ninis Gehirn. Sie auf der Liege, Leonore, die ihre Hand hält, Debbie, die mit einer Schüssel Wasser hantiert, die Haare damals noch deutlich länger. Ihr Vater, der sie ins Auto trägt. Hinter ihnen wütende Stimmen. Leonore und ihre Mutter. Tilda, die sie aus großen Augen ansieht …

Dahinter reihte sich eine Erinnerung ein, die klarer war, weil sie gelegentlich abgerufen worden war. Nini im Krankenhaus, ein paar Stunden im MediBot, danach einen Tag auf der regulären Krankenstation. Endlich zu Hause durfte sie echte Schokolade naschen und Kindersendungen auf dem Familientablet streamen. Ihr Gehirn verarbeitete, verknüpfte neu. Zum ersten Mal fiel Nini auf, dass sie *danach* nie mehr in Cornwall gewesen war.

»An viel kann ich mich nicht mehr erinnern, ehrlich gesagt.«

»Kein Wunder, du hattest Fieber und warst schläfrig.«

Ohne noch ein Wort darüber zu verlieren, zog Debbie das große Pflaster ab und inspizierte ihr Knie. Vorsichtig zog, bog und drückte sie an Ninis lädiertem Gelenk herum.

»Hm. Da hast du dir einen ordentlichen Bluterguss eingefangen, aber ich denke, die Knochen und Bänder sind okay. Etwas überdehnt vielleicht. Die Wunde ist sauber und sieht gut aus, da wirst du keine großen Narben zurückbehalten. Hast du sie versorgt?«

»Arthur.«

Debbie nickte anerkennend.

»Hat er gut gemacht.«

Nini hatte nicht das Gefühl, dass Debbie vorhatte, sich noch weiter zu *der Sache*, die sich vor knapp zehn Jahren zugetragen haben musste, zu äußern.

»Was war damals eigentlich mit mir los?«

Ohne aufzusehen, schmierte Debbie Salbe auf ihr Knie und verband es. Sie war sichtlich bemüht, unbeteiligt zu wirken, aber ihr Mund, schmal wie ein Strich, verriet sie. Nini wartete.

»Nichts Dramatisches. Ein grippaler Infekt mit Fieber.«

So wortkarg hatte Nini Leonores beste Freundin noch nie erlebt.

»Aber wenn ich mich richtig erinnere, sind meine Eltern mit Tilda gekommen, um mich nach London zurückzuholen. Ich war danach im Krankenhaus.«

Mit eckigen Bewegungen räumte Debbie den Müll, der beim Verbinden angefallen war, weg. Dann schleuderte sie alles in einen Mülleimer in der Ecke und sah Nini an.

»Deine Eltern waren davon überzeugt, dass du eine

Lungenentzündung hättest und ins Krankenhaus gehörst.«

Wieder nur so ein Fetzen Wahrheit.

»Jetzt komm schon Debbie. Erzähl mir endlich die ganze Geschichte.«

Debbie steckte ihre Ringe wieder an die Finger.

»Wir hatten hier alles im Griff, davon konnten wir deine Eltern am Telefon aber nicht überzeugen. Und als sie dann ankamen und dich mit den Wadenwickeln gesehen haben, sind sie komplett ausgeflippt. Leonore hat sich ordentlich was anhören müssen.«

»Wollten meine Eltern deswegen nicht mehr, dass ich in den Ferien zu Leonore nach Cornwall komme?«

Debbie nickte.

»Sie waren der Meinung, dass Leonore unverantwortlich gehandelt hätte und nicht geeignet wäre, auf ein Kind aufzupassen. Es hat ihr das Herz gebrochen. Die Reaktion deiner Eltern war total überzogen, ich meine, du warst nie in Lebensgefahr oder so. Ich hatte alles abgeklärt, und wir hatten uns entschieden, das Fieber auf natürliche Weise zu senken. Aber deine Eltern vertrauten weder meiner Diagnose noch den Hausmitteln. Ich meine, was hätte ich machen sollen? Dich wegen einer Bagatelle und auf Verdacht mit Antibiotika vollpumpen? Man sieht ja an deiner Schwester, dass wir längst im Post-Antibiotika-Zeitalter angekommen sind.«

Nini schnappte überrascht nach Luft.

Debbie schlug sich die Hand vor den Mund und starrte Nini an.

»Tut mir leid, Nini. Wie unsensibel von mir. Ich wollte dich nicht verletzen. Ist mir in meiner Wut herausgerutscht, Liebes. Bitte verzeih mir.«

In Ninis Kopf rauschte es, als wäre sie ein Radio mit schlecht eingestelltem Empfang. *Post-Antibiotika-Zeitalter*. Tildas Kampf gegen die Bakterien, gegen *Streptococcus pneumoniae*, den sie verloren hatte. Der Lauf der Dinge, die Tücke dieser Erkrankung, Tildas schwache Grundkonstitution, das war alles, was man ihnen dazu gesagt hatte. Keiner der Ärzte hatte eine Antibiotika-Resistenz erwähnt. Selbstverständlich wusste Nini, wie wahrscheinlich jeder andere auch, dass es die Gefahr von Antibiotika-Resistenzen gab. Aber seit die Massentierhaltung und der Einsatz von Antibiotika in diesem Bereich stark zurückgegangen waren, hatte sich die Situation doch entspannt. Also, wie kam Debbie darauf, dass Tilda deswegen hatte sterben müssen?

»Davon haben die Ärzte aber nichts gesagt …«

»Natürlich nicht, sie wollen keine Ängste schüren, nachdem sie die Situation offiziell *unter Kontrolle* haben. Vor allem, weil die Anwendung von Antibiotika in der Tiermast schon so lange so gut wie verboten ist. Damit sollte das Problem ja aus der Welt sein. Aber wenn es diese Resistenzen weiterhin gibt, dann würde das ja heißen, sie hätten auch noch andere Ursachen …«

Nini verstand nur noch Bahnhof. Debbie fing ihren Blick auf und redete weiter.

»Schon seit Anfang der Zweitausender Jahre gibt es eine Technik bei der Entwicklung genmanipulierter Pflanzen, die ich … kritisch finde: Die Verwendung von Antibiotika-Resistenzgenen als Marker …«

Debbie machte eine kurze Pause, als wolle sie ihr Gelegenheit geben, die Information sacken zu lassen. Nini wünschte, sie hätte in Biologie besser aufgepasst.

»Solche Markergene sind eigentlich nichts anderes als technische Hilfsmittel. Sie werden zusammen mit den Zielgenen eingeschleust und helfen später dabei, zu erkennen, in welchen Pflanzenzellen der gewünschte Gentransfer tatsächlich stattgefunden hat. Sie sind quasi wie ein Etikett, das sich leicht ›finden‹ und ›lesen‹ lässt. Danach werden die Marker-Gene zwar nicht mehr gebraucht, sind aber trotzdem in den Pflanzen. Und wenn es ganz dumm läuft, dann könnten sich diese Resistenz-Gene auf Bakterien übertragen.«

Ninis Augen wurden groß.

»Aber angeblich passiert so etwas in der freien Natur nicht«, fuhr Debbie fort, »und angeblich braucht man diesen technischen Kniff heutzutage sowieso nicht mehr, weil es mittlerweile bessere Methoden gibt …« Debbie schnaubte verächtlich.

Zumindest hatte Nini so viel kapiert, dass dieses Resistenz-Ding ungewollt in Bakterien landen und dort Mist anstellen konnte. Antibiotika unwirksam machen zum Beispiel.

»Aber weißt du was? Ich glaube diesen Konzernen kein Wort. Diese Methode ist einfach und günstig, warum also hätten sie damit aufhören sollen, Bedenken hin oder her? Ich denke, da draußen auf den Feldern wachsen immer noch Pflanzen, die diese Resistenzgene in sich tragen.«

Das Rauschen in Ninis Kopf wurde stärker. Sie presste die Handballen auf ihre Augen, atmete ein paar Mal tief ein und aus, spürte, wie Kopfschmerzen die Fühler nach ihr ausstreckten. Ihr war nicht entgangen, dass Debbie eine Menge Konjunktive benutzt hatte.

Wahrscheinlich, beruhigte sie sich selbst, *ist das alles nur Verschwörungs-Blabla.* Es ergab einfach keinen Sinn. Warum sollte die Grüne Union zulassen, dass solche Pflanzen angebaut werden, während sie gleichzeitig versuchte, die Antibiotika-Resistenz in den Griff zu bekommen? Unmöglich. Debbie musste sich das zusammengereimt haben. Vermutlich kämpfte sie schon zu lange gegen das System, sah Gefahren lauern, wo es keine gab. Und selbst wenn etwas dran wäre, es machte Tilda nicht wieder lebendig.

Trotzdem. Was, wenn es stimmte?

Das leise Klicken der Tür holte sie zurück ins Hier und Jetzt. Arthur zog ihr die Hände vom Gesicht, wischte die Tränen weg und nahm sie in den Arm. Zärtlich strich er ihr über den Rücken, sein Atem roch ganz leicht nach Zimt und Zuckerguss. Eine Weile versuchte Nini, an nichts zu denken, nur Arthurs Nähe und dieses Gefühl von Sicherheit zu genießen. Ihr Herzschlag beruhigte sich allmählich wieder, unbewusst tastete sie nach ihrem Handgelenk. Aber da war nichts. Seit dem Abend im Restaurant bewahrte sie Tildas Armband in einer kleinen Schatulle im Schlafzimmer auf. Sie schob Arthur ein Stück von sich weg.

»Warum komme ich mir vor wie ein beschissener Astronaut, der jeden Tag auf einem neuen Planeten landet, nur um dann festzustellen, dass der auch wieder nicht bewohnbar ist? Ganz ehrlich? Mir reicht's langsam.«

Eigentlich hatte sie etwas ganz anderes sagen wollen, aber sie fühlte, dass es tatsächlich die Wahrheit war.

23

Arthur hatte ihr eine Freude machen, sie ablenken wollen, und sich bei Nick ein paar freie Stunden erbettelt. Jetzt saßen sie in seinem Oldtimer, den Kofferraum beladen mit einem Korb Gemüse und ein paar eingetopften Pflänzchen, die sie aus dem Glashaus geholt hatten, und waren auf dem Weg nach St. Day.

Zumindest hatte Nini das bis eben gedacht, bevor Arthur in die genau entgegengesetzte Richtung abbog.

Er fing ihren fragenden Blick auf.

»Kleiner Umweg, dauert nur ein paar Minuten.«

Es klang beiläufig, doch seine Hände, die das Lenkrad umklammerten, erzählten etwas anderes. Nini wollte nicht weiter drüber nachdenken und sah aus dem Fenster. Die Umgebung kam ihr vage bekannt vor, und als sie die ersten Häuser der Siedlung sah, erkannte sie es wieder. Hier wohnte Arthur mit seiner Familie. Ihr Herz wurde weit. Er wollte vorher noch nach seinem Vater …

Falsch gedacht. Ein Stück weiter die Straße runter erspähte sie Maurice, und der stand bestimmt nicht dort in der Einfahrt, weil er auf den Bus wartete. Sie ließ sich zurück in den Sitz fallen.

»Das ist jetzt nicht dein Ernst, oder?«

Kaum waren ihr die Worte über die Lippen geflutscht, bereute sie ihren Kommentar schon wieder. Vor allem, als sie Arthurs gequälten Gesichtsausdruck sah. Sein bester, ältester Freund und seine *Was-auch-Immer* hatten Stress miteinander. Und ein nicht ganz unerheblicher Teil davon beruhte vermutlich auf so etwas wie Eifersucht. Und er mittendrin. Nini hatte plötzlich das Bild von zwei Hunden vor Augen, die knurrend am selben Stock zerrten. Zart legte sie eine Hand auf seinen Oberschenkel.

»Sorry, war doof von mir. Ich war einfach nicht darauf eingestellt.«

Was sie nicht sagte, war, dass sie eine ganze Reihe Fragen an ihn gehabt hätte. Zum Beispiel, wie viel dieser David Hunter von Richs *Spezial-Zutaten* wusste. Oder was es mit dem geheimnisvollen Netzwerk ihrer Tante auf sich hatte.

»Seine Mutter hat in zwei Tagen Geburtstag, und ich hatte ihm schon letzte Woche versprochen, dass wir zum Markt fahren und diese Schokolade besorgen, die sie so liebt. Außerdem dachte ich, das wäre vielleicht eine gute Gelegenheit für euch …«

Den zweiten Teil des Satzes verschluckte er, aber Nini ahnte, was er sagen wollte.

»Ich werde mich bemühen, versprochen.«

»Danke.« Ein kleines Wort und ein schmales Lächeln. In beidem steckte eine Menge Erleichterung.

Arthur setzte den Blinker und fuhr rechts ran. Maurice hob die Hand zum Gruß, erstarrte aber mitten in der Bewegung. *Tja, mein Lieber, dann geht's dir ja wie mir,* dachte Nini und knipste ihr bestes Lächeln an. Innerlich rüstete sie sich schon mal für seine Verbalattacken und nahm sich fest vor, seine Provokationen zu ignorieren. Für Arthur.

Maurice ließ sich auf die Rückbank fallen und knallte die Tür zu.

»Mann, findest du wirklich, dass das eine gute Idee ist?«

Arthur sah in den Rückspiegel.

»Ach, halt die Klappe. Brauchst du jetzt ein Geschenk für deine Mutter oder nicht?«

Von der Rückbank kam ein Grummeln.

»Rizzo wird nicht begeistert sein, dass du sie anschleppst. Ich meine, was weißt du schon von ihr? Die könnten sie auf uns angesetzt haben, ist dir das vielleicht schon mal durch den Kopf gegangen?«

Hey, Dumpfbacke, ich sitze direkt vor dir und kann dich hören, hätte Nini ihn am liebsten angefahren, aber sie schluckte den Kommentar hinunter.

»Ach, komm schon, hör auf. Du weißt so gut wie ich, dass Nini kein Maulwurf ist.«

Maurice hauchte an die Seitenscheibe und malte mit dem Finger Herzchen auf das beschlagene Fenster. Es quietschte erbärmlich.

»Also gut, wenn du dir da so sicher bist. Dann drück mal ein bisschen aufs Gas, wir sind spät dran und Rizzo macht ja neuerdings den Laden in der Mine immer überpünktlich dicht.«

Arthur hatte Nini von dem geheimen Markt erzählt, zu dem er sie mitnehmen wollte. Er fand zwei Mal wöchentlich an wechselnden Standorten statt und nur Eingeweihte wussten wann und wo. Heute war die Mount Wellington Mine in St. Day dran. Gehandelt wurde mit fast allem, das selten, teuer und mitunter illegal war. Dazu gehörten Luxusprodukte wie echter Kaffee und Schokolade genauso wie Klamotten und verbotenes Gemüse. Arthur hatte ihr nicht verraten, woher die ganzen Waren kamen, und sie wollte es auch lieber gar nicht wissen. Rizzo, auch das hatte er ihr erzählt, war der Organisator des Ganzen und gleichzeitig so etwas wie der Türsteher: Wenn ihm ein Gesicht nicht passte, wurde man weggeschickt. Arthur hatte ihr erklärt, dass die Razzien in den letzten Jahren immer ins Leere gelaufen waren, weil Rizzo jemanden bei der Polizei in Truro auf der Gehaltsliste hatte. Eigentlich etwas, das Nini beruhigen sollte, aber je näher sie ihrem Ziel kamen, umso nervöser wurde sie.

Nini Morrison, Gemüse-Dealerin. Nini Morrison, die wegen einer zerrissenen Jeans auf die schiefe Bahn geraten war. Nini Morrison, weggesperrt für den Rest ihres Lebens. Ihr Gehirn textete sie ohne Punkt und Komma zu.

In St. Day angekommen, bog Arthur in eine unscheinbare Wohnsiedlung ab und parkte das Auto vor einem Haus mit Doppelgarage.

»Bin gleich wieder da.«

Mit den beiden Körben aus dem Kofferraum verschwand er durch eine Seitentür.

»Was macht er denn?«

Nini hatte sich zu Maurice umgedreht, der auf der

Rückbank lümmelte und auf seinem Smartphone herumtippte.

»Gibt die Ware beim Verwalter ab«, antwortete er, ohne aufzusehen.

»Ist das hier schon der Markt?«

Er musterte sie aus schmalen Augen. Wieder einmal fiel Nini auf, wie irritierend blau sie waren.

»Nein, natürlich nicht. Glaubst du wirklich, wir können einfach irgendwo parken und mit zwei Körben voller heißer Ware durch die Gegend spazieren?« Er schnaubte belustigt durch die Nase.

»Woher soll ich das wissen? Ist ja nicht so, dass ich jeden Tag auf irgendwelchen Schwarzmärkten rumhängen würde.«

»Wer weiß das schon. Und nur, falls du dich fragen solltest: Der Verwalter ist ebenfalls jedes Mal woanders stationiert. Kleine Sicherheitsmaßnahme.« Mit einem überlegenen Lächeln auf dem Gesicht widmete er sich wieder seinem Smartphone.

Die Audienz war beendet, und Nini fragte sich, wie lange sie noch mit dem Feuerkopf alleine hier sitzen würde. Das Auto war eindeutig zu klein für sie beide. Doch da kam Arthur schon wieder angesprintet, stieg ein und startete den Wagen. Nini mochte das leise Surren des alten Elektro-Motors.

»Alles klar, es kann losgehen. Und ab jetzt: Telefone aus.«

Nini sah ihn irritiert an.

»Wieso?«

Im Seitenspiegel fing sie Maurices genervten Blick auf.

»*Wieso? Wieso?*«, äffte er sie nach. »Denk doch mal nach! Meinst du, wir haben Bock, getrackt zu werden?«

Nini fuhr zu ihm herum.

»Aber die Union trackt doch nur Leute, die einen Eintrag im Bürgerregister haben …«

Arthur legte seine Hand auf ihr Knie und drückte leicht zu.

»Nur 'ne kleine Vorsichtsmaßnahme. Und jetzt macht schon, ihr beiden, damit wir endlich loskönnen.« Arthur war die Vorfreude auf ihr Abenteuer förmlich anzuhören.

Nini wollte keine Spielverderberin sein, also fischte sie ihr Handy aus der Tasche und schaltete es ab, was Arthur mit einem Augenzwinkern quittierte und losfuhr. Völlig entspannt, als würde er seine alte Tante auf ein Tässchen Tee besuchen und nicht einen illegalen Markt, steuerte er den Wagen durch St. Day, bog dann in eine Ausfallstraße und fuhr auf einen Parkplatz etwas außerhalb, der zu einem riesigen Recyclinghof gehörte.

»Wir müssen ein Stück laufen, ich hoffe, das ist okay für dein Knie?«

Arthur holte einen Rucksack aus dem Kofferraum, während Maurice schon auf einen Feldweg am Ende des Parkplatzes zusteuerte, noch bevor Nini sich überhaupt aus dem Autositz geschält hatte.

Gut so, dann musste sie sich wenigstens nicht mit diesem Giftzwerg auseinandersetzen. Etwas anderes interessierte sie deutlich mehr.

»Womit willst du jetzt eigentlich tauschen?«

Arthur zog ein paar winzige Zettel aus der Hosentasche.

»Mit dem hier. Das ist eine Art beglaubigte Warenliste, die der Verwalter nach Prüfung der Ware ausstellt. Ist so gut wie Geld.«

Nini lachte auf.

»Echt jetzt? Mit diesen Zetteln machst du Geschäfte? Ziemlich vorsintflutlich, findest du nicht?«

Arthur steckte die Zettel zurück in seine Hosentasche und nahm Ninis Hand.

»Schon möglich, aber genau deshalb funktioniert es. Die Polizei stöbert durchs Netz, sucht in Foren, zapft Social-Media-Accounts an. Aber da sind wir nicht. Bei uns läuft alles *oldschool*. So ein kleines Stück Papier ist schnell verschwunden.« Arthur tat so, als würde er sich etwas in den Mund stopfen und grinste.

Der Weg hatte sie an zwei scheinbar leer stehenden Farmhäusern vorbeigeführt und lief jetzt schnurgerade über eine Weide. Dahinter sah Nini Türme und Gebäuderuinen aufragen, so grau, dass sie fast nicht vom Himmel zu unterscheiden waren. Mit etwas weniger innerer Anspannung hätte sie die Gegend vielleicht auf eine bizarre Art schön finden können. Wieder einmal fragte sie sich, was sie hier eigentlich machte. Je näher sie kamen, umso bedrohlicher empfand Nini diese Ansammlung an halb verfallenen Fördertürmen und -bändern, Häusern und Hallen. Die meisten Fenster waren blind oder eingeschlagen, die Dächer in sich zusammengefallen, die Steinmauer desolat, das Wellblech verbeult. Alte Schienen kamen aus dem Nirgendwo, liefen über das Grundstück und verschwanden im Nirwana, ein rostiges Schild behauptete immer noch, dass hier die *Mount Wellington Mine* zu finden sei. Aber das Seltsamste war, dass außer Maurice, der vor einem der Häuser auf sie wartete, weit und breit kein Mensch zu sehen war.

Zu dritt betraten sie ein Gebäude, von dem Maurice behauptete, es sei das Maschinenhaus der Mine gewesen. Sie schlüpften durch eine halb offene Tür, die windschief in den Angeln hing, gingen zügig durch eine Vorhalle, passierten ein Tor und standen in einer Halle. Durch die Löcher im Dach sickerte Licht auf den staubigen Boden, irgendwo über ihrem Kopf lärmten Vögel zwischen Stahlträgern. Was immer hier einst untergebracht war, musste riesig gewesen sein. Sie umrundeten einen mit einem Metallgitter abgesperrten Bereich, und Nini vermutete, dass sich unter der Abdeckung im Boden ein Schacht verbarg. Sie schluckte.

»Müssen wir da runter?«

Maurice drehte sich zu ihr um und sagt: »Klar. Das erste Stück geht über eine Leiter, weiter unten müssen wir uns dann abseilen. Du bist doch schwindelfrei, oder?«

Ninis Herz hämmerte hart gegen ihre Rippen, trotzdem lächelte sie.

»Kleine Fische. In London habe ich mich regelmäßig von Häuserfronten abgeseilt. Ist der heißeste Trend bei uns.«

Auf Arthurs Gesicht zeichnete sich eine Mischung aus Unglauben und Bewunderung ab, und Nini hatte nicht vor, ihm ihre Notlüge zu gestehen. Zumindest vorerst nicht. Ein bisschen Legendenbildung konnte nicht schaden, auch wenn ihr der Gedanke, sich tatsächlich in einen Schacht abseilen zu müssen, ein flaues Gefühl im Magen verursachte.

»Gut zu wissen, aber heute wird dein Talent nicht zum Einsatz kommen. Wir laufen einfach nur ein Stück in die Mine rein – immer den Schienen nach. Aber von deinen Abseilaktionen in London musst du mir irgendwann mal erzählen.«

»Klar.« Erleichtert grinste sie Arthur an. Gut, dass sie sich nicht von Maurice hatte einschüchtern lassen. Eins zu null für sie.

Sie verließen die Halle durch eine Tür an der Seite und befanden sich plötzlich in einer der Wellblech-Baracken. Zielstrebig ging Maurice an den alten Kipploren vorbei, die hier vermutlich schon vor Jahrzehnten geparkt worden waren, und steuerte auf ein Rolltor am anderen Ende zu. Es stand gerade weit genug offen, um einen Menschen hindurchzulassen und führte geradewegs hinaus aufs Gelände. Nini verstand die Aktion nicht.

»Warum hetzen wir eigentlich durch diese halb verfallenen Ruinen, statt einfach außen herum zu gehen? Das ist doch irgendwie unsinnig ...«

»Sicherheitsmaßnahme. Wegen der Drohnen«, kam von hinten Arthurs Stimme. »Die Polizei setzt sie routinemäßig in sogenannten *verdächtigen Zonen* ein, deshalb versucht Rizzo, die Menschen möglichst unauffällig zum Markt zu bringen – durch Häuser, Stollen, Gärten, Gänge. Je nachdem, an welchem Ort er gerade stattfindet. Je weniger Menschen durch die Drohnen erfasst werden, desto besser.«

Dieser Rizzo schien ziemlich smart zu sein. Nini zwängte sich hinter Maurice durch den Spalt ins Freie.

Plötzlich konnte sie Stimmen ausmachen. Irgendwo rechts von ihnen. Erst jetzt erkannte Nini im Schatten der Gebäude, ein Stück nach hinten versetzt, einen Gang, der in den Fels führte. Gesichert mit einem Gitter und einem massiven Vorhängeschloss. Ihr Blick fiel auf die Schienen, die vor ihren Füßen in den Boden eingelassen waren – sie führten direkt in den spärlich beleuchteten Tunnel hinein, wo sich gerade eine Gestalt von der Felswand löste.

»Hey, Rizzo, wir sind's. Maurice und Arthur.«

Rizzo kam zum Gitter.

Hätte Nini ihn auf der Straße getroffen, sie hätte ihn für einen Lehrer oder vielleicht einen Software-Ingenieur, aber bestimmt nicht für einen Schwarzmarktbetreiber gehalten. Alles an ihm war farblos. Die Haare, das Gesicht, sogar die Klamotten. Es war absolut nichts an ihm, das sich ins Gedächtnis einbrannte. Neben ihm wirkten Maurice und Arthur beinahe wie exotische Vögel. Nini war fast ein wenig enttäuscht.

»Hey, was geht?«

Er hatte die beiden Jungs angesprochen, aber währenddessen Nini mit ausdruckslosem Gesicht gemustert. Der Typ machte sie nervös. Was, wenn er sie abwies?

»Wer ist sie?« Sein Kinn zuckte in ihre Richtung.

Nett war anders. Arthur legte ihr einen Arm um die Schulter.

»Sie gehört zu mir.«

Einmal extra Luftholen, dann war Ninis Atmung wieder einigermaßen im Takt. *Sie gehört zu mir …* Arthur hatte diesen Satz mit einer Selbstverständlichkeit gesagt, die ihre Wangen zum Glühen brachte.

Rizzo zog einen Schlüssel aus der Hosentasche und schloss auf.

»Wenig los heute. Beeilt euch, wir wollen in spätestens einer halben Stunde abräumen.«

Arthur klopfte ihm im Vorbeigehen auf die Schulter.

»Geht klar, wir brauchen auch nicht lange.«

Nini starrte in den Tunnel. In relativ großen Abständen hingen Lampen an den feuchten Steinwänden, ihr funzeliges Licht erleuchtete den Gang nur notdürftig. *Perfekt, um über die eigenen Füße zu stolpern,* dachte sie und taste sich vorsichtig hinter Maurice her, den Blick fest auf die Schienen gerichtet. War es draußen noch einigermaßen angenehm gewesen, biss sich die Kälte hier schon nach ein paar Minuten durch ihre Klamotten. Die Luft roch feucht und muffig und erinnerte sie an den Keller im Foxglove Cottage.

Nini war so konzentriert darauf, nicht zu stolpern, dass sie das ferne Gemurmel und Lachen erst wahrnahm, als Maurice stehen blieb und sie fast in ihn hineingelaufen wäre. Er drehte sich zu ihnen um.

»Ich würde sagen, wir trennen uns hier und jeder macht sein Ding. Geht schneller.«

»Klingt gut. In einer halben Stunde wieder hier?«

Maurice nickte Arthur nur zu und verschwand dann in

einem Gang links von ihnen – Hände tief in den Hosentaschen, Kopf gesenkt. Er wirkte wie ein alter Mann, der Sorgen hatte.

»Wo geht er hin?«

Arthur nahm ihre Hand und setzte sich wieder in Bewegung.

»Im Supermarkt würde man sagen, in die Abteilung mit den Delikatessen – Kaffee, Schokolade, Tee, vielleicht sogar echtem Käse, solche Sachen eben. Wenn wir uns beeilen, können wir dort später noch vorbeischauen, wenn du Lust hast.«

Nini lief allein beim Zuhören das Wasser im Mund zusammen. Wie lange hatte sie schon keine richtige Schokolade mehr gehabt? Und das letzte Mal, dass sie richtig guten Käse und nicht diese plastikartigen Cheddar-Scheiben oder Käseersatz gegessen hatte, war über drei Jahre her. Ihr Dad hatte sie alle zum Essen in ein schickes Restaurant eingeladen, als ihre Mutter vierzig geworden war. Ein äußerst seltener Luxus, aber er hatte einen bleibenden Eindruck hinterlassen. Nini konnte sich immer noch den cremigen Geschmack des Ziegenfrischkäses ins Gedächtnis rufen.

Der Gang machte eine Kurve, es wurde plötzlich heller und auch die Stimmen waren jetzt deutlicher zu hören. Nini blieb die Spucke weg. Der Tunnel war an dieser Stelle breiter und wurde von winzigen Lampen erleuchtet, die wie Glühwürmchen vor den Wänden zu schweben schienen. Rechts und links der Gleise standen Klapptische und umgedrehte Plastikboxen, alte Decken und Tücher waren ausgebreitet, auf denen Händler ihre Ware feilboten. Direkt in ihrer Nähe stand ein Tisch, auf dem Smartphones, Tablets, Holo-Projektoren, Drohnen und allerlei Technikkram angeboten wurde. Der Typ dahinter diskutierte gerade mit einer Frau über irgendwelche Ersatzteile, soweit Nini die Wortfetzen richtig deutete. Daneben, hübsch auf einer dunkelblauen Decke arrangiert, Schmuck, Uhren und alte Münzen, deren Besitz mittlerweile verboten war. Nini ließ ihren Blick über den Basar schweifen, das bunte Treiben faszinierte sie. Hier drinnen, verborgen im Berg, existierte eine Parallelwelt, von der sie bisher nicht das Geringste geahnt hatte.

24

Es waren nicht übermäßig viele Menschen auf dem Markt, so wie Rizzo es bereits angekündigt hatte, Nini konnte sich in aller Ruhe umsehen.

»Na, was sagst du?«, hörte sie Arthur neben sich leise fragen.

»Ich hätte nicht gedacht, dass es so etwas wirklich gibt. Ziemlich unglaublich«, flüsterte sie zurück. Er lachte leise.

»Mehr los hier auf dem Land, als du dachtest, oder? Sollen wir uns jetzt um deine Jeans kümmern?«

Nini hatte den Klamottenstand bereits entdeckt. Er war relativ weit hinten im Tunnel und hatte sogar eine provisorische Umkleidekabine zu bieten, wie sie beim Näherkommen sah – einen Paravent aus Papier, der so vor die Felswand gestellt war, dass man sich ungestört dahinter umziehen konnte. Kurz vor dem Stand steuerte eine zierliche junge Frau mit dunklen Zöpfen auf Arthur zu. Sie zog ihn am Ärmel ein Stück zur Seite und flüsterte ihm etwas ins Ohr. Arthur schüttelte den Kopf und sah zu Nini hinüber, woraufhin das Mädchen sie für einen Augenblick neugierig musterte. Sie hatte hübsche Augen, fand Nini, und wirkte auch sonst sehr besonders. Die Art, wie die beiden dastanden, miteinander sprachen, die flüchtigen Berührungen – alles wirkte vertraut. Der Gedanke, dass dieses Mädchen für Arthur vielleicht mehr sein könnte als nur eine Bekannte, fraß sich in Sekundenschnelle wie ein Tropfen Säure durch Ninis Herz. Ohne sie weiter zu beachten, kehrte das Zopfmädchen schließlich an ihren Stand zurück, an dem irgendetwas in Tüten und Einmachgläsern mit handgeschriebenen Etiketten verkauft wurde. »Miss Morrsion, darf ich Sie zur Anprobe bitten?«

Arthur stand vor ihr und streckte ihr mit einer eleganten Bewegung die Hand hin. Nini hätte ihn gerne über das Mädchen ausgequetscht, aber das war wohl der falsche Moment.

»Sehr gerne, mein Herr«, grinste sie und griff nach seiner Hand.

Die Klamotten-Händlerin entsprach Ninis Vorstellung von einer Person, die auf einem Schwarzmarkt Sachen verkaufte, deutlich mehr als Rizzo: Weißblonde Haare, Undercut, seitlich am Hals kroch ein Schlangentattoo unter dem Rand ihres Shirts hervor. Dazu trug sie eine schwarze Lederjacke, die ihr mindestens drei Nummern zu groß war und schwere Bikerstiefel. Sie war mit zwei Typen beschäftigt, die sich offensichtlich nicht entscheiden konnten, welche Jeans sie wollten. Nach einem kritischen Blick auf Nini gab sie ihr zu verstehen, dass sie sich schon mal umschauen solle. Das ließ sie sich nicht zweimal sagen. Stapelweise Jeans. In allen erdenklichen Waschungen, Schattierungen von hellem Blau bis zum dunkelsten Schwarz. Ehrfürchtig ließ sie ihre Finger über die einzelnen

Stapel gleiten. So etwas hatte sie noch nie in dieser Fülle gesehen.

»Na, habe ich dir zu viel versprochen?«

Arthur stand hinter ihr, sein Kinn lag auf ihrer Schulter, die Hand um ihre Taille. Zwischen seiner Hand und ihrem Bauch lagen mehrere Stoffschichten, trotzdem konnte Nini sich plötzlich nicht mehr konzentrieren. Ein Kribbeln lief durch ihren ganzen Körper, als sie Arthurs kräftigen Herzschlag an ihrem Rücken spürte.

»Arthur auf Tuchfühlung. Sieh mal an. Wen hast du uns denn da mitgebracht ...«

Nini konnte die Färbung der Stimme nicht recht einordnen. Klang die Biker-Lady amüsiert? Verärgert? Oder doch eher misstrauisch? Ihr Blick jedenfalls zeigte unverhohlene Neugierde. Vielleicht hatte Nini die ganze Zeit etwas Wesentliches übersehen: Sie hatte nicht nur ein Alien-Hirn, sie war vielleicht sogar selbst einer. Zumindest hier. Alle beäugten sie wie etwas Seltsames, Exotisches, vor allem aber wie jemanden, vor dem man sich in Acht nehmen musste. Wie die Pfeilgiftfrösche, die sich Menschen früher gerne in Terrarien gehalten hatten. Hübsch und selten, aber giftig.

»May, das ist Nini. Sie ist Leonores Patenkind ...«

Mays Miene hellte sich schlagartig auf. Ihre Verbindung zu Leonore schien überall ihre Sympathiewerte nach oben zu katapultieren. Und den Rest erledigte Arthur. Arthur, den hier jeder kannte und den, wie es aussah, auch jeder mochte.

»Freut mich, dich kennenzulernen, Nini. Leonore war

'ne mega-coole Frau. Wir alle hier haben sie wirklich sehr gemocht. Muss der Hammer sein, so 'ne Patentante zu haben.«

Wahrscheinlich. Nini würde das Foxglove Cottage sofort zurückgeben, hätte sie dafür noch eine Woche mit ihrer Patentante und damit die Gelegenheit, herauszufinden, wie diese andere Leonore, diese unbeugsame Widerstandskämpferin, gewesen war.

»Wo hast du denn heute deinen siamesischen Zwilling gelassen?«, wandte May sich an Arthur.

»Maurice? Der ist drüben im Deli, Schokolade für seine Mutter besorgen.«

Mays Augen wurden schmal, sie wiegte den Kopf, als wisse sie nicht, was sie davon halten solle. Als sie mit Nachdenken fertig war – zumindest sah es für Nini so aus –, knipste sie ihr Verkäuferinnen-Lächeln an.

»Also, was kann ich für dich tun, Süße? Suchst du was Bestimmtes?«

Nini ließ den Blick noch einmal über die Stapel schweifen.

»Hast du auch *TrueBlue?*«

»Was denkst du denn? Welches Modell?«

Ninis Herz machte einen Satz.

»*Mandrax*. Die Skinny-Version.«

Mit flinken Fingern arbeitete sich May durch die Stapel und zog eine Jeans heraus.

»Small, schätze ich. Allerdings habe ich in der Größe nur eine dunkle Waschung.«

Nini grinste so breit, dass ihr die Wangen wehtaten.

Eine nagelneue, dunkle Skinny *Mandrax*. Arthur hatte nicht zu viel versprochen.

»Willst du sie probieren?«

Nini hob die Jeans hoch – sie sah exakt aus wie ihre alte, nur noch nicht so verwaschen. Sie schüttelte den Kopf.

»Nein, die passt, das sehe ich auch so.«

Arthur, der sich während der ganzen Zeit im Hintergrund gehalten hatte, pfiff leise.

»Sieht bestimmt sexy aus an dir.«

May faltete die Jeans zusammen und grinste ihn an.

»Achtung, Arthur, man kann dir deine Gedanken vom Gesicht ablesen …«

Ninis Wangen wurden heiß. Schnell bückte sie sich und tat, als würde sie die Schnürsenkel ihrer Sneakers neu binden. Als sie sich wieder hochwagte, feilschten May und Arthur gerade über den Preis, dann wechselten Jeans und ein paar der Zettel den Besitzer. Auch hier auf dem Schwarzmarkt waren Jeans kein Schnäppchen. Arthur stopfte die auf Briefumschlaggröße gefaltete Hose umständlich in seinen Rucksack.

Plötzlich brach ein infernalisches Geheul los.

Nini zuckte zusammen. Was war das? Sirenen?

Ein Blick in Arthurs Gesicht reichte. Kreidebleich starrte er in die Richtung, von wo der Alarm ertönte. Schlagartig wurden Ninis Knie zu Pudding.

»*Fuck!* Das gibt's doch nicht!«, fluchte May und begann, panisch ihre Sachen zusammenzuraffen.

Nini spürte Arthurs Finger, die sich zu fest um ihre Hand klammerten.

»Razzia. *Shit!* Wir müssen weg! Komm!« Noch bevor Nini etwas erwidern konnte, zog Arthur sie tiefer in den Tunnel.

Sie liefen, stolperten, immer weiter und weiter hinein, das Echo ihrer Schritte ein Stakkato, das die Tunnelwände zurückwarfen. *Viel zu laut,* dachte Nini. Ihr Knie schmerzte, aber sie wagte nicht, etwas zu sagen oder langsamer zu werden. Sie hatte Arthurs Gesichtsausdruck gesehen – das reichte, um ihre Panik lichterloh aufflammen zu lassen. Allmählich wurde die Beleuchtung spärlicher und irgendwann gab es gar keine mehr.

Arthur blieb stehen.

»Licht«, keuchte er.

Sofort flammte die Taschenlampe an seinem Handy auf. Nini fummelte hektisch an ihrem Smartphone, um es zu aktivieren. Endlich leuchtete das verdammte Licht auf und sie betete, dass die Akkus genug Saft hatten. Sie wollte sich lieber nicht vorstellen, wie sie sich ohne Taschenlampen hier drinnen zurechtfinden sollten.

Arthur zog sie weiter, langsamer jetzt, fast, als wäre er unsicher.

»Wo sind eigentlich all die anderen?«

Nini kam ihre eigene Stimme plötzlich fremd vor, ganz dumpf.

»Keine Ahnung, es gibt hier unten mehrere Fluchtwege.«

»Und du bist sicher, dass wir hier richtig sind? Ich meine, dass wir hier auch wieder rauskommen?«

Nini hatte diese Frage eigentlich nicht stellen wollen,

aber die Angst machte Brei aus ihrem Gehirn. Arthur blieb so abrupt stehen, als wäre er gegen eine unsichtbare Wand geknallt. Er steckte sein Handy in die Jacke, wo es gespenstisch weiterleuchtete, und nahm ihr Gesicht in seine Hände.

»Nini, ich weiß, was ich tue. Du musst mir vertrauen, okay?«

Obwohl er ihr ganz nahe war, konnte sie den Ausdruck in seinen Augen nicht sehen, aber zumindest seine warmen Hände gaben ihr Sicherheit. Sie atmete tief ein und aus, wartete, bis sich ihr Herzschlag wieder einigermaßen beruhigt hatte.

»Okay. Und was ist mit Maurice? Hätten wir ihn …«

»Um den mach dir mal keine Sorgen. Wenn einer zurechtkommt, dann er«, unterbrach Arthur sie. Er hatte sie losgelassen und das Licht seines Smartphones wieder nach vorne gerichtet. Der Strahl glitt wie ein Geisterfinger die Wände entlang, rechts, links, Meter für Meter. Nini leuchtete den Boden vor ihnen aus, wo die Schienen immer tiefer ins Innere führten. Langsam, Schritt für Schritt, tasteten sie sich weiter in den Tunnel vor. Wasser tropfte von der Decke, traf sie im Gesicht und kroch unter den Kragen ihres Parkas. Die Hitze von der überstürzten Flucht war verflogen, dafür zitterte sie jetzt vor Kälte und Angst. Was, wenn jemand hinter ihnen her war? Und was, wenn sie hier erwischt würden, mit heißer Ware im Gepäck? Warum hatte sie sich in diesen Mist bloß reinziehen lassen?

Nach einer gefühlten Ewigkeit tauchte auf der linken Seite ein Stollen im Fels auf, der mit Brettern vernagelt war.

»Na endlich!«, stieß Arthur erleichtert aus. Er drückte

ihr sein Smartphone in die Hand. »Leuchte mal genau dahin.«

Nini richtete beide Lichtquellen auf die Bretterwand und Arthur begann, sich an der Holzkonstruktion zu schaffen zu machen. Es gab eine ganze Reihe lockerer Bretter, die sich ohne viel Aufwand aus der Wand lösten, und Nini hatte den Verdacht, dass auch das Rizzos Werk war. Sie zuckte jedes Mal zusammen, wenn eines davon auf den Boden knallte.

Wumms! Wenn Arthur so weitermachte, würde der Lärm die Polizei direkt hierher führen. Nervös leuchtete sie mit ihrer Lampe in den Gang, aus dem sie gekommen waren.

»Verdammt, ich brauch das Licht hier, Nini!«

Seine Stimme klang angespannt, und das lag bestimmt nicht nur an der Verbissenheit, mit der er sich an der Bretterwand abarbeitete. Das Loch wurde langsam größer, dahinter befand sich ein noch engerer Stollen, soweit Nini das beurteilen konnte.

»Du willst da aber nicht wirklich rein, oder?«, fragte sie. Nini kannte die Antwort, aber sie musste reden, diesem Druck in ihrer Brust ein Ventil verschaffen. Von Arthur kam nur ein Brummen. »Okay, wir gehen also da rein. Und dann? Wo führt dieser Stollen überhaupt hin?«

Arthur richtete sich auf und wischte sich mit dem Ärmel den Schweiß aus dem Gesicht.

»In die Nähe der Farmhäuser, an denen wir vorbeigekommen sind. Und jetzt komm!«

Er nahm ihr sein Telefon wieder ab, leuchtete in den

Stollen und schlüpfte durch das Loch im Bretterverschlag. Nini kletterte vorsichtig hinter ihm her. Zwar konnte sie sich in dem Gang aufrichten, aber er war deutlich enger als der, durch den sie gekommen waren, und zudem lagen überall geborstene Holzbalken, rostige Metallstützen und Felsbrocken herum. Manche davon waren so groß, dass Nini sich fragte, wie sie überhaupt daran vorbeikommen sollten. Sie stöhnte auf.

»Und da willst du durch?«

»Denkst du, ich habe den Stollen nur zum Spaß freigelegt?«

Er warf ihr einen verärgerten Blick über die Schulter zu. Konnte er nicht verstehen, dass sie Angst hatte?

»Sorry, Nini, aber wir haben keine Wahl. Geh einfach vorsichtig hinter mir her, okay?«

Ninis Hand zuckte kurz zurück, als ihre Finger mitten in einem riesigen Spinnennetz landeten. Sie wollte sich lieber nicht vorstellen, wie groß die dazugehörige Spinne war. Schnell wischte sie sich die klebrigen Fäden an ihrer Hose ab, atmete noch einmal tief durch und folgte Arthur.

»Wir haben vermutlich noch eine halbe Stunde, um safe aus der Sache rauszukommen. Das sollte uns reichen.« Arthurs Stimme klang so dumpf, als käme sie aus einem Grab.

»Woher willst du das denn wissen?«

Langsam begann sie seine Selbstsicherheit wirklich zu nerven. Das hier war verdammt bedrohlich, doch er tat, als hätte er alles unter Kontrolle.

»Weil unser System ein Vorwarnsystem ist. Der Maulwurf informiert Rizzo, sobald er Wind von einer Razzia bekommt. Und von da an dauert es noch eine Weile, bis die Polizeieinheiten dann tatsächlich vor Ort auftauchen.«

Nini blieb wie angewurzelt stehen.

»Wie kannst du dir da so sicher sein?«

Arthur wirbelte herum.

»Vielleicht weil ich das nicht zum ersten Mal mache?«

Unüberhörbar, er war sauer, aber darauf konnte sie jetzt keine Rücksicht nehmen. Zu viel stand auf dem Spiel, also redete sie einfach weiter.

»Als wir bei Rizzo waren, sagte er, wir sollten uns beeilen, weil sie in einer halben Stunde die Stände abräumen würden, richtig?«

»Genau.«

»Irgendetwas stimmt da doch nicht. Wenn es so wäre, wie du behauptest, dann würde die Polizei ja erst hier eintreffen, wenn der Markt schon längst geschlossen ist. Das würde doch überhaupt keinen Sinn ergeben, oder? Oder aber …«

Das diffuse Licht der Telefone zeichnete Schatten in Arthurs Gesicht, ließen es beinahe hart wirken. Ihre Blicke verhakten sich ineinander.

»… sie sind schon da, weil unser System versagt hat«, beendete er ihren Satz. »Was jetzt aber auch nichts ändert. Dies hier ist unsere einzige Chance, aus der ganzen Sache heil rauszukommen.«

Und das alles wegen einer Jeans. Wegen einer verdammten, beschissenen Jeans. Ninis Atem ging schnell. Viel zu schnell. Wenn sie so weitermachte, würde sie gleich …

»Nini!« Arthur packte sie an den Oberarmen. »Wir schaffen das! Du darfst dich jetzt nicht verrückt machen. Okay?« Er zog sie in seine Arme und drückte sie fest an sich.

Mehr als ein mechanisches Nicken brachte sie nicht zustande.

»Okay, dann gehen wir jetzt weiter, ja?«

Vorsichtig kletterten sie über einen Geröllbrocken und quetschten sich an ein paar abgeknickten Stützpfeilern vorbei. Steinchen rieselten von der Wand und landeten klackernd neben ihren Sneakers. Nini blieb wie angewurzelt stehen. Arthur hatte nichts davon mitbekommen und war einfach weitergelaufen. Dieser bescheuerte Stollen würde doch nicht ausgerechnet jetzt einstürzen? Bilder von verschütteten Bergleuten, zertrümmerten Schädeln und zerquetschten Gliedmaßen tauchten vor ihrem geistigen Auge auf. Die Aussicht, durch Tonnen von Gestein von Arthur getrennt und völlig alleine auf der anderen Seite zu stehen, jagte mehr Energie durch ihren Körper, als jedes koffeinhaltige Getränk es vermocht hätte. Nini hechtete hinter Arthur her, nur um voll in ihn reinzudonnern, weil er stehen geblieben war.

»Ruhig!«

Seine scharf gezischte Anweisung jagte ihr eine Gänsehaut über den ganzen Körper. Arthur drehte den Kopf, lauschte in den Tunnel, ging ein paar Schritte weiter, stoppte, ging weiter.

»Was ist los?«, sagte sie gerade laut genug, dass er sie noch hören konnte.

»Weiß nicht. Für einen Moment dachte ich, ich hätte da vorne ein Geräusch gehört. Aber das habe ich mir wahrscheinlich nur eingebildet.«

Hatte er nicht. Eine Sekunde später tanzte in einiger Entfernung ein Licht im Dunkeln. Wie ein hüpfendes Leuchtwesen, das sich im Stollen auf sie zubewegte.

Nini hörte, wie Arthur die Luft einsog.

»Schirm dein Licht ab! Wir müssen zurück, uns irgendwo verstecken. Schnell!«

Er zog sie zurück bis zu der Stelle, wo die Stützpfeiler und der große Geröllbrocken lagen.

»Versteck dich dahinter«, flüsterte er.

»Aber warum laufen wir denn nicht einfach weiter?«

»Zu spät. Der Typ ist schon zu nah an uns dran, er würde uns hören. Mach dein Licht aus.«

Nini quetschte sich hinter den Felsen und versuchte, nicht an Spinnennetze und ihre Weberinnen zu denken. Das, was da im Gang auf sie zugeschlichen kam, war wahrscheinlich deutlich gefährlicher. Sie versuchte Arthur in der Dunkelheit auszumachen. Aber er war weder zu hören, noch zu sehen. Sie biss sich auf die Lippe, um die Panik, die plötzlich in ihr hochkroch, zu bekämpfen. Die Arme um ihre Beine geschlungen, den Kopf auf den Knien, hockte sie auf dem Boden, wie früher, als sie mit Tilda in ihrem Zimmer »Unsichtbarsein« gespielt hatten. Sie waren damals vielleicht vier und sechs gewesen und hatten das Spiel nie lange durchgehalten. Wenn ihre Mutter den Kopf zur Tür hereingesteckt hatte, um sie zu suchen, hatte immer eine von ihnen sofort losgekichert. Aber das hier war eine ganz andere Nummer. Einsam wie der letzte Mensch auf der Welt hockte Nini in dem engen Stollen und versuchte, gegen den bedrohlichen Gedankenstrudel in ihrem Inneren anzukämpfen.

Da erreichte ein Geräusch ihr Ohr, vielmehr eine Melodie. Langsam entknotete sie ihre Arme und Beine und lugte vorsichtig um den Felsen herum. Das Licht war jetzt recht nah, davor, scharf wie ein Scherenschnitt, zeichnete sich Arthurs Silhouette im Gang ab.

Was hatte er vor? Ihr Herz schaltete zwei Gänge höher. Es kostete sie enorme Kraft, in ihrem Versteck hocken zu bleiben.

Da war sie wieder, diese Melodie.

Jemand pfiff ein Lied.

In Arthur kam Bewegung. Er ging dem Licht entgegen, erst ganz langsam, dann immer schneller. Ein Lachen drang durch den Stollen, Stimmen.

Arthur und … *Maurice!*

Nini hielt nichts mehr auf ihrem Platz. Sie sprang auf, die Beine zittrig, aktivierte das Licht ihres Smartphones und stolperte zu den beiden.

»Mann, ich dachte schon, ich finde euch gar nicht mehr«, hörte sie Maurice gerade sagen. Nie im Leben hätte sie gedacht, dass sie sich je so freuen würde, seine Stimme zu hören. Ohne nachzudenken, flog sie ihm um den Hals.

»Ich nehme das jetzt mal nicht als tätlichen Angriff.«

Nini hörte an seiner Stimme, dass er lächelte. Sie ließ ihn los und machte einen verlegenen Schritt zurück.

»Okay Leute, wir müssen uns beeilen. Auf geht's!«

Im Licht von Maurice' Taschenlampe war das Laufen deutlich leichter und sie kamen schnell voran. Bald sickerte vor ihnen graues Licht in den Gang, und Maurice blieb stehen.

»Ich habe das Auto umgeparkt – Ersatzschlüssel sei Dank, Mann. Steht jetzt hinter der Scheune vom alten Miller. Ich gehe vor, checke die Lage, und wenn die Luft rein ist, pfeife ich unser Liedchen. Und ihr gebt dann Vollgas. Geht das mit deinem Knie?«

Nini lächelte.

»Krieg ich hin.«

Sie wusste nicht, wovon sie mehr überrascht war: dass sie nah dran waren, ungeschoren aus der ganzen Sache herauszukommen, dass sie die Flucht durch den dunklen Stollen überlebt hatten oder von Maurice, der zum ersten Mal nett zu ihr war.

Der kletterte nun durch einen Spalt in der Bretterwand nach draußen und verschwand in der Dämmerung. Nini lehnte sich an Arthur und schloss die Augen.

»Wir haben's gleich geschafft«, murmelte er in ihr Haar.

»Ich weiß.«

Es dauerte nur ein paar Minuten, bis von draußen die Melodie ertönte.

»Bereit?« Nini nickte. Arthur quetschte sich vor ihr aus dem Stollen, dann wandte er sich um und half ihr heraus. »Und jetzt los!«

Getragen von Adrenalin und Endorphinen flog Nini nur so hinter Arthur her, der zielstrebig auf ein großes Holzgebäude zusprintete. Und tatsächlich, hinter der Scheune stand Arthurs Auto. Fast gleichzeitig rissen sie die Türen auf und hechteten auf die Sitze. Noch bevor Nini ihre Tür ganz zugezogen hatte, fuhr Maurice los. Er steuerte das Auto am Recyclinghof vorbei, durch den Ortskern von St. Day und bog schließlich auf die Straße nach Mevagissey ab. Während der ganzen Zeit hatten die beiden Jungs die Umgebung und den Himmel aufmerksam gescannt, aber sie mussten eine Art Schutzengel im Gepäck gehabt haben: weder begegneten sie einem Polizeiauto, noch surrte eine der Drohnen über ihren Köpfen. Während der Fahrt hatte angespanntes Schweigen geherrscht, doch als Maurice plötzlich die ersten Töne des Lieds pfiff, brachen sie alle drei in erleichtertes Gekicher aus.

»Und, City-Girl, hast du in der großen Stadt schon mal so etwas Aufregendes erlebt?« Maurice' Augen suchten ihre im Rückspiegel.

»Definitiv nicht. Aber in London hatte ich auch noch nicht vor, Kleinkriminelle zu werden.«

Die beiden Jungs grinsten und stießen ihre Fäuste gegeneinander.

»Was ist das eigentlich für ein Lied?«, wollte sie wissen.

Wie auf Kommando fing Arthur an, die Melodie zu pfeifen.

»Ein altes Kinderlied«, erklärte Maurice, »unser geheimes Zeichen, als wir noch Kinder waren. Wenn wir uns zum Beispiel abends aus dem Haus schleichen wollten, aber unsere Eltern mal wieder die Handys konfisziert hatten, oder unsere Schwestern an uns klebten wie Kletten, haben wir uns eben so verabredet.«

Nini umschlang Arthur von hinten und vergrub ihre Nase in seinen Haaren.

»Clevere Jungs.«

»Und weißt du noch«, gluckste Arthur, »als du dich in der Schule mal wieder mit dem dicken Chris angelegt hattest? Der dachte damals bestimmt, du hast 'ne Klatsche, als du plötzlich zu pfeifen angefangen hast.«

»Ja, aber nur diese eine Minute, bis du um die Ecke gebogen bist und dich vor ihm aufgebaut hast.«

Die beiden kriegten sich gar nicht mehr ein vor Lachen und Arthurs Auto war bis unters Dach gefüllt mit guter Laune. Nini fühlte sich ein wenig wie in einem Roadmovie.

Arthur nahm den Rucksack auf seinen Schoß und zog die Jeans heraus. Er drehte sich zu ihr um, seine Augen leuchteten.

»Hier, deine Beute.«

Ihre Finger schlossen sich um den weichen, dunklen Stoff.

Diese Jeans, sie war schon jetzt so viel mehr als nur ein Kleidungsstück. Sie würde sich auf ihrer Haut ganz besonders anfühlen, da war sich Nini sicher. Sie schwor sich, diese Hose für den Rest ihres Lebens zu behalten – egal, wie zerrissen oder durchgescheuert sie irgendwann vielleicht sein mochte.

25

Nini saß im Bett, grub ihre Zehen in Arthurs Wade und grinste, als er sie verschlafen anblinzelte.

»Guten Morgen, Rebel-Lady. Hast du irgendwie vor, Löcher in meine Haut zu stanzen?«

Das Kissen traf ihn mitten ins Gesicht, was er mit einem erstickten Grunzen quittierte.

»Hätte ich gewusst, wie gemeingefährlich du bist, wäre ich gestern doch besser noch nach Hause gefahren«, tönte es unter dem Kissen hervor.

»Gestern noch einen auf abgezockten Ganoven machen und heute Angst vor einem Mädchen aus London haben. Du bist mir ein schöner Held!«

Ein haselnussbraunes Auge linste vorsichtig zwischen Decke und Kissen hervor.

»Gangster sind schließlich auch nur Menschen …«

Eine Hand mit dem Peace-Zeichen tauchte neben Nini auf, nur um sich eine Sekunde später ihren Fußknöchel zu schnappen und daran zu ziehen. Sie lachte und versuchte, sich aus der Umklammerung zu winden.

»Nichts da, der Fuß ist jetzt meine Geisel. Du kannst ihn allerdings freikaufen …«

Arthur zog das Kissen von seinem Gesicht und zeigte mit einem Finger auf seinen Mund. *Dieser Mund.* Der so perfekt in sein scharfgeschnittenes Gesicht passte. Für einen Augenblick verlor Nini sich in der Betrachtung seiner muskulösen Arme und seiner Brust, an der sie letzte Nacht so wunderbar eingeschlafen war. Jedes Mal, wenn sie kurz aufgewacht war, hatte sie sich vergewissert, dass Arthur auch tatsächlich noch neben ihr lag.

»Was ist jetzt? Zahlst du Lösegeld oder muss ich den Fuß abschrauben und im Meer versenken?«

Nini machte ein entsetztes Gesicht, beugte sich vor und hauchte ihm einen Kuss auf die Lippen.

»Mehr ist er dir nicht wert?«

»Bevor du 'ne dicke Lippe riskierst, löse lieber dein Versprechen ein, sonst sterbe ich sowieso an Unterernährung. Dann brauche ich den Fuß auch nicht mehr.«

»Da ist was dran. Was genau habe ich dir gestern versprochen? Und war das, bevor oder nachdem du mich mit Alkohol abgefüllt hast?«

Sie waren direkt von St. Day ins *Crown & Anchor* gefahren und hatten ihre erfolgreiche Flucht gefeiert. Nick hatte Wort gehalten und Arthur seinen freien Abend gegönnt. Wobei Nini den Verdacht hatte, den habe er dem Gespräch zu verdanken, das die beiden zuvor flüsternd hinter der Theke geführt hatten. Irgendwann später war Nick nämlich zu ihnen an den Tisch gekommen, hatte Nini die Schulter getätschelt und ihr ins Ohr geraunt: »Willkommen im Klub, Rebel-Lady«, und ihr ein *Angel Dark* aufs Haus vor die Nase gestellt.

Auch wenn Nicks Selbstgebrautes scheußlich geschmeckt hatte, war es der beste Abend gewesen, seit sie hier in Mevagissey gelandet war. Sie hatten Darts und Kicker gespielt, Bier getrunken, noch mehr gelacht. Zu dritt. Arthur war früh auf Wasser umgestiegen, um Nini noch nach Hause bringen zu können, was ihm von Maurice prompt den Titel *Traumschwiegersohn* eingebracht hatte.

»Dein Versprechen hast du gegeben, *nachdem* du hier zu Hause unbedingt noch Bier aus dem Keller holen musstest …«

Arthur machte ein schuldbewusstes Gesicht.

»So, und jetzt raus aus dem Bett. Du hast hier einen Job zu erledigen. Das beste Rührei in ganz Cornwall … Du erinnerst dich?«

Widerwillig schälte sich Arthur aus den Laken und zupfte an Ninis Schlaf-Shirt.

»Dann musst du mir aber mein T-Shirt zurückgeben. Wir wollen doch nicht, dass die Nachbarn tuscheln, oder?«

Nini zog sich das T-Shirt über den Kopf und warf es ihm zu.

»Guck mich nicht so an. Was immer dir gerade durch den Kopf gehen sollte: Die Antwort lautet *Nein!* Ich muss jetzt erst mal ein paar Nährstoffe einwerfen, damit mein Biosensor nicht meckert. Also los, ab in die Küche mit dir.«

Versonnen sah sie zu, wie Arthur in seine Klamotten stieg. Sie ließ sich zurück in die Kissen plumpsen und schloss die Augen. Die Sonnenstrahlen zauberten funkelnde Leuchtpunkte unter ihre Lider.

»Frühstück in zehn Minuten. Wehe, du schläfst wieder ein …«

Ohne die Augen zu öffnen, schüttelte sie den Kopf und lächelte.

Arthurs Schritte auf der Treppe. Das Cottage fühlte sich anders an, wenn er hier war. Als genösse es das Haus, Zeuge ihrer Liebesgeschichte zu sein, nach der Traurigkeit, die es in Leonores letzten Monaten erlebt hatte. Nini streckte sich wie eine Katze, wälzte sich auf den Bauch und betrachtete die blauen und türkisfarbenen Schlieren des *Instant-Meers,* das sie gemeinsam mit Tilda gebatikt hatte. Ihre kleine Schwester hätte Arthur bestimmt gemocht. Nini lauschte dem Gedanken eine Weile nach. Das Loch in ihrem Herzen zog nach wie vor, aber heute, zum ersten Mal, konnte Nini es aushalten. Dieses Loch, es würde wahrscheinlich nie ganz heilen, aber vielleicht konnte sie damit trotzdem ein einigermaßen gutes Leben führen.

Sie warf dem Meer an der Wand eine Kusshand zu und stand auf, weil nun der verführerische Duft von gebratenen Eiern zu ihr heraufwehte. Und Nepomuks Gekrächze.

Arthur drehte sich zu ihr um, als sie die Küche betrat.

»Holst du mal bitte zwei Teller aus dem Schrank?«

Nepomuk tippelte über das Fensterbrett und beobachtete die Vorkommnisse in der Küche genauestens.

»Na, du alte Krähe? Wartest du darauf, dass Arthur dir was abgibt?« Sanft strich sie ihm mit einem Finger über das Brustgefieder. Sogar Nepomuk erschien ihr heute schillernder, irgendwie schöner.

Dschää, dschäää!

»Er beschwert sich, dass er noch nichts bekommen hat. Du hast ihn schon ganz schön verzogen ...«

Nini stellte die Teller – einer zeigte ein Jagdmotiv mit Pferden, der andere war weiß und hatte einen goldenen Rand – neben den Herd und schielte in die Pfanne.

»Was ist das?«

Arthur verteilte den Inhalt mit dem Holzspatel gerecht auf zwei Teller, streute Kräuter darüber und legte eine Scheibe Brot daneben.

»Rührei?«

»Ja, schon, aber was ist das andere Zeug?«

»Zucchini, Zuckererbsen und Schnittlauch. Alles frisch aus deinem Gewächshaus und Garten.« Er trug die Teller zum Tisch und setzte sich. »Jetzt komm schon, Nini. Nach allem, was du mittlerweile gesehen, gehört und probiert hast, ist das hier doch kein Problem mehr für dich, oder?«

Er schielte unter seinem Haarschopf zu ihr hoch und sah dabei so sexy aus, dass Nini seine Frage augenblicklich vergaß.

»Du wirst doch wohl jetzt nicht das beste Rührei in Cornwall kalt werden lassen?«

Sie wuschelte ihm mit der Hand durch die dunkelblonden Haare, wollte sich irgendwie vergewissern, dass er kein Traumbild war, dann setzte sie sich ihm gegenüber. Auf ihrem Teller türmte sich ein appetitlicher gelb-grüner Hügel, gekrönt von Schnittlauchröllchen. Eingehend studierte sie die Zutaten. Als sie wieder hochsah, hatte sich Arthurs Gesichtsausdruck verändert. Er wirkte plötzlich nachdenklich, fast ein wenig angespannt. War er sauer auf sie, weil sie sich nicht gleich mit voller Begeisterung auf das Rührei gestürzt hatte? Nini nahm ihre Gabel und pikte ihn leicht in den Handrücken.

»Hey, was ist los mit dir?«

Er starrte auf die Stelle, wo das Metall der Gabel seine Haut berührt hatte, und zog die Hand ein Stück zurück.

»Nichts. Ich musste nur gerade an gestern denken. Das war seltsam. Eine Razzia, ausgerechnet, als der Markt schon so gut wie vorbei war ...«

Während Nini den Gedanken von gestern im Tunnel bis gerade eben verdrängt hatte, schien er Arthur nachhaltig beschäftigt zu haben. Zum ersten Mal, seit sie ihn kannte, wirkte er ratlos. Ausgerechnet er, der sonst auf alles eine Antwort hatte und wenn nicht, zumindest wusste, wen er fragen konnte. Nini hatte plötzlich das dringende Bedürfnis, ihn aufzuheitern.

»Sieh es doch mal positiv. Das könnte ja auch bedeuten, dass derjenige, der euch verpfiffen hat, keine Ahnung hat, wie der Markt wirklich läuft, oder?«

Er lächelte gutmütig.

»Vielleicht, kann sein. Oder wir haben einfach Glück gehabt. Aber jetzt Schluss damit, sonst wird noch das beste Rührei Cornwalls kalt.«

Hatte sie wirklich gedacht, *sie* sei die Meisterin im Beenden unangenehmer Gespräche? Gegen Arthur war sie eine lausige Amateurin.

Nini stocherte ein wenig in ihrem Rührei, dann begann sie zu essen. Genießerisch schloss sie die Augen. Was da ihre Zunge umschmeichelte, schmecke grandios. Sogar die

Zucchini, für gewöhnlich geschmackloses Zeug, entfalteten ein ganz eigenes Aroma.

»Wirklich megagut«, brachte sie kauend zwischen zwei Gabeln hervor. Ein Strahlen ging über Arthurs Gesicht.

»Sag ich doch. In Richs Laden würde so ein Gericht wahrscheinlich ein Vermögen kosten.«

Nini schaufelte sich genüsslich das Rührei in den Mund und beobachtete dabei Nepomuk, der schon wieder dabei war, etwas im Blumentopf zu verstecken. Im Hintergrund verarbeitete ihr Gehirn, was Arthur gerade gesagt hatte. Sie legte die Gabel zur Seite und wischte sich den Mund mit der Serviette ab.

»Kann ich dich mal was fragen?«

Arthur tupfte die Reste seines Rühreis mit einem Stück Brot vom Teller und nickte.

»Aber wenn du glaubst, ich verrate dir das Rezept, nur weil du mit mir geschlafen hast, dann hast du dich geschnitten.«

Nini streckte ihr Bein aus und platzierte ihren Fuß, der in einer dicken Wollsocke steckte, auf seinem Knie.

»Wie viel weiß David Hunter? Ich meine, jetzt mal im Ernst: Der Typ hat ein paar alte, schrumpelige Bohnen auf Anhieb erkannt, dem macht man doch nicht so einfach was vor ... Der muss doch merken, was Rich ihm da serviert.«

Arthur lehnte sich in seinem Stuhl zurück und sah sie mit schiefgelegtem Kopf an. Er erinnerte dabei frappierend an Nepomuk, der gerade mit viel Getue und Geraschel sein Versteck neu dekorierte.

»Weißt du eigentlich, dass deine Augen immer dunkelgrün werden, wenn du nachdenkst?«

Sein Blick hielt sie gefangen, und sie spürte, dass ihm nicht der Sinn danach stand, sich mit ihr über dieses Thema zu unterhalten.

»Arthur, mich treiben diese Fragen *wirklich* um. Und ich brauche jetzt langsam ein paar Antworten, sonst drehe ich irgendwann durch. Also?«

»Ich mag das, wenn du so streng wirst ...«

Nein, dieses Mal würde sie ihn mit seiner Gesprächsstrategie bestimmt nicht durchkommen lassen. Sie schickte einen Laserblick über den Tisch, der sein Grinsen sofort pulverisiert.

»Okay, okay, ich hab's verstanden«, sagte er und hob abwehrend die Hände. »Offiziell weiß Hunter *gar nichts*. Soweit ich weiß, hat er noch nie etwas von unseren Aktivitäten mitbekommen, weder von Leonores Glashaus noch von einem der Gärten oder sonst etwas. Zumindest ist das mein Kenntnisstand. Aber ich bin auch nur der Gärtner, habe mich um so was nie gekümmert. Das war immer der Job von Leonore und den anderen. *Was* ich weiß: Einmal im Monat verwöhnt Rich Hunter und seine Leute im Restaurant und hat immer kleine Extras für sie parat – mal einen Fisch, mal besondere Erdbeeren. Rich sagt immer, Beamte sind auch nur Menschen, die ab und zu gut essen wollen.«

Nini starrte Arthur perplex an. Seine Erklärung mochte im ersten Moment beinahe lapidar klingen, war aber bei genauerem darüber Nachdenken so ungeheuerlich, dass Nini fast die Luft wegblieb.

»Du sagst … du sagst also, dass Rich diesen Hunter besticht, damit er ihn, beziehungsweise das *Taste!*-Netzwerk nicht hochgehen lässt?«

Arthur zuckte mit den Schultern und sagte: »Oder es ist andersherum. Hunter erpresst Rich. Vielleicht fordert er sogar noch ganz andere Gefälligkeiten ein, wer weiß? Du hast den Typen ja selbst kennengelernt, zuzutrauen wäre es ihm. Aber ich weiß es einfach nicht. Alles, was ich wissen *muss*, ist, dass Hunter hier in Mevagissey ein Auge zudrückt. Das reicht mir.«

Nini sah Hunter förmlich vor sich, wie er selbstgefällig in die Runde blickte, sich mit dieser typischen Geste über die Glatze fuhr, bis zu der Speckrolle im Nacken, die über seinen Hemdkragen quoll. Sie hatte ein flaues Gefühl im Magen, und zum ersten Mal war sie sicher, dass es nicht vom verbotenen Gemüse in ihrem Rührei kam.

»Er hat euch in der Hand …«

Erst jetzt wurde Nini klar, warum Rich sich nicht geweigert hatte, als die Ministeriumstypen unbedingt *sie* als Bedienung haben wollten. Und wie mutig es von ihm gewesen war, sie gegen Hunter zu verteidigen. Mit einem Fingerschnippen hätte dieser Kerl alles auffliegen lassen können. Und dass die Grüne Union mit Gesetzesbrechern nicht gerade zimperlich umging, war kein Geheimnis.

»Theoretisch hast du recht. Aber Hunter ist fast schon so lange Leiter des Ministeriums im Verwaltungsbezirk Cornwall, wie Rich sein Restaurant hat. Seither funktioniert diese *Beziehung*. Alles bestens.«

Nini stocherte in den Resten ihres Rühreis herum. Sie

war nicht überzeugt von Arthurs Argumenten. Die Person, von der ihrer aller Wohl abhing, war selbstherrlich und unberechenbar. Zudem reichte ein übereifriger Mitarbeiter, der sich profilieren wollte und Hunter verpfiff, oder ein neuer Vorgesetzter in London, der seinen Bezirksleiter plötzlich mehr auf die Finger schaute, und schon flog ihnen alles um die Ohren …

»Isst du dein Rührei nicht auf?«

Nini zuckte zusammen.

»Was? Äh, nein, danke, ich bin satt.«

Arthur klopfte mit der Gabel auf seinen Teller.

»Hey, lächle doch mal wieder. Wir managen *Taste!* schon so lange, und bis jetzt haben wir noch für jedes Problem eine Lösung gefunden.«

Genau, wie beim Schwarzmarkt, der ja angeblich auch so sicher ist, dachte Nini. Ihr war der Unterton in Arthurs Stimme nicht entgangen. Die Sache im Stollen hatte ihm mehr zugesetzt, als er zugeben wollte, und vermutlich spielte das Thema Vertrauen dabei eine nicht ganz unerhebliche Rolle. *Taste!* und der Schwarzmarkt funktionierten nur, weil hier alle bedingungslos zusammenhielten und das Geheimnis sorgsam hüteten. Der Glaube an diese Gemeinschaft war für Arthur wie ein Umhang, der ihn vor allem schützte, und der Gedanken, jemand könnte bei der Polizei geplaudert haben, riss Löcher in das bisher so robuste Gewebe.

Nini schnappte sich ihren Teller mit den Rühreiresten, stellte ihn neben die Spüle und beobachtete Nepomuk, der immer noch am Fenster saß. Der Himmel draußen glänzte an diesem Morgen beinahe so hellblau wie seine Federn.

Arthur stellte sich hinter Nini, schlang einen Arm um ihre Taille und zog sie an sich. Sanft knabberte er an ihrem Ohr, drückte seine Nase in ihr Haar.

»Hm, man kann deine schlechte Laune ja förmlich riechen. Ich glaube, dagegen müssen wir dringend etwas unternehmen. Und ich habe da auch schon so eine Idee …«.

Seine Lippen wanderten langsam über ihren Hals Richtung Schlüsselbein. Ihre Anspannung ließ sofort ein wenig nach. Dankbar, dass Arthur ihr Gehirn wenigstens für einen Augenblick zum Schweigen brachte, lehnte Nini sich gegen ihn und schloss die Augen.

26

Nini saß mit untergeschlagenen Beinen auf dem Beifahrersitz, ihre Hand auf der von Arthur, und genoss dieses kribbelige Gefühl, das die Vorfreude in ihrem Bauch erzeugte. Die *Lost Gardens of Heligan* zu sehen, hatte schon lange auf ihrer Wunschliste gestanden, aber bisher war immer irgendetwas dazwischengekommen.

80 Hektar Garten – eine unvorstellbare Fläche voller Grün. Besonders, wenn man aus London kam, wo schon seit Jahren jeder Quadratmeter bebaut wurde, um der Wohnungsnot entgegenzuwirken. Die ehemals so berühmten Londoner Parks kannte Nini nur noch von Bildern.

»Wir machen einen kleinen Umweg, wenn das für dich okay ist?«

»Kommt drauf an, wie gefährlich er ist …«

Arthur lachte, hob ihre Hand an seinen Mund und küsste ihre Fingerspitzen.

»Wenn du mit mir unterwegs bist, musst du immer mit dem Schlimmsten rechnen. Apropos gefährlich: Ist dein Telefon aus?«

Nini fragte sich, ob das regelmäßige Abschalten ihres Telefons nicht auch seine Gefahren barg. Angeblich konnten ja solch ungewöhnliche Verhaltensmuster einen stillen Alarm beim Ministerium für Innere Sicherheit auslösen. Aber Arthur machte das schließlich schon eine ganze Weile und wusste wohl am besten, was sicherer war. Also tat sie, worum er sie gebeten hatte.

Arthur setzte den Blinker und bog in eine kleine Straße ein, die durch einen lichten Eichenhain führte. Dahinter tauchte ein Cottage auf, das dem ihren nicht unähnlich war. Allerdings war dieses deutlich besser in Schuss. Am Hauseingang blühte ein üppiger, gelber Rosenstrauch, und Nini meinte, den Duft sogar durchs offene Autofenster zu riechen.

»Hier wohnen Ruth und Bernard.« Arthur ließ das Auto langsam an der für die Gegend so typischen Steinmauer entlangrollen, über die Nini von ihrem Autositz gerade noch drüberlinsen konnte. »Und das hier ist ihr Gemüsegarten. Alles ganz legal …«

Nini betrachtete den unglaublich prächtigen Garten und fragte sich, warum Arthur sie wohl hergebracht hatte, aber da zwinkerte er ihr auch schon zu und fuhr fort: »… könnte man meinen. Aber zwischen all dem Industriezeug sind natürlich unseren alten Sorten versteckt. Hauptsächlich unauffällige Gemüse, die nicht jeder, der hier vorbeikommt, sofort identifizieren kann. Zwiebeln, Bohnen, ein paar Kohlsorten, solche Sachen.«

Nini stieß einen leisen Pfiff aus.

»*Wow!* Das nenne ich mal mutig.«

»Ruth und Bernie machen das schon lange so, und bis jetzt ist ihre Strategie immer aufgegangen. Die beiden liefern übrigens auch an Rich. Zum Beispiel die violetten Karotten, die du im Kühlraum gesehen hast.«

Während Arthur in einer Ausbuchtung wendete, starrte Nini immer noch fasziniert auf den riesigen Garten. Dort wuchsen Blumen in allen Farben und Formen zwischen dem Gemüse, es gab Beete, die von Salatköpfen eingerahmt wurden, und tipiähnliche Konstruktionen, die von grünen Ranken überwuchert waren, sowie ganze Zwiebel-Armeen, die ein großes Erdbeerbeet bewachten.

»Wie viele gibt es?«

»Wie viele was?«

Arthur lenkte das Auto durch den Eichenhain zurück auf die Straße nach Heligan.

»Na, ich weiß auch nicht. Anbauer? Züchter? Gemüse-Rebellen?«

Arthurs Gesicht hellte sich auf.

»*Taste!*-Mitglieder meinst du? Gar nicht so wenige, dafür, dass Mevagissey ziemlich klein ist. Um die fünfzehn bauen an – mal mehr, mal weniger Sorten. Davon sind eine Handvoll auch für die Samenvermehrung zuständig. Leonores Glashaus, ich meine, dein Glashaus, spielt dabei eine zentrale Rolle.«

»Und du.«

»Und ich?«

»Und du spielst dabei auch eine zentrale Rolle, oder?«

Eine leichte Röte stieg ihm ins Gesicht, und Nini hätte ihn am liebsten geküsst, weil er in seiner Verlegenheit so unglaublich süß aussah.

»Nein, *Leonore* hat eine ziemlich wichtige Rolle gespielt.

Ich versuche nur, das Nötigste davon aufrechtzuerhalten. Das habe ich ihr versprochen, kurz bevor sie …«

Wieder huschte dieser Schatten über sein Gesicht, den sie schon so oft an ihm beobachtet hatte, wenn es um ihre Patentante ging.

Zum ersten Mal, seit sie Arthur kannte, fragte Nini sich, wie er mit all dieser Belastung und Verantwortung zurechtkam. Sein Vater, die Familie, Leonores Tod, *Taste!*, seine Jobs. Eine ganze Menge für jemanden, der so jung war. Ob er deswegen wohl manchmal schlecht schlief? Oder ab und zu heimlich auf einen Sandsack einprügelte? Irgendeine Strategie, um das alles auszuhalten, hatte er mit Sicherheit, und sie würde noch herausfinden, welche. Aber dafür mussten sie sich wohl erst noch ein wenig besser kennenlernen.

»Neben den im Anbau aktiven Mitgliedern gibt es auch noch Leute wie Debbie, Rich und Nick. Die drei sind Gründungsmitglieder und steuern mit ein paar anderen alles, was *Taste!* angeht. Verteilung von Saatgut, Verkauf von überzähligem Gemüse, Kontakt zu anderen Untergrundorganisationen, neue Projekte. Solche Sachen eben. Und dann gibt es noch die passiven Mitglieder, unsere Unterstützer, die uns den Rücken freihalten, gelegentlich bei der Obsternte und beim Einkochen aushelfen und dichthalten, egal, was passiert.«

Sie waren auf dem Parkplatz der Lost Gardens angekommen, und während Arthur rückwärts in eine Lücke nahe am Eingang stieß, fuhr er fort: »Zu den passiven Mitgliedern gehört in Mevagissey so gut wie jeder. Sogar der

Bürgermeister. Den Leuten hier wird eine gewisse Sturköpfigkeit vorgeworfen – sie lassen sich einfach nicht gerne herumkommandieren.«

Er lachte, und Nini konnte sehen, wie viel Spaß ihm diese ganze Geschichte machte. Das hier war wirklich sein Ding, seine große Leidenschaft. Er hatte sich *Taste!* mit Haut und Haaren verschrieben, obwohl das Ganze nicht nur verrückt, sondern auch gefährlich war. Nini fand das ziemlich anziehend, obwohl sie Widerstand gegen die Grüne Union bisher nicht als etwas eingestuft hätte, das man mit Leidenschaft betreiben sollte. Das war in ihren Augen bisher einfach nur dämlich gewesen, weil es ein todsicherer Weg ins Gefängnis war. Bei Arthur klang das allerdings, als wäre Widerstand nichts anderes als ein Zeitvertreib mit Adrenalin-Kick und maximalem Entertainment-Faktor.

»Würdest du dich eigentlich als Adrenalin-Junkie bezeichnen?«

Arthurs Kopf ruckte so heftig zu ihr herum, dass Nini schon Angst hatte, er würde das Auto gegen den Begrenzungszaun des Parkplatzes setzen.

»Wie kommst du denn jetzt da drauf?« Er stellte den Motor ab und musterte sie von der Seite.

»Ich meine ja nur. Ist alles nicht so ganz ungefährlich, was du da treibst, und trotzdem habe ich den Eindruck, du genießt es irgendwie …«

Nini konnte sehen, dass ihm eine Antwort auf der Zunge lag, er sie aber hinter seinen fest zusammengepressten Lippen einsperrte.

»Ja oder nein?«, bohrte sie nach.

»Bist du eigentlich immer so hartnäckig?«

»Wenn ich etwas unbedingt will ...«

»Nein, kein Junkie. Ich kann nur Bevormundung nicht so gut ab. Darum trage ich auch keinen Biosensor. Ich weiß selbst, was meinem Körper guttut. Reicht, wenn das Präventionsministerium ab und zu ein paar Werte von mir bekommt. Diese Überwachungsnummer löst in mir einfach eine gewisse ... *Abwehrbereitschaft* aus ...«

Am Eingang der Lost Gardens begrüßte sie der riesige Kopf eines Gnoms, der frech aus dem Gebüsch lugte. Allerdings war nur die obere Gesichtshälfte zu sehen, der Rest war bis zur Nasenspitze in der Erde versunken. Er war über und über mit hellgrünem Moos bedeckt, dazwischen blitzten zwei blaue Mosaikstein-Augen schelmisch hervor. Statt Haaren hatte das Fabelwesen grüne Wedel auf dem Kopf, die sich im Wind leicht wiegten. Es musste schon seit Ewigkeiten hier im Gras ruhen und die Besucher des Gartens begrüßen.

»Hey! Dieser Gnom ist ja genial! Wäre genau Tildas Ding gewesen. Sie fand Fantasiewesen *mega*.«

Arthur drückte leicht ihre Hand und zog sie weiter. Schon nach ein paar Minuten war Nini verzaubert von der magischen Schönheit dieses alten Gartens.

»Du sprichst nicht gerne über sie, stimmt's?«

Arthurs Stimme klang vorsichtig, als hätte er Angst, mit seiner Frage eine unsichtbare Grenze zu überschreiten. Nini ließ sich mit der Antwort Zeit. Arthur hatte recht:

Bisher war sie ihm gegenüber sehr zurückhaltend gewesen mit allem, was Tilda betraf. Sie war einfach nur froh gewesen, hier neu anfangen zu können, nicht ständig diese mitleidigen Blicke spüren zu müssen, die ihr den Verlust von Tilda noch deutlicher vor Augen geführt hatten. Während sie mittlerweile ziemlich viel über Arthur wusste, hatte sie ihr bisheriges Leben, das Leben vor Cornwall, unter Verschluss gehalten. Vielleicht war es tatsächlich an der Zeit, das zu ändern. Aber kannte sie ihn inzwischen gut genug, um es zu riskieren? Wie würde sich das anfühlen?

Arthur von Tilda erzählen.

Arthur das Loch in meinem Herzen zeigen.

Nini ließ diese Gedanken in ihrem Kopf kreisen und versuchte herauszufinden, was das mit ihr anstellte. Aber weder setzte ihr Herz aus, noch tat sich die Erde vor ihr auf. Stattdessen fiel ihr Leonores Spruch ein:

Keine halben Sachen, Miss Morrison …

Und als sie jetzt in seine warmen, freundlichen Augen sah, war die Entscheidung auf einmal ganz leicht, und sie sagte leise: »*Nicht gerne* trifft es nicht richtig. Es tut einfach unglaublich weh. Ich vermisse sie jeden Tag so sehr, und wenn ich auch noch über sie spreche, dann …« Sie senkte den Kopf und schluckte die Tränen hinunter.

»… macht das alles nur noch schlimmer. Verstehe ich, und ich will dich auch gar nicht drängen.« Wieder drückte Arthur ihre Hand, als wolle er ihr mit Morsezeichen zu verstehen geben, wie ernst es ihm damit war.

Nini rupfte einen langen Grashalm ab und drehte ihn nachdenklich zwischen den Fingern.

»Tilda hat …«, setzte sie an und verstummte. Arthur ging einfach ganz ruhig neben ihr weiter, pflückte ein rosafarbenes Blümchen am Wegesrand und hielt es ihr hin. Nini nahm es und schnupperte dran.

»Sie hat Rosa geliebt. Und Kekse und Cracker, so wie Nepomuk. Und sie hat auch mindestens so viel gekrümelt wie er. Sie war spontan und lustig und manchmal eine unglaubliche Zicke, die mir tierisch auf die Nerven gegangen ist.« Ein zaghaftes Lächeln huschte über ihre Lippen. »Kleine Schwester eben. Aber ich hätte sie für nichts in der Welt hergegeben. Und als Debbie mir diese Geschichte von den Antibiotika-Resistenzgenen erzählt hat, bin ich … bin ich unglaublich wütend geworden. Auf sie, auf die Ärzte, auf, ach, einfach auf die ganze Welt.« Nini kickte ein Steinchen ins Gebüsch. »Glaubst du, da ist was dran?«

Arthur zuckte mit den Schultern.

»Ich weiß es ehrlich gesagt nicht. Es ist eine veraltete Technologie, die offiziell nicht mehr eingesetzt wird. Aber mir geht es da wie Debbie: Ich traue diesen Konzernen nicht über den Weg. War denn eine Antibiotika-Resistenz der Grund für Tildas …«

Nini war ihm dankbar, dass er das Wort nicht aussprach.

»Offiziell nicht. Aber wenn es so gewesen wäre, hätten es die Ärzte auch nicht schwer gehabt, das vor uns zu verheimlichen. Wir waren wie drei Zombies. Meine Mutter, vollgepumpt mit Beruhigungsmitteln, mein Vater, ein rotierender Kreisel, weil er alles alleine organisieren musste.«

»Und du?«

Nini starrte wieder auf den Boden und kämpfte die Tränen zurück.

»Ich? Hab mich gefühlt wie klinisch tot. War wie eine leere Hülle. Jedenfalls war ich meinem Vater auch keine große Hilfe.«

Der Seufzer, den Arthur ausstieß, sagte ihr, dass ihm dieses Gefühl nicht fremd war. Schwer vorstellbar, dass ein energischer Typ wie er jemals in totale Starre verfallen könnte, so wie es mit ihr nach Tildas Tod geschehen war.

Sie liefen schweigend weiter, der Weg führte sie direkt hinein in einen sonnendurchfluteten Mischwald. Arthur blieb stehen.

»Hast du schon jemals so etwas Schönes gesehen?«

Vor ihnen, auf dem Waldboden, lag eine schlafende Frau aus Stein. Bekleidet mit Efeu und Farn, schmiegte sich ihr gewaltiger Körper an die weiche Blätterschicht, die der letzte Herbst hinterlassen hatte. Sie ruhte auf der Seite, einen Arm leicht angewinkelt, und sah dabei so friedlich aus, dass sich ein Lächeln in Ninis Gesicht stahl. Leise, als könne sie die Frau sonst wecken, schlich sie näher, strich ihr über die bemooste Wange, legte ihre warme Menschenhand auf die kühle aus Stein. Es fühlte sich friedlich an, irgendwie beruhigend.

»Sie ist wunderschön.«

Obwohl sich ihr Herz gerade noch so schwer angefühlt hatte, war dieser Moment fast magisch. Als würde die Ruhe der schlafenden Steinfrau auf sie übergehen und sie leichter atmen lassen. Nini hätte ewig an ihrer Seite bleiben können, doch Arthur zog sie schon weiter in die verwunschene Gartenanlage.

»Komm, ich will dir was zeigen.«

Arthur führte sie vorbei an Teichen, die von pink- und fliederfarbenen Rhododendronbüschen, Palmen und Farnbäumen gesäumt wurden, durch einen Bambushain und zu einem Waldstück, wo er sich ein paar Mal umsah, bevor er den Weg verließ und sich vor ihr durchs Gebüsch schob.

»Was hast du vor? Willst du über mich herfallen?«

Arthur drehte sich um und zwinkerte ihr zu.

»Schließ die Augen. Bitte!« Er nahm sie bei der Hand und führte sie noch ein paar Meter weiter zwischen die Bäume. Mit geschlossenen Augen spürte Nini den weichen Waldboden, der federnd unter ihren Füßen nachgab, hörte, wie ein Ästchen knackend unter ihrem Schuh zerbrach.

»Mann, jetzt mach's doch nicht so spannend ...«

»Sei nicht so ungeduldig. Nur noch ein kleines Stück.«

Vorsichtig tastete sich Nini weiter, bis Arthur ihr zu verstehen gab, dass sie stehen bleiben konnte.

»So, jetzt kannst du gucken.«

Nini öffnete die Augen.

Bäume.

Irritiert ließ sie ihren Blick über die Stämme schweifen. Okay, unterschiedliche Bäume. Ratlos sah sie Arthur an, der lächelnd sagte: »Das hier ist einer unserer Waldgärten. Wenn du genau hinschaust, siehst du verschiedene Obstbäume wie Apfel, Pflaume oder Mispel. Die wurden vor vielen Jahren hier auf der Lichtung gepflanzt und sind jetzt

Teil des Waldes. Weiter hinten gibt's noch Johannisbeeren, Brombeeren und Himbeeren.«

Arthur bog vorsichtig einen Ast nach unten, strich über Rinde und Blätter. Unglaublich, was sich die Leute in Mevagissey alles einfallen ließen, um die Gesetze zu umschiffen. Ob das hier wohl auch Leonores Idee gewesen war?

»Schade, dass du die Obstblüte im Mai verpasst hast. Das ist mit Abstand die schönste Zeit. Aber natürlich auch die gefährlichste. Blühende Obstbäume sind auffällig, selbst hier, in einem Dschungel und abseits der Wege.«

Nini ging näher an die Bäume heran, und jetzt sah auch sie die kleinen, grünen Früchte an den Zweigen hängen.

»Aber ihr habt doch Hunter. Wo ist das Problem?«

»Na ja, zu bunt dürfen wir es natürlich trotzdem nicht treiben, sonst hat er keine Möglichkeit, wegzusehen, ohne sich dabei selbst in Gefahr zu bringen. Wenn uns jemand in Truro anzeigt, oder noch schlimmer, in London, dann muss Hunter der Sache offiziell erst einmal nachgehen. Und dann einen guten Grund finden, warum er die Anzeige als gegenstandslos erachtet. Was meinst du, wie oft er das machen kann, ohne selbst aufzufliegen?«

Irgendwie beschlich Nini das Gefühl, dass Arthur mehr über die *Zusammenarbeit* mit Hunter wusste, als er beim Frühstück zugegeben hatte.

»Das hier ist einer von vier Waldgärten auf diesem riesigen Gelände. In einer guten Saison haben wir im Spätsommer alle Hände voll zu tun. Aber das wirst du ja bald selbst sehen.«

Arthurs Blick, so offen und voller Vorfreude, fuhr ihr wie ein glühendes Schwert in den Magen. *Im Spätsommer.* Wann war das? In zwei Monaten? Drei? Am liebsten hätte sie, wie als Grundschulkind, ihre Finger benutzt, um die Monate abzuzählen. Im Spätsommer. Mitte August lief die Frist des Wohnraumamts ab. Mitte August spätestens musste sie entscheiden, wo und wie sie in Zukunft leben wollte. In London, wo zwar all ihre Freunde, aber auch die bedrückende Situation zu Hause auf sie wartete, oder hier, wo sie endlich wieder so etwas wie Leben in sich spürte. Wegen Arthur und Nepomuk und trotz der ganzen Aufregung um Leonores Vermächtnis. Oder vielleicht gerade deshalb? Schnell schob Nini diesen irritierenden Gedanken beiseite.

»Geht's dir nicht gut?«

Sie schrak hoch.

»Du bist ganz blass um die Nase.«

»Alles okay, mir war nur kurz schwindlig.«

»Dann lass uns gehen. Das Wichtigste hast du ohnehin schon gesehen.«

Sie liefen einen anderen Weg zurück, weil Arthur ihr unbedingt noch ein paar der alten Geräteschuppen und Hütten zeigen wollte, die hier seit ewigen Zeiten versteckt im Wald lagen. Aber Nini hatte keine Augen mehr für all die großen und kleinen Wunder des Gartens, sie war mit ihren Gedanken immer noch im August. Plötzlich erschien ihr die Zeit bis dahin verdammt kurz, um eine so wichtige Entscheidung zu treffen.

»Du schuldest mir übrigens noch etwas.«

Arthur blieb stehen.

»Ich schulde dir was? Aber das beste Rührei Cornwalls habe ich doch geliefert. Was habe ich dir noch versprochen?«

Sein besorgter Blick brachte sie zum Lächeln.

»Ich meine das dritte Kuvert von Leonore. Ich glaube, ich will mir den letzten Clip anschauen.«

Arthur schien die Dringlichkeit in ihrer Stimme nicht entgangen zu sein.

»Ich bringe es heute Abend mit, okay?«

»Heut Abend? Haben wir ein Date?«

»Vielleicht?«

Dieses *Vielleicht* löste in Nini eine Kaskade von Gefühlen aus. Vorfreude. Aufregung. Sehnsucht. Sie würde die Lichterkette aufhängen und im Haus nach Kerzen stöbern. Eine Playlist erstellen. Die Aussicht auf einen romantischen Abend mit Arthur ließ ihre Laune bis in den Himmel steigen und dort rosa Wölkchen malen.

Er legte ihr einen Arm um die Schulter und sie schlenderten weiter Richtung Ausgang.

»Wir haben heute Abend unser vierteljährliches *Taste!*-Treffen. Ich dachte, du willst vielleicht mitkommen … Debbie und Rich werden auch da sein. Und Maurice natürlich.«

Plopp.

Nini strich die rosa Wölkchen. Und die Kerzen und die Playlist. Ein *Taste!*-Treffen …

Das war nicht nur so ziemlich das Gegenteil von dem, was sie unter romantisch verstand, sondern brachte zudem ihr Alien-Gehirn wieder in Fahrt.

Warum sollte sie zu dem Treffen mitkommen? Sie gehörte offiziell doch gar nicht zu dem illegalen Netzwerk. Was wussten die Leute von ihr? In so einem kleinen Dorf wurde bestimmt viel getratscht. Leonore hätte im Testament vermerken sollen, dass mit der Erbschaft auch *soziale* Verpflichtungen auf sie zukamen. Obwohl *sozial* in diesem Zusammenhang das völlig falsche Wort war. *Kriminell* traf es schon eher.

Nini wünschte, es gäbe einen Ausknopf für diese ratternde Denkmaschine zwischen ihren Ohren.

Arthur tat ganz entspannt, aber ihr war klar, dass er auf eine Antwort wartete.

Sogar die Bäume schienen sich zu ihr herabzubeugen, neugierig auf das, was sie sagen würde. Das Problem war: Sie konnte sich nicht anständig konzentrieren, solange sie Arthur so nah neben sich spürte.

»Und was ist mit Nick?«, fragte sie, um etwas Zeit zu gewinnen.

»Der ist sowieso dabei. Das Treffen findet im *Crown & Anchor* statt. In Nicks Schrein. Du weißt schon, dem Nebenraum, wo seine ganzen Gitarren und der andere Kram hängen.«

Er grinste breit.

Wirklich unerträglich gut gelaunt, dachte Nini.

Im Gegensatz zu ihr. Entscheidungsschwäche war nie ihr Problem gewesen, aber im Moment war sie unsicher, worüber sie hier überhaupt entscheiden musste.

Wäre ein Nein zu heute Abend auch automatisch ein Nein zu Arthur? Zu einem möglichen Leben hier?

Sie fühlte sich wie ein Pendel, das zwischen zwei Polen hin und her schwang und sich für keine Seite entscheiden konnte. In diesem Moment wünschte sie sich, wenigstens ein klein wenig mehr wie Leonore zu sein: unerschrocken und unbeugsam.

27

Der Raum war gerammelt voll mit Menschen und Klappstühlen, nur ganz vorne unter dem Banner an der Wand hatte man etwas Platz gelassen. Wo sich jetzt geschätzt vierzig oder fünfzig Leute auf den Füßen standen, hatten noch vor Kurzem Nicks Gitarren und Auszeichnungen ihren Platz gehabt.

BEACH CLEAN-UP stand auf dem Banner zu lesen. Grellbunte Buchstaben auf sandgelbem Papier. Jemand mit überschaubarem Talent hatte noch einen Seestern und einen Delfin dazugemalt. Oder sollte das ein Hai sein? Ganz sicher war sich Nini da nicht.

»*Beach Clean-up?*«, flüsterte sie Arthur ins Ohr.

»Yep. Das ist der Grund für unser Treffen hier. Oder was hattest du gedacht? Du weißt doch, wie wichtig es ist, den ganzen Plastikmüll an den Stränden aufzusammeln und zu entsorgen, oder nicht?«

Arthurs Grinsen war so breit, dass eine ganze Zucchini quer hineingepasst hätte. Nini sah sich um. Ganz hinten, am anderen Ende des Raums, steckten Debbie, Rich und Nick in einer Ecke die Köpfe zusammen, unweit davon unterhielt sich Maurice mit dem Typen, dem das Repair-

Café gehörte, und auch sonst entdeckte Nini das ein oder andere bekannte Gesicht.

Debbie reckte den Kopf und winkte sie zu sich, aber Arthur hatte Nini ohnehin schon bei der Hand genommen und steuerte auf das Grüppchen zu. Die drei strahlten Nini an, als sei sie die lange verschollene Tochter, die endlich in den Schoß der Familie zurückgekehrt war.

»Schön, dass du hier bist, Rebel-Lady.« Nick kniff sie in den Arm und grinste.

»Sei nicht so grob zu dem Mädchen«, brummte Rich, aber er grinste mindestens genauso breit.

»Sehr schön, dann können wir jetzt ja anfangen«, kommentierte Debbie, »ihr beide sucht euch am besten einen Platz vorne, ich will Nini nämlich kurz den anderen vorstellen.«

Das Ganze erinnerte Nini an ihre früheren Präsenz-Schultage. Zu viele Menschen für zu wenige Stühle. Und sie war auch genauso nervös wie in der Schule, als müsse sie ein Referat halten, dessen Thema sie nicht kannte. Hatte Arthur gewusst, was Debbie vorhatte?

»Mann, da bist du ja endlich. Dachte schon, du tauchst heute gar nicht mehr auf.« Maurice schlug Arthur auf die Schulter und ließ sich neben ihm auf einen Stuhl plumpsen. Er schickte ein schelmisches Augenzwinkern Richtung Nini. »Irre voll heute, findest du nicht? Was treibt die denn wohl alle hierher?«

Arthur antwortete nicht, warf Maurice aber einen vielsagenden Blick zu. Da war sie wieder, diese wortlose Verständigung.

Nini beschlich ein ungutes Gefühl. *Sie* war vermutlich der Grund, warum so viele Menschen an dem Treffen teilnahmen. Die Neugierde hatte die *Taste!*-Leute ins *Crown & Anchor* getrieben. Ihre Handflächen wurden feucht. Aber Zeit, über all das nachzudenken, blieb ihr nicht, denn Nick stand plötzlich vor dem Banner.

Mit beiden Händen strich er sich die schulterlangen Haare aus dem Gesicht, räusperte sich laut und legte los: »Liebe Freunde, ich freu mich, dass ihr heute so zahlreich zu unserem vierteljährlichen *Beach Clean-up-Treffen* erschienen seid.«

Aus dem Publikum kamen ein paar Lacher und das Grinsen auf Nicks Gesicht wurde noch breiter. Es war ihm anzusehen, dass er die Bühne liebte. Wie er so dastand, mit seinen Tattoos und in dem schwarzen Outfit, umwehte ihn noch immer ein wenig die Aura des Rockstars.

»Wir alle sind hier, weil es uns um die Bewahrung unserer Naturschätze geht und vor allem, weil wir bereit sind, uns aktiv einzubringen, um sie in ihrer ganzen Schönheit und *Vielfalt* zu erhalten ...«

Hätte ein Fremder Nick zugehört, er wäre bestimmt davon überzeugt gewesen, dass der schräge Typ da vorne über Plastik im Meer und an den Stränden sprach.

»Außerdem haben wir heute Abend einen ganz besonderen Gast bei uns, zu dem euch Debbie gleich noch ein wenig mehr erzählen wird. Ich jedenfalls freue mich *sehr*, dass sie heute hier bei uns ist.«

Nicks Zeigefinger stachen in Ninis Richtung, als würde er dem Publikum ein Bandmitglied vorstellen. Fehlte nur noch ein Trommelwirbel oder ein kurzes Gitarrensolo. Nein, damit hatte sie wirklich nicht gerechnet, und mittlerweile war sie davon überzeugt, dass Arthur von dieser Show gewusst haben musste.

Der würde was erleben!

Hinter ihrer Sitzreihe tuschelte jemand. Arthur drehte sich um und warf den Störenfrieden einen finsteren Blick zu. Noch mehr Getuschel ein paar Reihen weiter hinten. Nini spürte, dass sich hier etwas zusammenbraute. Es war wie ein laues Lüftchen, das einen herannahenden Sturm ankündigte. Noch nicht unangenehm, aber mit dem Potenzial, Schaden anzurichten. Stuhlbeine schrappten ungeduldig über die alten Holzdielen, überall Inseln aus Flüstern und Murmeln. Über Ninis Nacken kroch ein kalter Schauer.

Plötzlich wurde es ruhig im Raum.

Sie drehte den Kopf und sah, dass weiter hinten ein Mann mit schütterem Haar aufgestanden war. Seine Hände umklammerten die Stuhllehne seines Vordermannes, die dunklen Augen fixierten Nick.

»Ich weiß nicht, wie das die anderen sehen, aber ich will nicht, dass sie hier ist.« Sein Kinn ging in Ninis Richtung, aber ohne sie eines direkten Blickes zu würdigen.

Das Raunen und Tuscheln setzte so plötzlich wieder ein, wie es zuvor verstummt war. Ninis Magen verkrampfte sich schlagartig. Was für eine bescheuerte Idee, hierherzukommen. Arthur sprang auf und wollte etwas sagen, aber Debbie stoppte ihn mit einer knappen Geste. Zwar ließ er sich wieder neben Nini auf den Klappstuhl fallen, machte sich aber nicht die Mühe, seinen Ärger zu verbergen.

»Der Typ ist ein totaler Vollidiot. Nimmt sich immer unglaublich wichtig, dabei tut er nicht einmal etwas für *Taste!*«, raunte er ihr zu.

Nini war das egal. Alles, was sie wollte, war gehen. Wozu sollte sie sich hier herumärgern wegen einer Sache, die nicht einmal die ihre war?

Das energische Geräusch von Debbies Stiefeln auf dem Boden riss Nini aus ihren Gedanken. Die Hände in den Taschen ihrer Jeans und ohne Eile bewegte sich die Freundin ihrer Patentante nach vorne Richtung Banner, lehnte sich neben Nick an die Wand und musterte die Menschen im Raum.

»Würdest du uns, lieber Jeremy, die Freundlichkeit erweisen und uns den Grund für deine spontane Unmutsbekundung verraten? Euch ist schon klar, wer Nini ist, oder? Leonore McNamaras Patenkind. Sie hat das Foxglove Cottage geerbt und ist dort eingezogen.« Sie machte eine Pause und ließ ihren Blick noch einmal in aller Ruhe über die Köpfe schweifen.

Der Mann senkte kurz den Blick, nur um sie danach umso herausfordernder anzustarren.

»Es gibt Gerüchte, dass sie Rizzo verpfiffen hat …«

Debbies Augen wurden schmal. Das Gemurmel im Raum schwoll wieder an, genauso wie Ninis Wut, die mittlerweile wie ein in die Enge getriebenes Tier in ihr fauchte.

Was sollte sie getan haben? *Rizzo verraten?* Was für ein gequirlter Mist! Wieso sollte sie so etwas tun?

»Ruhe! Jetzt beruhigt euch alle mal wieder!«

Debbie stand vorne, die Arme ausbreitet wie eine Predigerin, und schickte einen strengen Blick in die Menge. Nini versuchte angestrengt, sich auf die Silberringe an Debbies Fingern zu konzentrieren, statt auf die Wörter, die jetzt vereinzelt durch den Raum flatterten.

Aus London. – Fremde. – Ist sie 'ne Spionin?

»Dieser Dreckskerl! Ich könnte ihn auf der Stelle erwürgen«, zischte Arthur. Demonstrativ legte er ihr seinen Arm um die Schulter und zog sie an sich, doch Nini drehte sich um, wollte ihrem Ankläger in die Augen sehen. Sie spürte die Blicke aller Anwesenden auf sich.

»So, so, sie hat also angeblich Rizzo verpfiffen?«, hakte Debbie mit ruhiger Stimme nach. Der Mann, Jeremy, nickte eifrig. Er genoss es sichtlich, im Mittelpunkt zu stehen.

»Ja. Anscheinend hat nur der Umstand, dass sie die Abläufe nicht genau kannte, Schlimmeres verhindert. Als die Einheit anrückte, war der Markt zum Glück schon zu und die Händler rechtzeitig verschwunden. Hat wohl einen anonymen Anruf bei der Polizei gegeben, sagt Rizzo. Und das weiß er von seinem Mann dort ...«

Debbies rechte Augenbraue wanderte ein Stück nach oben. »Tatsächlich. Und von wem hast du diese Informationen?«

»Ich hab so meine Quellen«, gab Jeremy zurück, »tut auch nichts zur Sache, wer es mir erzählt hat, weil es um etwas ganz anderes geht. Wir haben immer«, er reckte einen Zeigefinger in die Luft, »gesagt, dass unsere größte Stärke Vertrauen ist. *Jeder* muss sich zu hundert Prozent auf den anderen verlassen können, sonst funktioniert das, was wir hier tun, nicht. Mir ist es egal, ob sie Leonores Patenkind ist oder nicht. Vertrauen kann man nicht erben, das muss man sich verdienen. Und solange sie hier im Raum ist, werde ich verhindern, dass wir über unsere Arbeit sprechen. Im Zweifelsfall werde ich mich auf die Satzung berufen, die besagt, dass …«

»Danke Jeremy, ich kenne die Satzung«, ging Debbie scharf dazwischen.

»Boah, was für ein …« Arthur wollte wieder aufspringen, Nini konnte ihn gerade noch zurückhalten.

»Nicht, lass es, ist doch sinnlos. Der Typ hat seine Meinung und von der wird er nicht abrücken. Egal was du sagst …« Ihre Hand lag auf seinem Arm, sogar durch den Stoff der Jacke spürte sie, wie angespannt jeder einzelne Muskel war.

Nini starrte auf die alten Holzdielen, versuchte sich selbst zu beruhigen. Erst als Debbies grüne Cowboy-Stiefel vor ihr auftauchten, schaute sie auf.

»Nini«, sagte Debbie laut und vernehmlich für alle, »tut mir leid, was hier gerade abläuft. Ich bin mir sicher, dass die meisten der Anwesenden anders denken. Aber ich fürchte, wir müssen das erst unter uns klären. Besser, du gehst jetzt, sonst torpediert unser Freund Jeremy«, sie warf ihm einen finsteren Blick zu, »hier noch alles. Wir besprechen das hier und dann sehen wir weiter, einverstanden?«

Debbies freundlicher Blick glitt über ihr Gesicht. Nini biss sich auf die Lippen, nickte stumm. Was sollte sie auch sagen? Dieser Jeremy hatte sich auf sie eingeschossen und es gab nichts, was sie tun konnte, um das zu ändern. Arthur stand auf.

»Ich fahre Nini nach Hause.«

»Mach das.« Und deutlich leiser, sodass nur sie und Arthur es hören konnten: »Aber beeil dich. Ich brauche deine Unterstützung hier. Dringend.«

Beim Hinausgehen drehte sich Nini noch ein letztes Mal um. Ihr Widersacher stand immer noch festgewachsen wie Unkraut auf seinem Platz. Aber mittlerweile hatte sich seine verbissene Miene in ein siegesgewisses Strahlen verwandelt.

Nini stand in der Tür des Foxglove Cottages und sah auf das Kuvert, das Arthur ihr entgegenstreckte.

»Hätte ich bei dem ganzen Chaos beinahe vergessen.«

Nini nahm es und lächelte schmal.

»Warum hast du mir eigentlich nicht gesagt, dass Debbie mich heute Abend auf der Versammlung vorstellen wollte? Ich hab mich ehrlich gesagt gefühlt, als würde ich zur Schlachtbank geführt.«

Arthur presste die Lippen aufeinander und nickte.

»Kann ich mir vorstellen. Tut mir echt leid, was passiert ist. Ich meine, war klar, dass sie dich den Leuten vorstellen muss. Aber mit dieser Show hatte ich nicht gerechnet. Sonst hätte ich dich gewarnt, glaub mir.«

Nini atmete hörbar aus.

»Hey, nimm dir das alles nicht so zu Herzen. Jeremy ist

einfach ein mieses Wiesel. War er schon immer. Er hat nicht sonderlich viele Fans hier im Dorf.« Arthur zog sie an sich und platzierte einen Kuss auf ihrem Scheitel. »So, jetzt muss ich aber los. Mach dir keine Gedanken, es wird alles in Ordnung kommen. Du wirst schon sehen.«

Nini war nicht ganz sicher, was *in Ordnung kommen* in diesem speziellen Fall überhaupt bedeutete.

»Kann ich dich wirklich alleine lassen?«, fragte Arthur und strich ihr zart über die Wange.

Nein, konnte er nicht. Sie wollte nichts sehnlicher, als sich in seine Arme zu kuscheln und dem Rhythmus seines Herzens zu lauschen. Aber sie verstand, dass die anderen ihn bei der Versammlung brauchten.

»Klar. Ich werde mir hiermit«, sie wedelte mit dem Briefumschlag, »die Zeit vertreiben. Oder vielleicht binge ich 'ne Runde. Mal sehen. Auf jeden Fall brauchst du dir keine Sorgen um mich zu machen. Ich werde mich bestimmt nicht wegen so einer Geschichte aus dem Fenster stürzen.«

Sie schenkte ihm ein strahlendes Lächeln, obwohl ihr nicht danach zumute war. Die Feindseligkeit dieses Kerls auf dem Treffen hatte ihr mehr zugesetzt, als sie vor Arthur zugeben wollte.

»Na gut, wenn das so ist, dann bin ich ja beruhigt.«

Er drückte ihr noch einen flüchtigen Kuss auf den Mund und sprang die Treppen hinunter. Nini sah dem Auto noch nach, bis das Licht der Scheinwerfer am Ende der Zufahrt verschwunden war, dann ging sie nach oben in ihr Zimmer.

Das Erste, was Nini registrierte, nachdem sie die Deckenlampe angeschaltet hatte, war Nepomuk, der zusammengekauert auf dem Bettüberwurf hockte und sie ansah, als wäre er über ihre nächtliche Störung *not amused*.

»Ach, sieh mal einer an. Was machst du alte Krähe denn hier? Und wie bist du überhaupt durch diesen schmalen Fensterspalt gekommen? Da passt ja kaum eine Maus durch …«

Offensichtlich konnte Nepomuk sich ziemlich dünn machen. Nini setzte sich auf die Bettkante und strich ihm über die Brustfedern.

»Irgendwie habe ich das Gefühl, dass du dich nicht unbedingt wie ein handelsüblicher Eichelhäher benimmst, kann das sein? Eigentlich solltest du irgendwo da draußen in einem Baum hocken und es dir nicht hier auf meinem Bett gemütlich machen …«

Nepomuk legte den Kopf schief, als müsse er über das, was sie eben gesagt hatte, nachdenken.

»Weißt wohl auch nicht so recht, wo du hingehörst, was? Wenn es dich tröstet – damit sind wir schon zwei.«

Sie blieb noch eine Weile neben ihm sitzen. Seit Arthur weggefahren war, fiel ihr Energiepegel rapide. Obwohl es erst kurz nach acht war, fühlte Nini sich, als hätte sie schon einen sehr langen und sehr anstrengenden Abend hinter sich. Sie schob Nepomuk ein wenig zur Seite, was ihr sofort verärgertes Gekrächze bescherte.

»Nur damit du es weißt: Das ist *mein* Bett. Sei froh, dass ich dich nicht rausschmeiße.« Nini schlug die Tagesdecke zurück und vergrub ihr Gesicht in den Kissen. Tief atmete sie Arthurs Duft ein, der wie eine ferne Erinnerung an die Nacht mit ihm noch in dem weichen Stoff der Bezüge hing.

In welcher Einheit maß man eigentlich Liebe? An der Anzahl der beschleunigten Herzschläge? Oder der Menge an Sehnsucht, die sich auftürmte, wenn der andere nicht da war?

Nini erschrak fast ein wenig über ihre eigenen Gedanken. Weder sie noch Arthur hatten das Wort *Liebe* bisher laut ausgesprochen, und trotzdem war sich Nini sicher, dass sie es zum ersten Mal in ihrem Leben mit diesem geheimnisvollen Phänomen, um das sich fast jeder Song, jeder Film und jedes Buch drehte, zu tun hatte. Das hier war keine Verliebtheit wie bei Vic, der sie mit seinen Späßen zum Lachen gebracht und mit dem sie einfach gerne Zeit verbracht hatte, und es war auch keine Schwärmerei aus der Ferne wie bei Ben, dem Co-Wohner aus der Nachbarschaft in London.

Das hier, mit Arthur, fühlte sich anders an. So richtig, so tief, so … zu Hause.

Sie rollte sich auf den Rücken und starrte auf die Deckenlampe. Morgen würde sie Arthur bitten, ihr zu helfen, eine Lichterkette rund um das Instant-Meer anzubringen. Sie stellte sich das schön vor – im Bett zu liegen und mit ihm gemeinsam die elektrischen Sterne und das Meer aus Stoff zu betrachten.

Das Flattern von Nepomuk holte sie aus ihren Träumereien. Der Eichelhäher war zum Fensterbrett geflogen und quetschte sich durch den schmalen Spalt ins Freie.

Unglaublich! Dieser verrückte Vogel konnte sich tatsächlich flach wie eine Flunder machen. Für den Bruchteil einer Sekunde fragte Nini sich, ob Nepomuk möglicherweise eine abgefahrene Hightech-Drohne aus Gummi war, die jemand auf Leonore angesetzt hatte.

Sie lachte laut auf. Diese ganze *Taste!*-Geschichte war wie ein schleichendes Gift, das nach und nach ihre Nerven zermürbte.

Sie sah schon Gefahren hinter jeder Ecke lauern.

Und dann wurde Nini klar, warum das so war.

Sie hatte sich entschieden.

Irgendwann in den letzten Stunden. Ganz unbewusst.

Sie stand jetzt auf der verbotenen Seite.

Genau wie Leonore. Wie Arthur.

Und das jagte ihr höllische Angst ein.

28

Der letzte Clip, Nini.
Das Rätsel dazu ist relativ einfach, vorausgesetzt, alles ist so gelaufen, wie ich es mir erhoffe, und du konntest einen anderen Blick auf die Welt kennenlernen.
Falls nicht, wirst du mit der Lösung Schwierigkeiten haben. Aber das spielt in diesem Fall auch keine Rolle mehr, denn dann haben ich und meine Freunde hier in Mevagissey einen schlechten Job gemacht …

Danke Leonore, dass du den Druck noch einmal erhöhst, dachte Nini und ließ das eng beschriebenen Blatt Papier neben sich aufs Bett fallen, wo auch schon Leonores Steinzeit-Tablet lag. Das Ganze fühlte sich an wie ein Test, in einem ihr unbekannten Fach. Im Vergleich dazu erschienen ihr die A-Level-Prüfungen fast wie ein Witz. Damals hatte sie wenigstens gewusst, worauf sie sich vorbereiten sollte. Genervt schnaubte sie durch die Nase, nahm den Brief und las weiter.

Sie war immer so wacker
Und macht sich nun vom Acker

Weil sich alle Welt gegen sie verschworen hat
Und ehe die kapiert, was sie verloren hat
Ist alles nur noch flau
Und aus Bunt wird so Grau
Lass uns alles versuchen, sie zu retten
In all ihren wunderbaren Facetten.

Nini schloss die Augen. Warum bloß war Arthur jetzt nicht hier? Er hätte bestimmt sofort gewusst, worauf Leonore in ihrem Gedicht – war das überhaupt ein Gedicht? – anspielte. Es kam ihr vor, als hätte sie ihn vor Jahren an der Tür verabschiedet, dabei war seither nicht einmal eine Stunde vergangen. Ihr wurde warm, wie immer, wenn sie kurz vor dem Einschlafen war. Ihre Gedanken drifteten ab, sie schwebte in dieser Welt zwischen Wachen und Schlafen, in der sich Realität und Fantasie vermischten. Sie rutschte tiefer in die Kissen, ihre Hände mit Leonores Brief auf dem Bauch.

Die steinerne Frau im Wald. Ihr Antlitz, so schön, so ruhig. Ich will mich zu ihr hinunterbeugen, ihr über die bemooste Wange streichen, da öffnet die Frau ihre Augen. Grün, wie Teiche im Park, grün wie die von Tilda. Ein Blick, der bis tief in die Seele reicht, ein perlendes Lachen. Sie erhebt sich, tanzt, immer tiefer in den Wald hinein. Ich, verzaubert von ihrer Anmut, folge ihr wie von einem unsichtbaren Band gezogen. Weiter, immer weiter, bis wir unter gewaltigen Bäumen stehen, Äste hoch in den Himmel gereckt. Die Frau dreht sich langsam um sich selbst, zu einer Melodie, die nur sie hören kann, streckt die Hände in die Luft, ihr Gesicht ein Strahlen. Blüten regnen aus den Bäumen auf mich herab, bunt und duftend, verwandeln sich in Früchte, die in allen Farben des Regenbogens schillern. Der Blick der Frau hält mich fest, doch ich habe nur Augen für diese unglaubliche Vielfalt, mit der uns die Bäume beschenken. Als ich das nächste Mal zu ihr blicke, ist die Frau wieder erstarrt, versteinert und sieht mit ihren in den Himmel gereckten Armen und dem Moos an ihrem Körper beinahe selbst aus wie ein Baum …

Nini schrak aus den Kissen hoch, ein dumpfer Druck lastete hinter ihren Schläfen. Ein Blick auf ihr Smartphone.

Sie hatte zehn Minuten gedöst.

Was für ein bizarrer Traum, schön und intensiv und … Nini grübelte. Und was? Etwas tapste durch ihr Gehirn. Ganz leise, als wolle es ihre Aufmerksamkeit nicht erregen. Intuitiv spürte sie, dass es wichtig war. Sie schloss die Augen, atmete ruhig ein und aus und versuchte, noch einmal in diesen Zustand zwischen Wachen und Schlafen einzutauchen und ihr Unterbewusstsein anzuzapfen.

Die steinerne Frau, der Wald, die Bäume, die bunten Blüten und Früchte …

Mit einem Ruck setzte sie sich auf, nahm Leonores alten Laptop. Sie öffnete die letzte Video-Datei und tippte:

VIELFALT

Das strahlende Gesicht ihrer Patentante tauchte auf dem Bildschirm auf.

Nini hatte den Test bestanden.

»Keine Ahnung, Nini, ob du mittlerweile bei Taste! *aktiv bist oder nicht, aber zumindest hast du wohl schon eine ganze Menge erfahren, sonst hättest du das letzte Rätsel kaum lösen können. Dazu muss man nämlich im Stande sein, die Perspektive zu wechseln, Dinge zu hinterfragen, die man sein Leben lang für wahr und richtig erachtet hat. Respekt.«*

Nini hörte nur mit halbem Ohr hin. Zu sehr nahm sie Leonores Aussehen mit.

Ihre Patentante saß zwar wie zuvor in ihrem Sessel, aber dieses Mal war ihr Körper förmlich eingekeilt zwischen Kissen, als wäre sie zu schwach, um sich alleine aufrecht zu halten. Ihr Gesicht war blass, fast wächsern, Adern schlängelten sich dunkel über ihre Handrücken.
Das Bild veränderte sich, eine Art Überblendung. Nini sah – aus der Vogelperspektive – wie ein Nashorn durch die Savanne donnerte, Staub wirbelte unter seinen stämmigen Beinen auf. Plötzlich ein Schuss. Kameraschwenk zu einem Mann mit einem Gewehr. Triumphierendes Lachen. Victory-Zeichen. Schwenk zurück. Der Helikopter fliegt einen Bogen, umkreist den Körper des Giganten, der jetzt im Staub liegt. Tot.

Ihr Brustkorb wurde eng. Sie wusste, dass Nashörner in freier Wildbahn ausgestorben waren, es nur noch ein paar traurige Exemplare in einem geheimen Areal, einer Art Hochsicherheitsgefängnis, irgendwo in der minimalen Restwildnis von Kenia, gab. Allesamt mittlerweile zu alt, um Nachwuchs zu zeugen.

»Sie haben diese Schweine damals schon kurz nach dem Abschuss erwischt. Das ändert aber leider nichts an der Tatsache, dass diese Selfie-geilen Typen eines der letzten Nashörner gewildert hatten. Ein weiteres Stück Artenvielfalt, das von unserem Planeten verschwunden ist – ausgerottet durch Gier nach Aufmerksamkeit.«

Leonore holte zittrig Luft. Nini sah ihr an, wie sehr sie diese Aufnahmen anstrengten. Ihr Herz zog sich schmerzvoll zusammen.

»So ähnlich ist es auch mit unserem Saatgut. Sorten verschwinden, wie vieles andere auf dieser Welt – Nashörner, Elefanten, Tiger. Sie sterben aus. Unwiederbringlich. Weißt du, früher gab es bei uns unzählige Weizensorten, mittlerweile werden dank der Agrarreform nur noch zwei Sorten angebaut.
Zwei, Nini!
Aber verlieren wir die Vielfalt auf den Feldern und in den Gärten, dann verlieren wir auch die Vielfalt auf unseren Tellern. Und unsere bescheuerte Regierung hat das schon so gut wie geschafft. Das treibt mich um.

Monokulturen auf dem Acker führen zu Monokulturen in der Ernährung. Ich hoffe, du hattest mittlerweile Gelegenheit, das bei Rich im Restaurant selbst zu erschmecken …«

Ein kleines Lächeln erschien auf Leonores Gesicht.

Sie selbst sah allerdings aus, als hätte sie schon seit Tagen nichts mehr Anständiges gegessen. Ach, Leonore, warum hast du mir nicht schon viel früher von alldem erzählt?!

»Aber das ist noch längst nicht alles, Nini. Denn wenn wir die alten Sorten verlieren, schrumpft damit auch der Genpool, das genetisches Reservoir, *wenn du so willst. Etwas, das uns später mal den Arsch retten kann, wenn die Monokulturen, die wir aktuell haben, an ihre Grenzen kommen. Dann werden die Menschen froh sein, dass es noch irgendwo alte Sorten gibt, die sich über Jahrzehnte immer wieder veränderten klimatischen Bedingungen angepasst haben. Sie sind ein Schatz, den wir bewahren müssen, Nini! Denn nur in dieser Vielfalt steckt das Potenzial für die Anpassung an Klimaveränderungen, Krankheiten und alles, was uns vielleicht sonst noch so in der Zukunft erwartet.«*

Leonore kicherte plötzlich wie ein Teenager. Die Augen geschlossen, als lausche sie ihrem eigenen Gelächter hinterher, sprach sie weiter.

»Entschuldige, Nini, aber meine Kamerafrau Debbie hat mir gerade signalisiert, dass ich jetzt ungefähr zum hundertsten Mal das Wort ›Vielfalt‹ benutzt habe. Ich

bin eben eine alte, schrullige Frau, aber keine Sorge, du hast es schon geschafft, ich bin mit meinem Vortrag fertig. Alles, was mir bleibt, ist zu hoffen, dass ich dir ein wenig vermitteln konnte, warum das alles, warum Taste! *so wichtig ist. Nicht nur für mich, sondern für* eure *Zukunft. So wie es aussieht, war das wohl mein letzter Auftrag hier auf dieser Welt …*

Mach's gut, kleine Miss Morrison. Ich bin sicher, dass du das tun wirst, was sich für dich richtig anfühlt, und das ist gut so.«

Leonore schenkte ihr ein strahlendes Lächeln, dann fror das Bild ein.

Ninis Gesicht war tränenüberströmt. Das hier fühlte sich verdammt an wie ein Abschied. Für immer. Der Schmerz über den Verlust von Leonore erwischte sie mit voller Wucht. Erst jetzt verstand Nini, dass diese Clips wie eine Nabelschnur gewesen waren, die sie mit Leonore verbunden, ihr das Gefühl gegeben hatten, dass sie noch nicht ganz aus ihrem Leben verschwunden war.

Aber das war jetzt endgültig vorbei.

Der schrille Klingelton des Smartphones bohrte sich unnachgiebig in Ninis Gehörgang. Sie vergrub ihren Kopf unter dem Kissen, aber das Geräusch ließ sich nicht aussperren. Genervt tastete sie nach dem Telefon, das irgendwo unter der Bettdecke stecken musste.

Welcher Vollidiot wagte es, sie in aller Herrgottsfrühe anzurufen?

Mühsam zwang sie ihre Augenlider auseinander.

Vielleicht war das Arthur, weil er es gestern Abend nicht mehr geschafft hatte.

Aber wo war das verdammte Telefon? Sie riss die Bettdecke zur Seite. Da, am Fußende. Sie angelte mit den Zehen danach.

Dad

7:18

Plötzlich war sie hellwach.

»Dad?«

»Hallo, mein Schatz.«

Seine *Alles-wird-wieder-gut-Stimme*. Ninis Herz begann zu rasen.

»Was ist los, Dad?«

Er räusperte sich, und jetzt war Nini sicher, dass etwas ganz und gar nicht stimmte.

»Reg dich bitte nicht auf, okay? Es ist alles unter Kontrolle. Ich wollte dir nur sagen, dass deine Mutter letzte Nacht einen Unfall hatte.«

Ninis Körper fing unkontrolliert an zu zittern. Sie kämpfte sich aus dem Bettzeug und setzte sich an den Matratzenrand, betrachtete ihre Beine, als gehörten sie nicht zu ihr. Sie wackelten wie Äste im Wind.

»Was ist passiert? Wie schlimm ist es?«, flüsterte sie ins Telefon.

»Sie ist gestern Abend im Treppenhaus gestürzt, als sie von ihrer Selbsthilfegruppe zurückgekommen ist. Die

Nachbarn haben sie gefunden. Sie hat sich zwei Wirbel angebrochen, eine Platzwunde am Kopf und eine ganze Menge Blutergüsse. Mach dir keine Sorgen, sie kommt wieder in Ordnung.«

Nini ließ sich nach hinten auf das Bett fallen und schloss die Augen.

»Wie geht es ihr? Ist sie bei Bewusstsein? Und wie hat das überhaupt passieren können? Ich meine, warum hat sie nicht den Aufzug genommen?«

Nini versuchte sich an die Treppe zu erinnern, die zur Wohnung ihrer Eltern hochführte. Sie hatte sie so gut wie nie benutzt, aber sie sah doch die scharfkantigen Steinstufen vor sich.

»Ich weiß es auch nicht, Nini. Ich war gerade bei ihr, sie ist noch ziemlich benommen von all den Medikamenten, die sie ihr gegeben haben. Momentan kann sie sich noch an nichts erinnern. Aber es geht ihr den Umständen entsprechend gut, sagen die Ärzte. Sie ist stabil.«

Den Umständen entsprechend gut … Dieser Satz löste bei Nini einen Wirbelsturm an Gefühlen aus. Sie wusste, dass diese Worthülse gar nichts zu bedeuten hatte, keine Garantie war. Menschen starben trotzdem.

»Hast du gehört, Nini? Sie ist stabil, sie kommt wahrscheinlich schon in ein paar Tagen wieder aus dem Krankenhaus.«

Galt das ihr, oder musste er sich dessen selbst versichern? Nini atmete ein paar Mal tief ein und aus, versuchte ihr Zittern in den Griff zu bekommen.

»Ich hab's gehört, Dad.«

Die Stille in der Leitung war ohrenbetäubend.

»Dad?«

»Ich glaube, sie würde sich sehr freuen, wenn du sie im Krankenhaus besuchen kämst.«

Nein. *Nein, nein, nein.* Sie wollte nicht wieder in dieses Krankenhaus. In dem Tilda gestorben war. Nini sah die langen, beigefarbenen Flure vor sich, die unbequemen Plastiksitzschalen an den Wänden, hatte plötzlich den Geruch von Desinfektionsmittel und Krankenhausessen in der Nase. Ihr Magen revoltierte, zum Glück war er leer. Sie schluckte ein paar Mal heftig.

»Ich stocke dein SD-Konto auf, dann kannst du jederzeit mit einem Auto los …«

Die Vorstellung, ein paar Stunden völlig alleine in einem SD zu sitzen und in Richtung London zu fahren, war für Nini unerträglich. Unmöglich. Selbst, wenn sie versuchen würde, sich mit allen möglichen Filmen und Serien abzulenken. Oder mit ihren Mädels zu telefonieren, oder … Egal, was sie tun würde, Nini war sicher, dass ihr Alien-Gehirn spätestens nach der halben Strecke Amok laufen würde.

»Lass gut sein, Dad, ich fahre mit dem Bus. Oder dem Zug. Was immer schneller geht. Ich ruf dich an, wenn ich weiß, wann ich ankomme.«

29

Nini stand dicht an Arthur gedrängt und hatte das Gefühl, keine Luft zu bekommen. Nicht einmal das rhythmische Ruckeln der U-Bahn und das vertraute *Tock-Tock* der Schienen konnte sie beruhigen. So viel hatte sie Arthur über ihr Leben in London erzählen wollen, Geschichten über ihre Freunde, ihre Lieblingsecken, die Cafés, in denen sie oft abhing – doch jetzt brachte sie kein Wort über die Lippen. Sie fühlte sich bedrängt von ihrer Umgebung, nahm alles gestochen scharf wahr. Die verwischte Wimperntusche der Frau direkt neben Arthur, ein loser Knopf an einem Jackenärmel, der leichte Schweißgeruch, der in der Luft hing. Alles kam ihr zu nah, fühlte sich zu eng an, war zu viel. Wäre ein Fluchtreflex nicht etwas total Lächerliches und Unnützes in einem fahrenden Waggon, vollgestopft mit Menschen, Nini hätte schwören können, dass es genau das war, was da gerade in ihr hochstieg. Sie lehnte ihren Kopf an Arthurs Schulter und schloss für einen kurzen Augenblick die Augen.

»Bist du okay?«

Sie hob träge die Lider und sah zu ihm hoch. Mit der übergezogenen Kapuze hatte er etwas von einem Mönch.

»Danke, dass du mitgekommen bist! Ohne dich würde ich diesen Trip wahrscheinlich nicht überleben.«

Ihr erster Anruf nach dem Gespräch mit ihrem Vater heute Morgen hatte Arthur gegolten. Ohne Plan, einfach, weil sie seine Stimme hören, ihm von dem Unfall erzählen wollte. Dass er ihr anbieten würde, sie nach London zu fahren, damit hatte sie nicht gerechnet. Erst hatte sie abgelehnt, weil sie wusste, dass er sich um seinen Vater kümmern und später noch eine Schicht bei Nick im Pub schieben musste. Aber Arthur war hartnäckig geblieben und hatte ganz zum Schluss noch einen Trumpf ausgespielt.

»Dann kann ich dir wenigstens in Ruhe erzählen, wie die *Taste!*-Versammlung gestern noch gelaufen ist. Außerdem – ich war noch nie in London.«

Noch nie in London? *Wow!*

Also hatte sie Ja gesagt.

»Kein Thema. Solange sie mir auf dem Parkplatz nicht mein Auto demolieren …«

Sein Auto. Nini musste lächeln. Er hing wirklich an dieser alten Schüssel. Sie hatten das Auto auf dem Park & Ride-Parkplatz in Reading abgestellt, da im Londoner Innenbereich nur SDs erlaubt waren. Für Nini das Normalste auf der Welt, aber Arthur hatte so seine Probleme damit, seinen Oldtimer allein auf dem riesigen Gelände stehen zu lassen.

»Ich glaube, da gibt es andere Autos, die mehr Aufmerksamkeit erregen als deins. Aber wenn es dich beruhigt: Die P&Rs um London sind alle gut überwacht.«

Von Arthur kam nur ein Brummen. Nini spürte es

mehr, als dass sie es hörte. Sie warf einen kurzen Blick auf das Display. Farringdon war schon die nächste Station.

»Hey, wir müssen gleich raus.«

Ein leichtes Ruckeln und die U-Bahn kam zum Stillstand. Schulter an Schulter ließen sie sich von der Menge aus dem Waggon schieben. Tippelschritt für Tippelschritt, bis sie endlich auf dem Bahnsteig standen. Dort zog sie das Menschenmeer sofort weiter und spülte sie zu den Ausgängen.

»Mann, hier ist ja was los.«

Arthur stand auf der Rolltreppe unter ihr und ließ seinen Blick über die Menschen in der Station schweifen. Mit einer schnellen Handbewegung schob er die Kapuze vom Kopf und setzte stattdessen ein verblichenes Basecap auf, das er tief ins Gesicht zog. Nini verbiss sich ein Grinsen.

Ob ihm wohl schon mal jemand gesagt hatte, dass er damit nicht so cool aussah, wie er vielleicht dachte? Erst als Arthur den Kopf senkte, kurz bevor die Rolltreppe sie an einer der Überwachungskameras vorbeitransportierte, verstand sie es.

Er versuchte sein Gesicht zu verbergen!

Diese Erkenntnis raubte ihr für eine Sekunde den Atem. Arthur, Everybodys Darling, leidenschaftlicher Gärtner, der fürsorgliche Sohn, war durch und durch ein Rebell, subversiv auf seine ganz eigene Art. Nini vermutete, dass Leonore daran nicht ganz unschuldig war. Ein Kribbeln durchlief Nini. Irgendwie fand sie das sexy.

Durchatmen, war Ninis erster Gedanke, als sie endlich oben auf der Cowcross Street standen. Sie war verschwitzt und nervös, ohne dass sie dieses Gefühl so richtig einordnen konnte. Eigentlich hatte sie gehofft, dass sie die vertraute Umgebung etwas beruhigen würde. Fehlanzeige.

»Willkommen in London!«, sagte sie halbherzig und versuchte es mit einem Lächeln. »Sightseeing beschränkt sich dieses Mal leider auf Krankenhausflure.«

Arthur nickte nur und sah sich um. Er war seltsam still geworden, seit sie in London angekommen waren. *Wäre ich wahrscheinlich auch, wenn ich das alles zum ersten Mal sähe,* dachte sie bei sich, nahm seine Hand und zog ihn weiter in Richtung White Horse Alley, in der sich das Krankenhaus befand. Arthurs Schweigsamkeit machte Nini unruhig. Ihr Gehirn suchte krampfhaft nach etwas, das ihn zum Reden bringen, aus der Reserve locken würde. Ihr fehlte dieser Arthur, der ihr zu Hause immer irgendetwas zeigte, erklärte, erzählte. Hier in London schienen ihre Rollen vertauscht. Jetzt war er der Beobachter, und es wäre eigentlich ihr Job, ihm diese neue Welt zu erschließen. Aber ihr fehlte jegliche Motivation, ihm etwas über die Läden, Pubs und Bürogebäude zu erzählen. Links die Häuserfront, rechts eine endlose Schlange von SDs, die sich Stoßstange an Stoßstange durch die Straße schob.

»Und du denkst, die Sache mit diesem Jeremy ist wirklich ausgestanden?«

Ein kleines, verächtliches Lächeln erschien auf Arthurs Lippen.

»Die Mitglieder haben abgestimmt. Für dich. Da kann

er sich auf den Kopf stellen und mit den Ohren wackeln, es wird ihm nicht helfen. Wenn du eine von uns werden willst«, er schickte einen fragenden Blick in ihre Richtung, »dann steht dem nichts im Wege.«

Nini konnte förmlich spüren, wie sehr er sich eine Antwort, eine Art Bekenntnis von ihr wünschte.

»Könnte mir vorstellen, dass mein neuer Freund Jeremy und bestimmt auch ein paar andere nicht davon begeistert wären, oder? Wie viele waren denn gegen mich?«, wich sie ihm aus.

Arthur machte eine wegwerfende Handbewegung.

»Rich und die anderen werden ihn und die paar Zweifler schon wieder einfangen. Der Typ ist harmlos, er braucht einfach nur ein bisschen Aufmerksamkeit.«

Das Klingeln von Arthurs Smartphone zerschnitt ihr Gespräch. Glück für Nini, die noch nicht so weit war, das auszusprechen, was Arthur so gerne von ihr hören wollte. Der Samen hatte zwar zu keimen begonnen, aber das Pflänzchen war einfach noch zu zart, um es dem Sonnenlicht auszusetzen.

»Hi, Maurice. Ich? Mit Nini in London, wieso?«

Arthur blieb stehen, drehte sich von ihr weg und tat so, als studiere er die Auslage eines Secondhandladens. Obwohl Sommer war, trugen die Schaufensterpuppen warme Strickpullis und Jacken, die allesamt ziemlich altmodisch wirkten.

»*Shit*, tut mir leid, das habe ich total verschwitzt.«

Arthurs Gestalt spiegelte sich im Fenster der Auslage.

»Ich hab doch schon gesagt, dass es mir leidtut, okay?

Jetzt krieg dich mal wieder ein. Ninis Mutter hatte einen Unfall und ist im Krankenhaus, sie musste …«

Die Art, wie Arthur die Hand in seine Hosentasche rammte, ließ keinen Zweifel daran, dass er sauer war.

»Morgen. Irgendwann am späten Nachmittag, schätze ich. Herrgott Maurice … Ja, klar, wir holen das nach. Ich funk dich an, wenn ich zurück bin.«

Ohne ein Wort des Abschieds legte er auf und stopfte das Telefon zurück in seine Jacke. Nini griff nach seiner Hand, aber er entzog sie ihr.

»Hey, was ist los?«

»Nicht wichtig. Lass uns jetzt zum Krankenhaus gehen.«

Nini sah in den Himmel. Es roch nach Regen. Hier, in der Stadt, hatte der Geruch etwas Scharfes, Metallisches. Ganz anders als in Cornwall, wo einem Guss meist eine würzige Brise vorausging und danach oft ein Hauch von Regenwurmgeruch auf den nassen Straßen zurückblieb.

Sie liefen schweigend weiter, bis ein paar Minuten später das graue Krankenhaus vor ihnen aufragte und sie aus gläsernen Augen anstarrte. Die Schlange vor dem Eingang war wieder einmal lang. Arthur verzog das Gesicht.

»Gibts noch 'nen anderen Eingang?«

»Ja, an der Südseite, aber da ist es auch nicht viel besser.«

»Erstaunlich. Ihr lebt angeblich in der modernsten Stadt Englands, aber diese simple Sache mit dem Scan kriegt ihr nicht wirklich hin. In Truro bin ich in weniger als zwei Minuten durch den Check …«

Nini schluckte die Rechtfertigung, die ihr auf der Zunge lag, hinunter. Arthur hatte recht und ihr ging der Gesundheitscheck am Eingang mindestens genauso auf die Nerven wie ihm. Erst diese Warterei und dann immer die Sorge, dass der Scanner etwas fand – erhöhte Temperatur, eine tropfende Nase oder irgendwelche Mikroorganismen, die nicht da sein sollten, und verhinderten, dass man ins Krankenhaus gelassen wurde. Sie schickte ein Stoßgebet in den Himmel, dass heute alles glattlief.

Als sie eine halbe Stunde später endlich vor dem Zimmer ihrer Mutter standen, waren Ninis Handflächen feucht. Unschlüssig starrte sie auf die rote Digitalanzeige neben der Tür, die über die Belegung der Betten Auskunft gab.

»Willst du nicht reingehen?«

Arthur hatte sich schon in eine der Sitzschalen an der Wand gefläzt, das Basecap noch ein Stück tiefer ins Gesicht gezogen und die langen Beine von sich gestreckt. Es war ihm anzusehen, wie müde er war.

Nini durchströmte ein Gefühl von Dankbarkeit. Ohne Arthur hätte sie diesen Trip nicht halb so gut überstanden. Wahrscheinlich hätte sie irgendwann im Bus oder Zug eine Panikattacke bekommen.

»Na komm, bring es hinter dich, wird schon nicht so schlimm sein. Und falls doch – ich bin hier draußen und warte auf dich, okay?« Er tippte mit zwei Fingern an das Schild seiner Baseballmütze.

Arthur hatte ja keine Ahnung.

Nini betätigte den automatischen Türöffner.

Im Zimmer war es dämmrig, was nicht nur am bewölkten Himmel und der Uhrzeit lag, sondern auch den halb heruntergelassen Jalousien. Im hintersten Bett, direkt am Fenster, lag ihre Mutter, ihr Vater saß daneben. Ein Eisenring legte sich um Ninis Brustkorb und zog sich langsam zusammen. Wie zu Hause, war ihr erster Gedanke. Ihre Mutter lag apathisch im Bett, die Vorhänge waren geschlossen, weil sie Tageslicht nicht ertragen konnte.

»Nini!« Ihr Vater sprang von seinem Stuhl auf und kam zu ihr. Er drückte sie so fest, dass sie kaum Luft bekam. »Schön, dass du da bist, meine Große! Deine Mutter schläft gerade.« Seine Stimme klang belegt.

»Wie geht es ihr?«

Ihr Vater zog sie an der Hand näher zum Bett.

»Die Ärzte sind zufrieden mit der Entwicklung. Sie schläft viel, die Schmerzmittel machen sie müde.«

Er schob sie in den Zwischenraum zwischen Wand und Bett. Das Gesicht ihrer Mutter war blass, was ihre dunklen Augenbrauen und den schön geschwungenen Mund noch stärker betonte. Links oben am Haaransatz prangte ein großes Pflaster. Nini setzte sich auf den Stuhl, nahm die Hand ihrer Mutter und versuchte krampfhaft, nicht an Tilda zu denken. Ihre Mutter öffnete die Augen, blinzelte erst verwirrt, dann ging ein Strahlen über ihr Gesicht.

»Mein Schatz! Was für eine schöne Überraschung …«

»Mensch Mama, was machst du denn für Sachen? Wie fühlst du dich?«

»Ganz okay, das wird schon wieder, mach dir mal keine Sorgen. Hey, du bist ja schon richtig braun geworden.«

Nini wusste nicht, was verwirrender war. Die Tatsache, dass ihre Mutter in dieser Situation über so etwas Nebensächliches wie ihren Bräunungsgrad sprach oder der Ausdruck in ihren Augen. Klar und sortiert, als würde sie wieder am Leben teilnehmen. Das hatte Nini seit Tildas Tod nicht mehr erlebt.

»Und, wie gefällt es dir in Mevagissey? Hast du dich schon eingelebt? Erzähl mal …«

Arthur stocherte mit der Gabel in dem gebratenen Gemüse mit Tofu, das Nini gemeinsam mit ihrem Vater auf die Schnelle zubereitet hatte. Nini kannte ihn mittlerweile gut genug, um seinen Gesichtsausdruck zu deuten. Dieses *genormte Zeug*, das sie auf dem Nachhauseweg noch im Supermarkt besorgt hatten, war so gar nicht nach seinem Geschmack, aber es würde ihn nicht umbringen und immerhin machte es satt. Nini löffelte grinsend ihr Essen. Sie musste selbst zugeben, dass die Sojasoße und der Räuchertofu die einzigen Highlights zwischen dem relativ geschmacksneutralen Rest waren. Aber darauf kam es wirklich nicht an. Sie war einfach nur glücklich, dass der Besuch im Krankenhaus so viel besser abgelaufen war, als sie sich das auf der Autofahrt nach London ausgemalt hatte. Alles andere war unwichtig.

Ihr Vater lehnte sich zurück und tupfte sich den Mund mit der Serviette ab.

»Noch mal danke, Arthur, dass du Nini hergebracht

hast. Ihre Mutter war wirklich überglücklich, sie zu sehen.«

Arthur ließ den Blick kurz hinüber zu Nini schweifen, als wolle er fragen, wie viel ihr Vater über sie beide wusste. Sie zuckte nur unauffällig mit den Schultern. Direkt erzählt hatte sie in ihren Telefonaten nichts, aber seinen Namen mehr als einmal erwähnt.

»Kein Problem. Habe ich gerne gemacht. Außerdem war ich noch nie in London – wurde langsam mal Zeit.«

Ihr Vater starrte Arthur an, als habe der stattdessen gesagt: *Das Sonnensystem, in dem ich lebe, ist Millionen von Lichtjahren von der Erde entfernt.*

Wenn Nini darüber nachdachte, war das vielleicht gar nicht so falsch.

»Noch nie in London? Tatsächlich?«

»Nein, Sir. Noch nie.«

»Na, dann hoffe ich wenigstens, dass du Arthur morgen noch ein wenig deine Heimatstadt zeigen wirst, bevor er zurück nach Cornwall fährt …«

Ihr Vater legte seine Hand auf die ihre und zwinkerte ihr zu. Ninis Brustkorb wurde eng. Es war deutlich zu spüren, wie froh er über ihre Anwesenheit war. Die Vorstellung, wie er jeden Abend nach dem Besuch im Krankenhaus alleine in die leere Wohnung zurückkehrte, alleine zu Abend aß und dann vor dem Rechner hockte, bis er endlich müde genug war, um schlafen zu können, schmerzte sie.

»Wir werden nach dem Frühstück nur eine kleine Sightseeing-Runde machen und dann noch schnell bei Mom vorbeischauen, bevor wir …«, Nini zögerte einen Augenblick, bevor sie weitersprach, »am frühen Nachmittag wieder zurück nach Mevagissey fahren.«

»Du bleibst nicht?« Seine Hand lag jetzt so schwer auf der ihren, als wolle er sie am Davonlaufen hindern.

»Nein, ich muss zurück, ich arbeite morgen Abend.«

Ihr Vater zog eine Augenbraue nach oben.

»Du arbeitest?«

»Ja, bei Rich, im Restaurant. Nur vorübergehend, bis ich weiß, was ich tun will …«

Ein nachdenkliches Nicken.

»Irgendwie habe ich das Gefühl, ich weiß fast nichts mehr über dich und dein Leben.«

Nini nahm aus dem Augenwinkel Arthur wahr, der für einen kurzen Augenblick die Stirn krausgezogen hatte. Weil ihr Vater so sentimental war oder weil er sie bei einer Notlüge erwischt hatte?

»Ach Dad, du weißt mehr über mich als die meisten anderen Väter über ihre Töchter. Glaub mir.« Nini zog ihre Hand unter seiner hervor und tätschelte seinen Unterarm. »Außerdem habe ich das Gefühl, dass es Mom im Moment ganz gut geht. Ich meine, nicht körperlich, sondern, du weißt schon … Ihr beide kommt bestimmt auch ohne mich zurecht.«

Nini hatte wieder ihre Mutter vor Augen, die zwar ziemlich angeschlagen gewirkt hatte, aber zum ersten Mal seit Langem wieder sie selbst gewesen war. Ein schwaches Lächeln erschien auf dem Gesicht ihres Vaters. Kurz überlegte Nini, ob das vielleicht ein guter Zeitpunkt wäre, um

Leonores alten Laptop aus ihrer Reisetasche zu holen. Als Ablenkung und weil sie ihrem Vater sowieso ein paar Sequenzen hatte vorspielen wollen. Vielleicht hatte *er* ja ein paar Antworten für sie. Aber sie hatte die Rechnung ohne ihren Vater gemacht.

»Ich bin müde, Leute. Das waren zwei sehr anstrengende Tage. Machst du noch das Bett für Arthur auf dem Sofa zurecht?«

Nini zögerte. Die Videoclips … Und eigentlich wollte sie, dass Arthur bei ihr im Zimmer schlief. Kurz wog sie ab, ob es die Sache wert war, mit ihrem Vater eine Diskussion anzuzetteln, aber als sie sein abgekämpftes Gesicht sah, ließ sie es sein.

»Geht klar. Wir räumen auch noch die Küche auf, okay?«

Kaum war ihr Vater im Schlafzimmer verschwunden, ließ sie sich auf Arthurs Schoß fallen.

»Und? War's sehr schlimm für dich?«

Arthur schnaubte durch die Nase.

»Was soll daran schlimm gewesen sein? Ich mag deinen Vater. Man spürt, wie sehr er dich liebt. Ist wahrscheinlich nicht ganz einfach für ihn, sein *großes Mädchen* ziehen zu lassen.«

»Ah, Dr. Dr. Arthur Freud …«, neckte sie ihn und bohrte ihm einen Finger zwischen die Rippen. »Wenn du schon so versiert bist auf diesem Gebiet, dann kannst du mir ja gleich psychologischen Beistand leisten, wenn ich in mein Zimmer gehen und Tildas Bettzeug für dich holen muss, oder?«

Sie rutschte von seinem Schoß und zog ihn vom Stuhl hoch. Das, was ihr gerade so locker über die Lippen gekommen war, hatte allerdings einen sehr wahren Kern. Nini war tatsächlich ein wenig nervös, ihr altes Zimmer zu betreten und auf Tildas leeres Bett starren zu müssen.

30

In Ninis Bauch flatterten Tausende Schmetterlinge, als die sanft geschwungenen Hügel und die Spitze des Kirchturms von Mevagissey vor der Windschutzscheibe auftauchten. Eine simple Körperreaktion, aber sie stürzte Nini in tiefe Verwirrung. Gestern, in London, war davon nichts zu spüren gewesen. Nicht einmal ein winziges Zucken. Sie versuchte sich einzureden, dass es an der Sorge um ihre Mutter gelegen hatte, am schlechten Wetter, der vollen U-Bahn …

Blödsinn.

Mit untergeschlagenen Beinen saß Nini auf dem Beifahrersitz, Arthurs linke Hand lag auf ihrem Knie. Durch das halb offene Fenster strömte der Duft von frisch gemähtem Gras, der Fahrtwind zupfte an ihren langen Haaren. Sie strich sich eine Strähne aus dem Gesicht und sog das Aroma tief ein. Arthur schien ihre Verwirrung zu spüren, er drückte ihr Knie und lächelte.

Konnte es sein? Konnte es wirklich sein, dass sie hier glücklich war? Ohne Tilda und trotz Loch im Herzen?

»Und? Freust du dich auf dein Zuhause?«

Nini schlug spielerisch nach ihm.

»Du tust ja gerade so, als wäre ich ein halbes Jahr weg gewesen.«

»Na, von Nepomuk wirst du dir ganz schön was anhören müssen. Der ist bestimmt stinksauer, dass du ihn alleine gelassen hast.«

Arthur bog auf die kleine Straße Richtung Foxglove Cottage. Nini schlüpfte in ihre Stiefel und kramte in ihrer Messenger-Bag im Fußraum nach dem Haustürschlüssel.

»Shit!«

Arthur trat so heftig auf die Bremse, dass sich Nini den Kopf am Armaturenbrett anschlug.

»Autsch! Sag mal, spinnst du?« Erbost fuhr sie hoch und erstarrte.

In der Zufahrt zum Cottage standen drei Transporter. An den Seiten prangte das grüne Logo des Ministeriums für Agrarsicherheit: Eine Hand, die sich schützend über ein Pflänzchen wölbte.

Nini vergaß für einen Moment zu atmen.

»Was machen *die* denn hier?«

»Nicht gut. Gar nicht gut«, murmelte Arthur. Er starrte durch die Windschutzscheibe, als könne er nicht glauben, was er da sah.

Ein Typ in grauem Overall, Gummistiefeln, Handschuhen und Basecap kam aus dem Garten und steuerte auf die Lieferwagen zu. Er trug eine Plastikkiste vor sich her, über den Rand hingen große, grüne Blätter.

Ihre Zucchini.

Nini biss die Zähne aufeinander, bis ihre Kiefermuskeln schmerzten.

Nein! Nein, nein, das konnte nicht sein, das durfte nicht sein. Das war Leonores Lebenswerk, ihr Vermächtnis. Und jetzt waren das verdammt noch mal *ihre* Pflanzen und *ihr* Gewächshaus.

Sie stieß die Autotür auf und stürmte in die Zufahrt.

»Nini!«, hörte sie noch Arthurs entsetzte Stimme hinter sich, aber da stand sie schon mitten auf dem Vorplatz. Der graue Mann blieb wie angewurzelt stehen und starrte sie an. Freundlich sah anders aus. Ihre Knie waren weich wie Pudding, aber sie wich keinen Zentimeter zurück.

»Was machen Sie hier?« Zwar hatte sie keine Ahnung, wie sie mit dieser Invasion umgehen sollte, aber sie musste das hier irgendwie stoppen.

Plötzlich war Arthur neben ihr. So nah, dass sich ihre Arme berührten. Sie straffte die Schultern und reckte ihr Kinn.

»Dürfen Sie das überhaupt?«

»Das letzte Mal, als wir uns gesehen haben, warst du nicht ganz so selbstbewusst«, erklang plötzlich eine Stimme hinter ihr.

Die Härchen an ihren Armen richteten sich auf. Sie hätte diese Stimme unter Tausenden wiedererkannt.

Langsam drehte sie sich um. Da stand Hunter, der Glatzkopf, mit einem süffisanten Lächeln in seinem feisten Gesicht. Er musste gerade aus einem der Autos gestiegen sein. Anders als seine Mitarbeiter in ihren Overalls trug er auch heute einen Anzug. Die einzige Gemeinsamkeit mit seinen Leuten waren die Gummistiefel, die an ihm und noch dazu in seinem Aufzug völlig unpassend wirkten.

»Nini, nicht wahr? Wir haben schon auf dich gewartet. Und was deine Frage angeht: Ich habe dir schon bei unserem ersten Aufeinandertreffen erklärt, dass wir eine ganze Menge dürfen. Konfiszieren zum Beispiel.«

Er deutete auf seinen Mitarbeiter, der gerade die Kiste in einem der Transporter verstaute. In der Zwischenzeit waren noch mehr graue Männer mit noch mehr Kisten in der Zufahrt erschienen – voll mit Bohnenranken, Kapuzinerkresse und … ihren *Erdbeeren*!

Wie hatte sie diese Pflänzchen noch vor kurzer Zeit verflucht! Und jetzt? Jetzt fühlte es sich plötzlich an, als würde ihr jemand einen Schatz rauben.

Nini ballte die Fäuste. Warum war dieser Hunter überhaupt hier? Was war mit der Vereinbarung, dass er in Mevagissey ein Auge zudrückte? Verdammt, Leonore hätte gewusst, was in so einer Situation zu tun war. Nini lief los, nach hinten in den Garten, Richtung Glashaus.

Dschää, dschää, dschää, dschäääääää!, schimpfte Nepomuk irgendwo in den Eichen.

Er klang anders, irgendwie nervös, aber sie hatte jetzt keine Zeit, sich um ihn zu kümmern.

»Nini, verdammt, jetzt warte doch mal«, ertönte Arthurs Stimme hinter ihr. Als er auf gleicher Höhe war, packte er sie am Handgelenk und zwang sie, stehen zu bleiben. Die Haare an seinem Hinterkopf standen wirr ab, seine Augen waren dunkel vor Sorge. »Was zur Hölle hast du denn vor?«

Sich auf Arthur zu konzentrieren war fast unmöglich. Überall diese grauen Männer! Ameisengleich liefen sie über den Rasen, als folgten sie einer unsichtbaren Straße.

»Du musst Rich anrufen! Er muss Hunter irgendwie zur Vernunft bringen, bevor seine Leute hier alles zerstören. Warum ist der Kerl überhaupt hier? Ich dachte, es gibt eine Vereinbarung …«

Ein dumpfes Geräusch, gefolgt von einem Fluch. Ihr Kopf ruckte herum, einer der Männer hatte eine Kiste fallen lassen. Kleine Kohlrabipflänzchen kullerten über den Boden.

»Siehst du nicht, was die hier machen?«, schrie sie Arthur an und blinzelte die Tränen weg.

»Ja, sehe ich. Komm her.« Arthur zog sie in seine Arme. »Jetzt atme erst mal durch und dann gehen wir zum Glashaus. Ich rufe Rich gleich anschließend an, okay?« Er drückte sie noch mal fest, schob sie sanft von sich und nahm ihre Hand.

»Los, beeilen wir uns, vielleicht kann ich wenigstens noch ein paar von den Samen retten.«

Sie trabten los, wurden aber immer langsamer, je näher sie kamen. Vor dem Glashaus herrschte ein unvorstellbares Chaos. Kistentürme, Schubkarren, Schaufeln, Harken, überall Männer in grauen Overalls, die sich so effizient bewegten wie Roboter. Viele der Gerätschaften hatten die Beamten einfach achtlos auf der Wiese abgeladen, genau dort, wo der Fingerhut am dichtesten stand. Gestanden *hatte*. Nini konnte den Anblick der umgeknickten und abgebrochenen Stängel kaum ertragen. Nur der Gedanke, dass im nächsten Jahr alles wieder nachwachsen würde, tröstete sie ein wenig über diese sinnlose Zerstörung hinweg. Arthur schob sie an dem Gewühl vorbei zur Tür. Das

Schloss war aufgebrochen, und als Nini einen ersten Blick ins Innere erhaschte, hätte sie am liebsten sofort losgeheult. Ein Beamter verstellte ihnen den Weg.

»Sie haben hier keinen Zutritt.«

»Was heißt das? Das ist schließlich *mein* Glashaus!«

»Sicherheitsvorschrift. Zivilpersonen sind in der Nähe von unsicheren Organismen nicht zugelassen.«

Hatte der sie noch alle? Das war Gemüse. Nur Gemüse und kein biologischer Kampfstoff. Und außerdem konnte der Typ sich doch denken, dass sie schon die ganze Zeit da drinnen herumgelaufen war. Was sollte also dieses bescheuerte Getue?

»Ist schon in Ordnung, Chris. Ich kenne die junge Dame, du kannst sie reinlassen.«

»Aber Sir!«

»Kein *aber Sir*. Lass sie durch.«

Unter der grauen Baseballmütze, die vorne das Logo des Ministeriums aufgestickt hatte, schauten sie ein Paar freundliche Augen an. Nini erkannte den Mann sofort wieder – er war bei dem Essen im *The Fork* dabei gewesen. Er hatte Rich einen *Künstler* genannt. Maxwell, wenn sie sich richtig erinnerte.

»Fünf Minuten, und beim Rausgehen müsst ihr eure Schuhe desinfizieren«, sagte er und verschwand nach draußen. Erst jetzt sah Nini die Wanne mit Flüssigkeit, die vor ihr am Boden stand. Sie stiegen vorsichtig darüber und bewegten sich auf die eingefriedeten Beete in der Mitte zu. Sie waren – leer. Nur noch ein paar abgerissene Blätter, Wurzelstückchen und einzelne Erdbeeren lagen in der

Erde, die aussah, als hätte eine Rotte Wildschweine sie umgeackert. Arthur sog die Luft hörbar durch die Zähne ein.

»Ich muss checken, ob die Samenkisten noch da sind«, raunte er ihr zu und sah sich vorsichtig um, aber die meisten grauen Männer waren in dem mit Plastik abgetrennten Bereich zugange. Leise wie ein Schatten glitt er zu den Regalen. Nini bemühte sich, unauffällig auszusehen, aber sie musste immer wieder zu Arthur hinüberstarren, der jetzt die Kisten in den Regalen durchwühlte.

»Hey, was machen Sie denn da?«

Arthur zuckte kurz zusammen und ließ seine rechte Hand in der Hosentasche verschwinden, dann drehte er sich langsam um. Nini fluchte lautlos. Sie hatte den Typen nicht durch den Plastikvorhang kommen sehen.

»Nichts Besonderes. War nur neugierig, was die alte McNamara hier alles so rumstehen hatte.«

»Entfernen Sie sich *sofort* von diesem Regal und kommen Sie zu mir rüber«, rief der Beamte. Nini schluckte. Das war's. Wenn sie Arthur mit Samen erwischten, dann … Aber Arthur schlenderte auf den Typ zu und grinste, als wäre es das Normalste auf der Welt.

»Kein Problem.«

Hände in den Hosentaschen und ohne den Blick abzuwenden, blieb er vor dem Mann stehen.

»Und jetzt?«

»Jetzt leeren Sie Ihre Hosentaschen aus.«

Arthur legte sein Smartphone, seine Autoschlüssel und ein benutztes Taschentuch auf eine der Kisten, dann drehte er seine Hosentaschen von innen nach außen und schüttelte sie. Da war nichts. Nini traute ihren Augen kaum. Sie hatte doch selbst gesehen, dass Arthur etwas eingesteckt hatte!

»Zufrieden?«

Aber der Beamte kam nicht mehr zu einer Antwort, sein Chef war wieder aufgetaucht. Er blieb vor Nini stehen, nahm die Kappe ab und kratzte sich am Kopf.

»Hunter will Sie sehen. Wie es aussieht, jetzt gleich.« Auf seinem Gesicht zeichnete sich eine Mischung aus Mitgefühl und Sorge ab. Nini schlug der Puls augenblicklich bis zum Hals. »Ich bringe Sie zu ihm. Gehen wir.«

Abgeführt wie eine Verbrecherin ... Ein kurzer Blick zu Arthur, der ihr unmerklich zunickte.

Benommen dippte sie ihre Schuhe in die Wanne mit Desinfektionsmittel und folgte dem Beamten, der auf das Cottage zumarschierte – Arthur immer dicht neben ihr.

Bis exakt zu diesem Moment hatte ihr die Sorge um ihre Pflanzen und das Glashaus die Panik vom Leib gehalten. Aber jetzt fiel sie über Nini her wie ein wildes Tier.

Sie werden uns verhaften.

Anklagen.

Den Prozess machen.

Die Bilder von Leonores Festnahme schossen ihr durch den Kopf, Wortfetzen von ihrem Gespräch mit Debbie. *Persona non grata, hat an keiner Uni mehr einen Job bekommen, nicht einmal in der Provinz ...*

Ninis Herz raste. War es das, was sie jetzt erwartete? Kein Studium, keine Ausbildung, nichts mehr übrig von der Zukunft, die sie sich ausgemalt hatte? Sie spürte eine zarte Berührung an der Hand. Arthur, der ihren kleinen Finger kurz zwischen seinem Daumen und Zeigefinger rieb. Er hielt ihren Blick fest, seine haselnussbraunen Augen leuchteten vor Kampfgeist. *Mach dir keine Sorgen – wir kriegen das schon hin – ich kümmere mich darum – nicht aufgeben,* schienen sie zu funken. Sie versuchte es mit einem tapferen Lächeln.

Vor der Haustüre wartete Hunter auf sie. Er hatte in der Zwischenzeit die Gummistiefel gegen ein paar normale Schuhe getauscht. Sein Blick ging ungeduldig zwischen ihnen, den Transportern und seinen Männern hin und her, dann blieb er an Arthur hängen.

»Was machen Sie hier?«

Hatte er das »Sie« betont? Wusste Hunter, wer Arthur war?

»Ich bin ihr Freund. Was dagegen?«

»Dann können Sie jetzt gehen, Sie haben bei der Befragung nichts zu suchen.« Und als hätte sich Arthur alleine Kraft seiner Worte schon in Luft aufgelöst, ließ Hunter ihn links liegen und wandte sich Nini zu.

Befragung.

Das Wort verhakte sich in Ninis Kopf wie ein Dorn. Er würde sie zu dem Glashaus, dem verbotenen Gemüse, *Taste!* und wahrscheinlich Dingen, von denen sie noch nicht einmal eine vage Idee hatte, verhören. Sie hatte bei Rich im Restaurant erlebt, wie ekelhaft Hunter werden konnte. Und dieses Mal würde keiner von den anderen da sein, um ihr zur Seite zu springen. Ninis Hände wurden feucht, Schweißtropfen liefen ihren Rücken und zwischen ihren Brüsten hinab.

»Und wenn du jetzt die Freundlichkeit hättest, das Haus aufzusperren, damit wir mit der Durchsuchung beginnen können. Meine Leute wollen schließlich auch irgendwann Feierabend machen.«

Hunter faltete sein Smartphone zu voller Größe auf und hielt es ihr unter die Nase.

»Hier der Beschluss, falls du dich fragen solltest, ob wir das dürfen. Ja, dürfen wir. Das und noch viel mehr.«

Sie starrte das Dokument auf dem Bildschirm an. Es wirkte einschüchternd mit all diesen Zeichen und Siegeln. Sie versuchte es zu überfliegen, aber im Querlesen war sie noch nie besonders gut gewesen. Schon immer hatte sie es bevorzugt, jedes Wort zu genießen, statt nur den Sinn eines Textes zu erfassen. Auch wenn ihr alle immer erklärt hatten, wie ineffizient das war.

»Und was wollen Sie machen, wenn ich mich weigere?« Arthur hatte sich zu seiner vollen Größe aufgerichtet, ein kaltes Lächeln umspielte seine Lippen.

»Wenn Sie nicht freiwillig gehen, dann muss ich Sie vom Grundstück entfernen lassen. Ganz einfach.« Hunter hob seine Mundwinkel ein paar Millimeter an. Es lag nichts Freundliches in diesem Lächeln. »Also?«

Nini wäre lieber mit einer schwarzen Mamba in einem Raum eingesperrt gewesen als mit Hunter, aber sie wusste, dass Arthur die anderen alarmieren musste. Alleine hatten sie gegen den Bezirksleiter des Agrarministeriums nicht den Hauch einer Chance.

»Ich komme hier zurecht. Jetzt geh schon, ich ruf dich später an, okay?« Sie wedelte mit der Hand, als wolle sie eine Fliege verscheuchen.

»Sie ist bei mir in guten Händen. Nini und ich sind schließlich so etwas wie alte Freunde, nicht wahr?«

Hunters Ton war so süß und künstlich wie Honigersatz.

Verschwinde doch endlich, flehte Nini innerlich. Wenn Arthur noch lange hier rumstand und sie so ansah, konnte sie für nichts mehr garantieren. Sie biss sich auf die Lippen, um nicht loszuheulen wie ein Baby.

»Sicher?«

»Jep.« Sie reckte kämpferisch das Kinn. »Hau schon ab, ich schaff das.«

Ein letzter Blick, dann verschwand Arthur zum Auto, nur um zwei Minuten später wieder aufzutauchen und ihre Messenger-Bag auf der Treppe vor der Haustür abzustellen.

»Du hattest deine Tasche noch bei mir im Auto. Ich dachte, die brauchst du bestimmt …« Er zwinkerte ihr zu, bevor er sich umdrehte und endgültig verschwand.

Was war *das* denn? Warum hatte er …

Es machte *klick* in ihrem Gehirn. *Du genialer Gangster!,* hätte sie ihm am liebsten hinterhergebrüllt. Arthur fuhr gerade mit ihrer Reisetasche samt Leonores Laptop vom Hof. Wenigstens dieses Beweisstück würde nicht in Hunters Fingern landen.

Hoffentlich erreichte er Rich. Jemand musste den Glatzkopf stoppen, bevor seine Leute auch noch das allerletzte Pflänzchen ausrupften und sie selbst sich in Aussagen verstrickte, die sie den Kopf kosten würden.

»Dann wollen wir mal. In die Kamera schauen, nicht lächeln.«

Hunter hielt sein Smartphone auf Höhe ihres Gesichts. Sie wusste, was das bedeutete. Biometrische Erkennung, er las ihre Daten aus. In drei Sekunden würde er mehr über sie wissen, als ihr lieb war.

»Und jetzt noch die Bestätigung, dass du den Beschluss gelesen hast. Hier den Daumen drauflegen.« Er hielt ihr den Screen unter die Nase, auf dem ein ovales Feld rot blinkte.

»Hören Sie auf, mich zu duzen.«

Hunter schnaubte belustigt, sagte aber nichts. Nini drückte ihren Daumen etwas fester als nötig auf das Feld.

»Gut, dann hätten wir die wichtigsten Formalitäten erledigt. Öffnen Sie jetzt das Haus.«

Während sie die Treppe zur Tür hochstieg und aufschloss, trommelte Hunter seine Leute zusammen. Bewaffnet mit Kisten stellten sich graue Männer in einer Schlange hinter Nini auf und warteten darauf, loszulegen. Engländer wie sie im Buche standen … Um ein Haar hätte sie lauthals losgelacht, wäre die Situation nicht so alles andere als witzig gewesen.

Von der Wohnküche aus hatte sie den besten Überblick, also postierte Nini sich genau dort und verschränkte die Arme vor der Brust. Der Glatzkopf sollte bloß nicht denken, dass sie sich verkriechen würde. Das hier war schließlich immer noch *ihr* Haus!

Hunter und seine Männer fluteten das Cottage, stapften die Treppe hinauf, drängelten sich unten ins Wohnzimmer. Sie verteilten sich überall, befingerten, beschnüffelten und begutachteten ihre und Leonores Sachen.

Ekelhaft. Am liebsten hätte sie laut losgeschrien. Wie lange dieses Theater wohl dauern würde? Es war fast Abend, und auch graue Ameisen mussten irgendwann zurück in ihren Bau, oder nicht?

Nini fütterte ihre Wut, so gut es ging. Das half ihr, den Gedanken an die Befragung zu verdrängen. Verfiel sie in Panik, war sie verloren, und sie ahnte, dass Hunter genau das mit seiner Hinhaltetaktik bezwecken wollte. Sie sollte sehen, was er mit ihrem Zuhause anstellte. Und er überließ es ihrer Fantasie, sich auszumalen, was er anschließend mit *ihr* anstellen würde. Pah! Wenn er glaubte, dass sie sich dadurch einschüchtern ließ, sich kopflos in irgendwelche Aussagen verstricken würde, hatte er sich geschnitten.

»Vergiss es! Den Gefallen tue ich dir bestimmt nicht«, zischte sie leise und schielte auf ihr Smartphone. Das Warten verwandelte die Zeit in zähen Sirup. Über ihr rumpelte es, als hätte jemand im Obergeschoß ein großes Möbelstück verrückt. War Hunter immer noch da oben? Nini versuchte nicht darüber nachzudenken, dass er sich möglicherweise gerade mit seinen Wurstfingern durch ihre Unterwäsche wühlte. Sie musste sich irgendwie ablenken, irgendetwas tun, um dieses Gefühl des Ausgeliefertseins zu bekämpfen, bevor es ihre Nerven zermürbte. Die Hände in den Hosentaschen, schlenderte sie betont entspannt Richtung Wohnzimmer, aus dem seit geraumer Zeit ein seltsam rhythmisches Geräusch drang. Kaum hatte sie den Raum betreten, wusste sie, was sie da hörte.

Das Klatschen von Büchern, die in eine Kiste geworfen wurden. Ihr Atem stockte. Vor Leonores Regalen kniete ein Beamter und riss ein Buch nach dem anderen heraus. Alles, was auch nur annähernd mit Landwirtschaft zu tun hatte, landete in der Box. *Handbuch für Permakultur* – klatsch! – *Naturnahes Gärtnern* – klatsch! – *Sortenhandbuch Bohnen* – klatsch!

Nini schossen vor Wut Tränen in die Augen. Das, womit er da so achtlos um sich warf, waren echte Bücher, viele davon ziemlich alt und wahrscheinlich ein kleines Vermögen wert. Eine abgegriffene Ausgabe von »Farm to Table« landete auf dem Haufen. Ein gepresstes, mittlerweile fast farbloses Blümchen flatterte heraus. So konnte er doch nicht mit Leonores Sachen umgehen! Nini ging zur Kiste, um die Blume aufzuheben, aber der eisige Blick des Beamten stoppte sie.

Adrenalin schoss durch ihre Adern, fegte ihre Angst weg. Feindselig starrte sie zurück, die Hände in ihren Hosentaschen zu Fäusten geballt.

Tick, tick, tick …

Sie konnte es nicht länger mit ansehen, drehte sich weg und schaute hinaus in den Garten.

Sie hätte nicht sagen können, wie lang sie so dagestanden hatte, als Nepomuk auf der Steinmauer der Terrasse landete. Es sah fast so aus, als würde er versuchen, einen Blick ins Haus zu erhaschen.

Nini sah sich kurz um. Der graue Mann kniete mit dem Rücken zu ihr vor dem Regal und beachtete sie nicht. Schnell öffnete sie die Terrassentür und ging hinaus.

Nepomuk kam sofort auf sie zugehopst. Nini ging vor ihm in die Knie.

»Hallo, alte Krähe«, flüsterte sie. Nepomuk tippelte noch näher, zupfte an ihrem Schnürsenkel.

»Ja, ich weiß. Alles schrecklich, aber die Typen verschwinden bald wieder aus unserem Garten. Versprochen.« Sie hoffte inständig, dass sie damit recht behielt. Zart strich sie über seinen Hals und seine Brust. Seine hellen Augen musterten sie eindringlich, er wirkte unruhig.

»Was machen Sie da?« Hunters Stimme ließ sie heftig zusammenzucken und Nepomuk flog erschrocken davon. »Was ist das für ein Vogel?«

Sie versuchte herauszuhören, wie sie die Frage zu verstehen hatte. Wollte er wissen, um welche Art es sich handelte oder war es verboten, ein zahmes Wildtier zu haben? Bei Hunter riskierte sie lieber nichts.

»Keine Ahnung. Er kam einfach angeflogen, als ich raus auf die Terrasse bin …«

Sofort trat ein wachsamer Ausdruck in seine Augen.

»Möglicherweise ist er krank. Ich sollte das Veterinäramt darüber …«

»Nein!«, fuhr sie dazwischen. »Mit dem Vogel ist alles in Ordnung. Ich lege ihm manchmal altes Brot auf die Mauer. Wahrscheinlich wollte er nur checken, ob ich was für ihn dabeihabe.«

Sie versuchte ihre Stimme fest klingen zu lassen. Das hätte ihr zu ihrem Glück gerade noch gefehlt – jemand vom Veterinäramt, der versuchte, Nepomuk einzufangen. Oder Schlimmeres. Schon alleine der Gedanke daran verursachte ihr Schweißausbrüche. Hunters Blick blieb misstrauisch.

»Hat man Ihnen nicht beigebracht, dass man Wildtiere nicht anfüttern darf?« Seine Stimme war schneidend. Keine Frage, Hunter mochte sie nicht, dazu musste man kein Experte in Sachen zwischenmenschliche Beziehungen sein.

Komm schon, Nini, mach ein zerknirschtes Gesicht, damit er zufrieden ist, dachte sie und schlug die Augen nieder. Mehr Demutszeichen würde er von ihr nicht zu sehen bekommen.

»Also gut, wir haben genug andere Dinge, mit denen wir uns heute noch beschäftigen müssen. Aber lassen Sie das in Zukunft gefälligst. Und jetzt gehen Sie nach oben und packen Sie das Nötigste ein.«

Nini hielt den Atem an. *Was* hatte er da gerade gesagt?

»Ich verstehe nicht?«

»Ich muss Sie zum Verhör mit nach Truro nehmen und je nachdem, wie kooperativ Sie sind, dauert es länger oder eben nicht. Aber keine Sorge, wir haben für solche Fälle gemütliche *Gästezimmer.*«

Sie hätte gerne etwas erwidert, das Thema Anwalt ins Spiel gebracht, protestiert, irgendetwas, aber Hunters Stimme ließ keinen Spielraum für Diskussionen.

»Dunn wird Sie nach oben begleiten und dann zu meinem Auto bringen«, schob er hinterher und ließ sie auf der Terrasse stehen.

Dunn war wohl der Beamte, der neben der Wohnzimmertür stand und den sie erst jetzt sah, nachdem ihr Hunter den Blick nicht mehr versperrte. Shit, *das* fühlte sich jetzt definitiv nach Verhaftung an. Wie festgefroren stand sie auf der Terrasse und lauschte diesem Rauschen in ihrem Ohr, das immer stärker wurde.

»Smartphone.« Der Beamte kam ihr mit ausgestreckter Hand entgegen. Hätte das Wort Entschlossenheit ein Gesicht gehabt, es wäre das von Dunn gewesen.

Wie in Trance zog Nini ihr Telefon aus der Gesäßtasche ihrer Jeans und legte es in seine Hand. Plötzlich fühlte sie sich, als hätte jemand ihre Nabelschnur zur Welt durchtrennt.

31

Nini legte den Kopf auf ihre Arme und schloss die Augen.

Wie lange saß sie jetzt schon in diesem fensterlosen Raum, an diesem Tisch? Ihr war das Zeitgefühl völlig abhandengekommen. Ihre Wut war mittlerweile zu einem winzigen Wurm geschrumpft, der sich nur noch verkriechen wollte. Dafür machte sich jetzt ein latentes Panikgefühl breit, das irgendwo zwischen Bauch und Kopf lauerte.

Genau. Das ist genau das, was Hunter erreichen will, flüsterte eine Stimme in ihrem Hinterkopf. Aber Nini war zu müde, um diesen Gedanken weiterzuverfolgen.

Die Tür ging auf. *Schritte.* Nini rührte sich nicht.

»Hey, hier wird nicht geschlafen.«

Jemand rüttelte sie unsanft an der Schulter. Sie ließ sich Zeit, tat so, als würde sie gerade aufwachen, was ihr mit der nagenden Angst im Bauch ziemlich schwerfiel. Aber sie wollte, dass Hunter glaubte, seine Einschüchterungstaktik hätte bei ihr nicht gewirkt. Bewusst langsam trank sie ein paar Schlucke Wasser aus dem Plastikbecher. Es schmeckte abgestanden.

Hunter hatte währenddessen auf dem Stuhl gegenüber

Platz genommen und ein Tablet vor sich auf dem Tisch abgelegt.

»Ihre Vernehmung wird in Ton und Bild aufgezeichnet.«

Sein rechter Zeigefinger deutete unter die Decke, wo vermutlich irgendwo eine Kamera eingebaut war, die sie noch nicht entdeckt hatte. Aber das war jetzt auch schon egal.

»Dann wollen wir mal sehen.« Er wischte mit einem Finger über die Oberfläche seines Tablets. »Ah, Ihr Bürgerregister. Blitzsauber und … Sieh mal einer an, Sie hätten ja beinahe zwei Bonuspunkte bekommen. Ihr Biosensor attestiert Ihnen im letzten Monat eine ausgezeichnet Nährstoffbilanz. Na, das nenne ich doch mal verantwortungsbewusstes Präventionsverhalten. Gefällt mir.«

Er pfiff leise durch die Zähne.

»Nur zu dumm, dass Ihnen die jetzt flöten gehen. Genauso wie all die anderen Bonuspunkte, die Sie schon so fleißig gesammelt hatten.« Mit gespieltem Entsetzen sah er sie über den Tisch hinweg an. »Und das ausgerechnet jetzt, wo sie jeden Extra-Punkt für einen guten Studienplatz brauchen könnten. Wirklich jammerschade.«

Nini biss die Zähe so fest aufeinander, dass es beinahe wehtat. Nein, er würde sie damit nicht zu einer unüberlegten Äußerung provozieren. Auch, wenn sie der Gedanke schmerzte, wegen dieser ganzen Geschichte an irgendeiner viertklassigen Provinz-Uni studieren zu müssen. Falls sie überhaupt an einer zugelassen würde. Sie atmete einmal tief durch und sagte ruhig: »Können wir dann zur Sache kommen?«

Hunter schnalzte mit der Zunge.

»Aber selbstverständlich. Ich erspare Ihnen das ganze juristische Kauderwelsch und fasse zusammen: Ihnen wird illegaler Anbau von unsicheren Sorten sowie deren Vermehrung durch Samen und Ableger vorgeworfen. Ach ja, und natürlich der Besitz einer noch zu bestimmenden Anzahl ›alter‹ Sorten. Wie äußern Sie sich zu diesem Vorwurf?«

Sie lachte laut auf.

»Wie soll ich mich dazu schon äußern? Sie haben meine Daten ausgelesen und kennen mein Bürgerregister. Dann wissen Sie bestimmt, dass ich das Haus und damit auch das Glashaus erst vor ein paar Wochen von meiner Patentante Leonore McNamara geerbt habe. Ich habe mit der ganzen Sache nichts zu tun.«

Die Antwort hatte sie sich auf der Autofahrt nach Truro zurechtgelegt. Sie war einigermaßen zufrieden damit und auch mit der Festigkeit ihrer Stimme, die, so hoffte sie zumindest, nichts über ihre tatsächliche Gefühlslage preisgab.

»Stimmt, Sie haben das Haus geerbt. Das steht auch hier so in meinen Unterlagen. Von ihrer Patentante Leonore McNamara, oder sollte ich lieber sagen Dr. Barbara Millican …?«

Nini stockte kurz der Atem. Woher wusste er davon? Hatten seine Leute Hinweise im Haus gefunden? Das würde Leonore nicht ähnlich sehen. Erst jetzt bemerkte sie, dass Hunter sie die ganze Zeit aufmerksam beobachtet hatte. Wieder wischte er über den Bildschirm seines Tablets.

»Wir wissen auch, dass Sie und Ihre Patentante all die

Jahre regen Austausch gepflegt haben. Es gibt hier eine lange Liste, die das belegt: Es gab Telefonate, Briefe, sogar Pakete.«

»Herrgott, sie war *meine Patentante.* Was soll so ungewöhnlich daran sein, dass sie mir schreibt?«

Hunter lehnte sich in seinem Stuhl zurück und lächelte.

»Briefe *sind* heutzutage ungewöhnlich. Sie mussten schließlich ziemlichen Aufwand betreiben, um sie aufzugeben und in Empfang zu nehmen. Wären E-Mails da nicht viel einfacher und bequemer gewesen? Natürlich wären sie das. Aber Ihre Patentante wusste ganz genau, dass die Inhalte von E-Mails viel leichter zu überwachen sind. Nicht geeignet, um sich, sagen wir mal, über *vertrauliche* Themen auszutauschen …«

Nini gefiel die Richtung, die diese Sache hier nahm, ganz und gar nicht. Unruhig rutschte sie auf dem harten Plastikstuhl hin und her. Was hatte dieser Hunter noch ausgegraben?

Wahrscheinlich würde ihr der Mistkerl sogar aus der Wahl ihrer Fächer in der Schule noch einen Strick drehen. Sie versuchte in seinem Gesicht zu lesen, aber es war so ausdruckslos wie die Wand dahinter.

»Ich glaube Ihnen diese Unschuldsnummer nicht, Nini. Ich glaube vielmehr, dass Sie ziemlich genau wussten, was Ihre Patentante die ganzen Jahre getrieben hat.«

»Was? Nein! Ich hatte nicht den blassesten Schimmer. Ehrlich gesagt war ich total geschockt, als ich das Glashaus und die Pflanzen entdeckt habe. Ich wusste anfänglich nicht einmal, womit ich es zu tun habe. Woher auch, ich habe so Zeug vorher noch nie in meinem Leben gesehen.« Das war nicht mal gelogen. Was die ersten Tage im Foxglove Cottage anging zumindest.

Trotzdem wurden Ninis Handflächen feucht. Sie unterdrückte den Drang, sich die Hände an ihren Jeans abzuwischen. Irgendwo hatte sie gelesen, dass die Körpersprache bei Interviews oft mehr verriet als die Antworten. Diesen Einblick in ihr Seelenleben würde sie Hunter nicht gewähren. Sie legte die Hände in den Schoß, straffte die Schultern und sah ihm direkt in die Augen. In Zeitlupentempo wanderten seine Augenbrauen nach oben und verwandelten seine Stirn in ein Faltenmeer.

»Tatsächlich? Und warum, frage ich Sie, haben Sie uns dann diesen illegalen Bestand nicht unverzüglich gemeldet? Sie wussten doch, dass der Anbau von unsicheren Sorten unter Strafe steht …«

»Ich … ich stand unter Schock. Und die Trauer …« Nini zuckte mit den Schultern. »Glauben Sie mir, ich habe weder gewusst, wer Leonore in Wirklichkeit war, noch, was sie so getrieben hat. Sie war einfach nur meine Patentante in Cornwall. Außerdem habe ich das Glashaus erst vor Kurzem entdeckt …«

Nini war plötzlich todmüde. Egal, was sie sagte, Hunter würde es so drehen, dass sie wie eine Lügnerin dastand. Sie war ihm ins Netz gegangen und jetzt spann die Spinne sie Stück für Stück in ihre klebrigen Fäden ein. Je mehr sie zappelte, umso mehr würde sie sich verheddern.

»Sie bleiben also dabei? Sie haben von all dem nichts gewusst?«

Nini nickte.

»Also schön, dann haben Sie jetzt in unserem *Gästezimmer* ein paar Stunden Zeit, noch einmal in aller Ruhe über alles nachzudenken, während wir ein paar Recherchen über Sie durchführen werden. Und glauben Sie mir: Wenn Sie Dreck am Stecken haben, werden wir das herausfinden. Sollten Sie jetzt allerdings noch eine vollumfängliche Aussage machen und sich kooperativ zeigen, könnten Sie in einer Stunde in einem Taxi zurück nach Mevagissey sitzen.«

Nini starrte auf ihre Jeans, die sie auf dem Schwarzmarkt gegen Gemüse aus dem Garten eingetauscht hatte. Ihr Anblick erfüllte sie mit grimmiger Freude.

»Warten Sie!«

Der Beamte, der Nini in ihre Unterkunft gebracht hatte, blieb an der Tür stehen und drehte sich ohne Eile zu ihr um. Sein abweisender Gesichtsausdruck machte klar, dass sie von ihm nichts zu erwarten hatte. Nini presste die Lippen aufeinander und fummelte die zerknitterte Visitenkarte aus ihrer Hosentasche. Wenn, dann jetzt. Eine bessere Chance würde sie nicht mehr bekommen. Sie straffte die Schultern.

»Könnten Sie …« Ihre Stimme war von der Anspannung ganz rau, sie musste sich räuspern. »Könnten Sie bitte Vince Buckley darüber informieren, dass ich hier bin?«

Sie bot dem Beamten die Visitenkarte wie eine Opfergabe dar, aber der warf nicht einmal einen Blick drauf. Stattdessen verzog sich sein Mund zu einem abschätzigen Lächeln.

»Als ob das Söhnchen vom Chef um die Zeit noch im Büro wäre. Sie machen mir Spaß. Was wollen Sie überhaupt von ihm?«

Nini starrte auf die Visitenkarte. Ihre Hand zitterte.

»Vince … ist Hunters *Sohn?*«

Die Fassungslosigkeit, die sich jetzt auf ihrem Gesicht breitmachte, schien ihn zu amüsieren,

»Schätze, das hat den Chef auch überrascht.«

Er drehte sich um und verließ ohne ein weiteres Wort den Raum. Das Surren des automatischen Türschlosses nahm Nini nur noch am Rande wahr.

Vince, der nette, schüchterne Typ mit den braunen Locken, war Hunters Sohn. Die Visitenkarte glitt aus ihrer Hand.

Sie machte sich nicht die Mühe, sie aufzuheben.

32

Nini hatte so gut wie nicht geschlafen. Jedes Mal, wenn sie die Augen zugemacht hatte, waren Vince und sein Vater in der Dunkelheit hinter ihren Lidern aufgetaucht. Vince. Wie hatte sie sich nur so in ihm täuschen können? Sie legte den Kopf in den Nacken und atmete langsam aus. Durch das schmale Fenster, das wie ein Band knapp unter der Decke den Raum säumte, sickerte graues Licht.

Nini fühlte sich, als wäre sie unter einen Bus geraten. Rücken, Nacken, Schultern – alles schmerzte. Sie dehnte ihre Muskeln ein wenig, dann schälte sie sich aus der dünnen Decke und schlurfte zum Waschbecken, wo ihr Becher stand, trank ein paar Schluck Wasser, um den schlechten Geschmack loszuwerden. Beim Blick in den Spiegel zuckte sie zusammen. Dieses blasse, schmale Gesicht mit den dunklen Ringen unter den Augen kam ihr nur vage bekannt vor. Mit den Fingern kämmte sie ihre Haare nach hinten und drehte sie zu einem Bun hoch.

Es war kalt hier drinnen. Sie ging zu ihrem Rucksack, in den sie gestern Abend unter Aufsicht von diesem Dunn noch das Nötigste gestopft hatte, und holte ihr Sweatshirt heraus.

Ihre Gedanken wanderten zu Rich und Arthur. Hoffentlich hatten die beiden es mittlerweile geschafft, einen Anwalt aufzutreiben. Noch eine Nacht in diesem *Gästezimmer* und sie würde durchdrehen.

Nini wühlte im Rucksack nach ihrer Zahnbürste, putzte die Zähne. Diese einfachen, alltäglichen Handgriffe beruhigten sie wenigstens für ein paar Minuten. Viel war in diesem kargen Raum nicht, mit dem sie sich sonst noch hätte ablenken können. Und Ablenkung hatte sie bitter nötig, denn am Rande ihres Bewusstseins lauerten die Bilder der Zerstörung, warteten nur darauf, über sie herzufallen und sie endgültig in ein Nervenbündel zu verwandeln. Ausgerissene Pflanzen, zerwühlte Erde, achtlos zertrampelte Früchte.

Ein leises Surren ließ sie zusammenzucken. Das elektronische Schloss wurde aktiviert. Mit verschränkten Armen wappnete sie sich, Hunter gegenüberzutreten. Vor lauter Nervosität biss sie sich in die Wange, sie schmeckte Blut in ihrem Mund. Langsam ging die Tür auf.

»*Vince …*«

Da stand er, groß und schlaksig, die dunklen Locken wirr, als wäre er gerade aus dem Bett gefallen. So nett, so unschuldig.

Nini presste die Arme noch fester an ihren Körper.

»So hatte ich das eigentlich nicht gemeint, als ich sagte, Sie sollten mich in Truro besuchen kommen …«

Sie fixierte eine Fluse auf dem beigefarbenen Linoleumboden, um ihm nicht ins Gesicht sehen zu müssen. Die Tatsache, dass Vince leibhaftig vor ihr stand, brachte sie gewaltig ins Schleudern. Aber sie würde einen Teufel tun, ihm das zu zeigen.

»Hab ich mir nicht freiwillig ausgesucht«, fauchte sie ihn an. Kurz flackerte so etwas wie Überraschung in seinem Blick auf, aber die kaufte sie ihm nicht ab. Nicht mehr.

»Ziehen Sie Schuhe und Jacke an. Und beeilen Sie sich.«

Ihr Puls schoss schlagartig in die Höhe. Was sollte das? Was wollte er von ihr? Während sie in ihre Sachen schlüpfte, stolperten in ihrem Kopf tausend Gedanken durcheinander. Hatte Hunter möglicherweise doch etwas herausgefunden, mit dem er sie …

»Geht das auch ein wenig schneller?« Der barsche Tonfall ließ Nini zusammenzucken. Sie nickte wortlos und schlüpfte mit einer fahrigen Bewegung in ihren Parka. Kaum war sie angezogen, umfasste Vince ihren Oberarm und zog sie mit sich durch die Tür. Ohne sie loszulassen, hastete er durch den hell erleuchteten Gang, Nini konnte kaum Schritt halten, stolperte mehr, als sie ging. Da waren Kameras über jeder Tür im Gang. Die waren ihr gestern nicht aufgefallen. Gab es noch mehr Räume mit sogenannten »Gästen«? Nini fragte sich, was sonst noch so alles in diesem Ministerium geschah, von dem die Öffentlichkeit keinen Schimmer hatte. Der Gedanke ließ sie frösteln.

Vince sah kurz nach hinten.

»Hier links.«

Noch bevor Nini reagieren konnte, hatte er sie schon in einen unbeleuchteten Seitengang geschoben und zog sie energisch weiter. *Hier* war sie gestern Abend bestimmt nicht vorbeigekommen. Nur noch ein Hauch von Licht fiel von hinten in den Korridor, aber das schien Vince nicht zu kümmern. Ohne das Tempo zu verringern, marschierte er auf die Dunkelheit zu. In Ninis Kopf schrillten alle Alarmglocken.

Mit einer ruckartigen Bewegung riss sie sich von Vince los. Der Schwung ließ sie gegen die kalte Wand taumeln und brachte sie zu Fall. Leicht benommen rappelte Nini sich wieder hoch und wollte loslaufen, aber Vince war schneller.

»Lass mich los, du verlogener Dreckskerl!«

Sie trat nach ihm, aber dieses Mal blieb sein Griff eisern.

»Ruhig!«, herrschte er sie an.

»Lass mich –«

Seine Hand legte sich über ihren Mund und erstickte den Rest des Satzes auf ihren Lippen.

Angst legte sich wie eine eisige Klammer um Ninis Brustkorb, als Vince sie auf eine grau gestrichene Metalltür zuschob.

33

Nini rutschte auf die Bank, funkelte ihren Entführer an und rieb sich den noch immer schmerzenden Arm.

»Was willst du von mir? Was sollte die Aktion?«

Vince sah sie über den Tisch hinweg zerknirscht an. »Das wegen eben tut mir leid. Ehrlich. Mir sind einfach die Nerven durchgegangen, als du zu schreien angefangen hast.« Verlegen strich er sich eine Locke aus der Stirn.

»Aber wenn wir schon mal hier sind: Tee oder Kaffee?« Er grinste gequält. Nini beobachtete das geschäftige Treiben in dem kleinen Café, in das Vince sie gebracht hatte. Alles wirkte so normal, so freundlich – wäre da nicht die letzte Viertelstunde gewesen.

»Tee«, presste sie hervor.

Vince verschwand in Richtung Tresen. Er hatte einen Platz ganz hinten gewählt und musste sich durch die eng stehenden Tischchen nach vorne schlängeln.

Nini massierte sich den Oberarm und sah ihm hinterher. Als sie aus dem Keller des Ministeriums auf die Straße getreten waren, hatte Vince sie sofort losgelassen. Vorher hatte er ihr allerdings noch das Versprechen abgenommen, nicht loszuschreien.

»Gib mir nur zehn Minuten, und ich werde dir alles erklären. Versprochen!« Mehr als ein Nicken hatte sie in diesem Augenblick nicht zustande gebracht. »Du hast von mir nichts zu befürchten, Nini. Überhaupt nichts. Verstanden?«

Vince kam zurück, stellte ihr eine Tasse vor die Nase und schob sich neben sie auf die Bank. Nini rückte ein Stück von ihm ab.

»Ist leider nur Ersatz. Etwas anderes haben sie hier nicht.« In seiner eigenen Tasse schwappte graubrauner Kaffee. So, wie das Gebräu roch, war das bestimmt auch kein echter. Nini nippte an ihrem Tee und fixierte Vince.

»Was willst du von mir?« Sie stellte die Tasse auf den Tisch und wartete.

»Ich will dir helfen.«

»Echt jetzt? Erst jagst du mir eine Scheißangst ein, und dann erwartest du, dass ich dir das glaube? Dein Vater ist zwar ein Mistkerl, aber wenigstens nicht so ein Heuchler wie du.«

Vince zuckte zusammen, als hätte ihn ein Peitschenhieb getroffen. Sein Gesicht wurde hart. »Ich habe nichts, hörst du, überhaupt nichts mit meinem Erzeuger gemeinsam.« Er atmete ein paar Mal tief ein, dann sah er wieder aus wie der Vince, den sie im *The Fork* kennengelernt hatte.

»Wer hat es dir gesagt?«

Nini musste nicht lange darüber nachdenken, was er meinte. Sie zuckte mit den Schultern. »Ich habe es gestern zufällig erfahren. Dumm gelaufen für dich, was?«

Dieses Mal hatte er sich besser im Griff.

»Hör zu, das, was ich da eben getan habe, war bestimmt keine Glanztat, aber die einzige Möglichkeit, ein paar Minuten mit dir ungestört zu sprechen, bevor Hunter dich wieder in die Finger bekommt.«

Nini lag eine scharfe Erwiderung auf der Zunge, aber ihr Blick fiel auf seine geschlossene Faust, die er jetzt über den Tisch schob. Vince öffnete die Finger und ein leises Geräusch ertönte, als etwas auf den Tisch fiel. Er zog die Hand weg. Nini erstarrte.

»Oh mein Gott! Du …« Ihre Stimme versagte, Tränen schossen ihr in die Augen. Bis zu diesem Zeitpunkt hatte sie sich verboten, über das Armband, das in der Schatulle in ihrem Zimmer gelegen hatte, überhaupt nur nachzudenken.

»Sie haben es in deinem Haus konfisziert. Ich habe es heute Morgen zufällig auf Hunters Schreibtisch gesehen und ihm abgeschwatzt. Zu Forschungszwecken …«

Nini legte ihre Hand vorsichtig auf das Armband, spürte die vertraute Oberfläche der Bohnen, die Knoten des Garns. Eine Welle von Dankbarkeit durchflutete sie.

»Vince, ich …«

»Ich weiß, du musst nichts sagen. Meine Mutter ist gestorben, da war ich neun. Sie hat mir im Jahr davor einen Schal gestrickt. Ein Riesending, ziemlich hässlich, bunt, mit Streifen. Trotzdem, wenn ich den je verlieren sollte, ich würde durchdrehen.«

Er lächelte, und zum ersten Mal registrierte sie die Grübchen, die dabei in seinen Wangen entstanden.

»Danke.«

Nini wusste nicht so recht, was sie von all dem halten sollte. Wollte Vince ihr wirklich helfen? Oder war dieses Friedensangebot Teil eines ausgeklügelten Plans? Nini schob das Armband in ihre Hosentasche und beschloss, sich zumindest anzuhören, was er zu sagen hatte. Danach konnte sie immer noch entscheiden, ob sie ihm glauben wollte.

»Hunter lässt gerade sein Team dein gesamtes Umfeld überprüfen. Das heißt, sie telefonieren mit deinen Eltern, Lehrern, Nachbarn, Freunden. Du verstehst, was ich meine. Er hat nicht viel gegen dich in der Hand. Außer vielleicht, dass du den illegalen Anbau nicht sofort gestoppt, beziehungsweise gemeldet hast. Alles andere ist reiner Bluff. Lass dich also nicht von ihm aus der Reserve locken. Am besten, du sagst gar nichts, dann muss er dich laufen lassen.«

Vince machte eine Pause, als der Typ hinter der Theke hervorkam und sich mit einem Teller Rührei in ihre Richtung bewegte. »Ich dachte, du hast vielleicht Hunger …«

Der Teller landete samt Brotkorb auf ihrem Tisch. Ninis Magen fing sofort an zu knurren.

»Hunter hat mich zu dir in die Zelle geschickt. Ich sollte ein wenig mit dir plaudern, dein Vertrauen gewinnen. Und dir so ganz nebenbei brauchbare Informationen aus dem Kreuz leiern. *Brauchbar* meint in diesem Fall belastend …«

Nini verschluckte sich prompt an ihrem Rührei und legte einen bühnenreifen Hustenanfall hin. Sie keuchte und japste, und die beiden älteren Ladys am Nebentisch sahen sie an, als würden sie gleich den Notarzt rufen. Vince klopfte ihr auf den Rücken, bis sie endlich wieder Luft bekam.

»Sag mal, was zieht ihr denn hier für eine kranke Nummer ab?«

»Was heißt hier *wir*? Ich habe mit diesem Mist nichts zu tun.« Er schnaubte durch die Nase. »Warum glaubst du eigentlich, dass ich dich aus deiner Zelle geholt habe? Bestimmt nicht, weil ich ein Adrenalin-Junkie bin und auf diese Art von Action stehe, sondern weil Hunter im Zweifelsfall seine Augen und Ohren überall hat …«

»Verstehe«, murmelte sie und schob sich eine Gabel Rührei in den Mund. »Aber warum machst du das alles? Schließlich arbeitest du fürs Ministerium. Wenn es stimmt, was du behauptest, dann wird dir diese Nummer mit meiner Entführung ja wohl kaum Bonuspunkte in deinem Bürgerregister einbringen, oder?«

Vince scannte aufmerksam die Umgebung und zuckte mit den Schultern. Seine Kiefermuskeln arbeiteten, als ob er auf etwas Hartem herumkauen würde.

»Sie werden uns bald suchen, es bleibt nicht mehr viel Zeit.«

War das Angst in seiner Stimme? Nini folgte seinem Blick, der durch das Fenster nach draußen auf die Straße ging.

»Hör zu, Nini, ich kann dir im Moment nicht alles erklären, aber glaube mir, ich bin auf *eurer* Seite und ganz gewiss nicht auf der von Hunter und dem Ministerium. Und da geht irgendwas Seltsames vor, das ich noch nicht ganz verstehe. Hunter hat nur noch etwas mehr als ein Jahr bis zur Rente. Er weiß schon seit Ewigkeiten von deiner Tante und ihren Freunden und hat stillgehalten. Und jetzt plötzlich, nach dieser Anzeige gegen dich, wird er aktiv. Warum? Er hätte doch schon längst etwas gegen euch unternehmen können …« Seine Finger trommelten nervös auf der Tischplatte.

»Anzeige gegen mich? Wie meinst du das?« Das Rührei lag Nini plötzlich wie ein Stein im Magen.

»Es gab einen Anruf. Jemand hat dich bei Hunter angeschwärzt …«.

»*Was* sagst du da?«

Ruckartig wandten sich ihr alle Köpfe zu.

»*Shhhht!* Nicht so laut, bist du wahnsinnig?« Vince war unter seiner gesunden Bräune blass geworden. »Ich will dir ja helfen, also reiß dich bitte zusammen, okay?«, fügte er mit gepresster Stimme hinzu.

Nini nickte, ihr Gehirn schwirrte vor all den unerwarteten Informationen. Wer sagte ihr, dass es stimmte, was Vince da behauptete? Vielleicht wollte er ja doch nur ihr Vertrauen erschleichen?

»Ehrlich gesagt, glaube ich nicht, dass Hunter das alles von Anfang an so geplant hatte. Ich habe eher das Gefühl, der Anruf kam ihm irgendwie gelegen.«

Wenn sie Vince so von der Seite ansah, seinen nervösen Blick, die angespannten Halssehnen, die Finger, die sich zu fest um seine Tasse schlossen, konnte Nini sich nicht vorstellen, dass er ihr etwas vorspielte. Nein, Vince stand gewaltig unter Druck, er riskierte hier verdammt viel.

»Ich habe mir lange das Gehirn darüber zermartert, warum Hunter bis jetzt gewartet hat. Das hat für mich einfach keinen Sinn ergeben und passt auch nicht zu diesem Mistkerl.«

»Du magst ihn so richtig, oder?«

Vince' ohnedies schon dunklen Augen wurden fast schwarz, sein linker Mundwinkel zuckte verächtlich nach oben.

»Wie man eben jemanden schätzt, der es liebt, andere einzuschüchtern. Du hast es im Restaurant ja selbst erlebt. Er genießt es, wenn Menschen vor ihm Angst haben. Er ist echt ein kranker Typ.« Blitzartig wandte Vince den Kopf zur Seite.

Diese paar Sätze, die er da eben so angewidert ausgespuckt hatte, waren vermutlich nur ein Teil der Wahrheit. Was Hunter ihm wohl angetan hatte? Nini legte ihm eine Hand auf den Unterarm und drückte sanft zu. Er zog den Arm weg.

»Schon gut. Du musst dir um mich keine Sorgen machen. Ich hab ganz klar im Kopf, was meine nächsten Schritte sein werden. Hier geht es jetzt erst mal um dich.«

Ninis Herzschlag stockte für einen Augenblick. Bis jetzt hatte sie immer gedacht, Ritter lebten nur zwischen den Seiten verstaubter Märchenbücher. Hier, in diesem schäbigen Café stellte sie fest, dass es sie tatsächlich gab. Auch wenn sie weder eine glänzende Rüstung noch Waffen trugen.

»Mittlerweile glaube ich, dass Hunter Angst vor deiner Patentante gehabt und deshalb so lange nichts unternommen hat. Ist zwar schwer vorstellbar, aber es gibt da ein paar Anzeichen. Hat deine Patentante dir gegenüber Hunter eigentlich mal erwähnt?«

»Bis zu dem Abend im Restaurant wusste ich nicht einmal, dass es ihn gibt. Genauso, wie ich nichts von dem Glashaus, den illegalen Pflanzen und all den anderen Dingen wusste. Ich bin da … irgendwie reingestolpert …«

Vince nickte nachdenklich, stand auf, nahm die beiden Tassen und ging zur Theke. Als er mit dem Nachschub zurückkam, feuerte Nini schon ihre nächste Frage ab.

»Aber eines will mir nicht in den Kopf: Warum sollte jemand kurz vor seiner Pensionierung noch so ein riesiges Fass aufmachen? Hunter hat als Bezirksleiter des Ministeriums doch schon alles erreicht. Was hat er davon, außer viel Arbeit kurz vor dem Ruhestand?«

»Weiß ich auch nicht so genau, aber eins ist sicher: Hunter liebt Aufmerksamkeit und Macht über alles. Wenn er jetzt euer Netzwerk hochnimmt, kann er sich beides verschaffen. Deine Patentante auffliegen zu lassen, ist eine große Nummer.«

»Damit ist er ein bisschen spät dran. Sie ist tot!«, zischte Nini zornig.

»Stimmt, aber ihre Organisation nach wie vor aktiv … Die Grüne Union würde ihn wahrscheinlich mit Auszeichnungen überhäufen. Und so ganz nebenbei könnte ihm dieser Coup einen gut dotierten Posten im Aufsichtsrat einer der Saatgutfirmen einbringen. Das würde seine Pension ordentlich aufbessern.«

»Aber er riskiert doch, dass sein jahrelanges Wegsehen

und die Abende bei Rich ebenfalls ans Licht kommen!« Nini schüttelte ungläubig den Kopf.

»Du unterschätzt Hunter gewaltig. Er braucht doch nur zu behaupten, dass diese Essen bei Rich zu seinen verdeckten Ermittlungen gehört haben, er so diesen Coup sorgfältig vorbereitet hat. Was meinst du, wem sie mehr glauben würden? Einem angesehenen Ministeriumsmitarbeiter, der als scharfer Hund gilt, oder einem Koch, der ahnungslose Bürger gefährdet, indem er ihnen ohne ihr Wissen unsicheres Gemüse serviert. Hm?«

Nini wurde schlecht. Vince musste über dieses Horrorszenario schon eine ganze Weile gebrütet haben, es klang tatsächlich ganz nach Hunters Durchtriebenheit.

»Hör zu Nini, wir müssen langsam zurück. Hunter wird mir den Kopf abreißen, für das, was ich heute getan habe. Meine Ausrede wird sein, dass ich dich ein wenig für mich haben wollte. Du verstehst? Es wäre also nett von dir, wenn du mitspieltest. Und wenn du das Ministerium nachher verlässt«, seine Stimme wurde eindringlich, »geh in das Yoga-Center in der Green Street und frage nach Eran. Er ist ein Freund von mir und erwartet dich. Eran wird dir etwas geben, mit dem ihr euch Hunter vielleicht vom Hals schaffen könnt. Hoffe ich zumindest.«

Sie saß neben Vince, starrte auf ihren leeren Teller. In was war sie da nur reingeraten.

»Nini?«

»Vince, ich –«

Weiter kam sie nicht, jemand war an ihren Tisch getreten.

»Verdammt Vince, hast du sie noch alle? Was hast du dir bei dieser Bonnie & Clyde-Nummer gedacht?« Nini hob den Blick und erkannte Maxwell, den netten Beamten, der sie ins Glashaus gelassen hatte. Jetzt allerdings starrte er Vince an, als wolle er ihn mit seinem Blick erdolchen. »Wir suchen euch überall. Der Chef schäumt vor Wut. Ihr Anwalt ist da … mit Richard Strange.«

Ninis Herz machte einen kleinen Hüpfer. Rich war da.

Vince neben ihr verwandelte sich wieder in den schüchternen Jungbiologen, den sie im Restaurant kennengelernt hatte. Er schlug die Augen nieder, lächelte verlegen und rückte so nah an Nini, dass ihre Schultern sich berührten.

Vince war wirklich ein ausgezeichneter Schauspieler.

34

Nini stand vor dem Gewächshaus und starrte auf das Schlachtfeld, das Hunters Leute hinterlassen hatten. Arthur, Rich und Debbie flankierten sie rechts und links wie Leibwächter.

»Du könntest exotische Blumen in deinem Gewächshaus ziehen. Orchideen vielleicht. Das ist erlaubt.«

Debbie rubbelte ihr sacht den Rücken. Nini wusste, was sie damit sagen wollte und auch, dass sie recht hatte. Das Foxglove Cottage stand jetzt auf der Watch-List des Ministeriums – hier würde man nie wieder verbotenes Gemüse anbauen können.

Plötzlich fühlte sie sich so erschöpft, als hätte sie einen Triathlon hinter sich. So vieles, um das sie sich jetzt kümmern und das sie entscheiden musste. Am liebsten hätte sie sich in ihrem Bett vor der Welt versteckt. Mit Arthur. Wenn sie allerdings an das Chaos im Haus dachte, die Bücherstapel im Wohnzimmer, die durchwühlten Schränke und ausgeleerten Wäschekörbe, verging ihr selbst dazu die Lust.

»Hey, vielleicht kann ich dich ja aufheitern.« Arthur ließ ihre Hand los und kramte in seiner Hosentasche. »Augen zu.« Ein zarter Kuss landete auf ihrer Nasenspitze. »Okay, jetzt kannst du gucken.«

Vor ihren Augen baumelten zwei Samentütchen, die Arthur grinsend hin- und herschwenkte.

»Naaaa, was sagst du? Gelbe Zucchini und Karotten. Immerhin ein Anfang, oder?«

Sie lächelte, mehr über sein stolzes Gesicht als über alles andere.

»Wo hast du die denn her? Sag nicht, dass du die gestern aus dem Glashaus ... Wie hast du das gemacht? Ich bin vor Angst fast ohnmächtig geworden, als du die Hosentaschen ausleeren solltest.«

»Ich habe das Zeug in meine Unterhose gesteckt und dann so getan, als würde ich mir etwas in die Hosentasche schieben. Eine Leibesvisitation hätte ich so nicht überstanden, aber kam ja Gott sei Dank nicht dazu.«

Wieder fiel ihr auf, wie viel Spaß Arthur an solchen kriminellen Aktionen hatte. Sie lächelte mechanisch weiter, aber nur, weil sie ihn nicht kränken wollte. Was sollten sie nach allem, was passiert war, noch mit diesen Samen anfangen?

»Jetzt komm schon Nini, es ist ein Anfang. Zusammen mit dem«, er berührte ihr Armband, »haben wir drei alte Sorten gerettet. Und ein paar unserer *Taste!*-Leute vermehren schließlich auch noch altes Saatgut.« Ein Schatten huschte über sein Gesicht. »Ein paar Sorten, die nur Leonore vermehrt hat, haben wir wahrscheinlich für immer verloren, aber das hier ist besser als nichts ...«

Plötzlich explodierte das giftige Gemisch aus Angst,

Wut und Verzweiflung, das sich in den letzten zwanzig Stunden in Nini angesammelt hatte.

»Hör endlich auf damit, Arthur! Wir haben Hunter an der Backe, jemand aus dem Dorf hat mich beim Ministerium verpfiffen, mein Haus und mein Garten sind ein Chaos und du redest nur über diese bescheuerten Samen. Wir haben im Moment echt ein paar andere Sorgen, meinst du nicht?«

Arthur war einen Schritt von ihr zurückgewichen, aber jetzt streckte er eine Hand aus und wischte ihr mit dem Daumen eine Träne aus dem Gesicht.

Wann hatte sie zu weinen angefangen?

»Hey, wir kriegen das alles wieder hin«, hörte sie Richs Bariton hinter sich.

Nini starrte auf den Boden, sie fühlte sich mies. Arthur hatte sie aufmuntern wollen und sie war wie eine Furie auf ihn losgegangen. Debbies Cowboystiefel tauchten in ihrem Blickfeld auf.

»Was haltet ihr davon, wenn wir ins Haus gehen, Tee machen und dann alles in Ruhe besprechen?«

Nini hielt den Blick stur auf den Boden gerichtet und nickte.

»Gut. Dann gehen Rich und ich schon mal rein, und ihr beide kommt einfach nach, wenn ihr so weit seid.«

Schritte entfernten sich, irgendwo in den Eichen krächzte Nepomuk, der sich bisher noch nicht wieder gezeigt hatte. Arthur legte Nini einen Finger unters Kinn und hob ihren Kopf.

»Nini?«

Sie lugte durch ihre Wimpern zu ihm hoch.

»Hm?«

»Klar weiß ich, dass wir eine Menge Probleme an der Backe haben. Und ich weiß auch, dass du ein paar verdammt harte Stunden hinter dir hast.«

Die Hitze kroch Ninis Hals hoch, setzte ihre Ohren in Brand und ließ ihre Wangen glühen.

»Aber eigentlich wollte ich dir damit nur sagen: Wenn *du* es willst, können wir Leonores Arbeit weiterführen. Egal, was Hunter zerstört hat – wir finden eine Möglichkeit, neu anzufangen. Das verspreche ich dir.«

Leonore, die Unbeugsame. Und Arthur kam ganz nach ihr. Er nahm Ninis Gesicht zwischen seine Hände.

»Guck nicht so finster. Du musst das nicht jetzt entscheiden. Aber ich will, dass du weißt, ich bin an deiner Seite – egal, was passiert.«

Noch bevor sie etwas erwidern konnte, zog er sie an sich und verschloss ihre Lippen mit einem Kuss. Nini ließ sich fallen, schob alles, was sie bedrückte, für einen kurzen Moment zur Seite und schmiegte sich in seine Arme.

»Wir müssen reden«, brummte Rich, während er bereits den dritten Löffel Zucker in seinen Tee rührte. Das Gebräu war stark und aromatisch, ganz anders, als die Katzenpisse, die Nini aus Sparsamkeit sonst immer zubereitete. Nini nippte an ihrer Tasse. Vermutlich hatte Debbie dafür ihren halben Vorrat an echten Teeblättern aufgebraucht, aber sie musste zugeben, dass sie diesen Energieschub gerade gut gebrauchen konnte. Rich nickte Debbie, die neben ihm saß, zu.

»Nini, ich mache es kurz: Leonore hat Hunter geschmiert, damit er *Taste!* in Ruhe lässt. Viele Jahre lang.« Debbie legte eine Hand auf den Tisch und betrachtete die schweren Ringe an ihren Fingern.

Heilige Scheiße! Nini kam sofort das Gespräch mit Vince in den Sinn. Darum also hatte Hunter so lange nichts gegen *Taste!* unternommen! Er hatte sich sein Schweigen vergolden lassen. Sie musste ein paar Mal schlucken, um den Kloß aus ihrem Hals zu bekommen.

»Nach Leonores Tod«, nahm Rich den Faden auf, »haben wir eine Weile nichts mehr von ihm gehört und dachten oder besser gesagt hofften, er lässt es vielleicht auf sich beruhen, so knapp vor seiner Pensionierung. Doch –«

»Ha! Ja, genau! Weil Hunter so ein unglaublich netter Mensch ist«, fiel Nini ihm ins Wort.

»Doch dann«, sprach Rich unbeirrt weiter, »bist du aufgetaucht und er hat sich wieder gerührt. Vielleicht hatte er zuerst gedacht, dass nach Leonores Tod *Taste!* in sich zusammenfallen und für ihn nichts mehr zu holen sein würde. Aber plötzlich war da jemand, die möglicherweise in ihre Fußstapfen treten würde …«

»Aber das wollte ich doch gar nicht!« Nini hieb mit der flachen Hand so fest auf den Tisch, dass die Löffel auf den Untertellern klirrten. »Also was sollte das alles mit der Razzia und dem Verhör und allem …« Sie verstummte, in ihren Augen brannten Tränen, die Ereignisse der letzten Stunden steckten ihr noch in den Knochen. Plötzlich spürte sie Arthurs Hand auf ihrem Oberschenkel, den leichten Druck seiner Finger. Nini atmete einmal tief durch und legte ihre Hand auf seine.

»Ich weiß, dass du in all das von Leonore irgendwie hineingestoßen worden bist. Aber sie hat wirklich versucht, so eine Konfrontation mit Hunter zu verhindern und eine Art Versicherung organisiert. Um dich zu schützen. Weshalb Leonore auch eine der letzten Geldübergaben an Hunter heimlich gefilmt hat.«

»Sie hat *was?*«

»Oh, sie hat es sehr geschickt angestellt.« Debbie grinste, ihre Augen leuchteten vor Stolz. »Sie hat *Taste!* rausgehalten, es so aussehen lassen, als würde der *ehrenwerte* Leiter des Ministeriums Schweigegeld von einer alten Widerstandskämpferin erpressen.« Das Grinsen verschwand aus ihrem Gesicht. »Und dann konnten wir diese verdammte Aufnahme nicht finden.«

Stille.

Ninis Herz klopfte so heftig, dass sie das Pochen bis in den Hals spürte.

»Das heißt, ihr habt sie gar nicht, diese tolle Versicherung?«, fragte Arthur und klang dabei so verwirrt, wie sie sich fühlte.

»Die letzten Wochen vor Leonores Tod waren so … so schrecklich, dass wir nicht einmal daran gedacht haben, sie danach zu fragen. Und dann ging es ganz schnell, und sie ist nicht mehr dazu gekommen, es uns zu sagen.« Debbie atmete schwer. Nini war sich nicht sicher, ob ihr die Erinnerung oder der Verlust der Aufzeichnung so zusetzte.

»Mittlerweile haben wir wirklich alles auf den Kopf gestellt, sogar …« Debbie sah Nini entschuldigend an, »dein Haus.«

Nini zuckte zusammen und starrte Debbie ungläubig an.

»Ihr habt im Haus herumgeschnüffelt?«

»Nini, bitte. Wir wollten …«

»Und ihr seid nicht einmal auf die Idee gekommen, mich zu fragen? Ich hätte euch doch *helfen* können!«, rief sie.

»Das ging nicht, Nini.« Richs Stimme klang rau »Wir mussten Leonore versprechen, dass wir dich da komplett raushalten. Das haben wir versucht, und jetzt ist genau das passiert, was sie eigentlich hatte verhindern wollen. Hunter macht Druck, und du bist mittendrin.«

Es war nicht zu übersehen, wie nahe ihm das alles ging. Aber Nini konnte in diesem Augenblick nur daran denken, was Vince gesagt hatte: *Dieser Anruf kam ihm irgendwie gelegen …* Klar, die Anzeige gegen sie lieferte Hunter einen perfekten Vorwand, die Daumenschrauben anzuziehen.

»Wenn er mit mir fertig ist und ihr seine Forderungen nicht erfüllt, wird er *Taste!* hochgehen lassen. Eiskalt. Das ist euch schon klar, oder?« Nini reckte das Kinn. Nein, so einfach würden sie es Hunter bestimmt nicht machen und wandte sich an Arthur: »Hast du noch irgendeine Idee, wo dieser Clip sein könnte?«

Der schüttelte entmutigt den Kopf.

»Was ist mit der Cloud? Dem Holo-Raum?«

»Als ob deine Patentante so etwas benutzen würde. Das glaubst du ja selbst nicht.«

Ninis Blick fiel auf das antiquierte Tablet. Arthur hatte natürlich recht.

So what, dann mussten sie sich eben etwas anderes einfallen lassen. Und sie hatte auch schon eine vage Idee, was das sein könnte.

»Bin gleich wieder da.« Nini sprang von ihrem Stuhl auf und verschwand im Flur, wo sie vorhin ihren Rucksack einfach in die Ecke gepfeffert hatte. Sie griff in die kleine Seitentasche, ihre Finger schlossen sich um den Stick. »Lass mich jetzt bloß nicht im Stich, Vince!«, murmelte sie.

Die Stimmung war düster, als sie in die Wohnküche zurückkam. Arthur wirkte sauer, vermutlich weil er von all dem nichts gewusst hatte, und die anderen beiden hingen deprimiert auf ihren Stühlen. Das hätte Leonore gar nicht gefallen.

»Mit etwas Glück«, sagte Nini und wedelte mit dem Stick, »befindet sich hier drauf etwas, mit dem wir Hunter so richtig drankriegen können.« Während sie den Stick in das Tablet steckte, fasste sie in ein paar Sätzen das Gespräch mit Vince für die anderen zusammen.

»Im Ernst? Du vertraust ausgerechnet Hunters Sohn?«

»Wir haben doch nichts mehr zu verlieren. Lasst uns einfach mal anschauen, *was* Vince uns da zugespielt hat. Dann können wir immer noch entscheiden, oder?« Arthurs Mund war nur noch ein schmaler Strich, aber er nickte. Nini öffnete die Datei. Es war ein Film.

Der Clip war eine einzige Abrechnung. Drei Menschen, zwei Frauen und ein Mann, die für Hunter gearbeitet hatten. An der Uni von Birmingham, am Institut für Pflanzengenetik. Sie erzählten vor laufender Kamera, wie Hunter erst sie selbst und dann Forschungsergebnisse manipuliert hatte. Von verschwundenen Laborprotokollen, Studienergebnissen, die nachträglich an die Wünsche von Geldgebern angepasst wurden, und vielem mehr war die Rede. Und sie redeten lange. Am Ende hielt eine der Frauen ein paar Papiere in die Kamera. Sie hatte sie zur Seite geschafft und nicht, wie Hunter ihr damals aufgetragen hatte, vernichtet. Unter Androhung, ihn mit diesen Beweisen auffliegen zu lassen, waren sie ihren tyrannischen Chef ein paar Monate später losgeworden. Hunter hatte damals die Uni sang- und klanglos verlassen, das Team bekam einen neuen Leiter und das Institut damit endlich »saubere« Forschung.

Es hatte allerdings nicht sehr lange gedauert, und *Dr. Hunter* war im Ministerium für Agrarsicherheit aufgetaucht, wo er in kürzester Zeit einen kometenhaften Aufstieg hingelegt hatte. Seither lagen diese brisanten Unterlagen im Safe der ehemaligen Kollegin …

Nini hörte, wie Rich neben ihr aufkeuchte und Debbie irgendetwas wie »einmal Mistkerl, immer Mistkerl« murmelte. Das, was da eben über den Screen geflimmert war, hatte die Sprengkraft einer Bombe.

Und Nini würde keine Sekunde zögern, sie zu zünden.

35

Nini fühlte sich ausgelaugt, ihre Gedanken schossen wie aufgeregte Vögel durch ihren Kopf und ließen sie nicht zur Ruhe kommen. Nachdem Rich ins Restaurant und Arthur zu seiner Schicht ins *Crown & Anchor* abgezischt waren, hatte sie sich den Clip von Vince noch drei Mal angesehen.

Eine Frage hämmerte wieder und wieder in ihrem Kopf: *Warum?*

Warum hatte ihr Vince dieses Material zugespielt? Ihr zu helfen, war eine Sache. Er fand sie gut, das war ihr nicht entgangen. Aber *Taste!* retten zu wollen und dafür seinen Vater ans Messer zu liefern, war noch einmal eine ganz andere Nummer. Selbst wenn er ihn offensichtlich nicht ausstehen konnte.

Wie war er überhaupt an dieses Material gekommen? War der Clip echt?

Nini starrte apathisch durchs Küchenfenster hinaus in die einsetzende Dämmerung. Sie war so müde.

Eigentlich hatte sie ihrem Vater versprochen, sich am Abend noch einmal bei ihm zu melden, aber dafür hatte sie nicht das kleinste Quäntchen Energie übrig. Nach der

Kontaktaufnahme durch das Ministerium war er vor Sorgen fast ausgerastet. All seine väterlichen Albträume schienen mit einem Mal wahr geworden zu sein. Aber schließlich wusste er mittlerweile schon, dass sie okay war, und das musste für den Moment reichen.

Gedankenverloren beobachtete sie die Wolken, die in der Abendsonne golden und purpurfarben aufleuchteten. Ein Schatten löste sich aus den Zweigen der Eichen und segelte zur Terrasse.

Nepomuk!

Nini sprang auf und lief zur Tür. Da saß der Eichelhäher, als ob nichts gewesen wäre, und pulte in den Ritzen der Steinmauer herum.

»Hey, du alte Krähe! Sag mal, wo warst du denn die ganze Zeit? Ich habe mir schon ernsthafte Sorgen um dich gemacht.«

Nepomuk unterbrach seine Arbeit für einen Moment und begrüßte sie mit einem leisen *Piüü*.

»Ich habe schon gedacht, ich sehe dich nie mehr wieder.« Nini setzte sich neben ihn auf die Steinmauer und strich dem Vogel über das Gefieder. Eine Weile sah sie Nepomuk zu, der mit großer Ernsthaftigkeit die Ritzen der Mauer bearbeitete. »Bunkerst du schon wieder Zeug?«

Eifrig stopfte er Moos in ein größeres Loch. Die Geschicklichkeit, mit der er seinen Schnabel benutzte, brachte sie wieder einmal zum Staunen. Sie ging vor ihm in die Hocke.

»Was hast du da? Eine Nuss?«

Im schwachen Licht der Terrassenlampe versuchte sie

zu erkennen, was Nepomuk da versteckte. Etwas Glänzendes. Plastik? So etwas würde er nicht fressen, oder doch?

»Hey, du weißt, dass du von diesem Zeug sterben kannst?« Nini schob ihn sanft zur Seite und angelte mit den Fingern seine Beute aus dem Loch. Besser, sie entsorgte das Plastikding, bevor er noch auf dumme –

»*Wow!*«

Was da zwischen ihren Fingern baumelte, war eindeutig eines von Leonores Samentütchen.

Dschää, dschää, beschwerte sich Nepomuk über den Diebstahl. Sein Kopf wippte aufgeregt.

»Shhht. Ist ja gut. Keine Sorge, du kriegst dafür etwas anderes von mir.«

Nini stürmte ins Haus und hielt das Tütchen ins Licht.

Rote Beete (Zora) hatte jemand mit schwarzem Marker darauf vermerkt. Die Schrift war verblasst, das Datum darunter nicht mehr wirklich zu entziffern.

Neugierig betrachtete Nini die stacheligen, braunen Kügelchen. Nepomuk war hinter ihr ins Haus gehopst und hockte jetzt mit schräg gelegtem Kopf vor ihr. Er war offensichtlich nicht bereit, seine Beute so schnell aufzugeben. Sie holte einen Cracker aus der Küche.

»Hier, bitte schön.«

Der Eichelhäher nahm die Gabe gnädig an, ließ aber dabei das Tütchen in Ninis Hand nicht aus den Augen.

»Sag mal, hast du noch mehr davon, du alter Dieb?«

Sie kicherte. Die Vorstellung, dass Hunters Männer alles akribisch nach illegalem Saatgut abgesucht und das *gefährliche Teufelszeug* kistenweise in ihre Transporter gepackt hatten, während Nepomuk überall im Garten Samentütchen versteckte, war wirklich genial. Wer weiß, wenn sie und Arthur es geschickt anstellten, würden sie vielleicht sogar noch das eine oder andere finden.

»Hey, du bist ja ein richtiger Widerstandshäher. Leonore wäre stolz auf dich!«, rief sie Nepomuk hinterher, während der Richtung Terrasse stolzierte, um dort den Cracker zu verspeisen. Nini konnte es kaum erwarten, Arthur davon zu erzählen. Die Geschichte war genau das Richtige für seine Gärtner- und Rebellenseele.

An der Haustür klingelte es. So spät noch?

Rasch sah Nini sich um, zog schnell ein Buch über Stonehenge aus dem untersten Bücherregal und legte das Samentütchen vorsichtig zwischen die Seiten. Das musste reichen, auf die Schnelle fiel ihr einfach kein besseres Versteck ein.

»Es wird schon nicht Hunter sein«, flüsterte sie sich selbst zu, strich die Haare aus dem Gesicht und ging zur Tür. Bewaffnet mit einem Lächeln öffnete Nini die Tür.

»Vince? Was machst du denn hier?«

Er sah verlegen zu Boden, sie hatte ihn wohl eine Sekunde zu lange angestarrt.

»Entschuldige die Störung. Ich hätte anrufen sollen, aber das hielt ich unter den gegebenen Umständen für eine schlechte Idee.« Er trat von einem Fuß auf den anderen, wieder ganz der schüchterne Jungbiologe. »Darf ich reinkommen?«

»Äh, klar.«

Sie ging in die Wohnküche voraus und grübelte darüber

nach, was Vince dazu gebracht hatte, so spät noch den ganzen Weg von Truro nach Mevagissey auf sich zu nehmen. Am liebsten hätte sie ihn sofort mit den Fragen, die sie gerade so beschäftigten, bombardiert, stattdessen sagte sie: »Setz dich doch. Was willst du trinken? Ich hab leider nicht viel da.«

Sie wies auf die Stühle in der Wohnküche und ging weiter zum Kühlschrank.

»Wasser? Tee? Instantkaffee?«

»Wasser, bitte.«

Nini goss zwei Gläser ein und setzte sich zu ihm an den Tisch. Es kostete sie eine fast übermenschliche Anstrengung, den Mund zu halten und erst einmal abzuwarten, was Vince von ihr wollte.

Sein Blick wanderte langsam über Leonores zusammengewürfelte Möbel, stoppte bei einer wilden Ansammlung von Vorratsgläsern, die sie nach der Durchsuchung noch nicht wieder weggeräumt hatte, und blieb schließlich an ihr hängen.

»Wie geht's dir?«

Sie zuckte mit den Schultern.

»Na ja, wie man sich eben so fühlt, wenn jemand mit einer Abrissbirne versucht, dein Leben zu zertrümmern.« Sie machte eine ausladende Handbewegung.

Debbie und Rich hatten zwar versucht, das schlimmste Chaos in Wohnküche und Wohnzimmer zu beseitigen, trotzdem sah es immer noch aus, als wäre ein Wirbelsturm durch die Räume getobt. Vince nickte stumm, seine Lippen waren zu einem dünnen Strich zusammengepresst.

»Verstehe«, sagte er so leise, dass sie ihn kaum verstand. Er hob einen abgewetzten Rucksack auf seinen Schoß und öffnete ihn. Das Ratschen des Reißverschlusses und die Art, wie Vince sie jetzt ansah, machten Nini unruhig. Was hatte er vor?

»Vielleicht kann dich ja das ein wenig darüber hinwegtrösten.«

Er griff in den Rucksack, zog eine Stofftasche hervor und schob sie ihr über den Tisch zu. Skeptisch beäugte Nini die Tasche, auf der das *Sainsburys*-Logo prangte.

»Was ist da drin?«

»Schau nach, dann weißt du es.«

Vince war hübscher, wenn er lächelte. Langsam streckte sie die Hand aus und zog den Beutel zu sich.

»Beißt es?«

Sein Lächeln wurde jetzt so breit, dass es wieder dieses Grübchen in seine Wangen kerbte.

»Nicht, wenn du nett zu ihnen bist.«

Nini lugte hinein und hielt unwillkürlich die Luft an. Mit Schwung kippte sie den Inhalt auf den Tisch. Acht, vielleicht zehn Tütchen rutschten heraus. In jedem Samen. Immer nur ein paar wenige und jeweils mit einem winzigen Stück Papier, auf dem etwas notiert war. Sie griff sich eines davon. Sechs schrumpelige, beigefarbene Dinger, die aussahen wie Bälle, aus denen die Luft gelassen worden war. Auf dem Zettel war mit krakeliger Handschrift vermerkt: *Zuckererbsen (Bella)*.

»Ich konnte leider immer nur ein paar abzweigen, sonst wäre es aufgefallen.«

Sie hatte schon das nächste Tütchen in der Hand. Kleine, rotbraune Kügelchen. Verzweifelt versuchte sie, die Schrift zu entziffern.

»Radies ... Eis ... Was soll das heißen?«

Vince lachte und sagte: »Ich hätte auch lieber Etiketten ausgedruckt, aber das hätte Spuren hinterlassen. Zu riskant. Die Sorte heißt *Eiszapfen*.«

Wie ein Kind wühlte sich Nini durch ihren Schatz, las ein Zettelchen nach dem anderen. *Wilde Rauke, Fenchel, Stängelkohl, Paprika* ... Warum fanden plötzlich all diese Samen den Weg zu ihr? Angefangen hatte es heute mit Arthur, dann die Sache mit Nepomuk und jetzt war auch noch Vince bei ihr aufgekreuzt. Alles an einem Tag. Nini glaubte nicht an Dinge wie Bestimmung oder Vorsehung, aber selbst sie musste zugeben, dass dieser Zufall fast schon unheimlich war.

»Vermutlich müsst ihr erst ein Vermehrungsjahr einlegen, damit ihr genug Samen zusammenbekommt und wieder so richtig durchstarten könnt. Aber das ist eben das Wunderbare an Saatgut: Man steckt ein einzelnes Körnchen in die Erde und bekommt am Ende ein Vielfaches davon zurück.«

Vorausgesetzt, es wurde nicht daran herummanipuliert, dachte sie grimmig. Die braunen, gelben, beigefarbenen und schwarzen Samenkörner kamen ihr plötzlich so kostbar wie Edelsteine vor. Was da vor ihr auf dem Tisch lag, war vielleicht ihre Zukunft. Und die der Artenvielfalt – in den Gärten, auf den Feldern und den Tellern der Menschen in Mevagissey.

Nini schob die Tütchen zusammen und verstaute sie wieder in der Tasche.

»Danke, Vince und … und ich bin wirklich froh, dass Hunter dir offensichtlich doch nicht den Kopf abgerissen hat.« Sie zwinkerte ihm verschwörerisch zu.

Vince lächelte. »Viel hat nicht gefehlt. Er hat das halbe Ministerium zusammengebrüllt, was äußerst beeindruckend war, aber am Ende hat er mir die Nummer mit dem verliebten Kerl dann doch abgekauft.« Bei diesen Worten überzog ein Hauch von Rosa seine Wangen. Jeden anderen hätte Nini damit aufgezogen, aber eine innere Stimme sagte ihr, dass Vince empfindsam war und das gar nicht gut aufnehmen würde. Sie knabberte an ihrer Unterlippe.

»Vince?«

»Ja?«

»Warum tust du das alles? Ich meine, du spielst mir diesen Clip in die Hände, der Hunter belastet, du klaust konfiszierte Samen … Warum?«

Mit der Hand strich er ein unsichtbares Staubkörnchen von der Tischplatte.

»Weil ich dich mag. Ganz einfach.«

Jetzt war sie es, die auflachte.

»Schon klar, du riskierst deine Karriere und dein vermutlich noch blitzsauberes Bürgerregister für ein Mädchen, das du so gut wie gar nicht kennst. Komm schon, Vince, du hast schon besser gelogen. Sorry, aber die Story kaufe ich dir nicht ab.«

Er starrte ewig auf seine Finger, als sähe er sie zum ersten Mal. Irgendwann brachte er es schließlich über sich, ihr ins Gesicht zu schauen. Mit einem Mal saß ein völlig anderer Vince vor ihr. Er wirkte älter, entschlossener, und sein Blick ließ nicht daran zweifeln, dass er genau wusste, was er tat.

»Dass Hunter mein Erzeuger ist, hast du ja mittlerweile selbst herausgefunden.«

Da war es wieder, dieses durch und durch technische Wort. *Erzeuger*. Nicht ein Fünkchen Emotion schwang darin mit, und Nini fragte sich, ob Vince vielleicht so sein Herz davor schützen wollte, auch nur irgendetwas für ihn zu empfinden.

»Ich wurde adoptiert, mit zehn, nachdem meine Mutter gestorben war. Seither trage ich den Namen meiner Adoptiveltern. Buckley. Meine Mutter hat sich ...«, er machte eine Pause und schluckte, »... sie war schwer depressiv und hat sich das Leben genommen.« Vince rieb sich mit der Hand über den Mund, auf Hals und Wangen waren rote Flecken erschienen. »Ihn habe ich als Kind kein einziges Mal zu Gesicht bekommen. Er hat sich aus dem Staub gemacht, als sie mit mir schwanger war und ihr dann das Leben zur Hölle gemacht. Der Mistkerl hat sich geweigert, für mich aufzukommen, und hat ihr eine ganze Armee an Anwälten auf den Hals gehetzt. Die haben sie regelrecht fertiggemacht, sie in eine ...«

Der Satz franste aus und verlor sich im Raum. Nini hatte plötzlich einen bitteren Geschmack im Mund. Fast so, als hätte sich Vinces Geschichte direkt auf ihre Zunge gelegt.

»Egal, es ist vorbei. Ich bin erwachsen und kann mich

gut um mich selbst kümmern. Meine Adoptiveltern waren nett, sie haben sich viel Mühe gegeben.«

Waren nett … haben sich viel Mühe gegeben … Das klang nicht unbedingt nach einer rosigen Kindheit.

»Tut mir so leid«, flüsterte Nini, während sie krampfhaft versuchte, den Tod seiner Mutter nicht zu sehr in ihr Bewusstsein dringen zu lassen. Dieses Thema würde sie gefährlich nah an ihren eigenen, dunklen Strudel bringen. Ihre Finger betasteten Tildas Armband.

»Schon gut. Hunter wird dafür bezahlen. Wenn wir mit ihm fertig sind, kann er seine Pläne für ein Rentnerdasein im Luxus vergessen.«

»Verstehe, der Clip ist Teil deines Rachefeldzuges. Ist er echt?«

Vince lächelte schmallippig.

»Ja, ist er. Die Recherche hat mich Monate gekostet, dann musste ich noch die Leute auftreiben und überzeugen, nach so vielen Jahren auszusagen. Das war alles andere als einfach. Aber wenn ich etwas Gutes von meinem Erzeuger geerbt habe, dann ist es Hartnäckigkeit. Immerhin.«

Zum ersten Mal erkannte sie eine gewisse Ähnlichkeit zwischen Vince und Hunter. Es war die Art, wie sich der Blick nach innen kehrte, als wäre er völlig alleine auf der Welt. Mit dem Unterschied, dass bei Hunter wahrscheinlich Arroganz der Grund war, während es bei Vince Einsamkeit zu sein schien.

»*Du* warst natürlich nicht Teil meines Plans, das hat sich zufällig so ergeben. Aber hey, wenn ich es ihm nicht nur heimzahlen, sondern zudem auch noch seinen Opfern helfen kann: umso besser! Also sieh es einfach als kleine Wiedergutmachung.«

Vince versank in ein nachdenkliches Schweigen. Nini dachte schon, er wäre in eine Art Trance verfallen, aber da piepste sein Smartphone und er zog es aus dem Rucksack, faltete es auf. Seine Finger wischten über das Display.

»Ah, da haben wir ihn ja schon.«

Sein Gesicht war jetzt ein einziges Strahlen, als hätte es die letzten zehn Minuten überhaupt nicht gegeben. Nini zog die Schultern hoch. Vince war offensichtlich sehr gut darin, den verletzten Teil seiner Seele abzuspalten und wegzusperren. Sie fand das irgendwie unheimlich, doch gleichzeitig beneidete sie ihn fast ein wenig um dieses Talent.

»Ich habe mich heute Nachmittag im Ministerium umgehört. Es gibt da jemanden, der mir noch einen Gefallen schuldete.« Vince machte eine Pause und sah sie mit leuchtenden Augen an. »Ich weiß jetzt, wer dich angezeigt hat …«

36

Noch bevor Nini die Tragweite dessen, was Vince da eben gesagt hatte, ganz erfassen konnte, klingelte es an der Tür.

»Verdammt noch mal, was ist denn heute nur los? Warte kurz, ich bin gleich wieder da.« Mit dem Kopf voller wirrer Gedanken hastete sie zur Tür und riss sie auf. Auf den Stufen standen Arthur und Maurice und grinsten um die Wette.

»Tote Hose heute im *Crown & Anchor*, da haben wir gedacht, wir kommen vorbei und muntern dich ein wenig auf!«

Arthur schwenkte ein Sixpack Bier, Maurice drückte ihr zwei knisternde Chipstüten in die Hand.

»Mann, City-Girl, *long time no see*. Alles senkrecht bei dir? Kann ich mal deine Toilette benutzen?« Ohne ihre Antwort abzuwarten, stiefelte er an ihr vorbei Richtung WC. Der hatte es aber eilig.

»Alles klar? Du siehst aus, als hättest du eben ein Gespenst gesehen.«

Nini stellte sich auf die Zehenspitzen und gab Arthur einen Kuss.

»Hab ich vielleicht auch. Vince ist da. Er hat herausgefunden, wer mich bei Hunter verpfiffen hat. Komm mit!«

Sie war hibbelig, auf seltsame Art nervös, und weil es ihr nicht schnell genug ging, nahm sie Arthur bei der Hand und zog ihn förmlich in die Wohnküche. Vince schnellte von seinem Stuhl, als sie mit Arthur im Schlepptau auftauchte.

Was war denn mit dem los? Einen kurzen Moment standen sich die beiden wortlos gegenüber und checkten sich gegenseitig ab, dann ging Arthur auf Vince zu und streckte ihm die Hand entgegen.

»Hey, danke für alles, was du für Nini getan hast. Ohne dich wäre die Sache wahrscheinlich nicht so gut ausgegangen. Ich bin übrigens Arthur. Bier?«

Nini atmete innerlich auf. Sie war nicht sicher gewesen, wie Arthur auf Vince reagieren würde. Immerhin war er Hunters Sohn. Aber Arthur nahm nur eine Flasche aus dem Sixpack und hielt sie Vince unter die Nase.

»Danke, aber ich muss gleich los«, antwortete Vince steif.

»Ach komm, ein Bier hat noch keinem geschadet. Dein SD wird dich schon heil nach Hause bringen«, versuchte Arthur ihn zu locken.

Nini hatte Vince während der ganzen Zeit aufmerksam beobachtet. Seit sie mit Arthur in der Wohnküche aufgetaucht war, benahm er sich eigenartig. Er wirkte verschlossen, fast feindselig. Als Maurice zur Tür hereinkam und ihn mit einem: »Hey, Mann, was geht«, begrüßte, fiel bei Nini endlich der Groschen. Vince hatte einmal zu oft zu dem Beutel mit den Samen, der immer noch auf dem Tisch lag, hinübergeschielt.

»Alles gut, Vince, entspann dich. Die Jungs gehören zu *Taste!*, du kannst ihnen vertrauen.« Nini stupste ihn mit dem Ellbogen leicht in die Seite. Vinces Schultern senkten sich ein paar Zentimeter, ein verlegener Ausdruck trat auf sein Gesicht.

»Sorry, man kann nie vorsichtig genug sein. Das Ministerium hat seine Ohren überall.«

»Hier ganz sicher nicht, darauf kannst du dich verlassen!« Arthur legte einen Arm um Nini, zog sie an sich und drückte ihr einen Kuss auf die Schläfe. Ihr entging der gekränkte Zug, der plötzlich Vinces' Mund umspielte, nicht.

Obwohl sie dieses *Sie-gehört-zu-mir-*Gehabe kindisch fand, schmeichelte es ihr irgendwie.

Ein lautes Knistern holte sie aus ihren Gedanken. Maurice hatte eine Chipstüte aufgerissen und stopfte sich gierig die gesalzenen Kartoffelscheiben in den Mund.

»Wird das jetzt hier eine Stehparty, oder was?«, fragte er mit vollem Mund und sah erwartungsvoll von einem zum anderen.

»Sagt euch eigentlich der Name Deville was?« Vince hatte den Namen betont langsam ausgesprochen.

Nini schüttelte den Kopf.

»Noch nie gehört.« Die letzten Buchstaben ihres Satzes schwebten noch in der Luft, als sie spürte, dass etwas in Schieflage geraten war. Wie ein Gemälde, das plötzlich nicht mehr ganz gerade an der Wand hing und seinen Betrachter irritierte.

Arthurs Hand auf ihrer Schulter verkrampfte sich plötzlich, und Maurice sah aus, als wären ihm die Chips im Hals stecken geblieben.

»Wer ist –«

Zu mehr kam sie nicht, denn Arthur schnitt ihr das Wort ab: »Deville und weiter?«

»Keine Ahnung, ich hab nur den Nachnamen und weiß, dass es sich um einen Mann handelt. Jedenfalls habt ihr es diesem Deville zu verdanken, dass Hunter hier aufgetaucht ist. Er war derjenige, der Nini beim Ministerium angezeigt hat.«

Deville – eigentlich ein viel zu schöner Name für so einen miesen Verräter. Nini fröstelte, als hätte sich die Luft in der Wohnküche schlagartig abgekühlt.

Der Name sagte ihr nichts, aber er veränderte alles. Aus einem konturlosen Phantom war plötzlich ein Mensch aus Fleisch und Blut geworden. Es gab da draußen jemanden, der sie verraten hatte, ihr Schaden und Leid zufügen wollte. Absichtlich. Mit einem Mal war es persönlich geworden.

Plötzlich fiel ihr die Stille im Raum auf.

»Hey, was ist los mit euch?«

Aber die Jungs schenkten ihrer Frage keine Beachtung.

»Sag mir, dass das nicht wahr ist.« Arthur starrte Maurice an, seine Stimme war kalt und spröde wie Eis.

»Weißt du, wie viele Devilles es gibt?«

»Nicht viele. Darauf warst du doch als Kind schon stolz. Also?«

»Mann, der Typ lügt. Schau ihn dir doch an. Der Ministerialschnösel will sich nur vor deiner Braut wichtigmachen. Hast du nicht gesehen, wie der sie anglotzt? Dem rinnt doch fast der Sabber aus dem Mund.« Maurice' wasserblaue Augen funkelten angriffslustig.

»Sag es. Sag, dass du es nicht warst.«

Langsam sickerte die Bedeutung dessen, was sich gerade hier abspielte, in Ninis Bewusstsein. *Nein,* hämmerte es in ihrem Kopf, *nein, nein, unmöglich.* Das musste eine Verwechslung, ein Irrtum sein. Maurice war sein bester Freund.

»Verdammt noch mal, Maurice, sag es endlich!«, schrie Arthur ihn an.

Nini fühlte sich fremd. In ihrer Haut, in diesem Haus, zwischen den drei Jungs. Wusste nicht, ob sie schreien, heulen oder weglaufen sollte. Keine der Reaktionen schien ihr angemessen zu sein für das, was sie fühlte. Stumm und unfähig auch nur den kleinen Finger zu bewegen stand sie da und starrte ihn an.

Vince ging es wohl ähnlich. Sein Gesichtsausdruck lag irgendwo zwischen Ungläubigkeit und Schockiertheit.

Plötzlich packte Arthur Maurice an seiner Jacke und zerrte ihn so nah an sich heran, dass ihre Gesichter nur noch ein paar Zentimeter voneinander entfernt waren.

»Ist dir klar, was du da getan hast, Maurice? Ist dir das verdammt noch mal klar?«

Er schüttelte seinen Freund wie ein Hund seine Beute, dann stieß er ihn von sich, als ertrüge er seine Nähe nicht mehr. Maurice, aus dem Gleichgewicht gebracht, torkelte Richtung Tischplatte. Nini wusste, dass sie Arthur stoppen sollte, aber sie stand nur da und ließ es geschehen.

»Leute, das hier ist jetzt euer Ding, ich hau dann mal ab.« Von allen unbemerkt hatte sich Vince in dem Chaos bis zum Flur vorgearbeitet. Mit dem Rucksack über der Schulter stand er da und sah in die Runde. Er wirkte, als bereue er zutiefst, sich in die ganze Sache eingemischt zu haben. Nini konnte es ihm nicht verdenken.

»Schon klar, schmeißt hier eine Bombe rein und verpisst sich dann einfach«, rief Maurice ihm nach.

Vince hörte ihn nicht mehr. Er hatte sich bereits umgedreht und war auf dem Weg zur Haustüre. Gestochen scharf wie durch ein Fernglas nahm Nini die Riemen an seinem Rucksack wahr, dann hörte sie die Türe zufallen.

Maurice war ein Deville.

Derjenige, der sie verraten hatte, ihr Leben zerstören wollte. Absichtlich. Die Luft um sie herum wurde plötzlich so dick, dass sie kaum atmen konnte. Was hatte sie ihm getan? Ihr Kopf weigerte sich, den nächsten logischen Gedanken zu akzeptieren: Er hatte damit ja nicht nur sie, sondern auch Arthur und *Taste!* verraten. Sie musste sich hinsetzen.

»Ach, halt die Klappe«, schnauzte Arthur Maurice an. Er verschränkte die Arme hinter dem Kopf und starrte hinauf zur Zimmerdecke, als könne er dort oben irgendwo eine Erklärung für alles finden. »Es will mir einfach nicht in den Kopf. Warum, Maurice? Warum hast du das getan? Hast du auch nur mal eine Sekunde über die Konsequenzen dieser Aktion nachgedacht?« Seine Stimme klang schrecklich, so kalt und leer, als käme sie direkt aus einer Gruft. »Alles nur, weil du es nicht ertragen konntest, dass es jetzt Nini in meinem Leben gibt? Ist es das? Ist es *das*? Mein Gott, Maurice …« Arthur lachte fassungslos. »Und anstatt das Maul aufzumachen und mit mir darüber zu reden, trittst du diese … diese Hetzjagd los?«

»Reden. Wie denn? Wann denn?« Wütend fegte Maurice die offene Chipstüte vom Tisch. Ein Regen aus goldenen Kartoffelscheiben ergoss sich über den Boden.

Nini schaute betäubt auf die Bescherung. Ein Chaos. Genauso fühlte sich ihr Leben gerade an.

»Du hast doch gar keine Zeit mehr vor lauter Händchenhalten und Herumvögeln. Mann, weißt du eigentlich, wie oft du mich in letzter Zeit versetzt hast? Ihretwegen? Tu bloß nicht so unschuldig. *Du* hast nämlich auch 'ne ganze Menge verbockt. Frag mal meine Schwester …«, motzte Maurice zurück.

Nini verstand nur noch Bahnhof. *Schwester?*

»Wie meinst du das?« Die Frage war ihr über die Lippen gerutscht, obwohl sie sich nicht einmischen wollte.

»Ach, hat er dir nichts von der süßen Zoe mit den roten Locken erzählt? Komisch, ich dachte, ihr habt keine Geheimnisse voreinander. Oder vielleicht doch?«

Die hochgezogene Augenbraue ließ ihn noch angriffslustiger wirken, aber Nini wich seinem Blick nicht aus.

»Du weißt ja, wie's läuft, City-Girl. Man kennt sich, man mag sich. Und zack – plötzlich wird man fallen gelassen wie eine heiße Kartoffel, weil so ein scharfer Feger aus London hier aufschlägt, der auch noch zufällig die alte McNamara beerbt hat.«

Seine Attacke sorgte dafür, dass ihr Magen sofort eine

Extra-Portion Säure produzierte, die jetzt schmerzhaft ihre Speiseröhre hochstieg. Sie schluckte ein paar Mal, um das brennende Gefühl loszuwerden.

»Treib es bloß nicht zu weit, Maurice. Du weißt ganz genau, dass zwischen Zoe und mir nichts gelaufen ist. Dass sie sich Hoffnung gemacht hat, tut mir leid, ist aber nicht mein Problem.« Arthurs Stimme war nur noch ein Grollen. »Egal, wie du es jetzt hindrehst: *Du* hast uns verraten, weil du dein beschissenes Temperament mal wieder nicht im Griff hattest.« Er versetzte Maurice mit der flachen Hand einen Stoß vor die Brust, der ihn rücklings gegen die Wand taumeln ließ.

»Wie oft habe ich dir aus der Scheiße geholfen? *Häh?* Und was sollte dann das ganze *Wir-sind-Brüder*-Gelaber? Machen Brüder so was? Besser, du gehst mir jetzt schnell aus den Augen, sonst …« Arthur drehte sich weg von Maurice, stützte sich schwer auf die Tischplatte. Die Haare hingen ihm wirr in die Stirn, seine Augen waren geschlossen.

Nini konnte beinahe spüren, wie viel Beherrschung es ihn kostete, nicht auf seinen besten Freund einzuprügeln.

Maurice zögerte einen Augenblick, als wolle er noch etwas sagen, dann marschierte er mit hocherhobenem Kopf Richtung Haustür. Zum Glück sah Arthur den Stinkefinger nicht, den er dabei demonstrativ in die Luft reckte.

»Warte!«

Er ging weiter, als hätte er sie nicht gehört.

»Hey, warte gefälligst!« Nini sprintete hinter ihm her und riss ihn an der Schulter herum. So einfach würde sie den Kerl nicht davonkommen lassen. »Das mit dem Schwarzmarkt und diesem Jeremy bei der *Taste!*-Versammlung – das warst auch du. Hab ich recht?«

Ein Schweigen, das alles sagte, füllte den Flur. Sein Gesicht war so blass, dass die Sommersprossen noch stärker als sonst hervorstachen. Sie ließ sich Zeit, konzentrierte sich auf das, was sie unbedingt noch loswerden wollte.

»Wenigstens warst du schlau genug, die Polizei erst zu alarmieren, als der Markt schon so gut wie geschlossen war. So sind wenigstens die Händler davongekommen, aber du hast riskiert, dass dein bester Freund mit mir zusammen geschnappt wird. Mann, musst du mich hassen! All das, nur um mich loszuwerden …« Es kostete sie enorme Anstrengung, ihre Stimme nicht kippen zu lassen. Sie wollte zumindest nach außen hin ruhig wirken. Maurice sollte bloß nicht glauben, dass er sie kleingekriegt hatte.

Maurice starrte sie an, als habe er sie noch nie gesehen. Die einzige Bewegung in seinem Gesicht war das nervöse Zucken seines linken Augenlides. Dann senkte er den Kopf. Zum allerersten Mal, seit sie Maurice kannte, wich er ihrem Blick aus.

Da stand sie nun, wartete auf ein Gefühl der Genugtuung, der Befriedigung, irgendetwas, das sich gut, besser als vorher, anfühlte, aber da war nichts.

Nichts, außer einer tiefen Traurigkeit.

37

Ein Jahr später …

»Komm Mum, ich stell dir jemanden vor!«

Sie stiefelten zu einem winzigen Backsteinhaus mit verwitterten Dachziegeln, das eine Mischung aus Büro, Geräteschuppen und Gemeinschaftsraum war.

»Hey, Vince, wusste gar nicht, dass du heute herkommen wolltest.«

»Nur für 'ne Stunde. Muss noch Unterlagen in das Buchhaltungssystem einspeisen und draußen auf dem Feld eine Versuchsreihe überprüfen.« Er zog sie an sich und drückte sie kurz. »Schön, dass ihr hier seid!«

Ihre Mutter verschlang Vince fast mit den Augen, als er ihr die Hand hinstreckte. Richtig peinlich, aber Nini musste zugeben, dass Vince gut aussah in seinen Arbeitsklamotten.

»Freut mich, Sie kennenzulernen, Miss Morrison. Wie gefällt Ihnen denn unsere kleine Farm hier?« Seine dunklen Augen leuchteten vor Stolz.

Die Heligan-Farm war die *Show-Farm*, die zu den *Lost Gardens* gehörte, und Besuchern demonstrieren sollte, wie ineffizient und vorsintflutlich Landwirtschaft früher gewesen war – mit Gemüseanbau, Tierhaltung und einer Scheune, in der das Heu dekorativ aufbewahrt wurde.

»Vince«, erklärte Nini ihrer Mutter, »ist Biologe und leitet die Farm hier seit Anfang des Jahres. Außerdem ist er quasi mein Nachbar, denn er arbeitet nicht nur hier, sondern lebt auch auf dem Hof.«

»Bestimmt sehr idyllisch …«

Der Unterton in der Stimme ihrer Mutter entging ihr nicht. Sie warf Vince einen entschuldigenden Seitenblick zu, aber der lachte nur und zwinkerte.

»Idyllisch und sehr arbeitsintensiv. Aber ich mag das. Ich bin einfach nicht so ein Schreibtischtäter wie mein ehrenwerter Herr Vater. Stimmt's Nini?«

Sie lachten fast gleichzeitig los. Dem Gesichtsausdruck nach zu urteilen, führte dieser Heiterkeitsanfall bei ihrer Mutter zu einiger Verwirrung.

»Ihr beide scheint euch ja gut zu kennen?«

»Wissen Sie, Ihre Tochter und ich haben schon so einiges miteinander durchgestanden …«

Durchtriebener Kerl! Mittlerweile kannte Nini Vince gut genug, um diesen Ausdruck, der sich da auf seinem Gesicht breitmachte, zu interpretieren: Er hatte einen Mordsspaß daran, ihre Mutter auf die falsche Fährte zu locken. Und vielleicht sollte es nebenbei auch so etwas wie eine Erinnerung an sie sein, was zwischen ihnen hätte sein können …

»Ihr beide habt beim Essen heute Abend noch genug Gelegenheit, euch darüber auszutauschen. *Ich* zeige meiner Mom jetzt jedenfalls erst mal die TTTs.«

»Wunderbare Idee.« Er zwinkerte ihr verschwörerisch zu. »Sehen übrigens gut aus, ich war heute schon da. Der Regen hat ihnen nichts ausgemacht. Also, wir sehen uns dann später. 19:00 Uhr, richtig?« Vince deutete eine kleine Verbeugung in Richtung ihrer Mutter an und verschwand mit breitem Grinsen im Haus.

Sie liefen eine Weile schweigend nebeneinander her, ihre Mutter konnte sich den ein oder anderen Seitenblick nicht verkneifen.

»Sag mal, du und Vince … habt ihr was miteinander?«

»Mum!«

Da war sie, die Frage, auf die Nini schon gewartet hatte.

»Tu nicht so entsetzt, man wird doch noch fragen dürfen. Ich meine, er ist attraktiv, charmant und …«

»Mum! Du weißt ganz genau, dass ich mit Arthur zusammen bin. Was soll das?«

»Ach, Nini, du bist so jung. Da kann doch alles Mögliche passieren.«

»Ich liebe Arthur und ich bin glücklich mit ihm.« Das war die Wahrheit. Sie war sogar *sehr* glücklich mit Arthur, und das trotz dieses Lochs in ihrem Herzen, das zwar kleiner geworden, aber immer noch spürbar war.

Vor einem langen Beet am Waldrand blieben sie stehen. Es war von einem einfachen Zaun aus Stöcken umgeben, der das Wild von den Jungpflanzen fernhalten sollte. Zumindest war das die offizielle Version.

Nini öffnete das provisorische Gatter und ging hinein. Auf einer Länge von fünfzehn Metern erstreckten sich lockere Reihen Sonnenblumen, alle mittlerweile über einen

Meter hoch. Die Pflanzen gediehen prächtig, nachdem sie den ersten Ansturm der Schnecken überlebt hatten. Und das mussten sie aus eigener Kraft, denn auf der Heligan-Farm wurde ganz *oldschool* ohne die sonst so üblichen Pestizide gearbeitet.

»Was sind das für Pflanzen?«, fragte ihre Mutter skeptisch.

»Sonnenblumen. *Sunnyface 730*. Und bevor du fragst: Ja, das ist eine legale Sorte.«

Nini studierte das Gesicht ihrer Mutter, beobachtete, wie sich die schön geschwungenen Augenbrauen kurz ein paar Millimeter nach oben bewegten.

»Aber ich will dir eigentlich etwas anderes zeigen. Komm!« Nini lief langsam zwischen den Sonnenblumenreihen voraus und fand den hellen Stock auf der linken Zaunseite. Noch während sie darauf zusteuerte, suchten ihre Augen schon das Grün ab. Es dauerte nicht lange, bis sie gefunden hatte, wonach sie Ausschau hielt.

Da, in der zweiten Reihe, blitzte etwas pinkfarben auf.

Tränen schossen ihr in die Augen.

Die erste, genau heute!

Davon hatte sie nicht einmal zu träumen gewagt. Nini räusperte den Frosch in ihrem Hals weg.

»Mum, siehst du diese kleine, pinkfarbene Blüte da drüben?«

Emma Morrison kniff die Augen zusammen und nickte.

»Die … gehört zu einer von drei Bohnenpflanzen, einer alten Sorte, die wir hier zwischen den Sonnenblumen versteckt haben.«

»Nini, warum musst du …«

Die Hände ihrer Mutter flogen durch die Luft wie aufgescheuchte Vögel. Nini fing sie ein und hielt sie fest.

»Bitte, Mum. Hör mir erst einmal zu, okay?«

Ihre Mutter atmete tief durch, dann nickte sie.

»Okay.«

»Danke. Das da im Sonnenblumenfeld sind *Trail-of-Tears*-Bohnen, eine sehr alte Sorte. Wir nennen sie allerdings *Tildas-Trail-of-Tears*-Bohnen. Weißt du, warum?«

Die Augen ihrer Mutter wurden groß und schimmerten feucht.

Mist, schnell weitersprechen, Nini!

»Weil die Perlen in diesem Armband von Tilda … in Wirklichkeit Bohnen waren.«

Sie gab ihrer Mutter einen Augenblick, um die Information zu verdauen.

»Dieses Frühjahr haben Arthur, Vince und ich das Experiment gewagt, die verschrumpelten Bohnen zum Keimen zu bringen. Es ist uns tatsächlich gelungen. Die drei«, sie zeigte ihrer Mutter die Pflanzen, die sich an den Sonnenblumen hochrankten, »und noch eine, die wir im Glashaus versteckt haben. Falls mit denen hier etwas schiefgehen sollte.«

Tränen liefen ihrer Mutter über die Wangen, aber sie lächelte.

»Das ist noch nicht alles. Wenn die Bohnen gut tragen, werde ich ein paar abzweigen, trocknen und aus den schwarzen Bohnenkernen zwei Armbänder machen. Eines für dich und eines für mich …«

Nini hätte ihr so gerne noch erzählt, dass sie sich vorgenommen hatte, *Tildas-Trail-of-Tears*-Bohnen vor dem Aussterben zu bewahren. Denn wenn die Pflanzen wirklich gut trugen, hätte sie auch Saatgut und wäre ihrem Ziel schon ein ganzes Stück näher. Dann musste sie nur noch andere Menschen im Untergrund finden, die bereit waren, sie anzubauen und damit die Erinnerung an Tilda lebendig zu halten. Aber diese Geschichte sparte sie sich für einen anderen Tag auf.

38

Kerzenlicht, Stoffservietten, duftige Wildblumensträußchen – Nini konnte sich gar nicht sattsehen an der festlichen Tafel, die Rich und Debbie da gezaubert hatten. Hätte ihr letztes Jahr jemand erzählt, dass sie gemeinsam mit ihren Eltern und Freunden im *The Fork* speisen würde, sie hätte es bestimmt nicht geglaubt. Aber jetzt waren sie tatsächlich alle hier – ihre Mutter unterhielt sich angeregt mit Debbie, was bei *der* Vorgeschichte fast an ein Wunder grenzte.

Natürlich hatte sie Debbie vorher verboten, das Thema mit der Antibiotikaresistenz auch nur mit einer Silbe zu erwähnen. Sie wollte ihrer Mutter diese emotionale Belastung ersparen, bis die interne Untersuchung im Ministerium abgeschlossen war, zu der Vince Maxwell, den neuen Leiter der Behörde, überredet hatte. Aktuell sah es ganz danach aus, als wäre das Nachbohren ergiebig: Hunter und ein paar einflussreiche Kollegen schienen vor Jahren unter der Hand Verträge verlängert zu haben, die den Einsatz von Antibiotika-Resistenzgenen als Marker weiter ermöglichten.

»Diese Unterschrift hat er sich bestimmt gut bezahlen

lassen.« Vinces Stimme war ganz rau von unterdrückter Wut gewesen, als er ihnen davon erzählt hatte.

Ihren Vater hatte sie zwischen Arthur und Vince platziert. Zwar sah er etwas skeptisch aus, aber er hörte den Jungs aufmerksam zu, die natürlich schon wieder bei ihrem Lieblingsthema *Taste!* waren. Nini war froh, dass die Geheimniskrämerei endlich ein Ende hatte und ihre Eltern nun eingeweiht waren. Eine schwere Hand landete auf ihrer Schulter.

»Und? Zufrieden?«

Nini legte den Kopf in den Nacken und blickte zu Rich hoch, der sie mit seinem besten Großvaterlächeln bedachte. Gerne hätte sie etwas gesagt, aber ihre Kehle war wie zugeschnürt, also nickte sie nur.

»Wir starten jetzt mit dem Salat.«

Noch einmal drückte er ihre Schulter, dann verschwand er in der Küche. Nini wollte schon aufspringen und ihm beim Servieren helfen – schließlich war das ihr Job –, aber Arthur legte ihr, ohne sie auch nur anzusehen oder das Gespräch mit ihrem Dad zu unterbrechen, eine Hand auf den Oberschenkel und drückte sanft zu. Eine einfache Geste, aber sie zauberte ihr ein Lächeln auf die Lippen.

Francis, ihr Lehrmeister im Service, stellte ihr formvollendet einen Teller vor die Nase. Nini starrte auf das hübsch arrangierte Kunstwerk. *War das …?* Sie dippte die Spitze ihres kleinen Fingers in das cremige weiße Zeug und leckte es ab. Ihr Herz machte einen Hüpfer. Echter Ziegenfrischkäse! Rich hatte sich erinnert. Das Essen zum vierzigsten Geburtstag ihrer Mum. *Er ist wirklich der Beste,* dachte

Nini, und sah zu, wie er sich ihr gegenüber am anderen Ende des Tischs niederließ und mit großer Geste die Stoffserviette entfaltete. Er räusperte sich und sofort verstummten die Gespräche am Tisch.

»Wir starten mit einem bunten Wildkräuter-Salat aus den *Taste!*-Gärten mit gerösteten Sonnenblumenkernen und Ziegenfrischkäse. Echtem, selbstverständlich. Lasst es euch schmecken!«

Er hob sein Glas, in dem strohgelber Wein funkelte, und zwinkerte Nini verschwörerisch zu. Ihre Lippen formten ein lautloses »Danke«. Neugierig linste sie zu ihren Eltern. Ihre Mutter schob den Salat mit ihrem Besteck nur hin und her, und ihr Vater sah aus, als wolle er die Flucht ergreifen. Das lief nicht gut. Gar nicht gut. Schnell spießte Nini mit ihrer Gabel ein paar Blätter Rauke auf und hob sie demonstrativ. Alle Augen ruhten nun auf ihr.

»Mir ist es am Anfang auch schwergefallen«, ihr Blick huschte kurz zu Arthur, »aber ich schwöre: Das ist bestimmt der beste Salat, den ihr jemals gegessen habt. Vertraut mir.« Leise schob sie hinterher »Bitte ...« Ihr Vater lachte.

»Salat als Vertrauensbeweis? So was kann auch nur von dir kommen, Nini«, brummte er gutmütig. Er blickte ihr fest in die Augen, dann lud er sich eine ordentliche Portion von dem Grünzeug auf seine Gabel.

Zufrieden registrierte Nini das Staunen auf seinem Gesicht, als die ungewohnten Aromen seinen Gaumen umschmeichelten. Ohne Zögern schob er sich noch mehr davon in den Mund. Sie atmete auf. Die Stimmung am

Tisch entspannte sich langsam, bald wurde ringsum geplaudert und gelacht, gegessen und getrunken.

Dieses Fest hatten sie sich alle so was von verdient! Vor fast einem Jahr hatten Rich und Debbie Hunter mit dem Clip in die Knie gezwungen. Nun war er pensioniert und würde ihnen nie wieder in die Quere kommen. Auch sein Engagement für die Saatgutkonzerne hatte er infolge ihrer kleinen Erpressung aufgegeben, schließlich wollte er auf keinen Fall, dass der Clip doch noch bei der Presse landete. Nini fand zwar, Hunter sei viel zu glimpflich davongekommen, aber wie Debbie zurecht bemerkt hatte, ging es bei der ganzen Aktion nicht zuallererst um Rache, sondern um die Zukunft von *Taste!*. Und sie würden ja trotzdem nicht lockerlassen. Immerhin versuchen sie, Hunter und seine korrupten Kollegen noch wegen der Geschichte mit den Verträgen dranzukriegen.

Ihr Blick schweifte über die kleine Gesellschaft und blieb an Arthur hängen, der sich aus den Gesprächen ausgeklinkt hatte und in sich gekehrt wirkte.

Die Sache mit Maurice hatte er immer noch nicht verwunden. Seit der weggezogen war – ihre Bedingung dafür, ihn nicht bei *Taste!* zu verpfeifen – existierte er für Arthur nicht mehr. Er hatte alles, was mit seinem besten Freund zu tun hatte, tief in sich weggesperrt. So tief, dass niemand drankam. Vielleicht nicht einmal mehr er selbst.

Sie lehnte sich so weit zu Arthur hinüber, dass ihre Stirn seine Schläfe berührte.

»Hey, alles okay mit dir?«, flüsterte sie. Arthur stellte das Glas ab und strich ihr über die Haare. »Solange du bei mir bist, ist alles okay.« Er drehte den Kopf und hauchte ihr einen zarten Kuss auf die Lippen. »Ich liebe dich, City-Girl.« Nini legte Arthur eine Hand auf die Brust, genau dorthin, wo sein Herz schlug. »Ich liebe di-«

»Jetzt aber mal Schluss mit dem Geturtel! Gleich gibt es Dessert«, unterbrach sie Richs dröhnender Bariton. »Frische Erdbeeren mit Holundersorbet!«

Arthur verdrehte die Augen. »*Perfektes* Timing, Rich!«

»Ihr werdet es ja wohl auch ein paar Minuten ohne Knutscherei aushalten, oder?«, schoss er gut gelaunt zurück.

»Vielleicht«, flüsterte ihr Arthur ins Ohr, »sollte ich kurz erwähnen, dass ich über die Sache mit Debbie Bescheid weiß?«

Nini spürte sein leises Lachen und atmete auf, weil er nun wieder ganz zurück bei ihnen allen war.

Noch bevor Rich aufstehen und sich auf den Weg in die Küche machen konnte, schnappte Nini sich ihr Glas und den Dessertlöffel.

Pling! Pling! Pling! Sie sah in die Runde.

»Ähm, ich wollte kurz etwas verkünden.«

Ihre Mutter wurde kreidebleich. »Oh Nini, bitte sag jetzt nicht, dass du schwanger bist!«

»Was? Ich, äh, *nein*! Wie kommst du denn jetzt da drauf?«

»Vielleicht weil Arthur seine Finger nicht von dir lassen kann?«, sagte Vince grinsend.

»Und du solltest vielleicht besser die Finger vom Wein lassen«, konterte Nini.

»Also, was wolltest du denn jetzt verkünden?« Der angespannte Blick ihres Vaters lag auf ihr. Nini atmete ein paar Mal kräftig durch.

»Nach Tildas Tod«, sie räusperte den Kloß in ihrem Hals weg, »bin ich ziemlich durchs Leben getorkelt. Ich hatte kein Ziel, die Zukunft bedeutete mir nichts.« Nini sah ihrer Mutter in die Augen und lächelte. »Und dann kam Cornwall. Hier habe ich nicht nur jede Menge Platz, Freunde, einen Eichelhäher und Arthur gefunden, sondern auch etwas, für das es sich plötzlich wieder lohnte, zu kämpfen. Ganz ehrlich? Damit hatte ich absolut nicht gerechnet.« Sie machte eine kurze Pause. »Leonore hat es wirklich clever eingefädelt, erst hat sie mir ihre Freunde und ihren Gärtner auf den Hals gehetzt und mit allerlei Tricks dafür gesorgt, dass ich den Geschmack des Lebens kennen und lieben lerne. Den echten …« Sie hob den Arm so, dass jeder ihren Biosensor sehen konnte. Ihr Vater rollte mit den Augen, sagte aber nichts.

»Heute weiß ich, die Welt braucht solche Organisationen wie *Taste!*, braucht Leute, die aufpassen, dass uns Regierungen und Konzerne nicht komplett die Kontrolle über das Saatgut und damit auch über die Nahrungsmittelkette entziehen. Eines von Leonores Lieblingswörtern war *Vielfalt*. Und sie hat recht! Wir brauchen Vielfalt: auf den Feldern, unseren Tellern und am Gaumen!« Nini spürte, wie ihr die Tränen kamen, als sie ihre Patentante zitierte. Sie blinzelte rasch.

»Leonore hat immer zu mir gesagt: Keine halben Sachen, Miss Morrison! Und deshalb«, sie lächelte Rich am anderen Ende des Tisches zu, »habe ich beschlossen, nicht nur weiter bei *Taste!* aktiv zu sein, sondern auch eine Ausbildung zur Köchin zu machen. Hier bei Rich, denn«, sie machte eine bedeutungsvolle Pause, »er hat mir angeboten, *The Fork* in ein paar Jahren zu übernehmen.«

Rich erhob sich mit einem breiten Grinsen und fing an, wie ein Verrückter zu klatschen. Debbie, Vince und Arthur standen ebenfalls auf und fielen in den Applaus ein. Nini sah angespannt zu ihren Eltern. Ihr Atem stockte, als sie der ernste Blick ihres Vaters traf. Schon wollte sie etwas sagen, eine Erklärung hinterherschieben, doch da bemerkte sie die Lachfältchen, die sich langsam um seine Augen bildeten, und auch ihre Mutter strahlte über das ganze Gesicht. Sie hatten verstanden. Nini hatte in Mevagissey nicht nur eine Heimat gefunden, sondern auch Freunde und eine wirkliche Aufgabe.

Und Arthur.

Sie zog ihn an sich und küsste ihn – so würde von nun an ihre Leben schmecken.

Nachwort

Natürlich ist Ninis Geschichte frei erfunden, ist in ihrer Gesamtheit meiner Fantasie entsprungen. Aber wie sagt man so schön: In jeder Geschichte steckt ein Körnchen Wahrheit. In diesem Fall ein Samenkörnchen.

Damit haben wir nämlich jeden Tag zu tun, allerdings machen wir uns das nur selten bewusst. Ob Quinoa in der Bowl, Haferflocken im Müsli oder Spinat im Wrap – jedes pflanzliche Nahrungsmittel hat seinen Ursprung in einem Samenkorn. Es ist das erste Glied jeder Nahrungsmittelkette, die Grundlage unserer Ernährung.

Die Idee zu dem Buch begann für mich mit einer Frage, nämlich: *Was wäre, wenn in einer fernen Zukunft nur noch ein paar wenige globale Konzerne die Kontrolle über sämtliches Saatgut auf dieser Welt besäßen?* Tagelang geisterte diese Vorstellung durch meinen Kopf, nachdem ich zufällig über eine Dokumentation zum Thema Saatgut gestolpert war. Über diesem Film hatte etwas wie ein dunkler Schatten gelegen: *Sorge*. Engagierte Bio-Landwirt*innen und Gärtner*innen aus ganz Europa waren zu Wort gekommen, und sie alle erzählten mehr oder weniger das Gleiche.

Die Vielfalt auf unseren Feldern schwindet rapide! Die

Hochleistungssorten großer Agrar-Konzerne verdrängen immer mehr die alten, traditionellen Sorten. Sie dominieren mittlerweile die Felder und damit auch den Ernährungsmarkt. Gleichzeitig machen es gesetzliche Rahmenbedingungen all jenen schwer, die antreten, um Alternativen dazu auf den Markt zu bringen.

Der Handel mit Saatgut ist ein riesiger, mittlerweile streng geregelter Markt, und ein paar Großkonzerne haben sich aufgemacht, ihn unter sich aufzuteilen – durch den Ankauf von kleinen Saatgutfirmen und Fusionen mit anderen Konzernen, z. B. aus der chemischen Industrie. Solche Großkonzerne produzieren neben Saatgut oftmals den passenden Dünger und die Pestizide gleich mit dazu. Schon heute stellen alleine vier Konzerne weltweit über 60 Prozent des verkauften Saatguts und 80 Prozent aller Pestizide her.

Früher konnten Bauern einen Teil ihrer Ernte einfach dazu verwenden, um eine Feldfrucht in der nächsten Saison wieder anzubauen. Mit dem modernen Hochleistungssaatgut ist das so gut wie nicht mehr möglich. Denn das ist entweder nicht mehr »vermehrbar« (Hybridzüchtungen) oder vertragliche Regelungen untersagen es. Landwirte, die dieses Saatgut anbauen, müssen also Jahr für Jahr neues kaufen. Alte Sorten, die vielleicht weniger Ertrag liefern, dafür aber robust und gut an lokale Verhältnisse angepasst sind, werden dabei immer häufiger zugunsten solcher Hochleistungssorten aufgegeben. Und das, obwohl letztere oft große Mengen Dünger brauchen, damit sie überhaupt gut wachsen. Angebaut wird, was schnell reiche Ernte verspricht und industriell gut verwertbar ist. Oder was der Handel verlangt.

Geschmack spielt dabei oft eine untergeordnete Rolle. Wichtig ist, dass »moderne« Sorten gut transport- und lagerfähig sind und – im Fall von Obst und Gemüse – auch noch einheitlich und perfekt aussehen. Von ca. 3.800 Tomatensorten spielen in Europa nur etwa zehn eine Rolle. Keine davon zeichnet sich durch einen besonders guten Geschmack aus, aber sie sind stoßfest und lassen sich gut lagern … Vielfalt? Eher Fehlanzeige.

Doch es gibt sie – noch. Die leckeren Tomaten, violetten Karotten und knubbeligen Kartoffeln. Dank engagierter Landwirte und Landwirtinnen, Züchter*innen, Gärtner*innen und anderer Menschen, die sich dem Erhalt der Kulturpflanzen-Vielfalt verschrieben haben. Im Supermarkt finden sie sich eher selten, dafür aber auf dem Bauernmarkt. Oder man baut sie selbst an.

Dass die Idee eines streng kontrollierten Saatgutmarktes, so wie ihn Nini und ihre Freunde erleben, nicht gänzlich *nur* meiner Fantasie entsprungen ist, zeigt ein Vorschlag der EU-Kommission vor einigen Jahren. Die EU-Saatgutgesetzgebung sollte überarbeitet werden, und dadurch unter anderem auch etwas verboten werden, was seit Menschengedenken Tradition ist: Saatgut zu tauschen. Eine Petition, die von Hunderttausenden Menschen in ganz Europa unterzeichnet wurde, stoppte diesen Entwurf. Zum Glück, sonst hätten ich und viele andere möglicherweise Ärger bekommen, weil wir an einer Samentausch-

Aktion auf Instagram teilgenommen haben ... Hübsch in Papiertütchen verpackt liegen jetzt Wild- und Gemüsepflanzen-Samen aus ganz Deutschland bei mir in einer Kiste und warten auf ihren Einsatz.

Saatgut ist ein komplexes, aber wichtiges Thema. Schließlich geht es um die Zukunft unserer Ernährung, das Saatgut dieser Welt und die Frage, wer künftig darüber entscheiden kann, was angebaut wird, und damit auch, was auf unseren Tellern landet. Denn – wie sagt schon ein altes Sprichwort?

»Wer die Saat hat, hat das Sagen.«

CLAUDIA PRAXMAYER ist gebürtige Salzburgerin und hat Biologie studiert. Sie arbeitet in München als selbstständige PR-Beraterin und Autorin. Sie hat bereits Ratgeber, Sachbücher und mittlerweile vier Romane veröffentlicht. Als aktives Mitglied des NABU Deutschland engagiert sie sich seit vielen Jahren ehrenamtlich im Bereich Artenschutz und setzt sich für bedrohte Tierarten ein.

Von Claudia Praxmayer ist bei cbj erschienen:

Die Bienenkönigin (31360)

Mehr über cbj auf Instagram unter @hey_reader